U0113471

史上最特别的
军事特战
成长史、战斗史

述 纲 ★ 著

中国言实出版社

图书在版编目（CIP）数据

未解密的特战 / 述纲著 . —北京：中国言实出版
社，2014.1
ISBN 978-7-5171-0325-7

Ⅰ . ①未… Ⅱ . ①述… Ⅲ . ①长篇小说—中国—当代
Ⅳ . ① I247.5

中国版本图书馆 CIP 数据核字（2013）第 303204 号

责任编辑 : 周　晏

出版发行　中国言实出版社
　　　　　地　址 : 北京市朝阳区北苑路 180 号加利大厦 5 号楼 105 室
　　　　　邮　编 : 100101
　　　　　电　话 : 64966714（发行部）　51147960（邮　购）
　　　　　　　　　64924853（总编室）　68581667（编辑部）
　　　　　网　址 : www.zgyscbs.cn
　　　　　E-mail : zgyscbs@263.net
经　　销　新华书店
印　　刷　北京市昌平开拓印刷厂
版　　次　2014 年 1 月第 1 版　　2014 年 1 月第 1 次印刷
规　　格　710 毫米 × 1000 毫米　1/16　22 印张
字　　数　280 千字
定　　价　36.00 元　　ISBN 978-7-5171-0325-7

目录 CONTENTS

第一卷　危机骤降

第一卷　危机骤降

第一章　琴星殒落

00：00　中国北方滨海城市——T市的花园小区

福斯贝消音门锁的球形把手无声地转动，黑胡桃木的房门悄悄打开，从门缝间射入的光线像一把剪刀一下子撕裂了黑暗，在渐渐展开的柔白色的背景当中剪纸般地勾勒出清晰的线条，随即将一个苗条的身影呈现出来。

她先是轻巧地甩掉脚上的小牛皮短靴，再将精致的腋包丢在鞋凳上，接着麻利地脱下柔软的羔羊皮风衣，随手搭在了玄关的衣架上，然后反手将身后的房门轻轻掩上。剪影消失，四周重新陷入黑暗。

略略地停顿片刻，匀匀地调整了呼吸，等到眼睛适应了公寓里的光线，她这才踏着轻盈的步子无声地朝着浴室走去。宽敞通透的客厅里无遮无拦，她轻车熟路地摸黑前行，边走边脱去身上的衣服，罩衣、套裙、内衣……一件一件随意地丢弃在地板上，直到褪去了黑色蕾丝袜的双脚踏在印茄木的地板上，感觉到地热烘发出来的融融暖意已经呵护到了僵硬的脚掌，她紧绷着的神经才开始慢慢松弛下来，积聚在心头的疲惫也随之慢慢释放出来。

偌大的公寓里漆黑一团，不亮一盏灯不开一扇窗，只有淋浴房里的防水夜灯发出柔柔的光亮，好像一道迷蒙的幔帐挡在眼前，虚幻的阴影遮盖了里面若隐若现的胴体，模糊了她身上凹凸起伏的优美曲线。

哗……克鲁迪混水器的拉丝把手被轻轻地抬起，头顶上方直径足有二十厘米大的高仪花洒立即喷出密密的雨丝。很快，四十摄氏度的温暖水流浸湿了她的棕色短发，接着淌过圆润的额头，越过微陷的眼窝，再从尖削的下颌滴下，与滑过颀长脖颈的水流汇聚一道，接着便沿着深凹的乳沟直冲而下。

水蒸气雾霭般地弥漫开来，立时，无数细小的水珠挂满了淋浴房的玻璃，遮住了里面诱人的一切。

一颗米粒般大小的红色小虫从隔壁的窗子上爬了过来，它先是在玻璃的边缘停留了片刻，接着便梦游般的在玻璃上爬来爬去，很快，小虫的身影便透过玻璃投射到了窗子对面的墙壁上，随即抻出一根细细的红线来，若隐若现地将小虫和它的影子连了起来，就好像是隔着台前在幕后表演的皮影一样。

小虫上下左右徘徊着，似乎一时还拿不定主意是去是留，几秒钟过后，它疲惫地停下了脚步，懒懒地趴在玻璃上再也不愿挪动一步。忽然，像是得到了什么提醒，它激灵般的打起了精神，然后很自信地朝着玻璃的正中央爬去。最终，它在对角线的交叉点上停了下来，然后一动不动地睡着了。此时，它的身影刚好投射在了客厅的那套宽体沙发上。

浴室里的水声还在哗哗作响，水蒸气翻卷着散到了客厅里，就像是刚刚挣脱了牢笼的小鸟，它们一股脑儿朝着窗口扑去，争先恐后地想要一飞冲天似的，很快便将宽大的玻璃窗蒙上了一层密密的水雾。它们的冲动惊扰了那粒小虫，倏忽间，它挣断了那根细细的红线，小虫和它的身影一起消失得无影无踪了。

那是从一支狙击步枪上的精密镭射瞄准器打出来的激光光点，只有极微小的偏振光波才能够在超远距离传播之后仍不改变方向，从而使得狙杀的精度不会随着距离的增大而产生丝毫的偏差。光点所指必是枪弹的落点，此刻，已经找准了目标位置的狙击手关闭了镭射，静静等待着猎物的出现。

淡蓝色基调的壁布在黑暗中呈现出一种海洋般的深邃意境，将这座半空之中的公寓装点得如同海底世界一般，仿佛一个巨大的水族箱倒扣天地，越是远离地面越是深入海底。在这里，礁石即是家具，地幔恍成四壁，全都在海流一样的夜色当中沉沉睡去，只有极微小的生物才能在这暗夜之中得以保持清醒。

侧对着沙发的墙壁上恍惚有一丝微光闪过，就隐在壁布的一簇凹陷的纤维当中，像一颗牡蛎夹在石缝里，正借着夜色的光亮微微张开一道缝儿意欲攫取贸然经过的猎物，却不想在无意之间折射出了一道深邃的神秘之光。

那是安装在针孔摄像镜头上的蔡司特种光学玻璃所反射出来的微光，它的迷你外形和精密构造以及超广角镜头能够将这客厅里的一切都纳入眼中。

诡异的夜色、瘆人的月光令人不寒而栗，毛骨悚然。一种不祥的预兆笼罩在这套公寓之中，就像有撒旦莅临魔鬼造访一样。然而浴室之中水声欢快，暖流依旧。夜深方归的公寓主人还全然不知，已经悄然临近的危险正在步步紧逼，杀机四伏的圈套正在慢慢收紧，而她却仍在不紧不慢地享受着这难得的宁静。

公寓的楼栋门口，绛红色花砖漫道的社区小路上，一辆黑色的帕拉丁越野车停靠在一边，一个颀长的身影立在车旁，黑色风衣竖起的衣领遮住了他眼部以下的大半个面孔，灰白色的短发随着夜风飞扬，微驼的背影显示出此人已经不再年轻了。

或许是在车中坐得太久的缘故，僵直的腰身让他的动作变得有些迟钝，于是，他用力伸展了一下高大的身躯，来回踱起了步子。稍微活动了一下腿脚之后，血液开始贯通全身，麻木酸胀的感觉渐渐消退，他抬起头来望了眼漆黑的夜空，心里说道，哦，已近午夜，看来今夜是别想再睡了。

黑衣人犀利的目光环视了一下幽静雅致的社区，但见小路整洁雾灯迷蒙，悄没人影寂无人声，一派平和安详的景象。于是他深吸了一口气，将身体倚靠在后备箱上，伸手探进怀里摸索了大半天，这才费劲地掏出一盒香烟来，他在拇指上轻轻一磕，弹出一支叼在嘴上，然后再次探进怀里，又鼓捣了一阵之后取出一支沉甸甸的打火机来。

噗！火苗腾起，他低下头凑近火焰点燃了衔在嘴角上的香烟，荧荧之火照亮了他瘦削的面孔，只见这人眉骨凸起，豁眼深陷，高颧窄脸，黑须凛然，好凶悍的一副模样。

呼！一股浓浓的烟雾从鼻孔里喷出，遮住了那张令人生畏的脸。虽然夜色已深亮光短暂，但只要看过他一眼就绝难忘却那深陷的眼窝、钩状的鼻子、紧绷着的唇角，冷峻得犹如鹰隼一般。

砰！黑衣人甩手熄灭了打火机，然后将烟盒和火机并在一起，再次将手探进怀里。打火机与硬物相磕发出沉闷声音，他下意识地摸了摸自己的腋下，原来，那里藏着一支9毫米的格洛克17型全自动手枪。

一阵冷风吹过，枝杈摇曳树影婆娑，发出一片窸窸窣窣的声响。黑衣人当下一惊，他警觉地睁大了眼睛，手按枪柄抬起头来朝着楼上的公寓窗口望去，黑黢黢的夜色之下只现出一面高墙，却不见有丝毫可疑的迹象。黑衣人暗忖，眼下正值初春时节，多风多雨变幻无常，加之树木生长嫩芽初吐，自然少不了风摧秀木，又何必草木皆兵呢？怕是自己多虑了吧！

黑衣人宽慰自己之后，又转念一想，大战前夕难得如此平静，这情形也确实少见，只是难为自己这30年的老兵，却还要戍守通宵禁卫达旦，真是份苦差事啊！于是，禁不住叹道：唉，这一夜过得好漫长啊！

夜风刚过，倦意袭来，黑衣人禁不住打了个哈欠，他连忙晃了晃脑袋，随即叮嘱自己，既然重任在肩就且打消了这消极的念头吧！过了明晚，或许一切都会变得好起来。于是，他抖擞起精神，一双枭目也随即警惕地朝着四周巡视起来。

00：10　T市的花园社区

裹在白色浴衣内的身体依然是湿漉漉的，带着烫体的水温深陷在浅驼色的棉质沙发里，就好像是埋在沙漠中待孵的鸵鸟蛋一样，四肢酸软得像是即将溶化的奶酪一样无力。沐浴过后，困顿虽然已被驱离了身体，疲乏却依然留在了表层里，慵懒的感觉一时挥之不去。

她惬意地深呷了一口加冰的轩尼诗，干涩的液体停留在唇齿之间，舌尖慢慢地搅动着液体，直到吞咽的冲动突破了本能的极限，她才让半汽化状的酒液如涓涓细流一般缓缓淌进饥渴的喉咙，稍后再微微张开嘴，将满口的酒香深深地吸入胸腔，血液随即加速流动，手脚有了麻酥酥的感觉，身体开始变得轻飘飘的。

宽大的落地窗将高层公寓内外的黑暗融合在了一起，仿佛悬浮在夜色之中的客厅就变得愈加的空旷了。夜幕下清冷的月光透过密封的玻璃窗直泻进来，给四季常温的公寓增添了些许早春的凉意。远处金河大桥上的高大拱形吊梁像弓着脊背的剑龙蜷伏在黑夜中，CBD的建筑群组高低错落，楼顶上闪烁的霓虹和街道中流动的车灯将房内烘托得更加的寂静和幽暗。

她从混杂的香气和轻微的晕眩中挣脱出来，凝神望了会儿浓重夜色下的公寓，虽然这里到处都是黑漆漆的一片，但她还是能够清醒地看到厅内陈列着的一切，她觉得要想尽快召唤到睡意，怕是还要再加一点带劲儿的东西。于是，她从平躺在藤编茶几上的那个蓝白相间的烟盒里轻弹出一支"温柔七星"来，优雅地夹在两指之间，疲惫的眼神开始期待，希望能够尽快在空洞和混沌中变得迷离。

一个酝酿了很久的行动将在 24 小时之后开始实施，为了这一天，她以及她的家人承受着巨大的压力和风险。四年前，从她决定要为一个伟大的目标而倾尽所有的时候起，一条艰难而漫长的道路便在脚下展开了。在随后的每一天里，她几乎都在殚精竭虑地筹措和谋划着，一个完整而缜密的计划便在煎熬之中一步步形成，而她的日子便从此不再轻松。

在推动这一方案朝着预定目标靠近的过程中，犹如困坐在闷罐车厢里，看不见一丝光亮，但在她的内心深处却始终期待着能有一个契机出现，从而帮助她把希望变为现实。就在不久之前，一个千载难逢的机会为她的艰难旅程敞开了一扇窗，把成功的曙光呈现在她的眼前。现在，距离大功告成就只有一步之遥了。

此刻，一支由"小鹰"号领衔的特混舰队正沿着台湾海峡朝着它在日本佐世保的军港驶来，并且将会在那里驻扎休整一段时间。由于 M 国海军的最后一艘常规动力航母即将在完成它的亚太巡航之后退役，从而给这个海上巨兽的传奇经历划上一个神秘的句号。这是因为，对于神秘的航母而言，无论是它的装备还是战力始终都是炙手可热的谜团，而在近几天之内，它们其中的一个将会给出答案。

明晚午夜时分，一串加密的卫星数字信号将会如约传送过来，信号的持续时间将会很短，采用特殊的频率和特殊的接收方式，以及唯一的解码途径。了解这一秘密的人只有两个，即发送信号的人和接收信号的人，这是存在于两个人之间的约定，而其中的一人此时正在她独居的秘密公寓里静等着这一辉煌时刻的来临。

一想到在未来的几天中，付出了四年之久的努力就会有结果，一种如释重负的轻松和油然而生的喜悦化作一抹浅浅的微笑爬上了她的眉梢和唇角。

与此同时，博士那张瘦削而坚毅的面孔再次出现在她的脑海中，耳畔似又响起他浑厚低沉的声音。

"总部派来的新人明天就要到了，他可以帮助你好好把握这次难得的机会，等任务结束以后，小组的工作就交给他来负责，你也可以退居幕后休息一下了。"

终于可以退下来歇一歇了，重温久违了的家庭生活，补偿聚少离多的亲人，做回温良娴淑的女人，这一切算不上奢侈的想法，此刻却显得那么的遥远。

想到这里，她轻轻叹了一口气，微微欠起身来，"哧"的一声，点燃了一根加长火柴，橘红色的火焰在充斥着沐浴香波气息的客厅里"噗"地燃起，一下子照亮了她漂亮的脸庞。拳头大小的亮光欢快跳跃着，慢慢地靠近她衔在唇角的香烟。

嗖！

一股凌厉的风突然从左侧袭来，摧动了那团火焰，整个房间似乎也随之抖动了起来。她的头颅先是被用力地甩向右侧，紧接着又被身体的重心猛地拽了回来，随即便重重地垂落在丰满的胸前，下颌压住了白金项链上吊着的那颗星形的海蓝色宝石，双手无力地张开，身体颓然跌坐在柔软的沙发上。那支燃烧着的火柴飘落在残存着红酒的杯中，"嘶"的一声熄灭掉了，血的腥味浸蚀了午夜的黑暗。

一粒镍钛合金的枪弹破窗而入，它先是在 8 毫米厚的玻璃上留下了一个直径 9 毫米的规则圆孔，然后准确地击中了她的左侧脸颊，尔后高速穿出的弹丸撕裂了右侧头盖骨，接着重重嵌在了淡蓝色基调的壁布上，飞溅的鲜血喷洒在沙发上，好像打碎了装满番茄沙司的玻璃罐头瓶一样。

四周重又恢复了平静，客厅内除了多出一种鲜红的颜色之外，一切如常，甚至不缺少生命的迹象。死神降临得过于突然，她的眼已失神目光却未迷乱，依然凝眸注视着那颗挂在自己颈上的项链，似乎心有不甘。

壮志未酬，琴星陨落，却把寄托留了下来。

佝偻着身子蜷缩在越野车里的黑衣人一动不动，像一只栖息在枝头的大鸟一样，他微闭的两眼深陷在眉棱骨下，像两个黑洞一样阴森恐怖，只有当他叼在嘴角的香烟忽明忽暗的时候，才依稀显现出他眼角的皱纹来，那显然是岁月沧桑的磨砺留下的印记。

突然，他像是受到了莫名的惊扰，猛地睁开了眼睛，冷漠的眼神中竟然显出一丝惊恐。但他只让犹疑的表情在脸上停留了片刻，便迅速打开车门跳下了汽车，三步并作两步跨到公寓楼的门前，使劲按起门铃来。

嘟……嘟……

对讲器中一片空白，蜂鸣依旧却没有人应答，黑衣人按捺不住，连忙吐掉烟蒂，慌不迭地从衣兜里掏出一串钥匙，连试了几把之后才终于打开了公寓的楼门，黑衣人丝毫不敢怠慢，三步并作两步冲了进去。

高速电梯只用了不到一分钟便将黑衣人送到了公寓的38层，电梯门朝两侧打开，双手平端着格洛克的黑衣人快步走出电梯。他紧贴着墙壁一路前行，直接来到了甬道尽头的一套公寓门前，站下了脚步，他没有贸然敲门，而是压低了枪口侧耳听了听房内的动静，死一般的寂静！黑衣人的心骤然一冷，暗道：来迟啦！

黑衣人不再犹豫，立即枪交左手，腾出右手从身后的腰带上取下一串钥匙，他迅速从中取出一把插入锁孔，这一次他选得很准，房门无声地打开了。黑衣人站在客厅的正中，目瞪口呆地看着眼前的景象，冷汗即刻浸湿了他的衣裳。

秦雅，代号"琴星"的总参六处高级特工，"蓝海之心"小组的主管负责人，午夜时分在她自己寓所的客厅被秘密射杀。

00：20 金河大桥的拱形吊梁

M25狙击步枪最早被用于美国陆军特种部队，是经过改进的一种轻型狙击步枪，在1991年的海湾战争中配发给了海豹突击队参用于实战，发挥了极佳的效用。枪身全长1.1米，枪重4.9千克，非常适合随身携带。它的最大有效射程可达900米，配装有AN/PVS-4型夜视瞄准镜，能够使7.6毫米的子弹准确击中500米内的任何目标。

现在，它就安静地躺在金河大桥拱形吊梁顶部的检修平台上，火药喷发

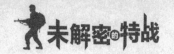

后的焦痕残留在消音器的枪口边缘上，好像沾在孩子嘴角边上的冰激凌残渣一样。空气中弥漫着淡淡火药味，虽然射击产生的枪声还不及一个人的轻声咳嗽来得响亮，但是，那特殊的闪光和气味还是在城市夜空里留下了抹不去的印象。

黑色的绒线帽和棉线编织的围巾遮住了他除眼睛之外的整张面孔，这使他看上去更像是个打劫银行的匪徒，而不是一个手段高超的职业杀手。他用单手轻盈地合上了手机的黑色翻盖，机盖上的彩色视窗发出的炫蓝色闪光瞬间照亮了他的面颊，从他紧绷着的嘴角上看不到一丝表情。

他已经从手机屏幕的图像当中看到了那枚9毫米枪弹的威力，那是他隔着800米远的距离，利用手机上的监控视频超视距完成的，堪称完美的杰作。既然目标已被除掉，好心情自不必说，但他的脸上却没有显露出一丝喜悦来。这是职业习惯养成的抑制作用，即使他此时满心欢愉，却也不会把这一切挂在脸上。

取下SIM卡后的手机被重新装入腰间的皮套，他会在落地后的第一时间里丢掉那张多余的卡。现在他要做的就是迅速与桥面上负责接应的同伴会合，以便尽快离开这里。因为到了明天，这座大桥上将会布满身着制服的警察，而附近则会出现不计其数的便衣警探，他们很快就会盯上这座高大的双层索吊式大桥，因为弹道分析专家很容易便能锁定这个地方。

此时他已经熟练地将M25拆成了四个部分，枪体、枪管、瞄准器和消音器，并且稳妥地存放在了小提琴盒般大小的箱子里。黄色的弹壳被他小心捡起后仔细地放进了上衣的左胸兜里。

黑色的无指绒线手套缓缓滑过箱身，啪的一声按上锁扣，然后像个刚刚结束了演奏的小提琴手那样拎在手里，他感觉沉甸甸的充满了质感。与皮质手套相比他更青睐于棉毛织物，这会使他在攀爬时不易滑脱，扣动扳机时的手感更加柔和。

他向着那座闪耀着灯火霓虹的高层建筑上望了最后一眼，城市依旧平静，生活并没有因为他准确的一击而有所改变，这让他倍感欣慰。身为职业杀手的他表现得很敬业，也常以自己的职业为荣。他很内敛，以避免干扰别人的生活为工作的前提条件。虽然做到这一点的确很困难，但是他仍旧固执地坚守，并且还做得很好。

　　黑色的商务型丰田海狮隐在黑夜中，他快步横穿过大桥，向正在车前警戒的一个长相酷似冬瓜的同伴打了个招呼，然后便纵身跃上了汽车，"冬瓜"紧跟着也跳进了汽车，另一个猴子模样的家伙坐在驾驶室里，汽车随即发动，丰田海狮黑着大灯朝桥头驶去。

　　桥头的阴影里，一个又瘦又矮小的同伴从地上爬了起来，他迎着车头伸手打了一个安全的手势之后，便无声地从地上弹起，像生鱼片一样紧贴在擦身而过的汽车驾驶室的车门外。丰田海狮丝毫没有降低速度，载着三人的暗杀小组转瞬间便消失在了夜色之中。

　　汽车的引擎声吵醒了桥下一个穿着邋遢的计程车司机，他翻身从后排座位上坐了起来，用胖手揉了揉惺忪的睡眼，然后从老式捷达车的手摇玻璃窗里探出头来，他望了望桥顶上高高矗立的避雷塔，然后打开后车门，吃力地搬动右腿迈出车门，懒散地伸了伸腰，然后再次吃力地钻进了前排的驾驶室。

　　老式捷达的引擎清晰而强劲，它悄无声息地压过柏油路面，消失在夜色中。天空开始积聚起厚厚的云层，这座北方的滨海城市将在午夜时分迎接这个春天里的第一场雨的到来。

00：20　海南三亚国际机场

　　嗡……

　　宽敞空荡的候机大厅里，一架三叶桨的微型直升机在人们的头顶上颠簸着飞行，它忽上忽下震荡着，忽左忽右摇晃着，就像一只无头苍蝇一样到处乱撞，吸引了不少人的目光。突然，这架正在空中挣扎着的直升机模型猛地打了一个踉跄，随即便失去了平衡，刚刚还灵巧如雨燕一般的直升机立时变成一只断了线的风筝，一头朝着售货亭扎了下来，硬生生撞在了一个健硕的背影上。

　　"对不起！叔叔。"一个八九岁大的男孩跑过来，手上捧着直升机的遥控手柄，怯怯地说道。"哦！没关系的。"二十七八岁的魁梧青年转过身，和蔼地摸了一下男孩的头，然后弯腰去捡地上的遥控直升机。

第一卷　危机骤降

"哇！仿挪威的黑黄蜂，精致的玩意儿，做工很不错啊！"他将直升机托在掌中饶有兴致地端详着，情不自禁地称赞起来。

男孩见状似乎找到了知音一样，立时忘记了刚才的鲁莽，兴奋地说道："它真的很棒，能飞出去十多米远，足有五层楼那么高，只可惜……我还控制不好它。"

"你还不够熟练，多练习就好啦！"年轻人的眼中跳动着火焰，仿佛托在他手上的已不再是一架飞机模型了。

"你知道它叫黑黄蜂？那你一定飞得很好了，教教我怎么样？"男孩迫不及待地要求着，年轻人有些犹豫地看着他渴望的眼神，大手抚摸着男孩的头，勉强答道："好吧！就一分钟，只能一分钟。"

年轻人答应了，男孩高兴地跳了起来。

不远处的排椅上，一个儒雅的中年人平静地看着眼前的情景，但他的注意力并不在那个男孩身上，而是始终盯着那个健硕的青年。这时，那个年轻人蹲下身子，将微型直升机摆放在地面上，发达的背阔肌将他的黑色皮夹克绷得紧紧的，就在他的后腰往下臀部往上的位置上，一块硬物凸起，吸引了那个儒雅中年人的注意，他禁不住蹙起了眉头。

"起飞的时候动作要稳，不要急着飞出去，先调准方向，就像这样。"年轻人说着，直升机已经像一只蜻蜓一样慢慢从地面上升起，稳稳地悬停在了头顶上。"这款直升机带有陀螺仪，能够水平转向，等你确定它对准了你想要去的方向，再轻轻推动控制杆，看好了，我们开始飞了。"

直升机水平转动尾翼，机头对准了候机大厅里的通道，只见它突然加速，小小的机身如同长了眼睛一样，拉升、俯冲、规避、转弯，年轻人娴熟地调整着微型直升机的飞行姿态，让它避开行人和障碍物的同时，还不时地做着各种灵活的动作。

"真是个行家啊！这玩具的性能已经发挥到了极致。真的了不起！"那个儒雅的中年人不知何时凑到了近前，他嘴上称赞着，眼睛朝着年轻人腰间凸起的部位望去。年轻人见状迅速收回了直升机，关闭了手中遥控器，警觉地站起身。

"这没什么，只要喜欢，都能做得好。多练习，要有耐心哦！"年轻人说着，将直升机和遥控器一并还给了男孩。

"谢谢叔叔，我会和你飞得一样好。"

"我相信，你肯定能行的。再见了。"年轻人说着握紧了拳头和男孩的手对撞了一下，然后朝中年人点了点头，便提起地上的旅行包转身朝着安检口走去。

"好酷！"望着年轻人潇洒的背影，男孩禁不住赞叹了一声，也转身向排椅上的父母跑去。只留下中年人仍旧站在原地，平静地看着年轻人朝着安检口走去。他看见那年轻人向安检人员亮了一个黑色封皮的证件，那上面有一道银光闪过。中年人知道，那是一枚银色的国徽在闪闪发光。

中年人再次微微皱了皱眉，继而也朝着安检口走去，经过时他的手上也同样亮出一个黑色封皮的证件，上面同样也闪出一道银光。

第一卷 危机骤降

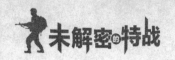

第二章 小鹰归巢

00：30 台湾海峡

潮湿的海风掠过"拉森"号的船舷，飞溅的浪花冲刷着光滑的甲板，连绵不断的侧向风力令这艘航速超过 20 节的导弹驱逐舰倾斜了舰身。此刻，它处在"小鹰"号航母战斗群的第二道防御圈内，担负着针对来自中国南海的岸基导弹以及陆航战机的防卫任务。

"拉森"号驱逐舰于 2001 年 4 月服役，排水量达 9100 吨，舰体长 154 米，舰宽 20 米，舷高 6.3 米，最高航速可达 31 节，续航能力为 4400 海里，巡航速度为 20 节，是阿利·伯克级导弹驱逐舰中的第 32 艘。

顶着海风从军舰的中部朝舰岛上望去，高大的桅杆上隐约露出了相控阵雷达的一角，在四块矩形反射板上整齐地排列着无数昆虫复眼般的天线单元，从 360 度立体监视着周围 1000 海里范围内的天空和洋面，任何活动着的物体，哪怕是一只小小的舢板也逃不过它的监视。

走上狭窄的舰桥，斯蒂夫竖起了带着海军上校军衔的皮质军大衣的衣领，但是冰冷的夜风还是透过他的蓝色羊绒围巾钻进了贴身的毛衫里，这让他的胸口开始隐隐地作痛，好像窝住了一口寒气。

作为一名导弹驱逐舰的舰长，斯蒂夫·萨默的年龄略显偏大。整个舰队中除了"弗吉斯"号补给舰的老卡吉船长外就属他最为年长了，甚至连指挥整个舰队的司令长官哈里斯中将都比他年轻五岁。

但是，斯蒂夫本人从来都不抱怨升迁无望，他是名踏踏实实的职业军人，眼下最关心的是如何将"拉森"号驱逐舰以及舰上的数百名水兵一起平安带回到驻佐世保军港的舰队基地。但是，由于一个人的临时加入使得原本平静的航行变得充满了诡异和玄机。

中央情报局的佩奇·波特兰在舰队即将驶入台湾海峡的时候莅临了"拉森"号，他是搭乘一艘"海狼"级攻击型核潜艇在中途加入到"小鹰"航母战斗群的，这个主管 CIA 亚太情报事务的高级特工，具有中情局局长和白宫国家安全顾问授予的双重特权，而他自身也的确肩负着一项特殊的使命。关于这一点，佩奇·波特兰本人一直讳莫如深，但是就在刚才，他的一番侃侃而谈却让萨默舰长稍稍窥探出了一丝端倪。

"走台湾海峡，萨默舰长，看看大陆方面的反应。"

在斯蒂夫·萨默舰长不大的舱室内，个子高大的佩奇·波特兰把他的黑色礼帽推向脑后，露出毛发已经稀疏的额头，这是他躁动时候的举动，穿越敏感的海域让这个前海军扫雷舰上的二副颇为兴奋。

身为老牌的中情局特工，佩奇·波特兰还保留着 30 年前的风格，领子又大又尖的衬衫，打结又粗又宽的领带，戗驳头厚垫肩的西装以及又肥又大的裤子和坚硬的三接头皮鞋等，除此之外，他还习惯使用史密斯·韦森半自动手枪以及用冷战时期的定式思维。

"正在崛起的东方大国越来越难以忍受挡在他们面前的这湾海峡了，如果不是我们的航母舰队像只楔子一样钉在这里，恐怕早就会有一架无形的桥梁把他们联系在一起了。"

斯蒂夫听得出来，佩奇·波特兰的话里明显带有恭维的色彩，当然，坐了人家的船自然要拣好听的说，这也是人之常情，但事实果真如他所说吗？斯蒂夫没有搭腔，但心里却想，航母固然重要，但那不过是只伸出去的利爪，恫吓一下林中宵小尚可，但是对付一个醒来的巨人呢？看看当今的世界格局吧！早已不是如你所想的那样，醒醒吧！老兄。

"萨默舰长，你是个老水手了，你知道我们有比这艘先进得多的航母，但是，却没哪一艘能够与它相比！"

斯蒂夫知道佩奇·波特兰指的是舰队的旗舰"小鹰"号，但他不喜欢对方把自己称作老水手。干吗这么说呢？难道他想说，你，萨默舰长也和"小鹰"号一样行将枯朽，尽早退役吧！然而，佩奇·波特兰没有注意到舰长脸上的不快，或者他根本就不在乎对方的感受，仍旧自顾自地倾吐着自己的观点。

"机遇注定它将被载入史册的，萨默舰长。我……我们有幸成为这一历史时刻的见证人，相信我，我们会和它一起被人记住的。"

佩奇·波特兰神秘地扮了个鬼脸，然后把话收住。斯蒂夫·萨默疑惑不解地看着他，心说，中情局都是些神经兮兮的家伙，如果"小鹰"号上果真有如此玄机，你干吗不到那条大船上去卖关子？见始终都沉默不语的舰长突然改用异样的眼神盯着自己，CIA特工收敛起了他怪异的表情，正色说道："虽然是条旧船，但'小鹰'号上有他们感兴趣的东西。萨默舰长，等舰队一靠港，我会盯紧那条船的，你很幸运，你的'拉森'号刚好就泊在它的边上。"

哦！是吗？我们成了好大的一个鱼饵啊！斯蒂夫·萨默假装会意地点了点头，心里却禁不住往下一沉，心想，因为泊在"小鹰"号的旁边而被CIA看上，可算不上是什么好兆头。但眼下至关重要的还是确保"拉森"号平安返港吧！要知道，这段路可不平静啊！还是抓紧时间赶路要紧，我可没有时间听你在这胡扯。

但是，佩奇·波特兰似乎并不打算就此罢休，他用左手摘下帽子，用右手连着向后抹了几下稀疏的头发，然后重新把帽子扣上，这样一来他的额头就显得更秃了。

"其实，我们并不在乎他们拥有航空母舰，这算什么呢？半个世纪以前的玩意儿了，看看眼下能够独步大洋无敌手的美国海军吧！能够算得上对手的还有谁？难道我们会怕他们拥有航母吗？哼！"

佩奇·波特兰用鼻孔轻蔑地哼了一声，神秘地说道："但我们绝不能让他们轻易就拥有了航母，嘿嘿……"

刚从对方的言语之中品出些味道来的斯蒂夫·萨默舰长从自己的座位上站起身来，这并非代表他已经听腻了中情局特工的夸夸其谈，而是他必须要到剑桥上去走一走了。穿行在台湾海峡就犹如在刀口下行船，作为职业军人，他必须为这条船上的数百名弟兄负责，况且，他还担负着整个航母战斗群的警戒任务，即便佩奇·波特兰的讲话再精彩，他也不得不先把他搁置一旁，回头再叙了。

史蒂夫·萨默舰长的右手停留在军帽的帽檐边上，看着佩奇·波特兰举手还了礼之后，这才用力地挥了下手臂，他在迈出舱门的时候，心里还在想着，这家伙曾经也是名海军军官吗？

00：40　台湾海峡

沿着舰桥转到军舰背风的一侧，风力已经减弱了许多，但他的大衣还是被漂浮的水雾打湿了。斯蒂夫拉紧了系在脖子上的围巾以便阻止无孔不入的海风折磨自己的胃，但更大的麻烦却在困扰着他。常年的海上航行已经侵蚀了他的骨骼神经，胃痛还没有减弱，风湿痛又开始发作了。

看着脚下翻滚的波涛斯蒂夫一度产生了恐惧的感觉，这个半生漂浮在海上的职业军人突然间畏惧起来，那望不见底的海水下面一定潜藏着无法预知的危险，谁知道哪个不经意的触碰就会招致一场突如其来的灾祸呢？哦，神秘的海峡啊，敏感得犹如在刀尖上行走！

斯蒂夫牢牢地抓紧了围栏，额头上冒出了冷汗，心想，也许那个中情局特工说得不错，作为一个老水手，莫非自己真的到了该告老还乡的时候了？他有些艰难地回头望了眼刚刚走过的舰首，他发现巡视的路程也才走过了三分之一的样子，而现在就折回舱去，那可不是什么好主意，这有悖于他的职业道德。

唉！这道危险的海峡，靠着强大的航母战斗群真的能将两岸长久地分隔开吗？

斯蒂夫的脑海中浮现出佩奇·波特兰那光秃秃的额头，心里则问了自己这样一个愚蠢的问题。

其实，斯蒂夫的内心充满了厌倦的情绪，他经历过两次海湾战争，他的驱逐舰曾经在三分钟内就把十五枚"战斧"式巡航导弹准确射向了敌人的精锐装甲师，而他自己几乎连爆炸声都听不见。那一刻他感觉无聊至极，他渴望的是指挥自己的军舰与势均力敌的对手厮杀。

太多的不对称战争让身为职业军人的斯蒂夫感到羞耻，他甚至盘算着申请结束自己的军旅生涯。他觉得与其开着拥有复杂技术装备的现代化的导弹驱逐舰到处去凌辱弱小的对手，还不如回到自己在哈得孙湾的小艇上，备足了苏格兰威士忌和慕尼黑香肠，再带上几只心爱的鱼竿，然后独自一人出海去吊金枪鱼。

同是一湾海峡，但是今天的情形则完全不同，紧张的空气里始终弥漫着

第一卷　危机骤降

一种莫名焦虑，他知道此刻正快速驶离台湾海峡的"小鹰"号航母战斗群，正处在中国大陆一侧的上千枚中程岸基导弹的精确射程之内。

"是啊！绝对不可以掉以轻心，这里可不是波斯湾。"斯蒂夫内心感叹道。

"对不起，少尉。请让一下，我有事要和舰长谈。"

一个语气强悍的声音从身侧传来，斯蒂夫循声望去，只见一个披着驼色风衣、留着短寸平头的家伙正试图穿过战情参谋向自己走来，但是，那个年轻军官的手有力地抓紧了围栏，用自己的身体牢牢守住了舰桥。斯蒂夫认出那个"平头"正是随着佩奇·波特兰一起登舰的中情局特工霍姆·海德，而挡在他面前的则是自己的战情参谋瑞·林奇。

"林奇少尉，让他过来吧。"

佩奇·波特兰的助手霍姆·海德与斯蒂夫·萨默的战情参谋瑞·林奇都是华裔小伙子，他们的中文名字分别叫贺海和林瑞。

"打扰了，舰长。"

贺海生硬地打过招呼之后，把脸转向紧跟在自己身后的林瑞，挑衅地撇了撇嘴，然后转回头来大声说道："波特兰先生希望在航行期间您能允许我陪伴左右，以便熟悉舰队的情况。"

"哦，当然可以。"

"多谢舰长！"

"你对海军了解多少？这可不是花几个小时就能看明白的。"斯蒂夫说着朝林瑞使了个眼色，示意他自己并不在意把这个中情局的特工留在身边。于是，林瑞退后几步侍立一旁。

"是，舰长。您说得完全正确，但我从小就生长在海边，对大海并不陌生。"

"平头"用力地挺了挺胸回应道，他努力驱走寒气，以便使自己看上去更像一名威武的水兵。

"不错，那就跟着我把余下的路程走完吧。"

斯蒂夫·萨默舰长说着转过身，他忍住阵阵的胃痛，吃力地朝舰尾走去。"平头"贺海与战情参谋林瑞不再争执，他们一前一后地挤在狭窄的舰桥上，一步一步跟随着。

"你不是在美国出生的吧？"

在经过一处狭窄通道的时候，林瑞对挤在自己身前的贺海问道，显然他已经从对方的发音和语调中听了出来。

"不是，我是从台湾到美国留学的，毕业后就留了下来。"贺海回答的很干脆，这有点出乎林瑞的意料，林瑞想：他毕竟是个中情局的特工，没想到说话倒是直来直去的，这可与他的身份不太相称。于是便对贺海心存好感。

很快，贺海便反问道："你呢？我想你也是……"

"对，你猜对了，我也是移民，从香港来，很小的时候。"

林瑞的回答也很爽快，没想到贺海听了他的回答立时来了精神。

"香港？莫非你也会咏春拳？"

贺海说着，摆动双臂模仿起李小龙来。

林瑞笑着答道："是的，我从小就练习咏春拳，至今为止从未停止。怎么，你也感兴趣？"

贺海点了点头说道："能练几招，但我不行，要说练拳我不如……呵呵！我更喜欢射击。"

贺海话说到半截欲言又止，林瑞也不追问，只管顺着他的话头继续聊下去，两个年轻人很快便熟络起来，交谈中时常也会夹杂一两句粤语或是闽南方言，这让走在前面的萨默舰长听得一头雾水。

斯蒂夫·萨默在一个避风处停下脚步，好让自己的胃能得到片刻的温暖。

00：50　台湾海峡

漆黑的夜空繁星闪烁，穹隆高远深不可测。两架 F-18"超级大黄蜂"从舰首上空呼啸而过，橘红色的尾焰划出了好几道长长的彩线，紧跟其后的是一架 E2000 型鹰眼预警机，驮在背上的盘状雷达令其看上去好似一个怪物当空飞过，接着又有两架 F-18 随后飞过。这是从"小鹰"号上起飞的护航机群，正在为驶离台湾海峡的航母战斗群做着最后一轮的警戒飞行，再过一会儿，舰队就将脱离这片敏感的海域了。

重新回到舰首的斯蒂夫·萨默舰长轻轻舒了一口气，他从林瑞提供的战情报告上面看到，从头顶上空的侦察卫星即时发回的图像显示，目前情况一

切正常，大陆方面没有对穿门而过的庞大舰队产生反应，他们的JH-7C"飞豹"战机仍旧停留在陆上的基地内，岸基导弹群也未见反应。

这能说明什么呢？不做反应不代表就没有反应，中国人一贯都是这样，含蓄、内敛、深不可测。谁知道会不会突然就有几架SU-30mkk"鸭嘴兽"出现在头顶上呢？还有令中国空军引以为豪的J-10"猛龙"战机，它的航程足以覆盖台海地区。

想到这里，斯蒂夫感觉胸口一阵刺痛，这让他的头脑变得更加清醒。或许，就在此时，1000公里之外，他们正在监视着我们的一举一动，引导着挂载远程精确制导导弹的"獾"式轰炸机虎视眈眈的呢！

疼痛令斯蒂夫的额角冒出了冷汗，插在大衣兜内的双手握成了拳头，他努力忍住疼痛不使自己颤抖。陆基机动导弹呢？据说他们已经配备了中程的巡航导弹，那家伙的末端速度超过音速两倍以上，那可是任何拦截系统都无可奈何的呀！

斯蒂夫不愿再继续想下去了，胃痛已经折磨得他脸色苍白，他不愿让自己的部下以及中情局的特工看见自己的窘态。

"是时候回舱了，我需要一杯热咖啡来暖暖我的胃。"

斯蒂夫举起吊在胸前的红外夜视望远镜向着大海望去，他想在钻进温暖的卧舱前再最后看一眼处在舰队护卫中心的庞然大物，那艘载着数十架F-18"超级大黄蜂"和各种作战飞机的"小鹰"号航母。然而就在此刻，他被眼前的一幕惊呆了。

好像被枪突然顶在了背后，一股燥热立时驱走了堆积在他胸口的寒气，让他忘记了疼痛，他大口呼出的热气令举在眼前的军用望远镜蒙上了一层雾气。

在由四艘宙斯盾级导弹驱逐舰护卫的第一道防御圈外，距离"拉森"号一公里左右的洋面上，一条鲸鱼的黑色脊背露出，随着焦距拉近，夜视望远镜里清晰地显现出了"鲸鱼"的颀长艇身和它中部凸起的舱口，以及那上面飘扬着的旗帜。

"哦，我的上帝啊！它是……怎么钻进来的？"

凄厉的警报声从"拉森"号上响起，SH-60"海鹰"反潜直升机立即升空，刚刚着舰的预警机群再一次从"小鹰"号上起飞，舰队开始变换队形，一道由护卫舰组成的防线已将"小鹰"号包裹起来。立时，如临大敌，气氛空前紧张。

斯蒂夫·萨默海军上校不得不放弃了想喝杯热咖啡的念头，转而端坐在指挥舱的舰长控制台前。他拒绝了中情局高级特工想要进入指挥舱观战的要求，命令卫兵将他们送回到自己的住舱里去，并且严格限制他们的行动自由。

哪怕你是白宫派来的也不能在紧急时刻干扰我的指挥系统，这是铁的纪律。萨默舰长铁青着脸看着佩奇·波特兰和他的助手被挡在了舱门外，然后下令：全舰进入战斗状态，随时准备击沉闯入航母战斗群中的那艘潜艇。

在他身边负责火控系统的副舰长大声地下达着指挥命令，这艘现代化的驱逐舰上远攻近防的各种武器系统已经全部开启，立时，剑拔弩张的火药味愈来愈浓了。

一阵紧张忙乱过后，各个战斗部上的人员都已经就位，舱内舱外渐渐平静下来，人们都在紧张地等待着攻击的命令。扬声器中陆续传来各部门攻击准备就绪的急促报告声。面对着副舰长惶恐的眼神，斯蒂夫抬手示意他少安毋躁，暂且待命，静观事态的发展。

其实，此时的萨默舰长已经不再紧张了，他知道这个不速之客的来临并非不怀好意，而是来炫耀它的超级静音能力的。在反潜预警机和驱逐舰、护卫舰的层层保护之下还能不声不响地现身在航母战斗群中就已经实现了它想要达到的目的。所以，现在要做的不是击沉它，而是该如何还以颜色，挽回难堪的局面。

"舰长，联合指挥中心报告说……"

林瑞一脸严肃地大声报告，但话未说完就被萨默舰长拦下了。

"拿来我听！"

斯蒂夫猜到了联合指挥中心的报告内容，他不想让难堪加剧，于是他接过了战情参谋递过来的耳麦。

"各部门保持冷静，对方没有敌意！"

耳机中传来"超级种马"上的观测员的报告声，舰队遭受的史无前例的

第一卷 危机骤降

重大威胁，现在看来却好似虚惊一场。

正如斯蒂夫判断的那样，无须使用主动搜索雷达和吊放式声纳，"超级种马"在近距离的上空已能清楚观察到"鲸鱼"的武器发射口全部紧闭着。显然，它不是为了作战而来的。

斯蒂夫·萨默舰长将耳麦交还给了林瑞，转而低声对身旁的副舰长说道："解除吧！它无意冒犯我们，估计是蹲伏在海峡洋底，碰巧被我们撞见了，算是不期而遇吧！"

下达了攻击终止的命令，气氛立时变得和缓了许多。接着，林瑞宣读了来自舰队指挥部的命令，命令同步也出现在了斯蒂夫面前可视通讯系统的显示屏上。

"舰队保持队形，目标和航速不变，'拉森'号留下，护送客人离开。"

斯蒂夫拇指向下，示意军舰降低航速，以便陪伴在那条楞头楞脑闯入航母舰队阵列中的"鲸鱼"。

指挥舱内渐渐安静下来，看到一切都在有条不紊地进行，斯蒂夫大声下达着命令："警报解除，对方没有敌意，各部门保持警戒。"

海面上两艘军舰一明一暗并肩行驶了片刻，"鲸鱼"渐渐潜入洋底，转眼便消失得无影无踪了，"拉森"号随即也加大马力向着远去的航母战斗群快速追去。

林瑞透过驱逐舰的圆形舷窗隐隐约约看见潜艇上那面迎风飘扬的旗，眼眶有些湿润了。

一艘中国海军的"宋级"柴电动力潜艇在能够对"小鹰"号航空母舰实施有效攻击的距离内悄然浮出海面，之后，又悄无声息离开。

理论上讲，早在浮出水面之前，它的八管发射器的"暴风雪"超音速鱼雷就足已将"小鹰"号送入海底了，而在那个时候"小鹰"号航母和它的整个战斗群却还浑然不知呢！

第三章 蚁穴溃堤

01：00 T市欧陆风情街上的"蹊径书吧"

一双瘦骨嶙峋的大手按在桌面上，借着笔记本电脑的荧光，手背上暴起的条条青筋清晰显现，仿佛老树的粗糙表皮烙印着逝去的岁月与年华，曲曲弯弯的纹路记录着经历过的蹉跎与坎坷。一支即将燃尽的烟支在烟灰缸上，静悄悄地冒着缕缕青烟，一只青花瓷杯敞开着，杯盖斜插在底托上，杯中的竹叶青已是水冷茶淡。

花甲老人闭上眼睛，用布满黑斑的手轻轻揉着自己的额头，让满腹心事慢慢沉淀下来，再一点点地梳理，毕竟年事已高，就算筋骨硬朗，但精力已大不如前，能够熬神费力地撑到夜半时分，对这样的老人已经实属难得了。

总参六处负责人，风华三杰之一，有"博士"之称的少将资深情报专家尹博深感力不从心。在维护国家安全的隐秘战线上已经苦战了40年的老将军早已经到了该解甲归田的时候，但是心系航母的一腔赤诚让他苦撑到了现在，然而他心里清楚，无论再怎样坚持，这一天终归是要到来的。

承担着国产航母情资收集任务的情报小组早在四年前就已成立，总参情报局正式命名为"蓝海之心"划归六处辖制。几年来，小组在负责人秦雅的带领下积极开展工作，已经取得了相当显著的效果，而最终的巨大收获即将来临，按照预期的计划，在未来的24小时中，这一目标就将得以实现，这是一个极其令人期待又极度令人担忧的时段，全体参与人员小心翼翼地等待着，如履薄冰。

明晚，小组有望获得一组现役航母的数据资料，从而有助于解决困扰着国产航母研发进程的技术瓶颈，为了这一天秦雅付出了太多的心血，作

第一卷 危机骤降

023

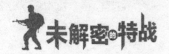

为主管这次行动的上级领导，尹博对秦雅所作出的努力与贡献深感欣慰与赞赏。尹博深知，秦雅已成为六处的灵魂和脊梁，自己手中的帅印应当尽早交付给她。

两小时前，秦雅刚刚向博士汇报了她的全部行动方案，但没有对情报来源作出明确的说明，这是情报工作的规则，即使对自己的上级领导，这一敏感部分的内容也是不能随便透露的秘密，这一切都源于一个最基本的理由——关乎到情报员的安全。

尹博不假思索便批准了秦雅的计划，随后他将参与行动的主要成员召进房间，几个人一起围坐在博士的面前，仔细聆听博士的训话。坐在正中央的尹博沉默了片刻，其实对于其他人而言，尹博并没有太多的话要讲，他唯一要抓住的就只有秦雅一个人。所谓提纲挈领纲举目张就是这个道理，可当他看到一脸倦容的秦雅时，尹博的心忽然变得沉沉地，他简短地说了几句之后便催促道："时间尚早，秦雅，你不必为此浪费精力，早点回去休息吧！把精力养足，明天午夜才是最需要你的时候。"

尹博说得很轻松，他在面对疲惫不堪的秦雅时努力表现得轻松一些，为的是不让自己也现出疲态从而增加她的心理压力。

"我还撑得住，博士，倒是您该回去歇歇了。都快 70 岁的人了，怎么还能熬得了夜呢？"

秦雅心疼地看着老先生憔悴的面容，这让站在一旁的助手荀循也忍不住劝了起来。"是啊！博士，您这么大岁数了，还是回去休息吧！有我留在这里足够了。不是还有新人加入吗？就让我们年轻人干吧！"

"快到交给你们年轻人的时候了，再耐心些。秦雅，你先回去休息，确保完成明天的情报收集任务，我再留一会儿，等总部派来的新人一到我就走。"

尹博的口气不容置疑，因为他现在唯一牵绕于心的事就是那份将要获得的航母情报，所以，秦雅的作用至关重要。

他转过头，朝着角落里的阴影说道："现在听我命令，林烈，你跟秦雅走，她的安全由你全权负责。荀循，你留下陪我，等新人一到，我就把工作移交给你们。"

秦雅见博士出言严肃，于是不再争执，无言默许了，一旁的荀循见状也连忙点头称是。这时候，角落处的黑影里站起一人，只见他身形高大，一袭黑衣，鹰鼻鹞眼窄脸长颌，一副凶相。

"要是我走了，博士，那您……"

林烈的声音沙哑而低沉，犹如枭鸣。博士摆了摆手把他的话挡在了一边，林烈见状也只得将说了半截的话又咽了回去。

秦雅怕引起博士不快，便连忙起身道别，林烈和荀循也随她一道走出了门外。

尹博睁开眼，伸手将已经燃尽的烟蒂熄灭在烟缸里，目光重新回到面前的笔记本电脑上。一份名单和一张组织架构表呈现在屏幕上，那是博士决定在引退之前要做的最后一件事，他要安排好团队的组织架构以确保权利的平稳过渡。

老人紧盯着名单上的两个人陷入沉思，陈墨、舒展，他们就是即将来六处报到的新人，也是尹博费尽心机挑选的特工精英。

看似庞大的总参六处其实人力极度匮乏，除了由秦雅领导的"蓝海之心"小组在执行极度保密的任务以外，尹博的手下主要有两个部门，其一是以对内为主的技术部，主管名叫吕律调；其二是以对外为主的外勤部，主管名叫林烈。在"蓝海之心"小组的特殊使命告一段落之后，尹博决定引退，接班的不二人选当然是他特别青睐的秦雅。这样，为弥补人力的不足，他特意向总部申请纳入新鲜血液，得到了总部首长的大力支持。两名精干的特工将被派到六处，充实骨干力量。他们将于凌晨时分到达，刚好可以参加明天夜里进行的这场情报会战。

嗡——尹博兜内的手机发出蜂鸣声，将他从沉思中惊醒过来。他停了片刻，让头脑恢复了清醒，这才不慌不忙地掏出手机接听。

"博士，我是吕律调。"话筒里传来一个柔美的声音，"请您赶紧返回处里，总部有重要战情通报。"

"哦！律调啊，一定要我亲自接收吗？"

"是的，博士。一级机密，必须由您本人签收。"

第一卷 危机骤降

"嗯，好吧！我这就赶回处里去。"说到这里，尹博忽然想起了一件重要的事，于是连忙吩咐道，"哦，还有，你负责安排两辆车等在机场，那两位新队员马上就要到了，他们乘同一个航班，我会命令他们一落地就立即赶到这里来的，有车能快一些。"

挂断电话，尹博自语道："现在正缺人手，他们加入以后，应该让他们尽早上手才好啊！"

尹博的思绪仍旧停留在眼前的名单上，虽然他很迫切地想要见到这两位新人，但他仍旧无法确定该把他们安置在什么岗位上。

"博士，您要赶回处里吗？"荀循推开虚掩着的房门走进来，显然，尹博刚刚对着电话所讲的话她都听到了。

尹博犹豫了一下，点点头说道："总部有一份紧急战情通报，我必须亲自签收一下，你留下来等我们的新同事吧。"

"您一个人走？那可不行。"

"没什么，我们自己的天下，有什么可怕？"尹博说着抬手关了手提电脑，起身披上大衣。

"麻痹不得，博士。我送您走，留下小刘接待新来的同事吧。"荀循说着转身出了房间，向小刘布置任务。博士沉沉地望着她消失在门后的背影，心里自语道，哦，连这孩子也长大了，是该退啦！

荀循发动汽车的时候，尹博隔着车窗向站在书吧门口的小刘挥了挥手，黎明前的夜色将她孤单的身影压缩得愈发渺小。不知何时起，天空里开始落下霏霏细雨，似茫茫夜空里垂下了一道雨幕，博士忍不住在心里叹道："这夜好漫长啊！"

01：10　T市第五大道 20 号总参六处

荀循的汽车刚一驶进总参六处的院子，尹博便看见了守候在小楼门口的吕律调。车刚停稳，吕律调就撑着伞迎到了车门前。

"出了什么情况？"尹博边迈步走向门前阶梯，边对着身边的技术部主管询问道。

"我们的一艘'宋级'常规潜艇在台湾海峡跟踪了'小鹰'号，它在'小鹰'号的航母防御圈内主动上浮，宣誓主权。"

吕律调小声地回答，博士闻听心里一惊，一不留神脚下趔趄险些摔倒在地上，吕律调连忙伸手架住，心里不免一酸。

"您要当心些，博士。"

尹博抓住吕律调的手臂稳了稳神，连忙问道："有没有发生……意外？"

"没有，只当是不期而遇。双方都很克制。"

尹博停住脚步似还有话要问，却又顾虑重重。吕律调善解人意地凑近老人耳边轻声说道："是在安全距离内主动上浮的，没有发生任何摩擦。"

"哦，这样比较好，虽然有些冒险，但目的已经达到了。"

尹博说话的时候有些心不在焉，显然吕律调刚才的话并没有完全平复老人的担心。于是，她半是赞成半是试探地说道："其实，早该这样，对他们是个警告，否则，也太过嚣张了，只是还不清楚这样做能否起到作用。"

吕律调猜测博士的忧虑可能会有两个，其一是担心我们潜艇的自身安全。身处台湾海峡，就算是有岸基导弹和空中火力的支援，但毕竟是单刀赴会啊！"小鹰"航母战斗群反潜作战的能力超强，所以独骑闯营的风险极大，一旦被对方抢先发现发动攻击，被作为不明潜艇击沉在海底的话，那损失可就大了，不仅人员装备无法营救，且连脸面也丢失殆尽，这让博士怎能不担心呢？

吕律调推测博士所虑之二是顾虑我们潜艇的应对火候。就算对方一时没能发现有潜艇实施跟踪，如果我们一再冒进突入对方阵形过深的话，即使能安全上浮，也将给对方造成过大的刺激，会被认为是故意羞辱，从而导致一场军事冲突，这是我们所不愿意看到的。然而，尹博接下来的问话却证明了吕律调的猜测是错误的。

"'小鹰'号有没有因此改变航向？"尹博终于道出了心底的疑虑。

"没有，博士，仍旧驶向了佐世保军港。"

"哦！那就好。"仿佛一块石头落了地，尹博松开紧抓着吕律调手臂的手，迈步上了小楼的台阶。

吕律调一步不落地紧跟在身后，不解地追问道："哦，原来您更在乎'小鹰'号的去向啊！怎么？您不担心我们的潜艇……"

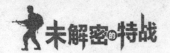

尹博停下脚步，回过头来笑笑说道："当然不，我们又不是第一次这样做啦！只不过这一次，是想向他们表明而已，毕竟是在台湾海峡嘛！怎么能让他们说来就来说走就走呢？我担心的是……这一次，小宋玩儿得有点太帅了，偏在这个节骨眼儿上演了这么一出单刀赴会，差一点就误了我的大事啊！"

吕律调听得丈二和尚摸不着头脑，她一脸困惑地看着尹博。但博士话说到此却戛然而止了，他挥了挥手然后带头向小楼里面走去。

推开两扇铜条作胎不锈钢包边的磨砂玻璃门，迎面是一扇同样用磨砂玻璃制成的影壁，一名便装女特工坐在前台。见尹、吕二人到来连忙起身招呼，尹博和善地点了点头便径直朝里面走去了。

大厅里面漆黑一片，除了门口的当值警卫外，此时的总参六处空无一人。唯有门口的一处座位上还亮着一点灯光。

林烈一袭黑衣地坐在灯影里，面前一盏老式的银行台灯将他的脸染成了绿色。尹博吃惊地看着自己唯一在职的老部下，心中诧异地想，不是让你负责秦雅的安全吗，怎么这会儿你却坐在这里？

"林烈护送秦雅回家，刚刚回来，我劝他回家休息，可他非要留下来等您。"

吕律调看出了博士脸上的不快，连忙替林烈解释。一直冷冷坐在角落里的林烈却突然开口纠正道："我回来很久了，一直……不放心，所以，想等您回来。"

尹博轻哦了一声，没再说什么便径直朝楼上走去，其实，在这一对并肩战斗过多年的上下级之间，彼此间的了解已经是甚知甚透，因此也就无须多言了。吕律调看了眼闷不作声的林烈也没再说什么，便一路跟随着尹博上了楼，大厅里就只留下林烈孤灯暗影地坐在那里。

关了办公室的房门，尹博和吕律调相对而坐。吕律调将一个只有大拇指盖般大小的磁碟推入电脑光驱，然后将电脑推到尹博面前。很快磁片当中的身份确认程序开始启动，屏幕上出现了一系列的代码识别窗口，尹博连续键入了几个不同组合的密码之后，电脑便进入了总参内部的局域网。

其实，作为技术部门主管的吕律调掌握着从后台进入局域网的通道，所以，她已经从通报的题目当中知道了战情通报的大致内容，但要了解全部内容就必须由尹博从前台进入才行。

尹博默不作声地读完了战情通报的关键部分，转而把电脑屏幕移到了吕律调的面前。这是种无须言表的信任，任何人都能明白，除了战友情谊之外，一定还有其他的感情在里面。

由于吕律调并不了解秦雅的具体计划方案，只对明晚的行动有个大致的了解，所以，她对尹博的担心自然不甚理解。于是，她在看完了战情通报之后，立即询问道："此次小宋设伏，会对明晚的行动产生影响吗？"

尹博听了不置可否地点了点头，接着却又轻轻地摇了摇头，说道："希望不会。但是……也很难说。"

吕律调似乎猜到了刚才博士对潜艇设伏"小鹰"号一事所表现出的奇怪反应，于是，她继续说道："您是怕打草惊蛇？那有什么补救措施可以做吗？"

"恐怕不能，其实，我们什么都做不了。"尹博边说边摇头，他不无忧虑地看着吕律调，继而又不太放心地问道，"律调，你的设备都没问题吧？"

吕律调莞尔一笑，说道："放心吧！博士，万事俱备只欠东风了。"

"那就好。"

吕律调看着尹博倦涩的笑容，心里仍旧放心不下自己刚刚提到的那个问题，她忽然想到了秦雅，于是赶忙说道："博士，您说，小宋设伏小鹰的事要不要通知秦雅一声？"

尹博闻听当下心里一紧，心说，律调提醒得对啊！自己怎么没想到这一层呢？惊扰小鹰一事会不会影响明晚的计划也只有秦雅才会知道。他赞同地点点头，沉沉地说道：

"应该让她知道，只是她才回家休息，现在就要吵醒她……"

尹博看了眼腕上手表，有些于心不忍。

"博士，事关重大，必须让秦雅马上知道这个情况。"吕律调急急说道。

于是，尹博不再犹豫，他提起手边上的红色电话听筒，伸手按下了一个快捷键。

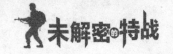

01：20　第五大道 20 号

嘟……嘟……

长音响过了好几声，电话的另一端还是无人接听，尹博的脸色开始凝重起来，吕律调紧盯着博士脸上的神情，自己的心也随之变得紧张起来。尹博揿下免提键，扬声器里立时发出嘟嘟的声音，在寂静的夜里铃声被放大了好几倍，听来好像长笛一样。

两个人对视了一眼，立时感觉到某种未知的变故已经发生，两人几乎是在同一时刻从座椅上跳了起来。

"秦雅出事了！"尹博丢掉听筒颤声说道，那声音听起来竟有些凄惨，这大出吕律调的意料。这个曾经出生入死、笑傲谍海的风华三杰之一的博士，此时却一时失态表现得有些惊慌失措。

其实，并非是老人城府不深，亦非是他定力不够。造成尹博大惊失色的原因其实有两个：一是因为此刻这房间内并无旁人，吕律调是他最为信任的部下，视同女儿，所以释放情绪缓解压力也是情理之中的事，况且老人此时疲惫不堪，体能消耗超限已近透支了。二是因为一个突然萌生的猜测，这种敏感的反应在他刚一迈进六处大门的时候就产生了。

原来，林烈的异常情绪和反常表现给了尹博一种不祥的预感，从那一刻起这感觉就犹如一块重石压在了他的心头。林烈是跟随他多年的老部下，为人做事一贯勇猛果敢，但他今天的表现却让尹博不解，情绪低迷得近乎失魂落魄一样。难道……

想到这里，尹博毫不迟疑地起身朝门外走去，吕律调不敢怠慢，连忙紧随其后，她从尹博的脸上证实了某种心照不宣的感觉。林烈一定知道了什么重大的隐情，或许还一时不便说出口，这对于特情人员而言也属正常，但是希望跟秦雅不接电话一事无关，否则……吕律调不敢再往下想了。

冲出房间的尹博在不太长的楼道里看见了一个黑影，高大而瘦削。尹博放慢脚步来到近前，用近乎虚伪的亲切口吻问道："老枭，你……找我？"

"是，哦……不，我就是想问一下，行动之前我可不可以回家睡一会儿，我看现在也没什么事，要不，我……"

尹博的心在隐隐作痛，林烈的表情极不自然，显然他在隐情瞒报，再联想到秦雅那边的异常情况，现在他几乎可以判定，眼前的这个人的确是出了问题。

难道秦雅果真遭遇了不测？尹博自欺欺人地反诘自己。其实他知道答案就摆在眼前，只是自己不愿接受而已。四年里，他和秦雅一道在艰难中跋涉，就像从巴黎到达喀尔的拉力赛一样，目光所及之处，远近的沙丘几乎都是同样的形状，而且还在不时变幻着模样，很多时候都只能凭着感觉来辨别方向。而今，就在几乎可以看见终点的时候，车子却突然抛锚了，这种打击可想而知。

吕律调看出了其中的端倪，她打开抽屉取出自己的配枪带在身上，转而说道：

"博士，让老林先回家休息吧。剩下的这点小事儿，我来处理。"

吕律调很想压下尹博对林烈的猜疑，以便先赶去秦雅的住所看个究竟，然后再作下一步打算，毕竟事态未明，不好妄下结论。

"不，律调，你留下。老枭和我一道去。"

吕律调的建议被断然否定，她还想坚持，但被尹博的严厉眼神所逼退，一旁的林烈面带惶惑，犹豫地问道：

"一道去？博士，您要去哪儿？"

"去接秦雅。"

"接……秦雅？我刚刚才送她回到家。"

"没错，但我们的行动提前了。"

"哦，原来是这样，那好，我去准备车。"

林烈说着，慌忙转身下楼。尹、吕二人盯着他的身影消失在楼梯转弯处，这才交换了一下眼色，吕律调紧跟其后也跑下楼去。

尹博略微定了定神，他取出一支香烟点燃深吸了一口，让压抑的心情平复了一些，然后才慢慢地踱进了自己的办公室。

稍稍冷静下来之后，一种痛楚悄然而至。因为求成心切和被动侥幸，最终酿成了大错，这足以将他一生的功绩全部抹杀干净。那不是简单的悔恨和内疚，是痛彻心肺的绝望。虽然只有短短的一瞬间，却是他难以启齿

的耻辱，那一刻"博士"在心底里认了输，他无助的就像一个考试不及格的小孩子。

当吕律调在小楼门口再次见到尹博的时候，她诧异于自己的眼睛。博士仿佛突然之间苍老了许多，像是在转瞬之间便一下子完成了他一生的时光穿梭。只见他眼窝深陷，眉头紧锁，一向思维敏捷动作灵活的尹博，一下子具备了与他年龄相符的一切特征，木讷并且迟钝。

"博士！您……没事吧？"

一直站在细雨之中的荀循忍不住开口问道，吕律调连忙接过话头，替尹博答道："博士太累了，你要照看好他。"

"这么晚了，您还不休息，这又是要去哪儿？"

荀循不理会吕律调的阻拦执意要问出个究竟，这时，已经坐在驾驶室里的林烈突然说道："别问了，赶紧上车吧，现在可不是儿女情长的时候。"

吕律调意外地瞟了他一眼，心想，这老枭倒还是个干事儿的材料，只可惜，如果秦雅真的出了事，他又该如何解释呢？

尹博也不说话，径直走到车前，等荀循也麻利地钻进了车里，这才转过身对着一旁的吕律调意味深长地说道："秦雅不会有事，我去去就来，你要看好我们的家。"

"放心吧！博士，一路上多加小心。"吕律调说这话的时候，目光望向老人的腰侧肋下，那是老人带枪的地方，示意他要作最坏的打算。

尹博显然明白了她的意思，于是用手轻轻拍了拍腰间，佯作轻松地笑了笑，说道："放心吧！早准备好了。"

老人把话说完，转身钻进了车里。守门的便衣警卫早已将高大的铁栅栏门打开了，帕拉丁一个急速起步便消失在了门外，明晃晃的大灯照出好远。

吕律调向细雨迷蒙的第五大道望了望，叮嘱警卫提高警惕，切不可大意疏忽，然后回身返回小楼，又嘱咐了前台的女特工几句，这才回到自己的办公室，她要一直值守到天亮。

压低了车速的帕拉丁刚一蹿出蜿蜒低回的第五大道，便像离弦之箭沿着被雨淋湿的大道疾驶而去，转眼就没了踪影。

　　道口边，一辆不起眼的老式捷达车忽然启动，悄无声息地拐进了第五大道，近光灯照着眼前昏黑的路面，轮胎碾过坚实的石板路面，发出低沉的噪声，像猛兽潜伏丛林时踏响的脚步声。

　　捷达车在一扇略显破败的铁门前停下，熄了车灯静默了片刻之后，车门打开，一个邋遢的胖子笨拙地钻出车子，他拐着一条腿摸索着掏出一串钥匙，费劲地插进锁孔。铁门打开，看似破败的大门竟然未发出一丝声响，很明显门枢处早已经上过油了。

　　胖子重新钻回车里，轻轻发动了引擎，捷达车无声地驶进了院子，车灯晃过，隐约照亮了铁门一侧的门牌号：第五大道 50 号。

第四章 倭夷成奸

01：30 日本海峡"拉森"号导弹驱逐舰上

佩奇·波特兰在低矮而狭窄的船舱内佝偻着身子，像关在提笼里的刀螂一样无法伸展开身体。对于斯蒂夫·萨默舰长的禁行令，同是海军出身的中情局高级特工给予了充分的理解与合作。只是，已经习惯了踱着步子思考问题的佩奇·波特兰却怎样也改变不了这一习惯，无奈船舱太小他也只能将就了。

这个习惯了北美广袤原野的得州小子连他自己也搞不明白，为何在他为中情局效力长达 15 年之久的时候，却突然被任命为他不熟悉也不感兴趣的亚太区域的情报主管。

佩奇·波特兰在狭窄的铺位上躺下去，双手枕在脑后闭上眼睛，他感觉出船舱在微微摇晃，思绪随着舰体轻扬。他知道此刻军舰的航速不会低于30节，显然"拉森"号正在全力追赶"小鹰"航母战斗群。他抬起手腕来看了眼表，再过几个小时，此次航行的终点佐世保军港就在眼前了，当舰队靠港，他的使命才算真正开始。

中情局亚太情报主管佩奇·波特兰的随舰出访，源于一周之前的一次特殊会面。那一天，日本防卫省远东特课的负责人——广濑真之专程赶赴纽约，与刚刚上任不久的佩奇·波特兰进行了一次意义非凡的交谈，两大情报组织由此展开了一项针对日益崛起的中国海军的秘密计划。今天，佩奇·波特兰便是为此而来。

一周之前的一个夜晚 纽约布鲁克林大桥

"有好久没到纽约来了吧，广濑先生？"

"啊！自从强大的苏联解体之后，就再也没有离开过日本啦！"

"是啊，冷战结束以后，我们这些人不得不闲下来做点轻松的事了！"

"难得的充裕时间哪！书法、围棋，啊！还有太极，呵呵！修身养性嘛！"

"您研究中国文化已经很久了，我想，造诣一定很深吧？"

"皮毛而已啦！我的中国朋友曾经对我说过，中国文化博大精深，其精髓不经过长期钻研是无法真正领会的！"

"为什么呢？是文化背景的问题吗？整个东方文化在我看来几乎都是一样的，离不开清一色的方块字。"

"我想，难解之处正在于它的讳莫如深，也许是历史积淀太久所产生的代沟吧！纵观人类社会的发展过程，能像中华文明那样一脉相承的，确实是硕果仅存了。"

"或许这就是被称之为东方文明的原因吧！但是，现在并肩作战的却是我们，这又该如何解释？"

得州牛仔后代的突兀言辞让感觉良好的广濑一愣，只好硬着头皮支吾地应承着。

"是啊，一个自相矛盾的命题，呵呵！的确很难说得清楚。"

广濑被无意中点到了痛处，也只好尴尬地笑着圆场。心想，曾经的战败国如今只有作仆从的份儿，哪儿来的并肩作战的说法？但是，自大的中情局亚太主管却依旧口无遮拦地大揭其短。

"确实很难讲清楚，曾经，中国也是我们的盟友，而您，广濑先生那时候却是站在我们的对立面的。"

广濑已经尴尬得不行了，于是，他赶忙打趣道："波特兰先生果然深谙东方文化，今后短不了要向您讨教。"

全长 1800 多米，横跨纽约的东河，连接着布鲁克林和曼哈顿的布鲁克林大桥，它曾经是世界上最长的钢制悬索桥。作为具有工业革命划时代意义的建筑工程奇迹，它存在至今已经有 100 多年的历史了，见证了这个国家兴盛发达的过程。

沿着木道走在将近 30 米宽的桥面上，甚至看不到大桥另一侧的河水，整个人感觉就像是漫步在天桥上。夜风扫过微微有些发冷，身材矮小的广濑不由得竖起了风衣的衣领。

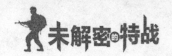

好高大的钢铁怪物啊，他们的财富和资源真的是取之不尽！相比之下，我们的弹丸小国真的是无以相抗。广濑非常敬畏这个曾经打败过自己国家的西方盟友，能蜷伏在这个巨人的脚下苟安一时，这对他和他的国家来说已经非常满足了。

"夜幕之中沿着布鲁克林大桥的木道漫步，观赏曼哈顿的美丽夜景，真是一件非常惬意的事情，佩奇·波特兰先生。"

广濑对着身边高大的绅士由衷地赞叹道。

"是啊，布鲁克林大桥、帝国大厦和昔日的世贸中心双子座塔楼，一直都是纽约的标志性建筑。"一身老式特工装束的亚太情报主管神情暗淡地应道，显然，广濑的话刺伤了这位资深特工的自尊心。

"可惜美景不复存焉！"佩奇·波特兰的最后一句拽文有些自我调侃的味道，正是因为情报界的失职才导致了世贸中心双子座塔楼的损毁，那可是千人丧生的惨剧啊！佩奇·波特兰的心在颤抖。广濑意识到了自己失言，连忙岔开话题。

"啊！记得有首诗是专门赞叹这座大桥的，其中几句是这么说的，背靠幽光闪烁的城市楼阁，俯瞰中流击水的过往船舶，美丽的大桥傲然而立，艺术的梦想圆满寄托。"广濑略显夸张地小声朗诵起著名桥梁建筑师戴维·斯坦曼为布鲁克林大桥创作的诗句来。

佩奇·波特兰的情绪显然受到了感染，他停下脚步低下头，对着矮自己二十多厘米的广濑认真说道："这还不是最著名的，近代著名诗人哈特·克雷恩曾经专门为它写过一首长诗，诗名就叫《桥》。"

嗡……广濑大衣兜内的卫星电话突然发出蜂鸣，打断了两人即将展开的文学讨论。

"对不起！"广濑表示歉意，佩奇·波特兰耸耸肩继续朝前走去。

01：40　日本海峡"拉森"号导弹驱逐舰上

嘭……嘭嘭！敲打舱门的声音将佩奇·波特兰从回忆当中惊醒过来，他惊慌地睁开眼睛，却见是林瑞少尉推开舱门站在门口，年轻的东方面孔上挂着灿烂的笑容。

"打扰了，波特兰先生，要不要用些茶点？"

"谢谢！呃，少尉，我们距离整个战斗群还有多远？"

"就快赶上了，先生。"

一名非裔勤务兵端着餐盘钻进舱里，舱内立时拥挤得喘不上气来。

"接近军港时我会通知您，先生，用餐愉快。"

舱门将佩奇·波特兰像囚徒一样禁闭在船舱内，这反倒让他觉得安全，惯于操纵阴谋的人通常都害怕被阴谋所算，因为他们深知陷阱无处不在。现在，找回了安全感的佩奇·波特兰重又陷入了回忆之中。

一周之前的一个夜晚　纽约布鲁克林大桥

"事态进展得很顺利。"广濑手挂了电话紧走几步赶上了前面正慢慢踱着步子的佩奇。"非常感谢您和您的部门给予的帮助，'蓝海之心'的组织即将受到致命的打击，我们已经掌握了他们整个团队的情况，当然，这多亏了您的大力支持。"

"不客气，广濑先生，您知道我们之间有着更为广阔的合作空间，前提是成果共享。"

"当然，这是我们共同的利益。"广濑表示赞许，他双手插进大衣兜内，略略停顿了片刻，接着一字一顿地说出了自己的计划，"我有个想法，当然要得到您的同意。"佩奇蹙了蹙眉，表现出了浓厚的兴趣。

"我们初步取得的成果表明了我们……"广濑突然察觉自己的措辞有些不妥，于是连忙改口，"哦，你们，是你们在他们组织里的内线发挥了至关重要的作用，所以……"广濑停顿了一下，然后加重了语气，"可不可以把你们的内线暂时转交给我们控制，这样会比较有效率，我们派出了非常优秀的特工，刚刚取得的成果就证明了他们的能力。"

"有句谚语说得好，别人有，不如自己有，这话您该听说过吧，广濑先生？"

"还有句俗语，各人自扫门前雪，莫管他人瓦上霜。佩奇先生，您不想让我们的合作倒退到这一步吧！"广濑的口气软中带硬，他预知此次的纽约之行不会一帆风顺，但是，通晓东西方文化的他对于他的目标还是充满了信心。

"当然不是倒退，相反我们的合作还要更深一步！"佩奇·波特兰似乎非常了解这位矮小又精明的同行的心理，他用粗大的手掌拍了拍广濑瘦弱的

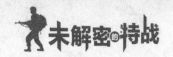

肩头，神秘地笑了笑，"我会为您带上一份重要的礼物到中国，协助您在那里的工作，相信那一定是一种非常有效的合作方式。"

广濑的眼中流露出难以掩饰的失望，他叹了口气说道："我很愿意相信您所说的话，期待看到那种神奇的合作方式，只是……那份礼物，果真有如此大的威力吗？"

佩奇·波特兰无声地笑了笑，他示意广濑等一下，然后掏出老式的翻盖手机拨通了一个号码。

"庄逊，是时候开始你的中国之旅了。"

佩奇·波特兰停顿了一下，待听筒那一头把话说完，然后加重语气强调道："如你所知，庄逊。我喜欢把事情做得干净一些，无论是过去还是现在。"

在得到对方肯定的答复之后，佩奇·波特兰这才语气柔和地与对方道别："祝你好运，庄逊。看管好我们的礼物，祝你旅途愉快。"

好像搬开了压在彼此心头上的一块大石，佩奇·波特兰和广濑会心地笑了。

"您刚刚朗诵的诗句很有激情，广濑先生，但那还不是最有代表性的，您应该读一读哈特·克雷恩专门写给布鲁克林大桥的那首诗，气势磅礴，意境深远。"

佩奇·波特兰继续着刚才中断了的话题，他的长臂绕过广濑的后背揽住他的肩头，两个人朝着河对岸灯火通明的曼哈顿走去。

日本海峡"拉森"号导弹驱逐舰上

慢慢地将思绪拉回到眼前，看看舱门依旧紧闭，蜷缩在铺位上的佩奇觉得现在正好可以安心想些自己的心事了，此次借助"小鹰"航母战斗群东渡日本，除了与广濑的远东特课合作之外，其实还另有一番缘由，这一个秘密就深藏在他心里，甚至连他的助手贺海也不知道。

昨天，一条由他自己独掌的情报渠道传来了消息，称大陆致力于航母情资的特战小组"蓝海之心"已将目标锁定在了"小鹰"号航母上，有迹象表明一个重大的行动将在明天展开，所以，佩奇才会亲自搭乘"拉森"号随"小鹰"航母战斗群一道远航佐世保，以便挖出潜伏在"小鹰"航母战斗群内的间谍。

在此之前，他已将捣毁"蓝海之心"小组的突击任务委派给了广濑真之派遣的特战小队。按照他提供的情报，这个特战小队已在一周之前就以合法身份潜入中国，并且完成了袭击前的侦察工作，攻击定于午夜时分开始，现在，想必他们早已经得手了。

佩奇·波特兰按捺住想要联络广濑真之的冲动，心想，还是保持一些矜持的好，那个小个子老头脑筋灵活得很，任何时候也不能让他产生错觉，要知道，方案再复杂，掌舵的人也是自己！对此，他为自己拥有了一条价值连城的情报渠道而庆幸不已。

佩奇·波特兰心想，它就像是一座金矿，源源不断地输出着宝藏。从"蓝海之心"小组的存在，到小组成员的构成，直至小组明晚的行动计划，甚至连小组觊觎的目标都被挖掘出来了。现在，除了潜伏在"小鹰"战斗群内的间谍之外，对手的脉络已被把摸得一清二楚。

佩奇·波特兰懂得开采要适度，保护性挖掘是延长资源有效寿命所必须采取的措施。为此，一项比向保险公司投保更为稳妥的计划早在他的安排下有条不紊地进行着。

他的中情局下属庄逊，中文名叫宋江的欧亚混血特工正在全力跟踪此事，估计再过几个小时，一支牢固的保险链条就会牵在宋江的手上了。到那时，佩奇·波特兰只要全神贯注地盯住"小鹰"号就行了。现在，他突然有了饥肠辘辘的感觉，他端起林瑞送来的餐盘，真的有些迫不及待了。

01：50　T市欧陆风情街上的"蹊径书吧"

黑了大灯的丰田海狮在距离书吧小院门口大约 10 米远的街角边上悄然停下，引擎未熄隐隐发出"突突"的声音，像刚刚跑完一趟远路才得空喘口气的骡马一样，不时发出阵阵喘息。

稍停片刻，一个冬瓜状的黑影率先从车上滚落下来，只见他佝偻着身子，像个甲壳虫一样快速爬到了书吧的墙脚下，蜷伏在黑影里一动也不动。过了一会儿，等到确认墙里墙外一切安全之后，"冬瓜"回身朝车内招了招手，另一个健硕的身影这才从车上稳稳地走了下来。

稠密的雨丝很快便打湿了这个人身上的那件黑色紧身衣，这让衣服的表层变得油亮油亮的，就像刚刚打过蜡一样，进而将那人一身精悍的肌肉勾勒

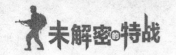

得线条清晰轮廓饱满，由此显出一副经典型男的模样。

一个猴了吧唧的家伙从后排车窗里探出头来，仔细看了看周围的情况。透过雨夜迷蒙的光线他发现，从街头到巷尾全都处在安宁寂静之中，于是，这才放心地缩回头去，伸手轻轻拍了拍前排上的椅背。这时，坐在驾驶座位上的那个干瘪清瘦的家伙闻声立即将车子滑动起来，转眼便消失在了细雨迷蒙的夜幕中。

书吧院外的小街上，"型男"先是大摇大摆地走了几步，跟着脚步逐渐加快，在接近院墙的时候他突然加起速来，小跑了几步之后便蹿到了墙脚边，跟着一个跨步蹬踩在了蹲伏着的"冬瓜"背上，借着"冬瓜"拱起的弹力，他稍一纵身人便上了墙头，顺势往墙头上一趴，偷偷向小院内观望起来。

但见小院内漆黑一片，小楼的门户紧闭着，看不到一丝有人的痕迹。"型男"凝眸再看时才发现，从一楼仅有的一扇窗子里隐隐的透出些光来。"型男"轻轻点了点脚尖，提醒下面的"冬瓜"，跟着略一提气，健硕的身躯便越过了院墙，然后，像片树叶一样轻轻落地，脚下不带一丝声响。

早已被雨水打湿的地面上低洼之处还汪着积水，"型男"似脚下生根稳稳地站住了身形。他抬眼向小楼内望去，同时竖起耳朵仔细辨听，但见楼内无影院落无声，没有一丝人影也没有半点响动。"型男"的心猛地往下一沉，暗说不好！有灯必有人醒，岂能见灯不见人？这里可是中国航母情报组织的基地啊！难道，这里连个警卫都不设吗？哦，这小楼静得没有道理啊！

本来，他想先打开院门放"冬瓜"进来，这样多少可以再添一个帮手，但是现在他却来不及考虑这些了。他想，眼下情况不明，多一分耽搁就多一分意外，况且暗战本来就不靠以多取胜，还是兵贵神速吧！

"型男"的眼睛瞄准了小楼的入口，拿定主意，当即，他深吸一口气，跟着，气沉念起身随心动，腰肩上提下盘加力，集聚起了全身的力量来。这时的"型男"就像一块将要释放开来的弹簧一样急待跃起，在他的眼中，这二十几米的跨度他用不了几步就能冲过去。

就在他作为全身支撑的右脚即将弹离地面的那一刻，却突然被一股横向袭来的劲力所阻挡，这让他浑身凝聚起来的力量一时难以释放，"型男"的一腔豪气被突如其来的阻挡憋闷得痛苦难当。原来，不知从何处探出来两只精瘦的胳膊，好像就地生根的藤蔓一样死死缠住了他的右脚踝，使他正要跃起的身体好像被拴着个千金坠儿一样，无论如何也腾不起来。无奈之下，他只好压下右脚上的弹力，心念沉下来气往横出去，由此身体的平衡就被打破了，他的左脚落地时不免多了一重扭挫的外力，立时，他感到了一股刺痛从脚下传来，犹如一股寒气自下往上直达膝盖骨的半月板处。

原来，与所有凶猛的野兽一样，"型男"的注意力始终都是瞄着远处的，不想却忽视了近在咫尺的脚下，他没有注意到，有一个瘦小的身影像个石凳一样蹲伏在墙脚处，任凭雨水淋湿了全身竟也一动不动，她便是尹博离开后独自留守书吧的特工小刘。

这个书吧是秦雅创办的"蓝海之心"小组的基地，平时就很少有工作人员驻守。一个秘战中的据点通常是不能对外挂牌的，所以才假扮作一个私人会所，以书吧的形式出现在公众眼中，而秦雅对外则宣称自己是这"蹊径书吧"的老板娘。

其实，自从尹博等人一离开，小刘便一直在院中巡视。明夜行动在即，小组成员都为这场情报会战作着各种各样的准备，小刘看得出这一次行动非比寻常，所以无须尹博多言，这个年轻的特工自知该如何承担起守卫基地的责任。

当丰田商务车在院外十几米的地方停下来的时候，小刘就已发现了这一情况。她警觉地在墙脚下隐蔽好自己，想近距离观察一下墙外的动静再作对策。但等了一段时间之后，却发觉墙外毫无动静，正当她起身准备走到铁栅栏门前去看个究竟的时候，突见一个黑影悄然跃上了墙头。小刘暗想，风高放火，月黑杀人，今日恰逢雨夜，莫非是小偷上门行窃？看我生擒了这个蟊贼。于是，拿定主意束身不动，静等贼人上前。

然而，让她没想到的是，来者不善，这个蹿墙越脊之人绝非她所认定的鸡鸣狗盗之徒。果然，来人没给她足够的反应时间便跃身下了墙头，她只好就地隐蔽起来，好在"型男"也是求胜心切，这才让小刘有机会半路杀出，将对方已经腾起的身躯活生生拽了下来。

借着落地的惯性，"型男"就地一个前滚翻挣脱了右脚的羁绊，小刘也不怠慢，她一个侧滚脱离了对方蹬踹的路线，转而单膝跪地上身挺直双臂前伸，再看小刘时，她的手上已经多了一支9毫米的全自动手枪。

"不许动！老实点。"一声断喝，声音传出去老远，这让在院墙外正等候

在门边上的"冬瓜"吓了一跳。他本能地举起了手中的枪，将安了消音器的枪管探进铁栅栏门，对准了院中的黑影。然而，没等他瞄准目标扣动扳机，那发出喊声的人影便颓然倒地，竟连一声呻吟也没有。

原来，在身后传来严厉喝止声的同时，"型男"当即明白，自己闯入的果然是一处最为隐蔽的特战据点。心想，难怪从他们内部传出的情报把这里说成是什么"蓝海之心"的情报基地呢，现在看来果然不假。于是，杀戮之血直贯头顶，立时激起了他满心的英雄气概，一时豪气云天。他在心中大叫道，适才枪挑了"蓝海之心"的掌门人，现如今又来踹你老窝的门，看来我藤田立威扬名的时刻当属今夜了！

已经跻身全球著名杀手"新贵十三屠"中第11位的"型男"藤田秀，自午夜时分在金河大桥上射出那粒精准的子弹之后，便已经揭开了他杀手生涯之巅峰演出的序幕，现在，他要在相隔一小时之后再杀第二个人！

那一刻，他借着倒地滚翻的瞬间，看清了自己身后的那人，只见她正屈膝跪地持枪瞄着自己，一股原始的本能催生了他扭转败局的力量。就见他以左臀为轴，靠左腿为架，借侧倒之势旋动右腿，竟然抢在小刘扣动扳机之前甩出了致命的一剑。鞘内绷簧弹起，利刃脱鞘而出，挂着风声直奔小刘的面门而去。一来夜黑，通体乌漆的短刃毫不惹眼；二来无声，绷簧弹起时的微弱颤音淹没在雨声里毫不悦耳；三来过近，射程不超过四米的距离迅即得来不及作出反应。

小刘硬生生仰面倒下，血溅当地，两臂竟然还直挺挺地举着那支已经子弹上膛却来不及扣动的全自动手枪。一柄东洋短刃没入咽喉，仅剩把手留在外面，足见其力道之大，射速之快。

藤田跃然而起，毫无半点同情。他一边抽出短刃收拾妥当，一边迅速查看着小楼和院落，一切都平静如初，除了雨滴落地时发出的啪啪声响以外，再无半点动静。这时，栅栏门打开，"冬瓜"荷枪闯了进来，两个人一左一右占据了小楼大门的两侧，此时藤田的手上也多了一支亮闪闪的手枪，那枪上的银光闪烁，即便是在雨夜之中都显得异常耀眼。

栅栏门外，欧陆风情街上，雨夜之中有一把黑伞如乌云般飘过，执伞之人跛着腿脚艰难行走。

第二卷　觊觎国器

第一章　花旦揭幕

02：00　T市航母基地滨海船厂

从热吻当中挣脱出来，浑身上下就像在热炉当中烘烤过的白薯一样，肉热皮燥得汗水湿塌了那件白色的男款衬衣。女人一骨碌翻身从单人床上爬起身来，一边整理着凌乱的头发一边蹀到窗口朝外望去，正在建设中的船厂里正是一派灯火通明的壮观景象。

"你这就要走？这才2点钟啊！"躺在床上的年轻人恋恋不舍地问道，从洋溢着青春的脸上看，他明显要比那女人小很多。这是一个典型的姐弟间的恋情，男子热情任性，女子包容成熟，女大男小的情侣虽然不是主流，却也并不少见。如今另类的情爱观已不仅使相恋男女间的年龄差距拉大，而且还出现了倒错和逆转的趋势，甚至被有些年轻人追捧为一种时尚。

"我还有七八十公里的路要赶哪，宝贝儿。"

女人回过身来把一件黑色的修身牛仔裤套在修长的腿上，低腰处露出一根深嵌在股缝里的丁字裤带，年轻人见了不免又是一阵面潮耳热激情澎湃。他显然还余兴未尽，对于每周才有的一次约会，他总是期待了又期待，感觉六天的日子过得好漫长，好不容易盼到的良宵美景却又总是在夜半之时匆匆结束，连抱得美人酣睡一宿的想法都成为一种奢望，这如何能让血气方刚的年轻人身心满足呢？于是，他半是商量，半是恳求地说道："最多一个小时的车程而已嘛，6点钟再走就可以啦，回到城里刚好是上班的时间，何必着急？"

女人撩起衬衣下摆露出了少许蛮腰，婉转地解释道："会塞车的，你知道在上班时段那快速路有多难走吗，车挤车的。我今天可不能迟到，公司有

重要的外事活动，我得准时到场，欢迎仪式还要我去主持呢。"

这女人的理由并非不够充分，的确，每逢周一都是车流量最大的日子，上班族们或自驾或乘公交已经让城市的交通拥挤不堪了，再加上送孩子上学的校车、公车、私家车，高峰时段的公路上经常会排起长龙来，塞车已是家常便饭了。但这些都还是可以克服的，而她所说的后一个理由，则是她万万耽搁不起的。

她所在的跨国企业今天将迎来企业投资财团的老板，这对于 T 市而言或许都算得上是一件大事，注定会上各类报纸的头版，更何况对于她这个身居人事行政总监的雇员呢？

"再待两个小时嘛，好不好呀！一个小时也行啊！求你，总也没机会在一起。"年轻人略带撒娇地恳求着，姐弟恋情对有些娇生惯养的男生而言，就是能够让他将恋宠癖一直延续到成年以后，而这也刚好能够满足某些具有领袖欲望的女生，所以，由年龄倒错的男女所组成的家庭也未尝不是一段幸福的姻缘。

看着孩子气的年轻人，女人忍不住扑哧笑出声来，但她的手却没有停下来，这便是成熟女性的优点，她必须保持清醒和理智才能确保不会做出蠢事来。

"看你，怎么还像个孩子！"女人嗔怪道。

年轻人像是得到了鼓励，更是有恃无恐道："就是个孩子怎么了？你不是喜欢有个弟弟嘛！"

女人忍住笑，嘴上逗趣道："那你叫我姐姐好了？"

年轻人看着女人的柔美姿势，发自内心地叫道："姐——"年轻人娇嗔地喊了声，故意拉长了声音，终于将女人笑翻在了床上。

"当着人你也这么叫哦！可别害臊。"

亲热延续了将近十分钟，女人在气喘吁吁中间道："你什么时候才会在市区里买套房啊！每次都要大老远的跑到这海边来。"年轻人喘了口气回答道："我才不会自己买房呢！更不会让你陪着我一起做房奴。"

女人心事重重地仰面躺在床上，任凭年轻人一通折腾，心情灰灰地问道："那你准备在哪儿娶我？集体宿舍里吗？"

年轻人觉察出女人的情绪有些低落，于是，停下动作趴在女人面前说道："呵呵……我们厂就要建员工公寓了，每个准备把家安在厂里的员工都能分到一套。"

女人的兴趣似乎并不大，动也没动道："员工公寓，那能有多大？五六十平方米一套的我可不要。"

年轻人瞪大眼睛，赶忙说道："九十多哪，标配的。"

女人瞟了眼他，撇撇嘴说道：

"那要等多久啊！到现在你们连工厂还没建好呢？"年轻人挺直了上身，急急道："下半年就动工，明年年底前交房，很快的。别忘了，我们厂可是国家重点项目，生产生活两手抓。嘻！"

女人抻了抻被子，盖住裸露的上半身，说道："先别说生活了，就说生产吧，我看了半天，怎么连个船的影子也没见着呢？"

年轻人笑了，自豪地说道："呵呵！你当然见不着了。现在，除了大运之外那就是我们的大船了，这可是国家战略性投资，能明摆浮搁地让人看！"

女人翻了个身，侧对着年轻人问道："你意思是说？"

年轻人压低了声音神秘道：

"整条航母分散在十几家工厂里造呢！我们厂专门负责最后的组装，到后年的这时候你再看看，8万吨级啊！一共两艘。"

女人的眼里闪出了光芒，她饶有兴致地问道："怎么可能？造船又不是拼火车，车头、车厢往一起一挂就成了。"

年轻人有些得意，他点点头说道："当然可能了，我说十几家还是少说了，加上预制零部件和装载设备的工厂加起来不下一百多家呢！"

女人若有所思地皱紧了眉头，不无忧虑道："哦，是这样啊！下水时间有计划吗？"

"这个不好跟你说，不过员工公寓嘛，铁定明年年底前交房，春节我们就能在新房里结婚了。"

"是啊！这样看来，倒是蛮快的。"女人说得有些心不在焉，年轻人却听得当了真，他急急道："还快呀？我都等不及了，恨不得现在就把你娶到手呢！"说着，年轻人一下子将女人扑倒在了单人床上。

02：10　关岛安德森空军基地

规整的战情分析室内单调地摆放着十几把简单的座椅，除去一张投影屏和一块写字板之外就是四面淡绿色的墙壁，八盏金卤投光灯悬在不太高的天花板上，偶尔会随着地面的震动而微微摇晃，那是第十三航空联队作战值班的 F-15E 在起降时造成的。

罗杰·斯隆空军上校站在屏幕边上，看着眼前空空的座椅发呆，以往在作战情况发布的时候，下面总是坐满了他的第二十七战斗机中队的小伙子们，这些空中骄子里的精英们个个都是好样的，由他们驾驶的第四代战斗机 F-22"猛禽"傲视亚太空域，是斯隆上校心底的骄傲。

此前，在多次的模拟对抗演练中，"猛禽"都以绝对的优势取胜 su-27"侧卫"战机，这给斯隆上校和他的二十七中队赢得了至高无上的荣誉。但是，当他率领着六架"猛禽"部署在关岛之后，他才真正感觉到了这种第四代战机的卓越优势。浩瀚天空，来去自由，天地之大，任我驰骋的豪情使他的"猛禽"中队充满了好斗的激情。

然而，当战斗真的来临时，身为指挥官的罗杰·斯隆上校却又充满了忧虑。他忧虑的不是战果，那是手拿把攥的胜利，困扰着他的正是要把争得荣誉的机会交给谁。因为，"猛禽"中队里的小伙子们个个都在摩拳擦掌地盯着这个近在咫尺的立功机会呢。

当肯·肖特和比尔·海特曼推门走进来的时候，他们看到的是上校铁板着的脸。

"长官，第二十七中队上尉飞行员肯·肖特、比尔·海特曼奉命报到。"

二人立正行礼，手臂整齐地停顿在帽檐上，挺起的胸膛比他们的鼻子还要高。

"稍息。"

斯隆上校还礼，他的手臂向下挥动时快速而有力，这让两位"猛禽"飞行员感觉到了某种压力，因而在双手背后分腿跨立的时候，两人都有意微微含起了胸膛。

"我们的猛禽怎么样？"上校不露声色地问道，他的眼神背后藏着的是骄傲。

"时刻准备为国效力，长官。"

"小伙子们，我知道你们都渴望建立功勋，但有的时候荣誉就像是派对上的皇后，不是谁都有机会和她一起跳舞的。什么样的人才有机会？"

"最优秀的，长官。"比尔·海特曼上尉抢先回答，与他的非裔皮肤相比，他的牙齿白得有点瘆人。

"不！是最适合的，你们要清楚，第二十七中队的小伙子们个个都很优秀。"

上校说着把目光从海特曼的脸上移到了肖特的脸上，他对这个性格温和的南方小伙子情有独钟。

"这项任务非你俩人莫属，现在坐下，小伙子们。"

罗杰·斯隆上校用手里的遥控器关闭了屋子里的灯，接着投影屏上显现了出一张中国大陆沿海区域的地图。

"先生们，下面我所介绍的作战方案仅限于在座的人员知道，以后不再重复。"

上校一改刚才的亲切称呼，转而严肃地警告自己的部下，这是一次严格的保密行动，之所以选择了他们两人，原因之一就是他们做事谨慎。

"众所周知，中国正在大力发展他们海空军事力量，意欲借助大型运输机和航空母舰来扩展军事投送力量，他们将冲破第二、第三岛链的封锁，并以此作为大国崛起的支点，从而对我们在亚太区域的控制力量构成威胁。"

上校将手中的镭射笔在地图上的沿海城市间来回移动着，最后将红点停留在了一个用航母符号作出明显标记的地方。

"从卫星图像上分析，这个海滨城市的港口位置正在建设一座大型的军用码头，足以停靠两艘 8 万吨以上的航母，在码头的北侧是一座刚刚投入使用的大型造船厂，从已经建成的船坞和起吊设备来看，这座船厂已经具备了同时建造两艘中型航母的规模，更进一步的确认还有待于我们的情报人员最后发出的消息，但是时间不会晚于今天夜里。"

肯·肖特和比尔·海特曼对视了一眼，肯问道："我们打算摧毁这个船厂是吗，长官？"

上校点了点头，严肃地说道："仅仅是一次警告行动，上尉。只是顺便

第
二
卷

舰
舰
国
器

毁了他们的航母专用船坞。"

比尔·海特曼插话道："为什么不等到他们把航母的船体造出来再说？利用 B-2 来一次幽灵的毁灭，岂不给对方造成的打击更大？"

上校摇了摇头，语气低沉地说："那会挑起一场大战的，要知道，世界上我们最不想与之交手的就是中国，我们领教过他们的战力和斗志。"

上校说到这里的时候停顿了片刻，有意留出时间来给部下思考，但他发现这两名年轻的飞行员竟然毫无反应，于是不免担心起来，他接着说道："如果现在动手的话，风险会小很多，但产生的效果却是相同的。两架'猛禽'快进快出，利用精确制导的智能航弹，威力大动静小，既能摧毁他们的航母基地，同时也给他们一个警告，达到推迟他们制造航母时间的目的。"

肯·肖特在上校的注视下默默地点了点头，他明白上校一番话的用意。这不是一次普通的作战任务，而是一次真正意义上的冒险。虽然以"猛禽"的卓越隐身性能投入作战，他自信完全可以躲开防空雷达的监视，但到了里面可就不好说了，能不能出得来，他完全没有把握。

那真的是一场输不起的豪赌啊！肯·肖特在心里嘀咕着，但脸上却什么也没有表现出来。

"好了，先生们，行动将在 24 小时之内进行，现在回去待命，随时准备出发。"

"是，长官。"

两名"猛禽"飞行员大声响应着起立行礼，而在他们的心里却萌动着一种莫名的紧张和骚动。肖特利落地行礼之后转身，和同伴大步朝外走去，心想，我是最适合担当这项任务的人选吗？

肯·肖特一边大步走着，一边看了眼身旁的同伴，只见比尔·海特曼正兴奋地踩着鼓点，一副跃跃欲试的样子，心想，或许，他是最适合的吧！

02：20　T 市的城港快速路

亮着大灯快速行驶的 mini cooper 就像一只睁着大圆眼睛的卡通大头鞋，明黄耀眼的车鼻犹如鞋身，经过雨水的冲洗更显得鲜艳明亮，黑色流畅的顶棚宛如鞋口，恍如遮住了里面巨人的大脚而变得尤为神秘。它沿着港湾大道一路驶来，船厂的夜景也一路跟随，坐在车里就像是在浏览一幅鸿篇巨制一样。雨雾中的巨型龙门吊矗立在海边，好似龙首昂然探出海面，深阔的船坞匍匐在海滩，犹如探出的龙爪正奋力地爬上海岸，冒雨施工的灯火照亮了海湾，波光粼粼的海水似披着闪亮鳞甲的龙身正要跃出水面。

30岁出头的女人熟练地驾驶着这款经典的小型车，隽秀的脸上不带一丝倦容，夜生活的疲乏不曾带给这个成熟女人一丝衰老的迹象，反而给她平添了一丝超脱风尘的清秀。她带着彻夜云雨后的满足，顶着漫天飘洒的雨雾，揣着野心勃勃的欲求，孤身踏上了一条危机重重的险途。这个非凡的女人所从事的职业就如同她本人一样充满了诱惑。

这是个很有韵味的女人。她重利不狭隘，理性不呆板，开放不低俗，风骚不淫荡，既入得厅堂也下得厨房，是个极具吸引力又有极高品位、一身才华且满腹心计的角色。她有良好的教育背景和骄人的从业经历，这不仅给她的娇媚容颜增添了高雅的底蕴，而且还给她的天生丽质罩上了一层职业经理人的外衣。

明确一个简单目的，制订一个简单的计划，施展一个简单的手段，获得一个简单的结果，这便是她的简单法则。

有一个现成的例证摆在眼前，她用了不到一个月的时间便钓上了滨海船厂最年轻的工程师，这对她来讲简直不费吹灰之力，最初稍施些手段就勾得对方神不守舍，如今已是如胶似漆难分难舍。她的想法很简单，既然不指望从他那里挖掘出更深层级的情报，当然也就不必冒太大的风险，投入与产出的精细账是一定要算清楚的。当初，她只不过是想通过这个年轻人了解一些船厂的情况，从而给自己的判断增加一些佐证。其实，如果真的想获取情报，她有更为安全的渠道。

今晚可谓不虚此行，结果也正如她之所料，那个年轻工程师的说法完全印证了她之前的推断。

滨海船厂是中国未来航母的组装基地，在明年之后的某个时间里，从上百家工厂和科研院所预制好的船体、部件以及装备都将汇集到这里进行组装，过不了多久，中国海军就会拥有两艘由8万吨航母领衔的远洋舰队了。关于这一推断，她的分析报告早就提交给了中情局的亚太事务主管——佩

第二卷 觎舰国器

奇·波特兰，为此，一个大胆的冒险计划正在酝酿之中。

假使是因天生的贪欲而湮灭了人性道义，那她只能归于那些粗浅的人，这类人通常只会给国家增添些表面上的伤痕，却不至于伤及命脉。如果仅仅是为了追逐个人无休无止的享乐，便不惜出卖国家和民族利益并与自己的同胞为敌，这样的人只要略施小惠便能轻而易举收买，不可寄予厚望或委以重任。而她之所以能够博得中情局的青睐，是源于这背后的一层更为特殊的原因，正是这一点让中情局在招募她的时候便如获至宝，而她的野心也因此找到了无限膨胀的落脚点。

她始终自视才华出众、心智高人一等，又得上天垂青生得一副美貌，于是便有了征服世界的妄想。除了与生俱来的逢男必诱逢女必捧的天资之外，她还对其他的涉世本领怀有渴望之心，这便是她对天下最为古老职业之一的向往。

作为当今世界凌驾于一切权利、尊严和名望之上的组织，中情局刚好可以满足她的这一奢望。CIA为她的梦想提供了一个广阔的舞台，而她则有机会实现自己的梦想。她要成为史上最杰出的间谍。

"楚欣小姐，这个人将是你在中国大陆的上级。"

她的中情局引进人，一个外形毫无特色表情呆板的中年"职员"，指着投影屏上一个只有轮廓的黑影对她说。言语间，就像是在讲述一个传说。

"别试图了解他的来历和长相，这对我来讲也是一个谜。"

"职员"顿了顿，不等她在大脑中对自己未来的上级勾勒一个大致的轮廓，便倏地关闭了画面。于是，那个体形臃肿形态猥琐的身影便在她的脑海当中留下了一个近似一摊大便的形象。

"做间谍不需要华丽的外表，你要学会收敛锋芒，就像他那样。"

"职员"看透了她的想法，一语道破了她的心机。

"想必你一定听说过称雄当今世界的'无间十二谍'吧？"

"职员"抛出一个诱饵，然后，紧盯着她的眼睛继续说道："'无间十二谍'是依照举世公认的特情功绩遴选出的，都是当今世界超级间谍的代表人物。""职员"故意放缓语速，以便让她听得更加清楚，"此人就在其中，代号，老爹。'无间十二谍'中他排名第五，一个了不起的人物。"

看着她听到这些时的惊诧表情，"职员"深知，在当今这个物欲横流的世界中，以她的条件要获取任何东西都如探囊取物一般毫不费力，所以任何一种职业对她都缺乏挑战性，唯有间谍这个职业才会对她产生吸引力。

"想要成为一名杰出的间谍，必须想办法超越他，对此你有信心做到吗？"

"职员"故意在她的面前竖起了一座丰碑，不想她却毫不犹豫地点了点头，眼睛立时放出光来。"职员"心里大喜，但表面上却不露声色继续牵动着诱饵。

"那好，特训班毕业之后，你就先跟着他学习吧。"

于是，她记住了这个带她上道的中情局"职员"，记住了"职员"所说的"无间十二谍"，也记住了那个拥有第五谍头衔，却剪影形似大便的上级"老爹"。而她，楚欣，也从此拥有了自己的代号"花旦"，并成为了"职员"旗下"狂花十一劫"中的一员。

大海没入了公路的尽头，灯火璀璨的船厂也消失在了夜色之中，车子渐渐驶离了海港区朝着城区迫近。楚欣看了眼雨幕朦胧的前方，闪过的指示牌上标明在 500 米的前方有一个临时休息站，那里正是她计划要停下来歇脚的地方。

沿着弯道下了公路，车子在临时休息站的霓虹灯前停了下来。借着灯光，楚欣驻好车，熄了车灯却保持引擎发动。她前后观察，见没有其他的车辆停靠左右，这才麻利地从腋包中取出一只大屏幕的 iPhone 手机。

点亮手机屏幕，激活无线上网程序，在搜索引擎的窗口上键入要登录的网址，很快网页打开，接着连续点击屏幕，窗口下拉出一个名为"老爹的流水账"的博客主页。

她选择了博客刚刚更新的一篇文章，在评论中写道：

老爹聪明，新巢果然住进了两只母鸡，不久就能生蛋了。多亏您的提醒，最近关照得仔细多了。否则，毁了窝砸了蛋，损失可就大了。真是那样，估计以后就再也没有兴致养鸡生蛋了。我会继续关注您的博客，您的见识对我帮助很大，再次感谢。

她相信，在浩如烟海的网络文章中没人会注意到她的这个留言，但"老

第二卷 觊觎国器

爹"会留意，明天，"老爹"的新文章就会出现在博客当中，从中她能得到进一步的指令。虽然从不曾与"老爹"谋面，但"老爹"却是她立志要超越的第一个目标。因为他是著名的"无间十二谍"里排名第五的神秘人物。

挑亮大灯，车子重新驶上快速路，夜空里，雨依旧不紧不慢地下着，像有只漏勺扣在头顶上，除了连绵不绝的水线滴落外，黑黑的见不到一点光亮。湿淋淋的公路无尽无休地延伸着，如同在两轴间循环往复不停重播的磁带，没完没了地放着同一首歌。车灯下隐隐现出窄窄的一条路面，小车好似在晾衣竿上爬行的蚂蚁，只能看见脚下短短的一段，望不见尽头。

此时，楚欣的心里却是空落落的，她努力不去回味刚才与那年轻人温存时的复杂心情，关于过去她选择了遗忘，因为有太多的风花雪夜和言不由衷，那些不过是过眼烟云，如同随手丢弃的果皮纸屑。对于未来她拥有的也仅仅是希望，就像眼前这条看不太远的路一样，但她还是决定沿着这条路走下去，因为她认定那里连着自己的理想。她坚信天必降大任于己，而在此之前，她宁愿忍受奔波劳顿和孤单寂寞的煎熬。

想到这里，楚欣提醒自己振作起精神，因为明天还有一件更为紧要的事情要应对，那位即将到访的投资财团的总裁将是她借以一展身手的贵人，那极有可能是一次能够带来成功的绝佳机会。

是该好好显示一下自己职业女性魅力的时候了！楚欣想，必须以最佳的状态出现在总裁的面前，一定要以恰到好处的效果获取他的赏识。她提醒自己，成功是容不得有半点疏忽和纰漏的，机会总是眷顾有充分准备的人的。

一想到这些，楚欣的心里便涌出一股跃跃欲试的冲动，每逢挑战来临时她都会这样，思维就像一只小鸟不停地扑棱着翅膀。她想，梳洗打扮是很费时间的，首先，泡一个牛奶浴是很有必要的，不仅可以使皮肤保持丰润有弹性，更重要的是能够祛除身上残留的异性体味。其次，做头发也是非常耗时的一件事，好在这一切自己都能对付。然后，还要香薰、化妆、挑选合适的衣服……所以，趁着天色尚早，还是尽快赶回城里的住处吧！想到这些她开始有些迫不及待了。

mini cooper 冒雨疾驰在快速路上，车后扬起一道水雾。

第二章　暮年敌手

02：30　东京 银座酒店

哗……

具有超静音设计的抽水马桶在夜里产生的动静还是着实不小，直到他倒着细碎的脚步回到卧室里，仍旧能够清晰地听到洁具往水箱里注水的声音，这让年近 70 的广濑真之苦恼不已。这已是他自午夜以来的第三次起夜了，像所有的老年人一样，由于前列腺增生引起的便意不停地折磨着他，再加上那个吵人的马桶，整个后半夜也就甭想再睡着了。

失眠的广濑索性平躺在床上，双手枕在发鬓雪白的脑后，微合双眼想起了心事来。其实，即使没有这些他也还是睡不着。一件让他牵肠挂肚的事还没有得到最后的结果，这让一手策划了远东特课与 CIA 联合行动的情报头子辗转反侧。伊贺忍者的传人，"伊贺上忍"广濑真之已经到了垂暮之年，对于谍海搏杀他深感力不从心，所以近来每逢夜不能寐的时候他都会萌生退隐之意。

午夜刚过，一条通过手机短信发出的加密暗语使他兴奋不已。由他派出的一个由四名职业杀手组成的特战小组已经初尝战果，中国大陆军方的秘密情报小组"蓝海之心"的领导人已经被成功铲除，后续针对小组其他成员的猎杀也正在紧锣密鼓的进行中。但是，三个小时过去了却再也没有新的消息传来，这让在尿不尽的黑夜之中苦苦挣扎着的广濑不免有些忧心忡忡。

早在他远赴大洋彼岸之前，这个由职业杀手组成的特战小队就以合法的身份进入了中国大陆，通过他的巧妙斡旋，一份经过中情局亚太情报主

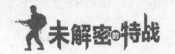

管转交的情报帮助这个特战小队迅速摸清了"蓝海之心"小组的全部资料。带着两大情报组织联合行动方案返回小岛之后，他立即部署了于今天午夜开始的这次攻击行动。行动的目的不言而喻，旨在一举摧毁中国的航母情报组织，打击中国军方的航母发展计划，将中国永远封堵在第一岛链之中。

伸展开躯干努力挺起脊椎的广濑感到一阵麻酥酥的痉挛直达自己脑后枕着的手臂，他知道那是颈椎增生所致。微微有些驼背的广濑常利用这种方法放松背部的肌肉，缓解颈肩疼痛，促使混沌的大脑变得清醒一些。

如果还等不到新的战果传来，便说明藤田小队的进展不利，果真到了那一步就必须考虑后续跟进的步骤了。广濑不无忧虑地想着，不由得愁上眉梢。

哼！藤田这小子，心高气傲得近乎刚愎自用，这是他致命的缺陷。如果不是自己年迈，真该多花些时日调教他，或许他还能被培养为可用之才。

一想到藤田，广濑的眼前就会出现一个肌肉发达的标准"型男"，这个空手道黑带不仅具有凶狠的身手，而且还枪法了得，千米内狙杀目标弹无虚发。正因如此，藤田秀很早就进入了广濑的视野，在正式招募他加入远东特课之前，广濑曾先后几次将其派往美英等国的特训中心受训，并且随同北约的特种部队前往世界热点地区参加实战，他的表现也是可圈可点。

唯一令广濑担心的就是他的执拗性格，由于藤田秀的祖父和叔父全部在二战中战死于中途岛海战，所以，他的骨子里有种被压抑的仇视西方的情结。虽然长期混迹于北约的多国部队当中，但这种感觉却始终困扰着他，这让他在训练和作战中表现出了一种近乎丧失理智的勇敢。为此，广濑甚感担忧，唯恐他一时冲动捅出个大娄子来，所以迟迟未敢委以重任。直至月前，在一位已故好友女儿的极力推荐下才使广濑痛下决心，决定派遣藤田带领三名职业杀手执行这一次的暗杀行动。但广濑心中隐隐的忧虑却从来也没有真正散去。

解铃必定还须系铃人，如果藤田那边进展不畅，也只好派她出马了，毕竟这二人之间曾经有过一段战地恋情，相知相伴的默契必定能够化险为夷，令刺杀行动顺风顺水。但是，一想到要让她冒着生命危险来挽救这次行动，广濑又有些于心不忍，毕竟是视同己出如亲生女儿一般啊！这让年近七旬却孑然一身的广濑如何能轻下决心呢？

栗原纯一郎是广濑真之哥哥的战友，他不幸在二战中因伤失去了双腿。因为年龄尚小而躲过了战争的广濑那时已经沦为孤儿。为了生存，广濑便与栗原一家相依为命。纯一郎靠残疾军人津贴帮广濑填饱了肚子，而后渐渐长大的广濑也义不容辞地代替纯一郎担负起了养家糊口的重担。再到后来，长大成人的广濑加入了驻日美军的特勤队，继而又转入自卫队服役，一直到纯一郎逝去，他一直都在帮助纯一郎供养着这一家人，而栗原纯美便是这位纯一郎的女儿。

栗原纯美做事还是可以放心的，除了具有不同凡响的身手之外，她的头脑和坚忍是最值得钦佩的，毕竟她还很年轻。广濑颇感欣慰地想。的确，这个他一手带大的女孩儿如今已是防务省远东特课里响当当的人物了，作为父辈兼师长的广濑曾经不无自豪地讲，自己隐退之后，除了栗原纯美，再无二人堪当此任！鼎力栽培之意溢于言表。

与藤田秀不同的是，拥有双料 MBA 学位的栗原纯美有着骄人的从业背景，这让她的潜入计划具有极大的隐蔽性。一个毫无污点且美丽干练的职业女性可以成功地进入任何一家大公司工作，并且取得令人艳羡的职位。于是按照广濑的安排，栗原纯美已经于近期加入了一家由广濑挂名专务的著名日资企业，并被派驻中国。不言而喻，她随时都可以介入藤田小队的刺杀行动中去，于第一线协助藤田尽快完成任务。

还是交给年轻人去干吧，行将枯槁的人总不能赖到要进棺材的那一刻才放手，纯一郎的在天之灵保佑她吧！

刚刚有些困顿的广濑又生出了一丝便意，于是他不得不再次爬起身来，倒动小碎步朝卫生间跑去，唯恐再晚一刻就会尿湿了内裤。

哗！

静音马桶又一次传来夸张的冲水声，像是在故意嘲弄他一样。

02：40　Ｔ市的花园小区

冒着零度左右的低温，尹博跌坐在小区的长椅上，失落的眼神紧盯着脚下的一盏防水草坪灯，脸上现出一副茫然的表情。荀循举着伞不无担心地站在一旁，关切地看着重创之下的老人，也是一脸的急切。

自从"蓝海之心"成立以来，还从来不曾有过这样的情形，在即将实施重大行动之前的关键时刻，既是行动指挥又是得力下属的秦雅却突然遇刺身亡，这让年逾六旬的六处主管尹博一时间手足无措，似失了准头的流弹颓然跌落在地上。

尹博机械地倒动着两手，将一枚碧蓝色的星状宝石项链来回把玩着，思绪却已不知飘向了何处。果然如他所料，秦雅真的出事了，但她离奇的死亡方式却出乎预料。秦雅不是一般的女人，想要近身算计她真的很难，因此只有远程狙击才能射杀她。

那盏直径 4 英寸的地埋灯在尹博的眼里不停变幻着，逐渐收缩成一个仅有 9 毫米的弹孔，仿佛有呼呼的冷风正透过弹孔迎面吹来，令他不得不眯缝起眼睛来。

毫无疑问，秦雅是被一枚破窗而入的 9 毫米子弹击中的，能在距离地面 38 层高的楼面上击中目标，那枪手必定也在同一高度上。无须弹道专家分析，尹博也能猜个八九不离十。在这一高度上的建筑虽然不少，但从秦雅遇害的位置透过玻璃上的弹孔朝夜空望去，却只能看见金河大桥那高高隆起的弓型吊梁。

没有破门而入的迹象，除了秦雅本人之外整套公寓内没有发现生人的任何物品、指纹或者其他痕迹，那枚破空而来的枪弹无疑是唯一的闯入者。但是相距 800 米远的距离准确狙杀目标，堪称神技！没有知情人的引导是绝难完成的。恰恰是这一点让尹博感觉如临深渊。秦雅肯定是遭到内部人员的出卖才在家中殒命的，而对这个内鬼他竟然毫无知晓，六处就这样在毫无预警的情况下陷入了特战的陷阱。

尹博的心中有一本账，当他从刺杀现场走下楼来的时候，便立即在心里逐一盘点起来。在秦雅行踪的知情人当中，以奉命护送秦雅回家的林烈嫌疑最大，虽然现场勘验的结果表明他履行了自己的义务，留在秦雅寓所门前的帕拉丁那宽大的轮胎印证明了这一点，但是在时间上他却为杀手留有充裕的条件。秦雅显然是在浴后才被枪手狙杀的，也就是说枪击应该发生在她与林烈分手之后，所以林烈具备作为杀手或帮凶的一切条件。而且，他在来此之前的怪异情绪，也是尹博多年来少有见到的，现在看来这无疑给他的反常举动增添了注脚。

尹博的心一阵冰冷，草坪上的灯光突然从眼前消失，那枚9毫米子弹留下的弹孔一下子便成了无底的黑洞，将他的身心一道吸入，立时他觉得自己仿佛置身在又黑又冷的冰窖中，周围挤满了大块的寒冰，一时竟找不到出口。

林烈，一个特战队的老兵，为什么他要出卖秦雅、背叛组织、与国家为敌？简直毫无道理！

尹博对林烈的了解可谓深之又深，但他绞尽了脑汁也想不出林烈这么做的理由。林烈虽然刚猛，出手也极其狠辣，但他天生的弱点是惧怕上级。这是一种与猎犬相近的性格，形同主人的尹博绝难想象得出，林烈怎敢背叛自己而成为一个叛徒。

既然无法找到一个站得住脚的理由来支持对林烈的怀疑，那么，就暂且把林烈放在一边，观察一下再说吧！

刚刚将一个疑点搁置，尹博转而陷入更深的疑虑中。没有任何危险将至的迹象，缺少丝毫可以推理排查的线索，唯一可以接受的理由就是明晚即将开始的猎取航母情报的行动。现在，敌人一招中的，刺杀了秦雅，无情地粉碎了她酝酿了四年之久的计划。

那么敌人在哪儿？内鬼又会是谁呢？太久没有临阵对敌的主帅在突然折损了大将之后有些不知所措了。

失去了琴星，蓝海之心将不再跳动，缺少了秦雅，航母情报也无法接收。隔海相望的情报员还不知道危险的存在。

尹博禁不住打了一个寒战，此刻，他真的希望吕律调能够站在自己的身旁。

"博士，进屋去吧，夜风很凉的。"

尹博没有理会苟循关切的提醒，重压已经使他忘记了寒冷。

"博士，T市公安局的技术人员对房间进行了彻底的检查，至今还没发现任何可疑的痕迹。"

林烈不知何时出现在了尹博的面前，他说话时目光死死地盯着尹博的表情，像是想从博士的脸上看出什么好印证某些他已知的答案。尹博沉吟了片刻才轻轻哦了一声，既像是失望又像是庆幸地松了一口气。

一旁的苟循觉察出了林烈眼神中的特殊内容，为避免尴尬她插嘴问道："弹道分析的结果怎样？"

"狙击位置应该在金河大桥的拱梁上，那里是等高线上唯一与弹道吻合的建筑了，除非杀手乘坐了飞行器，但那样的话，射击难度会很大。"林烈声调沉沉地说着，他的目光一刻不离尹博，他刚刚从勘验现场的技术人员那里得到了关于狙击地点的进一步确认，但那是他作为内行人一眼就能看出的结果。

这群笨蛋！明摆着的疑点你们都发现不了。他在心里骂了一句，接着试探地问道："博士，公安局的这些人都是搞刑事案件的，他们不是很擅长暗杀一类的特情工作，您看……"

尹博没等林烈讲完便将话头拦下了，他的武断令林烈感到异常难堪。

"别这么贬低市局的同志，你现在该做的是尽快赶到大桥上去，时间久了线索会被雨水冲刷掉的。"

"是，博士。"林烈的表情僵硬，但眼神当中却闪过一丝满意的黯光，似乎他已经从尹博的话中找到了答案。

"你带上几个队员配合公安局的技术人员一起去吧，发现任何线索都要掌握在自己手里，跟公安局的人说明，他们只是负责技术方面的事，检验结束之后就做证物交接吧，剩下的就是我们的事了。"

"是，博士。"林烈诺诺而退，转身上楼去了。其极尽谦恭之态让一旁的苟循不禁侧目。

公安局的刑侦人员接到尹博的通知赶到秦雅住所的时候，尹博已将公寓的里里外外都看了遍，市局派来的多是技术人员，然而他们所看到的已经不是第一现场了，但碍于他们对特情组织的敬畏，还是对现场进行了认真仔细的勘查。一切都是在无声无息之中进行的，他们没有惊动左邻右舍和小区内的居民，仅仅是通过当地公安警察知会了小区的保安一声，但并未说明具体情况，甚至连普通的刑侦人员在内也不知道遇害的究竟是什么人，他们到现场来也仅仅是协助工作而已。

看着林烈消失在了楼洞口，尹博头也不抬地对苟循低声说道："你负责护送秦雅的遗体，然后尽快返回处里，你是她的助手，明天的行动离不开你。"

"是，博士，那……您？"

"那不是你关心的事，赶快执行吧！"

见博士心事沉重，苟循也不敢多言，连忙转身上楼去了。

小区园中黑影憧憧，林烈带着四五个人脚步匆匆地出了大门，一阵引擎发动的声音，两辆汽车亮着明晃晃的车灯一同离开了。不一会儿，苟循跟随着一副担架下楼，担架被小心地装进了一辆事先等候在楼前的急救车中，苟循上了车，急救车静悄悄地驶离了花园小区。

尹博一动不动地坐在小区的条形椅上，默默地注视着眼前的一切，事情都在悄无声息中井然有序地完成了，于是，他将那条镶有琴星宝石坠的项链攥在手心中，站起身来缓缓地朝小区门外走去。

雨不停下着，雨水打湿的白发紧贴在了老人的额头上，泪水混着雨水从他苍老的脸上淌下，经过嘴角时变冷，只留下一丝涩涩的味道提醒他有泪滑过。

最后一名走出秦雅寓所的市局便衣刑侦人员用一只带铁链的大锁将公寓的防盗门牢牢锁好，然后，他掏出手机拨通了国家安全局海外情报处的秘密电话。

"现场勘查没有结果，现在总参六处的人已经带队向设伏点去了，完毕。"

02：50　第五大道 50 号

笔记本电脑发出的荧光将他厚重的背影投射到墙壁上，丑陋得好像钟楼怪人一样，但也不至于让人产生"一摊大便"的联想。

第二卷　觊觎国器

　　粗大的手指悬停在键盘上已经好半天了，犹豫着迟迟不肯落下来。短颈的大脑袋像墩在案板上的西瓜一动不动，目光夹在厚眼皮和肿眼泡之间，定定盯在电脑屏幕上，他的全部注意力都集中在了一份用暗语写好的电子邮件上。

　　邮件的原文只有"老爹"一人能够看得懂，它来自中情局掌控的一条秘密情报管道，被视为掌上明珠，也只有"老爹"这等人物才放心托付。邮件发自一个虚拟的邮箱，IP地址或许是某个小巷里的网吧，在互联网浩如烟海的电子邮件当中无法检测出这封普通的电子邮件，但它的内容却并不简单。在这封邮件的简短内容中，包含了总参六处下辖的航母情资小组"蓝海之心"成员的全部情况。

　　在中情局设伏于中国的若干个代理人当中，"老爹"是眼下最为炙手可热的一个人物。从午夜时分开始，一个个新鲜出炉的密报通过他的手源源不断地输送给了中情局的亚太情报主管，而佩奇·波特兰则反过来通过他又遥控着自己的独家情报网，这一往一返迅捷便利，因此才有了藤田刺杀小组的初步战果，但他们想要继续有所作为的话，还必须继续仰仗"老爹"的一路指引，否则，再强的杀手也只是夜路中的行者，迟早会跌进山崖里，摔得粉身碎骨。"老爹"犹如临渊而立的灯塔，照亮了夜行者脚下的道路，然而，正是因为这一点，却也让"老爹"犯了难。

　　自从三个小时前，针对"蓝海之心"小组的斩首行动初战告捷之后，从佩奇·波特兰那里发回的指令当中就着重申明了两点：第一要继续扩大战果，彻底铲除"蓝海之心"的全部成员；第二必须全力以赴保护好那条独家情报渠道，以期获取更大的好处。命令中还着重强调说那是一份至关重要的国家财产。"老爹"明白，这第二条指令是专门下达给他的。

　　要完成第一项任务轻而易举，现在，只要他的指尖一点，包含了"蓝海之心"全体成员的资料就会发送出去，几分钟之后，这份情报就能转移到暗杀小组的手上，趁着对方群龙无首猝不及防之际，尽数铲除也只是今晚的事。但是，这样一来，那份"国家财产"就会暴露。试想，一艘浮出水面的沉船，装满了宝藏，又如何能够悄悄开采而不引人注目呢？

　　"老爹"在局促不安中左右为难。按照通常的逻辑进行判断，要在二者中间作出抉择，无非是一取一舍的事，简单的做法便是二者当中取其重。但是，由于这二者之间有着千丝万缕的联系，所以，如何取舍就不是一件简单的事了。

"老爹"谍海沉浮十余载，也有过许许多多犯难的关口，但只要静下心来，慢慢试探倒也没有他解决不了的难题，然而这一次却大不相同。最棘手的是这份中情局的"国家财产"并非揣在"老爹"的兜里，也不牵在他的手上，所以情况就变得微妙了许多，就像是在替别人理财，买卖全看人家的脸色。而这份"国家财产"又好像是一件古董瓷器，唯恐稍有不慎就会失手打碎，那样一来怕是倾家荡产也赔付不起。再加上时间不等人，过了今夜，等到对方喘过气来，刺杀小组再想有所斩获，恐怕就无胜算了。

"老爹"像座泥胎端坐在那里一动不动，脑子里翻江倒海般酝酿着一个破釜沉舟的冒险计划。他无意中记起了那句老话，披着羊皮的狼是最狡猾的，那么披上狼皮的羊呢？或许就是最安全的。

"老爹"想，那就给这艘即将浮出水面的沉船罩上一层珊瑚礁的伪装吧！自己则做一回护礁的灯塔，时刻告诫过往的船只，请绕行！这样一来，连同自己也一道成了"国家财产"。然而，"老爹"明白，如果不幸被揭穿了伪装，那暴露的就不仅是那艘沉船了，顺便连自己这个灯塔也会折在这里。"老爹"自嘲道：嘿！好不容易赚来的"第五谍"的头衔，怕是也难保。

但是，他还是决定冒一次险，为的是了却一桩藏在心底的愿望，给自己一个金盆洗手的机会，给中情局一个堵嘴的理由。所以这一次，"老爹"是下了大赌注了。

"老爹"不是赌徒，他是个著名的间谍，间谍做事靠的不是运气，而是谋略策划和精打细算。"老爹"独步谍海几十年，积累下的丰富经验足以写一部"葵花宝典"，而他本人也已是"坐读《春秋》观风雨，笑谈《六韬》定乾坤"的天外高人了。

"老爹"的确是个奇人，看体态像是五十开外，看五官却有六十出头。其实，年龄已不再是衡量他阅历城府的一把尺子了，他所拥有的学识和经验不是单靠岁月积累起来的，而是一半靠天资聪慧加潜心钻研，一半靠失败挫折加坎坷蹉跎。没人能说清"老爹"的确切年纪，任何与他有关的历史背景资料都无处考证，连身份证上的出生日期都是杜撰的。就像是一阵大风过

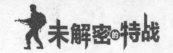

后，他便驾临凡尘似的。其实，"老爹"的身世显赫，经历坎坷。

"老爹"出身名门，血统高贵，人也长得一副奇相，但这些并没有给他带来特别的运气。他与同时代的孩子们一样经历了完全相同的童年。而后，在该读书的年纪里他下了乡，广阔天地的陶冶让他因祸得福，干农活练就了一身的蛮力，练拳脚成就了一身的好功夫。到了少年初长成的时候忽然洞彻天机爱上了学习，靠先天的聪颖加上自己的努力，抓住了青春尾巴的他考上了一所名牌大学，以优异的成绩毕业之后他又恰逢良机得以出国留学，最终到了海外。

奇人、奇相、奇才的"老爹"一眼就被中情局盯上了，原本就愤世嫉俗的一个人很快便成为了CIA中的一员。从培训班中毕业后的"老爹"以新人的无畏和老手的智慧成了首批投入特情工作的一员。

受中情局的派遣，他奔中东、赴朝鲜，潜波黑、藏苏联，一次次的表现都是可圈可点，其中最为显赫的策反行动为他赢得了享誉谍海的殊荣，那一次他让深藏在美国外交部中的苏联间谍露了馅儿，并因此坐上了电椅。这一成果在冷战后期轰动一时，并因此而牵扯出了一大批潜藏在北约内部的鼹鼠。自此，"老爹"名冠欧陆的特情界，跻身"无间十二谍"且排名第五，他本人却也为此失去了一条右腿。

时光荏苒风云变幻，世界格局发生了重大的变化，苏联解体冷战结束，一觉醒来的CIA忽然发觉自己少了许多活儿可干。于是便应了那句老话，虽不致狡兔死，走狗烹，却也是鸟兽尽，良弓藏，"老爹"便在自己的巅峰期止步不前了。

闲下来的"老爹"开始对家产生了眷恋，每日蜗居在自己的大房子里，独自收拾打理着家中的一切，这让他对与家有关的一切物品萌生了兴趣，于是他开辟了自己的"家居"进口生意。

依靠着从娘胎里便带来的文化情愫，他对中国元素的偏好得到了充分的发挥，他的"EXPO"小店里出售的产品为他带来了颇为丰厚的利润，一条商品物流管道也在不知不觉中建成了。一转眼，时间进入了新的世纪，已经有了两家大卖场的"老爹"正准备继续扩大自己事业的时候，忽然有一天，中情局的亚太事务主管佩奇·波特兰找上门来。

已经有了可靠身份作掩护的"老爹"重操旧业了，这一次，他的舞台选在了日益发展壮大的中国。一晃十年，潜伏回来的"老爹"终于盼来了启动的良机，但他却忽然之间心生倦意，对这个曾经带给他无上荣光的间谍职业失去了兴趣，渐渐地，他萌生了退隐之心。

　　已经接近凌晨时分了，"老爹"决心已下，他要冒险一搏，为在隐退之前挣取他的最后一分。

　　粗大的手指终于落在了键盘上，灵巧地跃动着，稍加修改后的邮件包含着一个重大的机密发出了。在未来的几天里，"老爹"赌上自己谍海生涯的身家和名范来求一个险中取胜。

　　邮件发出，一个血雨腥风的黎明也由此展开。

第三章　多情楚翘

03：00　T市高新技术园区——科研777所

一杯冒着热气的咖啡一路飘香地穿过职员屏风隔挡而成的通道来到总工办公室的门前，站在门口透过隔断玻璃墙上磨砂条纹的间隙朝里望去，依稀可见一个埋头伏案的沉静身影。他内穿熨烫平整的雪白衬衣，外套深蓝色的V字领毛背心，袖口低挽，衣领翻起。略带些花白的头发随意散在宽阔的额前，一副棕色细框的眼镜架在挺括的鼻梁上。他外形俊雅，身材伟岸，具备了成熟男子对异性构成吸引的一切有利条件。在他身后的椅子背上披着一件咖啡色的粗毛呢西装，黑色围巾从上面滑落在地毯上他却浑然不知，完全是一副忘我投入的样子。裴佩情不自禁地抿嘴一笑，也不敲门便径直走了进去。

或许是过于专注的原因，聚精会神地敲打着键盘的荆轩没有作出任何反应，他依旧全神贯注在面前的电脑图纸上，不停调整着设计方案中的结构参数和缩放比例，整个人仿佛已经化身为那套电磁弹射装置中的一个感应器，全部的感官系统都凝聚在了人机相连的触点上，通过手里的鼠标连通着他的设计思路与虚拟方案。

裴佩将温热的咖啡放到荆轩的面前，也不说话，只管捡起滑落在地的围巾在椅背上重新搭好。然后走到办公室的角落里，从迷你冰箱中取出一包咸香面包片和一袋咸水火腿片，又从冰箱门上拿出一个一次性纸盘，她静静地将几片火腿和两片面包夹好放在纸盘上，再轻轻地挨着咖啡杯旁放好。

一切都做得恬静自然，好像妻子在温暖的家里照顾丈夫一样。担负着研发国产航母舰载机电磁弹射项目的总工程师荆轩和他的助手裴佩正全身心地投入他们的设计工作中，每天如此，工作和生活已经融合成为了一体，仿佛一对夫妻正在精心孕育自己的后代，而那呼之欲出的电磁弹射器便是即将诞生的婴儿。

"先把东西吃了再做吧，都快天亮了，你该补充些营养才行。"裴佩说话的口吻像是对待一个孩子，即使她比对方年轻将近 20 岁，但是表现出来的关爱之情显然超越了年龄的界限。荆轩也不搭话，拿起面包火腿就咬了一口，接着他头也不抬地继续忙着自己的事。

"也不洗洗手就吃，等一下！"

在裴佩语气稍显严厉的喝止下，荆轩放下面包伸着手等在那里，眼睛还是一刻也不离开电脑屏幕。裴佩取出湿巾走到近前，仔细擦拭着他刚刚抓起过面包的手。

"好了，现在可以了。"

裴佩的话音刚一落下，荆轩立时就抓起了面包往嘴里送，像是饿了很久的样子，裴佩忍不住偷偷笑了。

已经奔 50 岁的荆轩是位颇具传奇色彩的人物，在他一生的不同阶段里始终都得到各型女性的佐佑。在海纳百川的同时，也给他带来了诸多纠缠不清的困扰，但他并未因此而受到羁绊，依然故我地自如挥洒着，不羁地绽放着他的男性魅力。并且，越多的异性缠身、越烦的感情纠葛，越显出他的才华横溢、魅力四射，进而赢得更多红粉军团的加入，这不仅使他的人生愈加灿烂，而且让他的事业也愈加辉煌。

固然，大多数时候他都是被动接纳别人的感情，这是情理当中的事，谁让他天生拥有人中翘楚的才华、潇洒俊朗的外表以及浪漫多情的性格呢？但是如这般招得群芳争宠、惹得百花竞艳，又怎能不生出几番妒忌、几多幽怨，而他自己又怎能推脱的干净呢？

但是，天性率真的荆轩绝不是风流成性的花花公子，他在感情生活方面的随意恰恰是他在科研领域里灵感频生奇想突发的写照。就好比嗜酒的伦勃朗、狂躁的凡·高那样，天才总是将某一方面做到极致，而在其他方面却表现得一团糟。荆轩为航母舰载机研制的电磁弹射系统几近完成，而这正是他天才一面的表现。

有别于滑跃起飞和蒸汽弹射，荆轩研制的电磁弹射方式将会使同样吨位的航母具有装载起飞数量更多、航程更远、载弹量更大的舰载机的能力。如

能通过与蒸汽弹射系统的参数进行精确比对和调整，那么，他所设计的这款电磁弹射器将会很快变成实物，那真的是实现了跨代飞跃的一大步。明晚，他就有可能得到这样的一整套数据，为此，他彻夜不眠地对自己的设计方案做着最后的调整和修改，始终陪伴在他左右的是他的情人助理裴佩，而明晚为他提供数据参数的则是他的妻子秦雅。

天才荆轩在研发进程中并非没有难以逾越的障碍，其中最大的瓶颈就在于缺少可供参考的基础资料，如果要通过一次次的理论推演和实验验证来建立起这样的基础，要花上十几年的时间，而我们的航母计划是等不了那么久的。虽然荆轩为此做过不下三种候补的替代方案，然而最后的成功概率也只能依靠运气了，对此，荆轩毫无把握。

但是，秦雅明晚提供的这套数据参数将会使荆轩获得一套保证一试成功的安全绳，依照调整后的方案，可以确保样机制成后达到百分之九十以上的成功率。荆轩此时自然是兴奋不已，以致忘我地投入了方案的最后准备阶段。他计划等数据一到手，便立即进行方案的参数对比，距离舰载机的电磁弹射项目大功告成也就为期不远了。

虽然荆轩并不像秦雅那样属于国家安全人员，但是作为国家安全重点发展项目的主创人员，他却是"蓝海之心"小组的一员。这就是为何航母的研发进程能够突飞猛进的原因之一，也是秦雅的航母情报工作有的放矢的关键所在，即缺什么就找什么，有什么就先用什么。在武器禁运和技术封锁的20年间，遵循着这一原则，中国的军工研制已经取得了长足的进步，使中国的军事装备和武器系统的水平未降反升，还搞出了许多"杀手锏"的大杀器列装了部队，接下来的大运和航母就快出现在人们的眼前了。

荆轩，代号"残月"，军工专家，"蓝海之心"的小组成员，正在为第一艘航母舰载机弹射装备的研制倾心付出他的全部心血和才华。

裴佩默默地收拾好杯盘，悄悄地退出了总工办公室，透过玻璃墙她回头望了一眼依旧埋头苦干的荆轩，心想，天亮之前他是不会停下来了。于是，她快步穿过空无一人的办公大厅，独自来到这一层的出口，取卡刷开门禁来到楼道中。

武警执勤警卫立正行礼，苟循点头默然走下楼梯来到下一层。代号为

"777" 的科研所里最为保密的部分就是荆轩领导的科研小组，外界并不知道777 所里有这样一个项目小组的存在。他们占据了主楼的中间两层，办公区域独立封闭，连电梯都将这两层隔离出去，门口武警戒备森严，由此可见其项目的敏感性。

站在过道里，裴佩伸手推开面前的窗子，一股湿润的水汽闯了进来，她禁不住深吸了几口带着初春凉意的空气，困顿和疲惫减轻了许多。作为荆轩的助理，几年来她始终陪伴在荆轩的身边，几乎忘记了自己是谁，她的生活当中似乎只有一个内容，那就是照顾好这个国家的奇才不得有半点疏忽。

裴佩并不觉得单调和枯燥，这个男人身上不经意展现出的魅力深深吸引了她，渐渐地她已经不再觉得守在荆轩身边是在完成一项任务，而是她自己选择的一种生活。他和他所从事的科研项目已经成为了她生活中的主要部分，现在，她既期盼着电磁弹射系统早日研制成功，又有些担心这一天真的来临。她已经习惯了这样的生活，离开了荆轩她不知该怎样。

雨雾迷蒙的夜空黑漆漆的一片，看不到黎明将至的征兆，她抬腕看了看时间，知道时间不早，心想：怎么还没有六处的行动方案？明晚的行动虽然高度机密，但也不能排除有危险存在的可能，荆轩无疑是要赶到市区去的，而自己却只能守在城郊技术园区的 777 所里，那么，这一路之上必须有人全程保护他的安全才行，可是，直到现在仍未接到任何有关明天具体行动的通知，这总参六处到底是怎么了？

代号"碎瓷"的国安局外情处秘密特工，777 所总工程师荆轩的助理兼安全警卫——裴佩，开始为她情人的安全担心了。

03：10　空客 A320——飞往 T 市的国航 798 次航班

蓝底红花的小袄配着雪白外翻的袖口，空姐如沐春风一般从客舱中间飘过，立时扬起了一阵果奶香薰的风，娇柔的气息扑面而来，醒脑提神，仿佛在告诉乘客们，旅程已经接近尾声，就快要到家了。

将近四个小时的飞行，从南到北跨越了 1000 公里的距离，可谓是关山飞渡千里朝夕，但是，对于躺在舒适座椅上的人来说也只是稍稍打个盹儿而已，并没觉得飞行的速度有多快。所以，当漂亮的国航空姐从身旁经过，逐

第二卷　觊觎国器

个提醒他们系好安全带等候飞机降落的时候，很多人都还没有从梦境中清醒过来，他们在迷迷糊糊中抱怨着，这旅程太短暂了！

但是，在这架航班上却有两个人与众不同，他们在航程中一直保持着清醒的状态，始终关注着身边以及周围的一切情况。在他们的意识里，危险无处不在，胜败只在一瞬之间，所以容不得半点大意。

坐在商务舱后排靠近通道座位上的一个年轻人用微笑回答了空姐的提醒，他束好腰间的安全带后便把目光投向了舷窗外，看着扑面而来的漆黑的大地上那些璀璨的灯火，他知道，新的战场就在脚下了。

其实，依照职业本能他早已经洞悉了飞机此时的高度和姿态，甚至对驾驶员的操控动作也了如指掌。作为一名优秀的飞行员，他在海航守卫海疆的岗位上战斗过。而今，听从一个新的使命召唤，他收敛了翅膀，像一支利箭藏起了锋芒，引弓待发，期待着再一次的飞翔。

然而他自己并不知道，他所肩负的使命，将使他完成史上最为辉煌的飞行，而中国也将由此开始了具有远洋投送和跨洋飞行的历史。一个大航母的时代，即将在他的手中开始。

他就是在海南三亚机场候机厅里那个熟练操控遥控直升机的年轻人，从他关注飞机的眼神和操控飞机的动作中，可以看出他对飞机的眷恋和对飞行的向往。然而，一个天生喜欢飞行的人，一个出类拔萃的飞行员，为何放弃了自己钟爱的事业，继而倾心投入到一个陌生的领域当中，去开启一段充满未知与风险的航程呢？

原来，从航校毕业以后，他就成为了一名海军航空兵的战斗机飞行员。从军生涯里他曾经飞过很多机种，从固定翼到旋转翼，从涡轴、涡喷到涡扇类的飞机都飞得得心应手，是一块天生做飞行员的好材料。以他的身手在海军航空兵的队伍里肯定会有一个美好的前程。但是，怀揣着满腔的报国热情和坚定的守土信念，他坚持要到能够接触实战的岗位上去。终于如愿，他成为了海军陆战队配属专用武装直升机的驾驶员。

几年间，他驾驶着直九型武装直升机，搭载着海军陆战队的勇士们，征战海岛戍守海防，历经大小十余战，屡立战功。但是在起起落落之间，盘盘旋旋之中却总有心结难以解开。

每一次警报来临他驾机升空时，从陆战队员们刚毅的目光里都能体会到军人职责的神圣；每一次敌人犯境他低空盘旋时，从坚船利炮嚣张的威胁中都能感受到祖国面临的危险；每一次从被占岛屿上空飞过时，他都难压心头的怒火；每一次从对峙现场不战而返时，他都难平胸中的愤懑。

他看见，一张大网，铺天盖地封得万里长空不再蓝；三条岛链，层层阻拦堵得辽阔海疆少船帆；百余深井，钻杆林立窃得油气资源难计算；千座岛礁，强自霸占立碑树旗犯主权。

他知道，倭夷霸道，欺我兵戈同室操；宵小嚣张，藐我弩弱箭不长；海疆辽阔，无奈舰少船不硕；韬光数载，厉兵秣马系蓝海。

他盼望，早成军闯大洋，纵航母遣机翔，驰神盾核潜藏，收宝岛守海疆，守矿藏护远航，保和平国威扬。

嗡……

正在盘旋接近机场的航班上突然响起手机的蜂鸣，不由惊得四座侧目，已经走到舱尾的空姐连忙快步返回，发现按断手机铃声的正是刚刚对她报以微笑的那个年轻人。顾不得空姐责备的眼神，年轻人快速浏览了手机上接收到的一条短信。

"一辆黑色 Land Cruiser 泊在空港出口，落地后，即刻赶赴欧陆风情街上的'蹊径书吧'，详情面谈。"

年轻人按捺住兴奋的心情，把视线投向了舷窗之外，他看见了正在盘旋降落的机翼下一架霓虹彩带装点的大桥，夜色下璀璨绚丽得像一张长弓直指苍穹。年轻人禁不住暗自赞美城市的夜景，他却不知道，正是在这座灯火辉煌的大桥上刚刚发生了一起凶残的猎杀，他即将加入的特战小队由此而深陷于混乱之中。

这个年轻人叫陈墨，代号"明箭"，总参情报局派往六处的年轻特工。此刻，他正在连夜赶往 T 市的航班上，这个海军航空兵出身的前武装直升机飞行员在空中迎接了他在隐秘战线上的第一个黎明的到来。

与此同时，同一架航班的头等舱里，一个儒雅的中年人收到了同样的手机短信，但不是一条而是两条，其中之一与陈墨的相同，而另一条则令他大吃一惊。

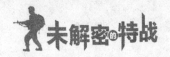

"落地后，即刻赶赴金河大桥，独立勘查事故现场，特别强调，一起严重事故。"

第二条短信来自总参以外的另一个国家安全机构，国安局。

中年人的手机没有发出铃声，所以，没人注意到他的举动。

他回头望了眼客舱的尾部，在一排乘客当中找到了他在机场就一路关注的那个年轻人，然后，回身系好安全带静待飞机降落。

听说过"无间十二谍"的业内人士不在少数，对十二谍中的某些人物也或多或少的有些耳闻，但谍海传言多不可信，更无从考证。有好事者曾经将人们听说过的"惊天秘闻"归总起来，倒也能够列出这十二谍中的十之七八，更有欺世盗名者假称自己了解内情，红口白牙地的说起"无间十二谍"的名号来仿佛如数家珍。但无论是捕风捉影者还是无间传言者，当他们说到第六谍的时候无不跳过第六谍这个名号不提，似乎这举世公认的间谍排名，到了第六人便跳过去了似的。原因是谍海之中没有关于这个人的只言片语流传，所以没人知道他的存在。

而今，这个人就坐在这架空客 A320 上，他的名字叫舒展。

第六谍，"暗翼"舒展，身负总参情报局和国安局双重使命的高级特工，即将开始他新一轮的谍战历险，与年轻的特工陈墨不同，舒展感觉不到一丝兴奋，此时重重压在他心头的却是无以言表的深深忧虑。

03：20　金河大桥

黎明前的黑暗笼罩在城市的上空，但是大桥上却是灯火通明。大桥的两端，公安特警已经设立起了警戒线。桥面上，数名刑侦人员排成一排亮着手电筒从大桥北岸一路排查过来。与此同时，另外的一个小组正从相反的方向迎面走来。头顶上，两名黑衣黑裤的刑侦人员正沿着检修梯子爬上大桥吊梁的弓背，那里是整座大桥的最高点。

林烈独自躲在越野车里，依旧像只栖息枝头的大鸟一样湮灭在黑暗里。只有忽明忽暗的烟头在提醒忙碌的警探们，还有这样的一个人存在。他像幽灵一样坐在汽车里已经将近半个小时了，好像害怕自己现身光亮中一样。他尽力保护的一个秘密就藏在自己的内心深处，这让他不得不躲在阴影里。而刚刚接到的一通电话，却更使他陷入了两难的境地，并且让困扰着他的忧虑一下子转变成了恐惧。

　　一周前的一个晚上，受命负责秦雅安全的林烈将她护送回家，他是除了秦雅本人之外唯一握有她秘密公寓钥匙的人，由此可见秦雅本人对他的信任。而老特战队员出身的林烈也始终以一份忠诚恪尽职守，尽心尽力履行着自己的职责。但是，那天晚上他的所见却使他第一次违背了自己的誓言。

　　秦雅和荆轩因为工作以及其他不为人知的原因已经分居很长时间了，并且各自拥有了属于自己的私人空间，但这并不影响他们夫妇间的感情，共同经历过风雨考验的二人拥有超乎寻常的情怀，这是一般人绝难理解的。

　　负责秦雅安全的林烈偶尔也会进入她的公寓，有时是在秦雅回家的时候，林烈特意走在她的前面，亲手替她打开房门，再里里外外检查一遍，确认没有意外之后才让秦雅进来。那天晚上，他在秦雅公寓客厅的墙壁与屋顶交汇处意外地发现了一个米粒大小的白色颗粒。

　　对于一般人而言，如果不是特别留意的话，根本看不出蓝色的壁布上面那么微小的凸起点，但天生一副鹰目又身经百战的林烈却一眼就明白了它的特殊用途。从当海军陆战队员的时候起就有"枭隼"之称的林烈自然有他的过人之处，因为果敢和冷静才百里挑一地成为了总参情报局的特工，这点小事处理起来自然不费吹灰之力。所以，林烈仅仅是朝那粒伪装绝妙的摄像镜头瞟了一眼便装作若无其事地走开了。

　　告别了秦雅，出了公寓之后，林烈便迅速进入了消防通道，他快速跑下楼梯来到六楼的位置。这是一梯两户的高档公寓，而与秦雅客厅仅隔着那面隐蔽安装了摄像头墙壁的是位于旁边楼栋里的一套公寓，所以，林烈打算从六层楼梯间的窗户外进入到隔壁的楼栋去。

　　楼房的外檐在上下两层楼之间有两道窄窄的凸檐，刚好可以站在下面的檐上，同时用手抓住上面的那道檐，一点点蹭到对面去。六层外面的窄檐是距离地面最近的两道檐，再往下就是光秃秃的墙壁了。对于实战经验丰富的林烈来说，熟悉和掌握地形是特战队员的基本功，所以，他早就对这一情况熟记于心了。

　　上下两道窄檐相隔2米左右，如果不是林烈人高马大恐怕还很难同时够

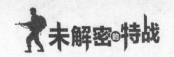

到它们，十余米高悬空地踩着仅有 30 厘米宽的窄檐蹭过 10 米远的距离，没有点徒手攀岩的功力是绝难做到的，林烈的身手果然了得，转眼的工夫他已经稳稳地落在了隔壁楼栋的电梯间里了。接着，他迅速从消防通道里跑上第 38 层，然后隐身在消防门的后面，透过门缝监视着与秦雅公寓一墙之隔的那套公寓。

半个小时之后，那时已经过了午夜，一个单薄的身影闪出了那套公寓的房门，就见那人身穿黑色的羊绒大衣，衣领竖起遮住了后脑，咖啡色的小礼帽压紧额头，黑灰格子围巾挡住了嘴脸。林烈的眼前一亮，觉得这身行头颇为眼熟，就见那人左手提包，右手插进大衣口袋，仅仅在林烈的眼前一闪，便乘着电梯悄然离去了，但是，偷偷看了满眼的林烈已经被惊得目瞪口呆。

那人，分明就是他！那身装束和他手上那只带有金属包角的深棕色公文包都是林烈再熟悉不过的了。心惊肉跳的林烈禁不住想，总参六处的主管负责人，少将特工尹博怎么会在深夜时分出现在秦雅隔壁的公寓内，并且还偷偷安装了监听摄像装置？难道，他们之间暗藏着什么不可告人的秘密争斗吗？

苦苦奋斗了将近 30 年的林烈至今也只是隐秘战线上的一名老兵而已，他接触不到上一层的人物和内情，在这一点上他甚至还不如年轻的荀循来得自如。所以，总是仰视着尹博和秦雅等人的林烈只能靠猜测来推断他所看到的情形。

是尹博不放心秦雅和她的"蓝海之心"小组，所以才悄悄地亲自监控，还是秦雅背着尹博偷偷另立山头，因而引起了尹博的怀疑？无论是哪种情况，恐怕自己都将是无辜的牺牲品，一个冲锋陷阵的马前卒，一个无足轻重的小人物，又该如何处理眼前看到的这一幕呢？

林烈苦思冥想，一时找不出答案。他想：这件事涉及自己敬畏的老上级尹博和六处的实力人物秦雅，无论哪一方都得罪不起，所以自己还是避而远之的好，于是他决定保持沉默。

他甚至连想都没想过，他本来可以尝试着通过多种渠道悄悄了解这套公寓的主人，或是打探出租住在此的客人到底是谁，以便把事情的缘由搞清楚，但他放弃了，他只是简单地把这一秘密埋藏在了心里。

直到几个小时之前，当他第一个发现秦雅被人猎杀在了寓所里，他仍旧选择了沉默，并且还隐瞒了自己偷偷取下那粒针孔摄像机的行为。因为，它一旦在勘验现场时被发现，林烈就难逃渎职之嫌！秦雅之死他便有不可推卸的责任。

他以为这样做就可以躲避擦身而过的灾祸，却没想到一通电话将他从一厢情愿的痴梦当中惊醒了。就在刚才，一个未知号码拨通了他的手机，一个显然是经过了技术修饰后的声音在电话里说道：林烈，搞不懂你到底是在保护谁，是秦雅，还是杀手？你偷偷取走那个针孔摄像头的视频已经被一个知情人偷偷地保存起来，暂时不会对任何人透露。你听好，林烈，虽然一切勘验的结果都证明秦雅是被一颗从数百米外射来的狙击步枪子弹打中的，但是如此精准的猎杀没有内应支援的话是根本无法完成的，毫无疑问，那粒针孔摄像机为杀手提供了近距离的影像参考，所以他才能做到一枪命中。因此，你，林烈，现在是秦雅遇刺的最大嫌疑人。"

林烈是在惊悚之中听完了那通电话的，他自始至终未发一言，冥冥之中他把对方当成了自己的上级领导，他认定那声音就是威严而深沉的尹博。

冷汗不知不觉塌透了脊背，冷冰冰黏糊糊地紧贴在了身上，他浑身发冷却又如芒在背。林烈将风衣裹紧了身体，蜷缩在帕拉丁的松软座椅里，一双鹞目紧张地盯着车窗外特工们忙碌的身影，心里却在紧张地思考着摆脱困境的办法。他懂得那通电话所传达的含义，一只绞索已经套在了自己的脖子上，而绞索的绳头却攥在那个打电话人的手里。

电话里那个人最后所讲的那句话如同一块巨石重重压在了林烈的心上，这让他更加清晰地感觉到了脖子上的绞索正渐渐勒紧。

"你不再属于总参六处，不属于'蓝海之心'，甚至不属于你自己，林烈，现在起你只属于我，随时听候我的命令。"

绝望爬上了老兵的眼角，那儿的皱纹一下子加深了。

第四章　山雨欲来

03：30　第五大道 20 号总参六处

吕律调的心从来也没像现在这么沉重过，看着尹博失魂落魄的样子她甚至怀疑起自己的眼睛，这还是那个威严而睿智的博士吗？他可是闻名谍海 30 年的"风华三杰"之一啊！吕律调不愿意相信这是真的，但是，当风烛残年的老人拉着她的手，把秦雅的琴星配饰交给她的时候，她却不得不接受眼前的现实。她从老人的眼神当中看到了无奈和嘱托，于是，心也就随之变得沉甸甸的。

从尹博的办公室里走出来，吕律调随手将房门带上，她知道博士现在需要一个人单独待一会儿，休养生息是需要时间的，况且这是一个遭受了沉重打击的老人！就在黎明的曙光即将照亮黑夜的时候，他却像是突然坠入了漆黑的深渊，秦雅的遇刺就如同撤掉了他脚下支撑着的立柱，使一直走在独木桥上的博士猝不及防地失去了重心。吕律调想，给他时间让他进行必要的调整，希望他不会就此倒下，博士的一世英名绝不会如此轻易地毁于一次暗杀。

吕律调不愿意就这么回到楼下去，虽然除了两名武装特工当值警卫之外，现在就只有荀循守在大厅里，但她也不愿意让她看见自己一副六神无主的样子。其实，此时她的心里也如同乱麻一样的纠缠不清。虽然，多年来她与博士一同战斗在隐秘战线上，面对的始终是复杂而残酷的斗争，但是，因为前有秦雅主事，后有博士掌舵，所以从未有过强敌迫近的危机感。今天是她第一次感觉到泰山压顶般的紧迫以及如临深渊般的危险，因为敌人已经杀到了自己的家门口了。

性格沉静、思维缜密是吕律调天生的特质；她不喜欢将喜怒哀乐表现在脸上，所以人们看到的始终是那个平静如水的吕律调。或许是自幼失去父母所养成的独立性格所致，这个文静的女人内心所特有的坚韧和顽强是常人无法比拟的，在这个危机四伏、情如累卵的特情组织里，她将是自发作出反应的第一人。

琴星被她长时间攥在手心里已经微微有些发烫，吕律调张开手让蓝色宝石暴露在楼道的日光灯下，借着头顶上的荧光灯，她看见了琴星隐隐发出的光芒，有如秦雅幽深的眼睛，仿佛要对她诉说什么。

吕律调的心里怦然一动，她想，导致秦雅遇刺最直接的原因就是她今天午夜将要采取的行动。因为，如果没有了秦雅也就没有了情报接收所需的确认密码、接收频率和解码方式，"蓝海之心"历经四年的准备工作由此便会毁于一旦，并且，秦雅的海外情报员也将失去与组织的联系，他将命归何处亦无从知晓。

那么，如此重大的事情，秦雅不可能只把它装在自己的脑子里吧？对啊！吕律调禁不住在心里叫了起来，一定还有密钥的副本存放在什么地方，必须抢先找到它，控制了密钥便掌握了主动权！

但是，谜一样生活在吕律调眼中的秦雅会将如此重要的密钥藏在哪里呢？她又会以怎样的方式隐藏这个秘密呢？吕律调看着手里幽蓝深翠的宝石想，眼下这是秦雅留给组织的唯一物品了，从它的身上是不是应该可以找到些线索呢？

吕律调的办公室在一楼大厅的里角上，紧挨着主机服务器的机房，房间很小却是六处的心脏，所有通讯信息的收发和归整都要通过她这里完成，原计划于今夜零时开始的航母参数的情报接收工作也将在她这里进行，为此，她已经做好了一切准备。

她心里想着秦雅的私人秘密一路朝办公室走去，没想到却在楼梯口迎面遇见了正打算上楼的荀循。吕律调在楼梯口站下，挡住了她上楼的路，荀循只得停下来面带急切地问道："博士怎样了？"

吕律调依旧表现得不温不火，但语气却明显冷了许多："博士需要休息，暂时不要打扰他。"

"接下来，我们该怎么办？"

"会有安排的，耐心等待吧。"

"可……秦雅不在了，博士又这么难过，时间不等人啊！我们不能就这么傻等着呀！"吕律调的冷淡激怒了苟循，她大声嚷了起来，惊得前台值班的女特工探头进来观望。

"苟循，你冷静些！"吕律调也怒起来，她厉声喝止了苟循的喊声，但同时她的心里却在隐隐作痛。

"下一步该怎样应付局面是组织上考虑的事，你只要安心待命就行，这个时候，你别再添乱了！"

在吕律调的眼里，苟循好比一个调皮而又任性的孩子，自从她跟随秦雅做了助手以后就表现得更是肆无忌惮了。事实上，正如人们评价的那样，苟循的身上有许多秦雅的影子，并且在她们相似的个性上还有被放大的迹象。但是，作为尹博最为信任的人，吕律调在六处的地位却一点也不低于秦雅。如果说秦雅冲锋在前，尹博掌舵在后的话，那么掌管中军的便是吕律调了。所以，她绝对不会容许苟循随便质疑自己的权威。

"冷静？你们一个个不哼不哈的叫我怎么冷静？"

苟循的脸涨得通红，她晃动的肩膀表明了她此刻正努力克制着想要冲上楼去的冲动。

"苟循，注意纪律！现在的局面是我们谁也没有料到的，但着急解决不了问题，你要相信上级领导，他很快就会作出新的部署。"

吕律调不得不用官话敷衍眼前这个冲动的女人，其实她也知道，苟循的质问并没有错，除了她的态度放肆以外其他无可指责，所以，女人的同情心不禁油然而生，但是苟循接下来的话却使她大吃一惊。"我并不想冒犯你，吕律调。但是，我们一定要做点什么，秦雅死了，她四年多的心血不能就这么白费了。如果你们还在犹豫不决的话，我可就要单独采取行动了！"

这一次，苟循的声调虽然不高，却说得字字真切，反而给人不寒而栗的感觉，这令吕律调颇感意外，刚刚生出的同情心立时就给惊得烟消云散。吕律调从她的话语当中听出的不仅仅是愤怒，还有威胁。

怎么？这个小自己四五岁的女人不是一直都沉着冷静波澜不惊地看着一场灾难突如其来地降临到了她所在的"蓝海之心"小组的吗？怎么突然又像是才从震惊之中缓过神来一样，冷不丁地来了个歇斯底里大发作呢？看她幼稚冲动的样子就好像一个才入行不久的新手一样！她在欧洲的特情工作经验都到哪去了？难道秦雅只教会了她怎么耍小孩子脾气吗？

吕律调被气得一时语塞，她清楚自己不是六处的主管领导，也不是荀循的直接上级，她本无权阻拦对方想见尹博的要求，并且，荀循所言也不无道理，只是该如何回答她的质疑呢？就在吕律调左右为难的时候，一个苍老的声音突然从身后传来，那语气坚定得不容置疑。

"怎么了你们？这么惊慌失措的，我有说过行动取消了吗？"

吕律调吃惊地回头望去，只见尹博正手扶着楼梯扶手看着她，一脸坚毅的神情。荀循见状连忙问道："失去了秦雅，缺少密钥和渠道，我们怎么完成这次行动？"

"失去了秦雅不代表失去了一切，密钥和渠道都保存在秦雅留给组织的文件里，你们现在都回去各司其职吧！"尹博坚定的口气似乎是打消了二人的疑虑，他不再理睬荀循，而是把目光投向了仍旧一脸疑惑的吕律调，意味深长地接着说，"秦雅留给我们的文件里什么都不缺，她不会让四年的努力轻而易举破灭的，别再胡乱猜想动摇信心了，总部派出的新人马上就要到了，你们要给他们做个好榜样啊！"

尹博说完转身又朝着自己的房间走去了，他又矮又瘦的单薄身影令他刚才说过的话一下子变得苍白无力。荀循将信将疑地转身朝楼下走去，她已经见过尹博了，得到的答复是正面的、肯定的，她没有理由再自作主张了，这是组织规定的铁律禁条，违背命令，杀无赦！

吕律调也默默地向着自己的办公室走去，她在心里反反复复回味着尹博刚刚说过的话。她明白，博士是在暗示她，秦雅肯定将此次行动所需的密钥留下了备份，而记载这一秘密的信息一定就在她的那个琴星配饰上。

吕律调边走边沿着刚刚开启的思路深入分析：虽然为了工作的需要，秦雅平日里生活奢侈，但实际上她身无分文，她的全部资产都在总参的名下，归国家所有，唯有一件属于她本人的东西，那就是这件琴星配饰了，如果有什么秘密需要保存的话，她除了这里还能放在哪儿呢？

吕律调一回到狭小的办公室便即刻关闭了房门，她在办公桌前坐了下来，点亮双管三基色的日光台灯，将那件隐藏着秦雅重大机密的琴星项链平放在桌面上。吕律调睁大眼睛盯着项链上的每一个细节，从上到下仔仔细细观察起来，她必须尽快从中找到午夜行动所需的所有密钥才行。

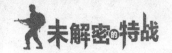

03：40　T市滨海机场快速路

Land Cruiser 宽大的轮胎强劲地碾过柏油路面，V8 引擎低沉的轰鸣声撕裂了沉寂的雨幕，沾满污渍的车身疾风般地掠过潮湿的城际公路。高速摩擦产生的热量瞬间蒸发了地面上的积水，升腾而起的白色水雾缓缓地随着晨风散去，淅沥的小雨随即模糊了原本清晰的车辙印记。

积满了厚重云层的天空在驶入城市的那一刻被压缩成了窄窄的一条，满眼的绿色也随之暗淡下来。春季雨天的清晨里，城市的色彩突然间变得暗淡，就像是一幅装帧陈旧的水粉画，在灰蒙蒙的雨雾衬托下，细节之处已经变得斑驳和模糊。

经过了短暂的黄色过渡，十字路口的交通指示灯由红色跳成绿色，从停车线远远望去，红绿蓝三色交替的灯光，给暗淡的背景添加了些许亮丽的色泽。风尘仆仆的陆地巡洋舰（Land Cruiser）悄然启动，无声地闯入了静止的画面之中，潮湿的街道开始从挂满雨滴的挡风玻璃前慢慢伸展开去。

黎明将至的城市依旧处在黑暗之中，空落落的街道上一马平川，还看不到早班公交车懒洋洋的车影，车窗两侧快速闪过的各类店铺全都大门紧闭，除了高高的路灯安静地照亮街道外，临街的公寓楼上见不到一丝灯光，人们都还沉睡在黎明前这黄金三小时的睡眠当中。陆地巡洋舰的高保真 CD 里单依旧嘶吼着无尽的苍凉，不时地提醒着陈墨，你此刻行驶的是城市中的街道，不是大海上的天空。

突然，迎面驶来的车辆放肆地鸣着喇叭直闯过来，刺目的氙气大灯直逼陈墨的双目，他被对方的无礼深深刺痛了。被激怒的陈墨猛地压下油门直迎上去，宽大的越野轮胎发出了刺耳的声音，扬起的水雾像是舰首劈开的浪花。

对方在陈墨低沉的咒骂声中惊慌地躲避着，他绷紧的嘴角在擦身而过的车灯照射下显得棱角分明。陆地巡洋舰狂野的速度再次激起他对海航的无比眷恋，也勾起了他深深埋藏在心中的那份遗憾。

五年前　中国东海

耀眼的阳光从前方直射过来，经过头盔上的镀镍护目镜过滤之后，已不再有夺目的光芒。蔚蓝的天空和湛蓝的海面上，外挂整齐的武装直升机像一只矫健的海鸟掠过。每天陈墨和他的"海鸟"都要巡航在这片海域，守卫着祖国的海空。

"我们被导弹锁定！小鬼子又来捣乱了。"突然耳麦当中传来副驾驶聂风急促的报告声。

"正常规避！开启火控系统。"陈墨镇定自若地下达着命令。

轻微蹬舵压杆，WZ-9 轻盈地向左 45 度偏转方向，机身侧转之后直接扑向了万顷波涛，浪花几乎打湿了起落架。

"摆脱成功！导弹准备完毕。"聂风大声喊道，突然失重而产生的晕眩丝毫没有影响陈墨的反应速度，他猛地将 WZ-9 急速拉起，摆正机身后稳稳地悬停在了海面上四五米高的空中。

"九点钟方向有两架 F-15E 正在逼近，雷达系统锁定，火控系统开启！"

坐在一旁的聂风干净利索地完成了发射准备。这时，碧空万里，阳光照射在迎面扑来的 F-15E 上，绿白涂装的机身上那个血红色的太阳标志分外醒目。

"小鬼子玩儿真的！要不要打？"

聂风跃跃欲试两眼烁烁放光，他手上的两枚 HQ-9 近距空空格斗弹足俱威胁。

"不，我们不打第一枪。"陈墨稳住机身沉沉说道。其实，他在心里想说的却是：太晚了！兄弟。如果真的开战，我们早已经被击落了。我们这架轻型的武装直升机，不具备超视距作战能力，根本不是 F-15E 的对手，真正开打必须要有重型的海航战斗机才行啊！

正想着，两架 F-15E 已经从 WZ-9 的两侧呼啸掠过，距离近到已经能够看清对方飞行员墨绿色的飞行头盔。WZ-9 像只受惊的小鸟一样剧烈地颠簸起来，机身一下子失去了平衡，喷口发出的灼热尾焰在直升机的前面激起了一片白花花的水雾，几乎完全挡住了陈墨的视线，无奈之下，他只得用力将颤抖的直升机拉起，以便尽快避开两架重型战机形成的尾流。

聂风回过头去大声咒骂着，却意外地发现 WZ-9 的尾翼螺旋桨上腾起了火苗。

"不好，尾翼起火！"

听见聂风的喊声时，陈墨已经意识到了飞机的故障。他感觉直升机开始变得不听使唤了。WZ-9不再沿着可控的航迹飞行，而是围绕着头顶上的旋翼轴缓慢地打起了转儿来。

不好！尾翼故障，直升机即将进入螺旋状态，形势危矣！陈墨不敢怠慢，大声命令聂风弃机，聂风不肯，陈墨不再多言，他用左手把定操纵杆，右手用力拍开聂风保险带，接着打开了舱门，聂风不敢违命，只得翻身跃出了舱门。

聂风一走，陈墨觉得安心了许多，他努力把持住操纵杆，想让失控的直升机尽可能远地离开聂风坠海的地点。他控制着受伤的WZ-9摇摇晃晃地往前飞去，就像是坐在了游乐场里疯狂的章鱼上，但很快，WZ-9便一圈一圈地朝海面跌落了下去。

他是在直升机进入快速尾旋之前的那一瞬才看见了海面上漂浮着的橘红色的救生筏和一小片泛红红的海水的，他知道聂风安全落海了。而他自己则失去了最后的弃机机会。

挣扎着浮出海面的陈墨听到的第一个声音就是从头顶上空传来的巨大的引擎轰鸣声，他仰头望去时，就见四架海航的SU-27"侧卫"战机呼啸而过，灼热的气浪令海水蒸腾起来。

带有13个导弹外挂的"侧卫"已将副油箱丢弃，迎着对面的F-15E直扑过去，眨眼间已经逼近对方了。近距格斗并不占优的两架F-15E开始偏转机翼规避，四架SU-27两高两低紧迫其后直追上去。

奋力游过来的聂风托起了陈墨的头，两个人向着一路驱逐敌机而去的"侧卫"兴奋地挥动着手臂。

"要是我们有了航母舰队，小鬼子绝对靠近不了我们的油田！"聂风愤愤地说，他的舰载机飞行员之梦还在飞翔。

"就快有了。"陈墨忍着肋骨的剧痛咬牙说道。

"有消息啦？"聂风兴奋地叫了起来。

"8万吨级，两艘。"陈墨眨了眨眼认真地说。

"真的！我一定要到航母上去开舰载机，我已经受够了窝囊气。"聂风收敛了笑容表情凝重地说。

"对！再也不能这样任他们胡来了，到时候我们就一起上航母吧！"陈墨满怀期许地看着蓝天，从肋骨处传来的疼痛令他呼吸困难，渐渐地天海一色浑然一体，意识也随着慢慢地染成了一片蓝色。

终于，远处海面上出现了两艘银灰色的舰影，聂风焦急地睁大了眼睛，很快，他已能分辨出舰上那一排狰狞的导弹发射管了，那正是闻讯赶来的现代级导弹驱逐舰。现在他终于可以松一口气了，有一阵子他真的很为自己背上的陈墨担心，他已经昏迷了很长时间了。

一架直升机很快飞临头顶，从涂着红十字标志的舱门里投下一根吊索，救生员迅速地顺绳而下，先是陪护着已经失去知觉的陈墨返回机舱，接着又营救起了疲惫不堪的聂风。五分钟之后，救援的直升机稳稳降落在了现代级导弹驱逐舰上。

终于还是没能到航母上去驾驶舰载机，六个月之后的一个下午，用合成金属替代了折断的三根肋骨的陈墨接到了来自总参的调令，从那天开始，陈墨代号"明箭"，成为总参六处的一名特工，开始转入了隐蔽战线为他的蓝海之梦战斗着。而他的副驾驶聂风，则有幸通过了新式战机驾驶员的严格筛选，也转去海航的战斗机大队驾驶国产新型的J-10"猛龙"战机了。他很有可能成为首批航母舰载机的驾驶员。

对！就快了，那就为蓝海舰队的早日成军拼死一战吧！陈墨在心里对自己做出了承诺。撕开雨幕的Land Cruiser舒缓地转了一个弯，然后猛地提速朝着著名的欧陆风情街上的"蹊径书吧"疾驶而去。

03：50　T市金河大桥

虽然不及塞纳河以及泰晤士河那般著名，但横贯T市的金河却也是历史悠长、历尽沧桑的一条河，它相伴这座城市已经有600多年了，故而称得上是T市的母亲河。由于地处多条运河下梢，从上游蜿蜒而下的河渠纵横交错，汇至T市时便成了这条金河。而后它又绵延流淌数百里汇入大海。由此才有了沿途两岸上那一座座风格迥异的桥梁。

岁月蹉跎，时光荏苒，这些大大小小的桥记载了时代的变迁，烙上了历史的印迹，已经成为这座滨海城市国际化象征的实景名片了。在位于三岔河口的交汇点上矗立着一座现代风格的大桥，它被冠以了这条河的名字——金河大桥。

　　大桥将机动和非机动车分成上下两层行驶。大桥的拱形吊梁犹如一张弯弓直指苍穹，拱梁的下面含着一只巨大的摩天轮，直径高达100多米，50余只吊舱悬挂在摩天轮上，从通透的座舱里朝远处眺望，可将方圆四五十公里范围内的景致尽收眼底，堪与泰晤士河畔那著名的"伦敦之眼"相媲美。

　　这是座魔幻般的大桥，在它的衬托之下，这座城市注定会成为精英汇聚的舞台。从而上演一幕壮怀激烈、荡气回肠的大戏。

　　雨雾中的大桥湿漉漉的望不到尽头，桥头上闪烁的警灯在沉暮中若隐若现，暂时处于戒严状态的桥面上冷冷清清见不到一个人影。由两个小队的刑侦人员组成的大网已将大桥从左至右的排查了三遍，如同芝麻过箩一样，却连根头发丝也没发现。彻夜不停的小雨已将一切印迹冲刷得干干净净了。

　　舒展深深地呼出了一口气，眼前立时就被大团的雾气所遮盖，他不由得打了一个冷战，早春的清晨里还带着浓浓的寒意，这给了他一个不大不小的下马威。刚刚走下温暖干燥的班机，立即就置身于冰冷的春雨之中，似劈头泼了一盆冷水一样，好不难受，但他的心里却还是一团火热。

　　眼前的景象让他想起了那年英伦三岛的偶遇。也是一样的季节一样的清晨，一样的阴冷和潮湿，年轻的舒展结识了一位年长的华裔学者，由相识到赏识经历了好几载。在那些岁月里，他们经常在一起切磋交谈，无论是大英博物馆还是路边的小咖啡店，都留下了他们徜徉中的身影，渐渐地，惺惺相惜演变成了忘年之交，舒展从他那里学到了很多宝贵的东西，特别是他满腔的爱国热情深深感染了舒展，于是舒展决定跟随他的脚步为祖国效力。

　　由此，舒展开始了一段非凡的人生旅程，这条路一晃就走了近20年，"暗翼"舒展也成长为海外资深的特工，跻身名谍的行列之中了。此次，他接受总部的派遣，专程赶回国来参加这场保卫国家利器的斗争，触景生情，颇多感悟萦绕于心，又怎能不让他浮想联翩心潮澎湃呢？

　　冷眼旁观在雨中执拗地查找着线索的警探们，舒展微微蹙起了眉头，他不露声色地想，是谁在指挥这场无谓的行动？糟糕的天气，开放的场地，注定了不会有任何的收益。

　　他忍住想要插上一嘴的冲动，默默收闭了黑色的雨伞交到左手，抖一抖竖起的风衣衣领，让留在肩头的水滴随风飘落，不想，雨水早已打湿了他的肩头。舒展再次皱了皱眉，这一次与刚才不同，他的脸上现出了一丝厌恶的表情，有点洁癖的他无法容忍自己一身考究的西装因无谓的等待给弄脏。

舒展是个40岁出头的成熟男人，180厘米的骄人身高，75公斤的标准体重，挺拔的身姿保持着健壮的体态，如果不是西装左腋处略紧，他简直可以直接去T台走秀了，但他并不在意这一点点的瑕疵，宁愿在自己的左腋下带上一支瓦尔特P99型全自动手枪。

作为临危受命匆匆赶来赴任的双料特工，对于眼前所发生的一切，舒展也仅比他未来的搭档陈墨多知一二。

舒展在得知这一不幸消息之后便提醒自己尽量低调行事，于是，他不事张扬地把从机场开来的车悄悄停在了警戒线以外，然后不露声色地出示了自己的证件，这才一个人漫步走上了空无一人的桥面。

此时，勘查行动的负责人林烈正阴沉着脸，极不耐烦地听着几个刑侦人员的报告，突然间冷眼看见桥面上出现了一个高大的中年人，那人西装革履很是悠闲地踱着步子，于是，焦头烂额的林烈不由得怒火中烧，他大声呵斥道："你，怎么在勘查现场里随便溜达？赶紧给我滚下来。"

站一旁的警局负责人见状吓了一跳，连忙跑过来解释道："林组，您别急，他是总参情报局派来，协助我们调查的。"

林烈听了那人的介绍之后并不买账，他把眼睛一瞪，故意提高嗓门说道："总部派来的？怎么这么没眼色？这里是闲逛的地方吗？真是官僚！"

警局负责人没敢再搭腔，人人都知道林烈的脾气，虽然他只是个老兵，但他的资历足够警局局长熬上两辈子的了。所以，脾气大一点也没人敢跟他计较。

舒展淡定地继续踱着方步慢慢朝这边走来，林烈的大声呵斥他早就听得清清楚楚，但是，老成持重的他并不在意，只当是耳旁吹过的一阵风而已。

看看各方人马检查的结果均是一无所获，心不在焉的林烈只得吩咐大家收工了。于是，警探们纷纷散去，林烈对着已经走近的舒展歪着头略微扬起下巴，露出他那双深陷的隼目，挑衅地看着对方。

第二卷 舰舰国器

舒展走到近前站定，左右看了看忙着撤离的警探，然后冲着林烈微微一笑说道："收工了？"

林烈的脸上毫无表情，他摊开两手翻转掌心向下，然后微微向两边一划，表明他是打算收工了。舒展不再多话，对着林烈竖起拇指表示赞同，然后朝自己的车了走去。

大桥上响起一连串引擎的发动声，闪着警灯的警车依次驶离了金河大桥，两名配枪的武警分别守在了大桥的两端，看来短期内这里要加强警力把守了。

舒展钻进自己的路虎，他从后视镜中回眼望去，就见一袭黑衣的林烈也带着自己的特工上了那辆黑色的帕拉丁，舒展把左手伸出窗外示意他们先走，林烈也不客气，帕拉丁猛轰油门呼的一声便从舒展的车旁冲了过去，激起了路面上的积水溅了路虎一身。

舒展微微蹙了蹙眉头，脸上现出无奈的表情。

舒展决定独自去秦雅遇刺的现场看一下，地址可以从国安部海外情报处获得。他坚信从这么远的距离进行狙杀，没有内应是做不到的。子弹毕竟不是导弹，所以，枪手需要一个观察员提供帮助，否则，无论是谁也绝做不到一击毙命。

第三卷　博士之殇

第一章　短兵相接

04：00　蹊径书吧

三月里的第一场雨持续下了六个小时，不仅彻底冲走了残存着混沌与压抑的冬天，而且开始装点起了洋溢着热情与欢快的春天，T市最美的季节就要到了。

清晨的阴雨天气，迷蒙的雾霭笼罩着天空，绵绵雨丝浸透了爬满绿色藤蔓的褐色矮墙，两根古铜色的金属链从庭院大门的半月形铁艺弯梁上直垂下来，悬挂着的原色花梨木的匾牌湿漉漉地随风翻转着，偶尔可以看到上面嵌着的"蹊径书吧"四个黑色楷体的字样。

陈墨在院门前泊了车，透过车窗朝四下里望去，只见雨中小巷幽深杳渺，晨色里小楼孤单寂寥，身旁小院寂静空落，脚下小道低回环绕，置身于此竟如画中一般，却唯独少了一样，看不到有鲜活的生命迹象。陈墨不禁暗忖，怎么见不到小组队员的身影？难道全出任务去了，竟然不派驻一人留守吗？

他轻轻推动漆面已经斑驳的铁栅栏门，大铁门"吱呀"一声向两边开去，露出一条仅够一人进入的缝隙。院门竟然没有上锁？陈墨的神经一下子绷紧了。他提气收腹，警惕地站在了院门口，侧耳倾听着院子里的动静，除了淅淅沥沥的雨声之外，再也没有别的声响了。

这哪里像是"蓝海之心"小组的营地？简直就像是一所遭人遗弃的荒芜宅院！莫不是……一种不祥之感浮上心头，陈墨不由得提醒自己，情况不妙，加倍小心！

站在庭院的门口，目光朝着院内望去，只见鹅卵石小道的尽头是一幢巴

第三卷　博士之殇

089

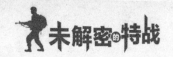

洛克风格的三层小楼。它上有塔式尖顶，下有外飘式回廊，前贴褐色火烧石，左右高大树木遮蔽，迎面是一间方方正正的过堂，正门两侧各有一扇拱形的落地窗，一盏绿色烤瓷的灯罩下白炽灯吊在门楣上，昏黄的灯光照亮了门前的石头台阶。

陈墨踮起脚尖，快速穿过庭院，悄悄来到过堂前，轻推楼门，门开无声，一番别样的景致呈现在了眼前。

小楼的首层有七八十平方米大，正当中的穹窿高约六米，周遭环绕着二层走廊的围栏。侧面的落地窗高及穹顶，紫绒窗帘分拉在两边。此时浮云已过，被雨水冲刷一新的蒂凡尼玻璃将微曦晨光投射到了地板上，散出有如鸡尾酒般的色彩。

大厅深处，一架木质楼梯幽幽暗暗通往楼上；左右两边，一条昏黑走廊神神秘秘伸至两厢。目光所及，家具陈设一尘不染，书籍茶具丝毫不乱。楼上楼下，收拾得干净整洁，堂前屋后，布置得规矩妥当，好像不曾有人住过一样。

陈墨的疑惑不由得加重，他收敛了目光正想张口招呼一声，不期却给一个奇妙的声音挡下了。

叮……当，叮叮……当……

陈墨侧身立在了客厅的门口，感觉到温润的风含着融融的春意从门廊外吹进来，带动了门旁的风铃微微作响。一枚湛青翠绿的玉佩轻轻撞击着金黄色的铜管，不时发出空灵般的声响，屋檐上的雨滴不停砸在青砖铺就的地面上，连续地发出啪啪啪的声响，就好像是断了线的珠子跌落下来，一颗一颗撞击着青石地面，它让陈墨的心一下变得空落落的，好似失去了巢的小鸟，一时不知身在何处，命之所归。

此时，渐明的天色之下，一只褐色的麻雀悄悄地落在了过堂的门口，它使劲抖动着湿漉漉的翅膀，像一只蘸了水的绒线球，水雾四溅弄湿了地板。它探头探脑地四处溜达，身后留下一行湿漉漉的爪印。跟着它杂乱的脚步，陈墨的眼神被残留在地板上的痕迹意外地吸引了，浑身的肌肉立时收得紧绷绷的。

哦！那是什么啊？陈墨不禁在心中惊问了一声。他惊诧地发现，一行污浊的脚印从门口的地方显现出来，一路延伸到了楼梯上，那脚印已经干涸，好像一组抽象派的图案印在了地板上，如果不是那只小鸟的指引，陈墨是很难发现的。

完全不合常理！立时，若干个推测在陈墨的脑海中电光般闪过，但无论哪一种都无法解释得清楚。在一个干净整洁、布置规整的西式小楼内，如何会出现如此凌乱的污秽脚印呢？并且直到干涸了也不去擦净它？

风擦耳畔，陈墨觉得脖颈有些僵硬，却没有理会风所传递的险情，他的注意力此时全部集中在了那行来历不明的脚印上。

这时，客厅深处的楼梯口传来了轻微的脚步声，陈墨的心里一惊，头脑即刻变得清醒了许多。他想，这幢小楼因为年代久远，楼内多处已现朽蚀，远不及重新装饰过的外檐那般貌整容新，所以脚步踏过时木地板自然会发出轻微的咯吱声。不过这也正常，只是，那个来人绝不是秦雅，只有体重超过75公斤的人才能踏出这种脚步声来！

陈墨感觉到浑身的血开始涌动，理智下意识地抗拒着洪水般的暴力念头，热量透过胸口扩散到了脊背，使他清晰地感觉到了腰间那柄名为"风暴"的伯莱塔 PX4 型自动手枪的冰冷枪身。

秦雅恐怕已遭不测！"蓝海之心"的其他队员怕也是凶多吉少，这样看来，"蹊径书吧"无疑已经失守，接下来的必是一场血战！

一想到战斗，陈墨的落寞尽失、惆怅顿消，激愤点燃、怒火中烧，立时，身心所指全部都集中到了眼前的楼梯上。

来者不善，必是强敌！陈墨意识到自己撞入了一个精心布置好的圈套里，只要自己表现出一点点的慌乱，立即就会招致一记致命的打击。然而眼下敌暗我明，如何能够掌握主动扭转颓势才最为重要！陈墨决定，必须先发制人以便摆脱不利。

想到这里，手随心到。陈墨下意识探手身后，立即便触到了腰间枪套里的"风暴"。就在这时，脚步声突然停了下来，来人就躲在楼梯的折返点之间。对方要出手了！这是攻击开始前的沉寂，接下来定会是暴风雨般的射击。

陈墨想着，身体紧贴着墙壁侧对着楼梯，双脚稍微跨立开来后实前虚，"风暴"稳稳地端在手上，保险掣已经打开，准星与豁口列成一线牢牢地对

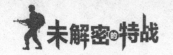

准了楼梯口，现在，只等一点风吹草动，"风暴"就会骤然而起。

"风暴"采用玻璃纤维强化后的合成材料制成，这让它的枪体重量减轻了许多，双手握枪时能够感觉到枪身造型的舒适，以及材质特有的柔软。再加上它小巧精致的外形，非常适合随身携带，而当紧急出枪时更是便捷轻快。它的射击精度极高，平均着弹范围不超过57毫米，这让射手能在15米远的距离开枪，并能将17粒子弹打进敌人的同一只眼睛，而不致伤及另一只。

现在利器在手，就只等着目标现身了！陈墨不想留给对手首轮攻击的机会，所以，这第一枪必须由自己打响。

风儿吹动着悬吊的风铃，铃声合着雨滴落下的节拍，依次发出舒缓的鸣响，时间凝固在持枪的手上，不紧不慢地煎熬着，像是煲在沙锅里的老汤。17粒9毫米子弹静静地躺在光洁的弹舱里，其中一粒已经压上了枪膛，就等着第一个打响。

可是，目标没有出现在楼梯口，而另一个危险却已在此刻悄然临近了。

也许是太过自信自己的判断，也许是太过集中了自己的精力，以至于陈墨没能觉察出微风拂动的轻柔舒缓，风铃节奏的浅短深长。人在愤怒的时候，感觉就开始变得迟钝了，竟忘记了"螳螂捕蝉，黄雀在后"的警示。

04：10　蹊径书吧

院子里，一个冬瓜似的矮壮身影从小楼侧面的树影里闪了出来，他的手上擎着一支安了消音器的乌兹冲锋枪。他蹑足潜踪地慢慢逼近了门廊，就在陈墨严阵以待地防范着楼梯的当口猛然滚进门来。他强壮的身躯就像半截矮墙，极大地阻滞了吹入楼门口的风势，骤减的风速弱化了风铃摆动的幅度，铃声的节奏一下子慢了下来。

世上万物生灵皆有自己的生存法则，对于弱小的生命而言则更是如此。那只褐色小鸟先于陈墨感到了威胁，它刚刚甩去了雨水的羽毛敏锐地察觉到了风力的微弱变化，它惊恐地眨了眨眼睛，把逼近的黑影当成了凌空而降的老鹰。

逃生的本能令它在瞬间便作出了反应。因此，不等到黑影临近，小鸟便惊慌地振翅一飞，直冲到晨曦微现的雨幕当中去了，眨眼间便逃得不知去向，只有它不断挥动的翅膀连续地发出啪啪啪的声响，有节奏地在门廊之中回荡。

不等小鸟的振翅声消失，一声巨响便轰然炸开了，枪声在小楼内的音效像爆响了一枚高浓缩的炸弹一样，震得枯朽的楼板沙沙作响，窸窸窣窣地落下一地的灰尘。子弹出膛时的火光震烁出一道利闪来，在昏暗的小楼里引起了一阵冲击。

从"风暴"射出的这颗帕拉贝姆弹气势如虹，它的初始速度达到了每秒钟300多米，除了爆发出短促的声响之外，它高速旋转的弹丸在撞击物体的时候还产生了巨大的动能。这一击不仅阻止了来人重达85公斤的强壮身躯，而且还迫其踉跄着倒退，直到仰面跌倒在了门廊的阶梯上，乌兹冲锋枪重重丢在了地上，发出一阵当啷啷的声响。"风暴"射出的这粒9毫米的弹丸撕裂了"冬瓜"厚实的胸肌，接着又洞穿了他的心脏。

陈墨始终都在用眼角的余光关照着门口，他是在小鸟振翅飞起的时候瞥见这个闯入者的身影的，几乎是在同一时刻，他持枪的双手从体前向下划出一道弧线，跟着快速侧转的身体换成了面向门廊入口的射击姿势，当乌兹冲锋枪粗短的枪管还没来得及撩起时，"风暴"的枪声便毫不犹豫地响了起来，枪口爆起的闪光照亮了来人的脸，粗颈、厚唇、阔面、短眉、小眼。

典型的倭寇！陈墨在心里面咒骂着，同时将虚实交错的双脚稍作移动，身体紧贴在了门廊甬道的墙壁上，然后迅速回过头来，依然目光烁烁地注视着楼梯口。

当枪声的回声响过，楼上恢复了死一般的寂静，正面之敌并没有趁机发起进攻，这让陈墨绷紧的神经愈加不敢懈怠。他想，最危险的敌人总是在最后时刻才会出场，不要让他的伪装钻了空子。

此刻，四周重又恢复了安静，风依然从门廊吹过，风铃仍旧伴着雨滴鸣响，小鸟羽毛打湿的地方已经看不出一丝痕迹了，似乎它从来未曾在此停留过。

顾不及对毙命的偷袭者进行搜身检查，陈墨的两眼死死地盯着楼梯，他快速地转动大脑透视出楼上的画面。按照刚才脚步声停止时的方位，陈墨可

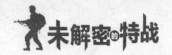

以推断出来人躲藏的位置，除了二层楼的楼梯口以外，那人别无去处。陈墨想，如果采取正面攻入的方式，必定会陷于对方的火网之中，如此敌明我暗想必凶多吉少，如果蛮干下去，怕是连刚刚取得的先机也会丢失殆尽。

陈墨敛气沉声，又把目光投向了大厅，穹顶之下是二层的环形走廊，那一圈的木制栏杆既是攀爬上楼的捷径，也是楼上之敌居高临下狙击的掩体，如果利用围廊翻栏而上的话，利弊参半，能否顺利得手就要看运气了。

陈墨再将视线沿着大厅延展，一层大厅的视线死角共有三个，一个是大厅的入口，就在自己的身后，由此而来的偷袭已被粉碎，料定那里暂且无忧。另外两个是大厅的两厢走廊，出口就隐在了楼梯的两侧，由于不知道来袭敌人的数量，如想走攀栏上楼的捷径，必然要现身大厅之中，那样一来，不可避免地要暴露在左右以及楼上这三方攻击之下，无论在哪一方的防守出现疏忽，都会遭到灭顶之灾。陈墨一时陷入了两难的境地。

此刻，刚刚落地便赶来"蓝海之心"基地报到的陈墨，没想到竟然孤身一人深陷险地，他在不熟悉地形又缺少支援的情况下，只好独自面对这一复杂局面了。

时间在一分一秒地流逝，渐渐亮起的晨光透过落地窗照射进来，形成上明下暗的境况。困在门廊甬道中的陈墨焦急地寻找着破解之道，他四处搜寻的眼睛突然注意到了这样一个陈设，立时眼前一亮心内一喜，暗道：这幅画倒是蛮有意思，不妨用来一试。

原来，在楼梯的拐角处，正对着楼梯上半段的墙壁上挂着一幅《梵蒂冈大教堂》的油画，属于近代作品，画面的颜色还很鲜艳。由于幅面较大因此装裱在一副铜制的画框当中，画框的边缘足有5厘米宽，已经被擦拭得锃明瓦亮犹如铜镜。现在，在薄光微明之中，正好映射出二楼楼梯口上的情况。

陈墨的枪口片刻不离地对着楼梯的死角，目光却在关注着画框边儿上映出的影像，在那里他隐约看见了一个人的外形轮廓，禁不住心中暗喜道：哦！果然，这家伙就躲在那儿呀！陈墨的心中已然有底，但仍需要摸清对手的心理，因此他引枪不发。

此时，虽然画框反射出的影像已经变形，但是陈墨仍然能够通过它清楚地判断出对手的一切。陈墨迅速地在脑海里勾勒出了埋伏着的外形特征。但是，那人的面孔隐在阴影里，所以推断不出他的五官特征。从他藏在门口下的身形来看，身高应在一米七五左右，皮质紧身上装现出强壮体魄，最醒目的还是对方手里那支硕大的银质手枪。哦！火力超猛的家伙。陈墨禁不住为自己没有贸然闯入而暗自庆幸。

了解了楼上敌人的情况之后，陈墨迅速作出了攻击方案。他判断，敌人采取前后夹击之势，左右应该没有设伏，否则，在自己背后遭袭之时，两侧的敌人就该紧跟着杀出，由此才能形成合围之势。这样看来，现在也只有楼上这一股敌人了。既然如此，就采取声东击西之计，赚取对方注意力，然后从背后展开偷袭！

拿定了主意，陈墨敛气凝神抖擞起精神，开始朝着楼梯口慢慢移动，他脚步虚探之时，"风暴"始终平端着，在高度防范之中他一步一步靠近楼梯。这时，陈墨的一举一动也同样受到了对方的关注，他的白色耐克运动鞋在画框中的影像竟然是那么的明显，以至于就像是按动的琴键一样，同时敲打着两个人的心。

周围的一切仿佛都凝固不动了，唯有楼上楼下这两个人的神经互相抻动着，他们隔着一道楼梯的墙板对峙着，通过一条可以反射人影的画框对视着，彼此间近得几乎能够听到对方的呼吸声。越接近楼梯，陈墨的脚步越慢，每迈前一步，就接近危险一寸，也就愈是惊险，就愈加重胜算，时间在压迫着两人的神经，考验着他们的耐心。

嗒嗒嗒……

突然，像是一阵风从楼上刮过，15 发 9 毫米子弹瞬间倾泻出来，高大的画框上立时布满了弹孔，那是银色 SP2022 的急速射击所致，它一举摧毁了连接着两人视线的中介线，双方重又陷入了相互不见的境地。

专门配发给法国特警的德产西格·绍尔全自动手枪射速惊人，连续的快速射击使枪声连成了一长串，加之消音器的吸声作用，所以听起来反不如弹壳落地的声音来得清晰悦耳。

这波突如其来的攻击早在陈墨的期待之中，他和"风暴"始终保持着随时射击的状态，静等着这一时刻的到来，如果再晚来片刻，"风暴"也许就会抢先发难了，陈墨也会陷入险境之中。

火药爆炸所产生的浓烈烟气迅速弥漫了整个楼道，很快便遮住了双方的视线。借着烟雾的掩护，陈墨收枪转身，一个急速折返跑便蹿到了客厅中央

第三卷　博士之殇

的回廊下。只见他纵身一跃，身形陡起，轻舒左臂，使了一个金丝缠腕，一下子就勾住了回廊的栏杆，接着又是一个倒卷帘，身体翻卷起来腾空一举，轻松翻上了回廊。

04：20　蹊径书吧

藤田惊诧于自己的眼睛，甚至有那么一瞬间，他拎着早已打空了子弹的SP2022竟然不知所措起来。这个经过了长期训练，并且早已拥有了黑带级别的空手道高手，甚至无法理解刚刚还在楼下的这个人怎么眨眼间就出现在了自己的背后？但立刻胆气就驱走了诧异，他见翻身而上的这个人竟然也是两手空空，于是他毫不犹豫当即收枪，趁来人立足未稳之际，发动了凌厉的拳脚攻势。

陈墨的两脚刚一着地，迎面而来的就是一记凶狠的高鞭腿，陈墨知道自己的身后就是悬空的围栏，早已无路可退，所以他只得侧身躲过，未及扎稳的下盘令自己的前胸陡然亮出了空当。对方的腿击刚过，紧接着就是两记直拳当胸打来，陈墨连忙含胸，将对手的攻势让到贴胸处，强弩之末气力已衰，但还是感到了那人拳风的凶狠，竟有隔衫透肉般的犀利。

眼见对方三板斧已过，陈墨也退得无法再退了，于是，他趁机扎稳了下盘，双手交叉封住门户，接着，顺势出手想要锁住对方的双腕，但他显然遇见的是个高手，硬桥硬马的空手道不会将交锋的距离凑得太近，所以，攻势一结束对方已经迅即收身，眨眼间，两个人便脱离了接触，攻守转成对峙之势，局面陷入了胶着状态。

陈墨立起门户，两眼烁烁放光，死死盯着对方的脸。即使有绒线帽罩头，猪嘴口罩遮面，完全看不见他的五官相貌，但是，这个人的眼睛却逃不过陈墨视线。现在，两个人之间保持着两步左右的距离，虎视眈眈地盯着对方，都在等待着时机，伺机下手欲置对方于死地。

其实，陈墨并不急于解决战斗，一来是在自己的地盘，就算对手凶悍也难有胜算，偷袭也就偷了，既然将你逼出了水面，管你是王八还是乌龟好歹也得上岸，难道山中老虎还治不了你？二来自己有枪在手，子弹满仓，而对方则正好相反，枪倒是有一杆，但想要更换弹匣，那可得靠自己的一双肉拳打出一片天，可这就要先问问我答不答应了。

时间再一次凝固，像一滴溪水溅落在岩石上不再漂游，而此时的二人亦是拳脚如磐石目光似溪流，只需一点小小的外力就会打破这脆弱的平衡。

突然，啪的一声从院中传来，声音不大好似石子落地的声音，但这足以给对阵双方一次重燃战火的机会了。于是，岩石震荡水滴湍流，时光也似寒冰解冻一般开始了松动，这一次的交锋又与刚才的不同。

背对着院子的陈墨听见声响心下一惊，拿不准是敌是友也没法回头观看，唯一的做法就是攻击对方迫其移位，自己才可以调转方向面朝客厅察看动静。于是，抢先出手的陈墨使了一个弹腿直击对手面门，赚他移动脚步，接着贴身紧逼攻击他的两肋，然后收拢的下盘顺势跟上一记扫堂腿，这样一来，对手想不挪窝也不行了。

陈墨在三招过后果见成效，被他逼得已经无路可退的对手向楼梯退去，眼见得攻击下盘的陈墨再使出一招就能迫其下楼了。就在这时，已经乱了步法的对手努力想保持住身体的平衡，只见他原本大张的两臂突然抓住了一棵救命稻草。

原来，楼梯口的上梁处横担着一根长方形的檩条，两端结结实实地插入墙壁，手抓在上边好像吊在单杠上一样。

陈墨看着对手像鸟一样从自己头顶上越过，接着又翻过栏杆落在大厅的地板上。

陈墨翻跃栏杆跳下楼来的时候已将"风暴"擎在了手上，穿过门廊时双手举枪已将对方压在了瞄准线上，那家伙再往前多跑一步，"风暴"就会子弹出膛了。但是，就在这个时候，一个肥头肥脑的家伙却突然出现在了他的视野当中，硬是把这一枪给生生地挡在了枪膛里。

等到陈墨冲出大门朝着小巷左右观望时，早已没了偷袭者的身影。他回过身来恼怒地看着被自己撞翻在地那个的胖家伙，看着他努力地爬起身来又摔下，露出右腿上的半截假肢来。

"哎哟！"

他低声地呻吟着，干脆就坐在了地上，嘴里絮絮叨叨地埋怨着："不长眼的家伙，怎么这么大的劲儿呀！我是来找我的毽子的，不帮忙也就算了，怎么还撞人呢？哎哟！"

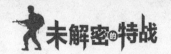

陈墨的目光在院子了搜寻，果然在靠墙的角落里发现了一只用三色羽毛扎成的毽子。他连忙收了枪，从墙角处捡起毽子来丢到了胖子的跟前。

"这就是你要找的毽子？"

"是啊！是啊！早找着不就没事啦！哎哟！真倒霉。"

胖子拾起毽子，笨拙地爬起身，扭头朝大门外走去。陈墨心疑，连忙喝住他："等等！"

胖子停下脚，回过身来，丑脸上一副无赖的模样："干吗？还想让我谢谢你呀？邻居隔壁地住着，我不讹你就算便宜你了，怎么？我这三等残疾还不兴锻炼个身体呀！早上起来踢个毽子就被你撞成这样，还让不让人活了？"

胖子说得理直气壮，陈墨反倒一时不知该如何争辩，于是，他摆摆手说说道："好了，大爷，我没别的意思，就是想问问您……"

话没讲完就被胖子无礼地拦下了。"问什么问？你想赔我多少钱？你看我值多少钱呐？"

陈墨无语，他默默地看着胖子走出了小院，这才将两扇铁栅栏门重新关上。

陈墨搜遍了整座小楼再也没有发现任何人，却在小楼后的单车棚里发现了一具尸体，那是留守的特工小刘。

秦雅失踪，其他队员也不在。偷袭、枪战、肉搏，来"蓝海之心"报到的第一天就遭遇如此恶劣的情况，陈墨的心情甚是不爽。

他将枪插回身后的枪套中，然后低身坐在了门廊入口的台阶上。掏出手机，快速拨通了总参六处的值班电话。

"客服中心吗？我是陈墨，工号 0210。"他报上自己的身份代码。

"请通知总公司，连锁六店员工，0201 号业务员今晨离职。"他使用暗语通报了情况。

"店面漏雨，商品破损严重，请急速派员清理，完毕。"

第二章　明箭担纲

04：30　T市第五大道

无论早晚，幽静的第五大道上总是行人稀少。偶尔有一两个人经过也是行色匆匆，疾驰而过的车辆也因车速超快而显得更加的神秘。这是一条含蓄隐晦甚至有些抽象的街道，它的每一弯每一转都像是经过了深思熟虑一样，令你无法一眼看到尽头。或许，它层层叠叠的院落和高高低低的洋楼里果真藏着什么秘密，很多年来没人正面回答过这个问题。熟悉它的人一如既往地居住在这条街上，而不了解它的人，依旧对它一无所知。

第五大道始建于19世纪末期，是当时最宽也是最长的一条街道，街长将近4千米，汇集了哥特、巴洛克以及罗曼和拜占庭等多种风格的建筑，西洋文化的印记随处可见，加上前朝遗老退隐官宦以及名流雅士大都散匿于此，因而就又加重了它的本土色彩，难免不成为闻名一时的街道。

然而几经世道变迁，如今早已物是人非，它的韶华已退风情不在。现在看来，它不过是悄悄躲在冷幽幽的欧式建筑下的一条窄窄的小街，此刻正在小雨的浸淫下水淋淋地蜿蜒回转着。像遗失在海边遭海水冲洗沙子埋没的一挂珠链，若隐若现地盘绕在砂石子粒当中，偶尔才会透过阴霾的遮挡现出一点迷蒙阴冷的微光来。

就在这样的街道上，一双白色的长筒靴正踏着湿滑的便道行走，看得出接近15厘米高的鞋跟让她稍稍有些吃力。纵横交错的灰色石缝里灌满了雨水，它们争先恐后地涌入路边的泄水槽中，夸张地发出哗哗的流水声，无意中掩盖了急匆匆的脚步声。

她的一头秀发长及肩部，随着急促的步伐有节奏地来回摆动着，发梢垂

下掩住了她的面孔。一把红伞撑在手上，如影随形地追随着，仿佛一朵祥云飘浮在头顶，替她遮风挡雨，照顾她前行。刚刚收到的一条短信，让荀循作出了暂避回家的决定。

荀循与秦雅的最后一次分手是在"蹊径书吧"的大门口，她还依稀记得当时的情景，当载着秦雅的车影消失在夜色之中的时候，荀循的眼眶中突然有了种涩涩的酸楚，那一刻，似乎萌生了依依惜别的感情。其实，她如此冲动也在情理之中，因她是跟随着秦雅一路成长起来的，除了上级加师长的关系之外，她们之间还有着另外的一层联系，这在外人看来是绝难想象的。

昨夜与秦雅分手后不久，荀循便陪同尹博一道从"蹊径书吧"赶回了位于第五大道 20 号的总参六处的本部。由此，一种不祥的气氛便笼罩在了周围。荀循一直都在暗中观察着形势的发展，她虽然表面轻松实则内心局促，全只因她有一份担心无法解脱，她必须依靠一己之力才能摆脱困境。

实际上，从一踏入小院开始，她就从尹博的举止上感到了某种失常，这个传奇老人的神秘光环从那一刻起开始退去了色彩。接着，林烈的反常神态更是让她感到心慌，一个身经百战的老兵竟然像个做错了事的孩子一样表现得六神无主。然后就是吕律调难得一见地表露出了紧张，她忧心忡忡的眼神里透出一种焦虑和不安。最后就是秦雅血溅寓所的景象，她还保留着遇害前的表情，眼睛茫然地盯着前方。

虽然是"蓝海之心"小组成员中最年轻的特工，但荀循的资历却不浅。她既是秦雅最亲近的助手，负责照顾秦雅的工作生活，就好像一家人一样，但同时她也是秦雅最得力的干将，一直担负着小组行动的跟踪和督导，并且直接向秦雅本人作汇报，因此她的作用不容小觑。

一直都是全程参与小组各项行动的荀循在这一次行动中遭遇了例外，一系列的变化给这次行动过早地蒙上了一层阴影。先是秦雅出人意料地决定亲自担纲来指挥今晚的行动，并且对具体的内容也是守口如瓶，其核心机密甚知连尹博也不知晓。接下来，就是尹博临时决定用林烈替代了原本由荀循担任的安全保卫工作，这让荀循觉得，似乎自己已被排除在了此次行动之外。

关于秦雅的航母猎情行动是在一个月之前才浮出水面的，小组和六处中知道此事的除了秦雅和尹博之外，也仅有荀循、荆轩和林烈以及吕律调。而到了临战前夜，能够直接接触到行动的就缩小到了只有秦雅、荆轩和吕律调这三个人了。其中秦雅领衔主导，荆轩担纲专业，吕律调全权接收，分工安排得清楚明确。

但岔子就出现在了刚接手安全保卫的林烈身上，他的疏忽导致了秦雅遇刺，一时间群龙无首，博士慌张，眼看着到手的情报面临功亏一篑的局面。然而，这一切似乎还没完。

10分钟之前，一条警示短信发到了她的手机上，也让荀循感到进退两难，优柔寡断的尹博和讳莫如深的吕律调让她几近无法忍受。是否这条短信预示着六处基地也面临着一场灾难呢？她决定先去尹博那里探探虚实，而后再做决断。

当带着一脸疲惫坐在尹博对面的时候，荀循表现得手足无措，自从得知失去了秦雅之后，她还是第一次袒露出伤痛和悲观的情绪。无疑这也加重了尹博内心的忧虑，但他还是努力掩饰住了自己的失落之情，安慰地拍了拍荀循的肩膀。

"不要过于伤感，秦雅虽然走了，但还有我们。"

尹博的话说得底气不足，却让荀循略感心安，但一想起刚才接到的那条短信，她脸上的愁容还是无法抹去。

"今晚的行动无论如何都要继续进行，我相信一定能够取得成功。"

尹博继续鼓励着荀循，但他的口气却带出了极大的不确定性，这与荀循的期冀大相径庭，原本以为可以从他嘴里得到些实质性的东西，令她失望的是，除了空洞的言辞就再没别的了。她不由得又想起了那条短信的提醒，不觉间想：博士所言毫无把握，他连杀戮都无法阻止，又如何保证今晚行动的成功？于是，她开口主动探听道："博士，秦雅不在，那由谁来主导今晚的行动呢？"

"让律调来指挥，要确保能够顺利接收到情报，这是关键的第一步。"

"怎么，她掌握了接收情报的密钥？"

"不，我掌握。"

尹博的谎言让荀循感到羞耻，却还不得不装傻充愣地接着演下去。她用迟疑的眼神望着对方，喃喃说道："哦，这样啊！那我又做什么呢？"

"你负责照顾荆轩进行后序的数据分析工作，你们俩合作，应该配合得很好。"

尹博似乎早有准备，所以不假思索地说出了自己的安排，荀循却听出尹博的话中有话，但她还是顺着话题接着说道："那么，现在应该没有太多的准备工作要做了，荆轩要下午才能到啊。"

"先回去休息一下吧，等总部派来的新人一到，我就通知你，天黑以前我们还要开个会，专门布置一下晚上的行动。现在，先回家吧。"

这正是我想要达到的目的！谨遵短信上的叮嘱，看来这也是天意。荀循在心里对自己说着，于是不再推辞，脚步匆匆地离开了第五大道 20 号。按照短信的要求，她没有驾驶自己的那辆蓝色的福克斯两厢跑车，而是沿着小街步行，她想等走上了干道搭上一辆计程车后再作打算。

拐出了雨雾迷蒙的第五大道荀循来到了大街上，由于天色尚早，往来的计程车还很少，偶有几辆驶过身边也多半载着乘客，有雨的日子对于的哥们来说是挣钱的大好时光，但要早起一会儿也是件遭罪的事，所以很多计程车司机干脆放弃了这样的挣钱机会。几番等待之后，荀循才终于拦到了一辆黄色的计程车，它的蓝色顶灯在烟雨迷蒙的街道上非常醒目。

"先到……花园社区。"

荀循突然决定要到秦雅的秘密公寓去一趟，她从林烈的反常举止当中隐约觉察出了一些不祥的东西。她想，近两周来都是林烈在负责秦雅的安全保卫，难道，在突如其来的刺杀事件中他就真的一点迹象都没看出来？不对！看他盯着博士时的奇怪眼神和他脸上难测的表情，那都是极有内容的。这个老枭，他的眼力可是很毒的呀！嗯，必须尽快赶去那里，仔细察看一下，看有没有什么疏漏的地方可以补救！

望着车窗外的雨景，荀循的脑海里又浮现出了刚刚收到的那条短信，心里充满了不解和忧虑。

"'蓝海之心'小组全体成员面临危险，请于六点钟准时返回家中暂避，勿自驾！"

嗯！从花园社区出来就直接回家，时间刚好，绝不可耽误。她暗自提醒。

04：40　第五大道 20 号总参六处

第五大道 20 号原为北洋军阀旧宅，是座地上三层地下一层的西洋古典公馆。它外观豪华气派，方孔式的围墙像百页窗似的，巧妙地遮住了园内的景物，院中精心修剪的花木随意地掩住了里边的楼窗，有序而自然地构成了幽雅沉静却又隐蔽神秘的氛围。

原址翻修后的地下室被改作了餐厅，一楼是敞开式的办公环境，技术部门在里侧，外勤部门在外侧，三楼是资料室和装备室，加在一起六处总部共有四十余人。

尹博的办公室在小楼的二层楼上，与会议室仅隔一墙。此刻，在房门紧闭的房间里气氛压抑得让人喘不上气来。陈墨背对着房门坐着，面前是足有两米长的厚重班台，尹博端坐在班台的后面，他身体的大部分由于深陷在了松软的皮质转椅里面，因而显得更加的瘦小。

经过特殊处理后的墙壁隔音效果很好，两个人之间的对话像是在密封的盒子里进行，嗡嗡的有些发闷。尹博用手指了指散乱在桌子上照片，心情沉重地说道："很准确的射杀，不是一般人的手法。"

"是，手段很专业，准备得也很充分。"

陈墨回答时，眼睛朝着照片上瞟了瞟，第一次见识了传说中的"琴星"秦雅。尹博缓缓摘下自己无框树脂眼镜，抬起青筋暴起的手轻轻揉了揉太阳穴，不无遗憾地说道："她的情报员很快就能得手，就在今晚，只可惜……"

尹博说不下去了，对于刚刚加入的陈墨来说，他需要的不是官话连篇的鼓励，而是事实的真相。

"我们可以接着再来，博士。"陈墨说得信心满满，在他眼中没有逾越不了的险关。

"很难，我很抱歉。"尹博不无遗憾地说，能够看出失去秦雅是最初的打击，而无法承接她的遗愿却是折磨他的最大难点。

"为什么？博士，难道……秦雅的情报员暴露了？"

尹博苦笑着摇了摇头，"没有，因为没人知道他是谁，甚至连我也不知道。"

"哦，您是说，少了秦雅，情报员也就失去了联系。"

第三卷　博士之殇

"是的，永远失去了联系。"尹博沉重得连眼皮都抬不起来，他愧疚地点了点头，说道，"本来，从总部首长那里把你要来，是考虑到从她那里你能学到很多的东西，这对于一个新人来说是个难得的好机会。"

"是，博士，我知道，她很出色，也非常有经验。"

"但是从现在起，就全靠你自己了。"

"是，我会尽我全力的。"

尹博抬眼看了看对面的年轻人，有些犹豫又充满期冀地说道："还有一丝胜算掌握在我们的手里，但是……"

"哦？那是什么？"

"现在……还不好说。"

陈墨不解地看着对面的老人，似乎察觉出他在等待什么，但对方迟疑的样子，也不好再继续追问下去。尹博却像是极度期待似的，他竟然自言自语起来。

"她应该有备份留下来的，这才符合她做事的习惯！"

陈墨见状连忙问道："您说的什么备份？需要我做什么吗？"

陈墨的话将尹博从深思中惊醒过来，他看了陈墨一眼，然后摇摇头说道："不，你还是负责查出杀手吧，为秦雅报仇！"

"是，博士，我和敌人交过手，杀手应该是他们一伙的。"

"已经查明，被你击毙的那个人是从境外来华的旅游者，显然那只是个假身份。"

"同一个旅行团里会不会还有他的同伙？那个逃走的家伙或许也在里面。"

"没有旅行团，他是以个人名义签证的，是自由旅行者。"

"哦，但那个逃走的家伙的确很危险，他的身手了得。"

"这倒不必过于担心，毕竟这是在我们的国家里，个把敌人掀不起大浪。只是，到目前为止还不清楚，敌人是怎么知道我们这次行动计划的，他们的斩首行动干得很成功，要谨防他们把魔爪伸向其他人。"

"博士，我们的内部会不会存在漏洞？"

"现在不谈这个，还不是时候，你应该从抓捕凶手入手。"

"是，博士，可我认为，敌人刺杀秦雅的目的是要破坏这次行动，所以，首要任务应该是……"

陈墨说了半截的话再次被尹博挡了回去，他有些不耐烦地说道："那不是你要考虑的问题，现在你只管追查凶手，别的……"

或许是他自己心虚，抑或是陈墨的眼神过于严厉，尹博搪塞的话也只讲了一半就再也讲不下去了。

"你说得没错，陈墨，首先应该确保今晚的行动能够顺利进行。但是……已经没可能了。"

"为什么？"

"秦雅的死带走了一切！"

"您的意思是……"

"我们没有掌握她接收情报所必需的密钥，包括特定的频率以及解密的全部密码，这些都只有她一个人知道，所以，事实上这次行动已经失败了。"

尹博眼神黯淡地看着雄心勃勃的陈墨，这是他第一次坦然承认自己的失败。他想，谍海沉浮数十载，原以为失败距离自己很遥远，现在看来它其实就在身边。

"您没有失败，博士，秦雅把全部密钥都留在了这颗琴星上了！"

随着砰的一声房门打开，一个激动的声音几乎同时传来。陈墨闻声回过头去，他看见了按捺不住兴奋的吕律调，他的心也随即怦怦跳个不停。

04：50 第五大道 20 号

吕律调手上托着秦雅留下来的那颗名为"琴星"的蓝色宝石，尽量克制住兴奋的心情，对尹博和陈墨说道："这颗 3 克拉大小的蓝宝石上有 108 个横断面，就像其他的钻石一样是用来折射光线的，这样一来它才会璀璨夺目。"

吕律调将"琴星"项链交给尹博，然后继续解释道："这些微小的横断面并不像普通钻石那样无规则地排列，而是遵循着某种特定的规律，细节我不介绍，总之我破解了这种规律，并且证明它是一系列代表不同含义的密码。很巧，这组复杂的密码刚好与数据传输的编排模式相符，我确定这就是秦雅秘藏的密钥副本。"

105

尹博的眼中隐隐闪出泪光，他喃喃自语道："真是太好了，我们终于有机会可以告慰秦雅的在天之灵了。"

在吕律调向尹博讲解她的重大发现的时候，陈墨的双眼始终紧盯着吕律调的脸，他并没有被她的兴奋所感染，在他的眼前似有一段激情燃烧的画面重又呈现，殊不知吕律调早已经注意到了这个总部派来的新人，只是在这个生死攸关的时刻里，她来不及重温那段儿女情长的缠绵。

其实，早在陈墨走进大厅的时候，一直埋头桌前的吕律调就从自己办公室的窗子里看见了这个人。正苦于一时找不出任何线索的吕律调，几乎在显微镜下将"琴星"仔仔细细看了个遍，除了发现它的质地颜色比较特殊之外，与其他的宝石相比真的没什么两样。就在她一筹莫展之际，她听见了一个熟悉的声音，于是抬起头来朝大厅里看去，陈墨的身影刚好闯入了她的眼帘。

陈墨！怎么是他？一别多年后，她始终都记得他戴着头盔，一身飞行服的英武模样，那形象多次出现在梦里，而今一见，竟与梦里的一模一样。于是，她不禁叹道，原来，缘分就是这样的呀！

或许是久别重逢的惊喜激发了吕律调的灵感，陈墨那棱角鲜明的面孔折射在那颗小小的蓝色宝石上，让她突然意识到"琴星"上那些切断面存在着与众不同的排列特点。于是，她按下心头的波澜，再次全身心投入到了对"琴星"的分析测量和验算之中。终于，她从"琴星"的百余个横断面中得出了刚刚讲述的惊人发现。

注意到了陈墨的神情变化，尹博装作并不知情的样子给二人作着介绍。

"吕律调，主管六处技术部的全面工作，我们的后援大总管。"

吕律调莞尔一笑没有说话，陈墨自有默契，也没提起二人的过去。尹博则转向陈墨继续说道："陈墨，总部新派来的同志，他将接替秦雅的位置，带领'蓝海之心'小组。"

陈墨一惊，对于尹博的安排完全缺乏心理准备，抱着师从秦雅的想法而来，却没想到一下子变成了担纲主演，这让他又如何不惊呢？

"博士，这样安排是否有些操之过急，我还不熟悉这里的情况……"

尹博摆手止住了陈墨的推辞，他将手中"琴星"举起，意味深长地说道：

"这是'蓝海之心'小组主管的标志，也是密钥的副本，现在交给你保管，在情报接收任务完成之前，它比你的生命还重要。"

"是，博士，我会保管好它。"

"哦，小组其他三个成员所佩戴的标志各不相同，慢慢你会了解的，现在它是你的了。"

说着，尹博将"琴星"郑重地交到了陈墨的手上，吕律调点头微笑。陈墨把"琴星"放在掌心，隔着银色的金属衬托，他能感觉到这粒小石头蕴含着极重的分量。

这是颗人造宝石，它镶嵌在由合金制成的心形底托上，底托的心形凹陷处有一个细小的圆环，是用来穿挂吊链的。

陈墨抽出背后枪套中的枪，在"风暴"的金属枪柄上缠绕着一根黑色的牛皮绳，那是为了增加枪柄的摩擦力和握实感而特意制作的，现在这根又软又细的皮绳刚好可以穿过"琴星"的吊环。

"既然已经找到了密钥，那么，今晚的行动就将照常进行。"尹博看了吕律调一眼，转而对着陈墨说道，"现在，我命令！陈墨带领"蓝海之心"主管一职，与吕律调一同完成今晚的情报接收任务，要不惜一切代价保证行动成功。"

"是。"陈墨、吕律调二人异口同声地回答，此时，彼此心中想到的竟然是同一句话，我将照顾你如同照顾自己一样。

尹博没有察觉出两人间的微妙变化，花甲之年已过，即使也曾倜傥风流，如今也难解风情了。

"小组的另一名重要成员下午就到，他是我们的航母设计专家，专攻舰载机弹射装置，是重中之重的人物，我们必须确保他不致遭遇秦雅一样的危险。"

像是提了个醒，吕律调忽然想起，总部派来的应该是两个人，于是问道："不是派来两个人吗？另一位呢？"

"已经到了，我想他另有任务吧。"

突然，一个重重的喉音从身后传来，大家连忙回头观望，只见林烈阴阴地站在了门口，竟不知他是何时上来的。

"老枭？你是什么时候回来的？"

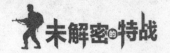

尹博感到诧异，似乎才刚刚想起还有这样一个人存在，哪怕他曾经也是六处里叱咤风云的角色。

"有一会儿了，看您忙就没上来打招呼。"

林烈的声音冷冷的，尹博听得出话语中有一种距离感，于是，追问道："勘查的怎样？大桥上有线索吗？"

"全给雨水冲走了，一干二净，连个头发丝也没发现。"

"你见过总部派来的人啦？怎不把他带回来？"

"总部派来的人？他有自己的主意，哪会随便跟我走！"

林烈说着，拿眼瞟了下一旁的陈墨，话里流露出一丝不满。尹博不想当着新来的人发作，于是，沉着脸介绍说："认识一下吧，这位也是总部派来的，陈墨。这位老枭。"

他习惯了居高临下地称呼林烈的绰号，即使当着年轻的新人也是如此。陈墨见状主动上前握手。

"您好，我是陈墨。"

"叫我林烈。"

林烈低声说着握了握陈墨的手，同时却瞥了尹博一眼。陈墨感觉出对方的手宽大而有力，像鹰爪一样，但是，却冰冷如霜。

尹博不再理会林烈，他大声命令道："好啦！今晚的行动照常进行，大家都去作准备吧。"

三个人转身离去，尹博却在想，另外那个新人怎么不来六处报到，却擅自跑到金河大桥，现在，他又会跑到哪儿去了？

第三章　孤女多难

19：00（05：00）　曼哈顿城区

"莫尼卡！你又跑到哪去啦？该给你的'张飞'洗澡啦！脏兮兮的小家伙。"

听到充满慈爱的喊声，一只灰色的迷你雪纳瑞从草丛中跑了出来，它麻利地蹿过低矮的栅栏直奔到窗前，翘起的下巴上那撮白色胡须冲着敞开的窗口叫了起来，像是在说，我回来啦！

柔和的光线从房间里射出来，将布朗太太胖胖的身影投在了草坪上，让这只可爱的小狗觉得自己是在和巨人对话。

"哦，小家伙你又丢下莫尼卡自己跑回来了？那可不好，你要负责照顾好她。"

话音刚落，一个童声从后面传来，一个五六岁大的女孩跟着跑了过来。

"张飞！你又撇下我一个人到处跑，我的话对你不重要吗？"

小狗听见说话声连忙回头张望，见女孩满脸怒气的样子，一时显得有些不知所措，连忙抬头望着布朗太太。

"莫尼卡说得对，你不该离开主人随便到处跑的。"

布朗太太用责备的口吻对小狗说，这次它听懂了主人的话，立刻转身跑到了小女孩的脚下，用它的小山羊胡子来回地蹭着小女孩的腿，痒得莫尼卡咯咯笑着躲避着它的亲热。

"你瞧，它知道错啦，莫尼卡！"

"布朗太太，为什么它能听懂你的话，却听不懂我的呢？"

"它跟你还不熟悉，莫尼卡，你们认识的时间还太短，不过，不会太久的，

109

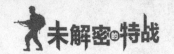

嗯……下周吧，你就能像我这样跟它说话了，张飞是只聪明的小狗，对吗？"

小狗朝着布朗太太汪汪叫了几声，像是听懂了她的话似的。

"好啦！莫尼卡，该去洗洗你的小脸蛋儿啦！布朗先生已经准备好了洗澡水。"

"谢谢布朗太太，我们就来。"

莫尼卡说着蹲下身捋了捋小狗身上漂亮的卷毛，小声对它说："走吧，张飞，我们不能让布朗先生等得太久，那样会失礼的。"

小狗驯服地跟在这个东方面孔的小女孩身后，两个身影蹦蹦跳跳地回到社区的街道上，她们需要绕过碧草茵茵的绿地才能回到布朗太太家的前门。

曼哈顿的高档社区里每座房子的间隔都很远，门前的草坪和公共绿地占据了将近四分之三的空间，出得门来朝周围望去似乎看不到有几家邻居，但是自然温馨的环境并不使你感觉孤单。这里有随处可见的休闲设施，让人走在街上也感觉像是在自家的花园里一样。低密度的人口和高品质的生活营造了超大范围的活动空间，同时也加大了彼此间的距离，让人们在充分享受自由和独立生活的同时，也使得相互间接触和了解的机会大大降低了。

已经是傍晚时分了，社区的街道上空空荡荡，街灯发出暖融融的光。一辆1984年出品的"野马"牌轿车缓缓停在了布朗先生家门前的街道上。车灯熄灭，驾驶室内的人躲在黑影里，目光在他熟悉的街道上来回地游荡，就像一只傍晚出来觅食的流浪狗一样。

他已经在布朗先生家的门前经过很多次了，早晚时间都来过，拍了许多照片，其中包括一段3分钟左右的视频，画面中的那个小女孩是他作品的主角。虽然从构图和视角上完全不具备任何艺术内涵，但每一幅作品当中都能清晰地看到一张小女孩的脸。

他不是杂志社的自由撰稿人，更不是星探。他是中情局负责亚太情报事务的特工，庄逊，中文名字宋江。就在一个月之前，他的上司佩奇·波特兰将一幅拍得很烂的照片交给他时，脸上挂着得意的笑容。"庄逊，看你有没有本事找到这个小女孩。"

宋江从老板的手中接过照片，从那张照片上面，他第一次看见了这个日后成为他摄影作品中唯一主角的小女孩。

"有没有一个大致的范围，先生？"

宋江用手胡撸了一下他满头的白发，有些为难地问道。"有，当然有，都在这幅照片上。"佩奇·波特兰挺了挺他高大的身躯，然后，一屁股坐在了他的办公桌上。

"哦，是，先生。我是说除了这张照片之外，还有没有……"

"没有，庄逊。"

佩奇·波特兰没等他的下属把话说完，便当即否定了他的想法，他对中情局本部的人员长期存有一种不满，懒惰、自大，哼！自以为是的家伙，情报是摆在商店橱窗里准备大出清的积压商品呀！那你干吗不多订几份报纸啊？蠢货！

"庄逊，这照片是我早期在中国埋下一颗定时炸弹时获得的，千辛万苦啊！你觉得这上面提供的信息还不够充分吗？那我找别人来做好了。"

一想起当年将"老爹"派往中国时的情形，佩奇·波特兰就不免有些心酸，让一个残疾人冒如此大的风险去从事特情工作真的是有损阴德，但也没办法，为了国家利益，在中国当然不能没有自己的棋子。况且，"老爹"也是自愿回去的。只是，现在已无法想象那个人的脸了，想必，应该与他的代号很相称了吧。

所以，当佩奇·波特兰看到不劳而获的宋江还在那儿挑肥拣瘦的时候，他气就不打一处来，话自然也就不好听了。好在宋江非常知趣，见老板面带不悦话也说得很冷，于是赶忙改口说道："哦，先生，我完全可以找到这女孩，没问题，我保证！其实，我那样问也只是想走一条捷径，您别介意。"

顶着一头白发外加满脑袋冷汗的宋江走出了老板的办公室，由此便开始了他的搜寻过程。其实，在拥有先进的分析设备和庞大的资讯渠道的中情局里做这点小功课根本就不是什么难事。宋江稍稍下了点工夫便有所收获，他通过局部放大，很快就从照片的背景街道、房屋以及公共设施中缩小了搜索范围，然后，便是挨个街区地"扫马路"。终于有一天，他在曼哈顿的一条社区小路上看见了照片上的那个东方女孩，陪伴着她的还有一只可爱的迷你雪纳瑞犬。

当他怀着兴奋的心情敲开上司办公室的时候，还在对自己说要尽量低调，那家伙对你有成见，所以，赶紧交差了事，别惹出什么麻烦。

出乎他的意料，佩奇·波特兰心情奇好地看着他的满头白发，不无诙谐地说道："很好，庄逊，我一直以为摄影是件能够陶冶情操的技艺，很多看似平凡的瞬间却能通过一张照片表现出深刻的意境，所以，人类社会催生出了两类杰出的人物，一是摄影师，一是模特。"

宋江丈二和尚摸不着头脑地看着自己的老板，不知道他要表达什么意思。

佩奇·波特兰完全不理会下属的心情，自顾自地唠叨着他对摄影这一行的高深理解，却在宋江天马行空胡思乱想开小差的时候突然问道：

"我需要你给这小女孩做一段时间的专职摄影师，怎样？"

宋江给这突然一问吓了一跳，但很快他就理解了老板的意思，连忙点头并做了个轻松的表情，表明自己乐意从命。

"要多久？先生。"

"不会太久，等时机成熟以后，我就安排你去一趟中国。"

这一次可真的出乎他的意料，宋江努力克制才没有让自己叫出口。但佩奇·波特兰并不打算将他带给属下的震惊就此打住，接着又补充了一句。

"和你的模特一道。"

"为什么？"

宋江终于忍不住追问了一句，虽然他也长了一副东方人的面孔，但那是二分之一太平洋岛屿原住民的相貌，完全不像一个中国人，所以，他很想说自己不适合去中国执行任务。

"仅仅是一次旅行，合法身份，正当理由。你不是去冒险，是去观光的，而那女孩只不过是你捎带过去的一个包裹而已。"

19：10（05：10）　曼哈顿城区

他从怀里取出一支S&W出品的伯格曼手枪，那是在纽约街头的混混和贩毒黑帮手中常见的一款手枪，枪筒的表层已经锈蚀，枪柄磨损不堪，显然是一支没有身份的黑枪，在CIA的装备库中有很多件类似的武器，他只选了其中最不起眼的这把。

戴着薄薄的羊皮手套，他无声地推开弹仓，手指轻轻拨动转轮，弹巢轻快地转动起来。这枪外表虽然丑陋，但部件却保养良好！

自从他的摄影作品被佩奇·波特兰源源不断地发给了埋在中国的定时炸弹以后，宋江就在设法通过政府渠道寻找可能的方法，以便合法地取消那对年长夫妇对这个女孩的抚养权。无奈法律条文的限制和毫无瑕疵的档案记录令他两周以来的努力全部白费。

"看来，只能采取非常手段了。"他对佩奇·波特兰这样说，但老板未置可否。显然佩奇是有些担心，的确，要在高档社区里策划一起非法侵入的案子虽然不难，但要做到不留痕迹却也不容易，为了打消老板的顾虑，他特地搞到了一辆当年销量最大的"野马"牌汽车，牌照当然是伪造的，还有手里的这把有可能从任何一个小流氓手里搞到的左轮手枪。

看看天色不早，宋江从衣兜里取出六粒弹壳上闪着银光的9毫米子弹，弹头呈红色，用特殊的塑胶制成，击中人体的瞬间会产生极大的冲击力，可以将人击倒甚至昏厥，却不致人死命。

他最担心的，不是那对年长夫妇的生命，而是这六粒弹头的去处，要知道，街头小流氓是不会拥有塑胶子弹的。

子弹被一一填入弹仓，他决定尽量少地使用弹药，否则，他挨个地去寻找它们的下落时就该骂自己的娘了。

想想老板提起中国之旅的时候，自己心里产生的震撼，便不由得生出些许的愧疚来。那个时候宋江还不知道，他将要以何种身份和方式去完成他的中国之行，而现在则完全不同了。

一家名为 SALA SABY 的国际财团承诺为宋江的中国之行铺平道路。届时，宋江将会以 SALA SABY 集团总裁特别助理的身份前往中国，全程都将受到集团在中国投资企业的欢迎和关照。不仅如此，集团总裁佩珀·盖伊先生的特殊偏好还将带给他额外的好处，这在他们之间第一次的视频交谈时他就感受到了，并且在不久前的拜会时还证实了这一点。宋江至今都还记得当他出现在那个身材小自己一号的老家伙面前时，从那双琥珀色的小眼睛里闪现出来的异样光芒。

"你就是那个……哦，庄逊？一个漂亮的男孩！"

佩珀·盖伊先生的脸上挂着惊喜的笑容，显然，宋江在那次短暂的视频交谈中给他留下了深刻的印象。

"是的，盖伊先生，我们在视频上见过面。"宋江连忙答应，从那老头眼

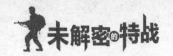
里闪现出的淫邪目光让他起了一身的鸡皮疙瘩。

"哦，我真的很吃惊，小伙子，你比我想象的还要强壮。"佩珀·盖伊两眼直勾勾地盯着宋江，忘情地赞美着。

宋江迎着对方变态的目光，硬着头皮笑道："盖伊先生真是好记性，只是……我还不确定，呵呵！盖伊先生，我已经不年轻了。"

宋江怀疑面前这个有恋童癖的富翁老眼昏花，看不清自己已经是个三十多岁的成年人了。所以，他一方面直率地说明了自己的年龄，另一方面也有婉言拒绝的意思。要知道，作为中情局的特工，都是有义务为了自己的工作而献身的，宋江当然也不例外。但就个人而言，他的确为自己的遭遇倍觉尴尬，甚至感觉有些恶心，毕竟他不是个同性恋者。

"我喜欢像你这样成熟的男孩，哦，阳光、健壮，充满了活力。"佩珀·盖伊厚颜无耻地表达着自己的病态想法，一时忘情，他竟然伸出手来轻浮地在宋江的脸上抚摸起来。宋江很职业地没有回绝他的轻薄，反而做出一种渴望的神情，这是中情局的培训大纲里面规定的标准做法。

"盖伊先生，我们的中国之行将会延续很长一段时间，我想那对你而言将会是一次愉快的旅行。"宋江用词暧昧地知会佩珀·盖伊，意欲将这幕尴尬的场景推迟到以后。但佩珀·盖伊似乎已经等不到出发的那个时刻了，抑或他想现在就要验证一下自己的投资是否物有所值。于是，他根本不管宋江的托词，竟自顾自地去解对方的衬衣纽扣。

宋江无奈只得退后两步，佩珀·盖伊惊诧地瞪圆了小眼睛，因为至今为止还从未有人拒绝过他。

宋江立即装出一副紧张的神情，同时向佩珀·盖伊使了个眼色，将富翁的注意力带向了那扇真皮包面的高大房门，然后，俯下身来凑近对方的耳朵小声道："我断定那扇门后一定有一个人在偷听，先生。"

其实从一进门开始，宋江的直觉就告诉自己在那扇门的外面一定有个同样变态的偷窥者。佩珀·盖伊停下手，顺着宋江的目光也看了眼那扇高大的房门，然后说道："哦，是的，你说得没错。"

这回轮到宋江诧异了，他不解地盯着对方。

"您……是说，您早就知道那外面有一个人在偷听，却置之不理？"

"哦，那是巴迪，我的秘书，一个糟糕透顶的人。"

佩珀·盖伊坏坏地笑了笑，说道："他总是偷窥我的一举一动，然后，就去向 CIA 报告。可那又怎样？总不能因为他就耽误了眼下的良辰美景啊！"

说着话，佩珀·盖伊先生继续把玩起了眼前这个棕褐色皮肤、宽肩阔背、窄腰翘臀、肌肉强健的东西方混血儿来。

眼看自己沦为一个变态老家伙的掌上玩物，宋江不由心生沮丧，他在心里恨恨地骂着自己的中情局老板佩奇·波特兰："一定是那个浑蛋想要报复，所以才给了我这样一个倒霉的差事。妈的！"

此刻，佩珀·盖伊却两眼紧盯着宋江的一头白发，喃喃自语着："哦，好漂亮的头发，天生的灰白色，和李察·吉尔的一模一样。我真的爱死你了，宝贝。"

收回了思绪，宋江努力不让自己再去想那个令他恶心的场景，现在是集中精力做事的时候了。他知道，既然已经接下了这个差事，就必须做完它，所以，与其回避不如坦然接受，并且越快完成越好。

当他在几个小时前接到佩奇·波特兰的越洋电话时，便立即动身来到了曼哈顿，花了几个小时为这次行动准备好了汽车和武器，而后，他不等天黑便来到了布朗夫妇的家门口，碰巧他还看见了将要携带至中国的包裹，那个叫作莫尼卡的小女孩。

宋江下了车，将枪就放在风衣的口袋里，看看左右无人，于是快步朝着街对面的布朗家走去。在接近门口草坪的时候，他停了下来，再次回身看了看街道两端，没有第二个人出现，于是，他从衣兜里又掏出了一件东西拿在手上，边走边套在了自己的头上。那是一条女式的高筒丝袜，罩在脸上时整个人就像缺了五官的僵尸一样。一切准备停当，他已经来到了布朗先生的家门口。

隔着纱帘幔布的玻璃，能够隐约看见布朗先生高挽着袖管的背影，这个勤奋工作了大半辈子才挣得了一份安逸晚年的推销员，仍旧改不了他亲力亲为的习惯。这会儿，他正腰扎着围裙忙着给一家人准备晚餐，而他身高体胖的妻子则在布置餐桌。

宋江咬了咬牙，从衣袋里取出那支装满了塑胶子弹的左轮手枪，轻轻地转动了房门的把手。

115

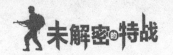

19：20（05：20） 曼哈顿城区

"张飞，趴好，不准乱动！"

有着一张亚裔面孔的莫尼卡坐在自己的小床上，头上缠着雪白的浴巾，就像是一个刚刚堆好的雪人一样，光滑的额头上湿漉漉的发梢还挂着水珠，而那只可爱的迷你雪纳瑞正立起了后腿，将两只前爪搭在床沿上，使出浑身的劲头想要蹿到床上去，无奈它的个子太小，努力尝试了好几次都没能成功，于是它只能求助于自己的小主人了。它的两只小眼睛隐藏在灰白眉毛里，此刻正一眨不眨地望着莫尼卡，借此来表达自己的意愿，只可惜那小女孩实在是太小了，她根本无法读懂那眼神里传达的含义。

莫尼卡用小手将湿漉漉的头发向上盘好，揩净脸蛋上的水珠，然后端坐好了身子，这才用责备的目光瞪了雪纳瑞一眼，语气严厉地对着小狗说道："张飞！在中国你是家喻户晓的大英雄，但是在这里，你还没有那么大的名气，所以你要听话，特别是要听我的话！"

莫尼卡大声地教训着自己的小伙伴，在她看来，自己已经掌握了足够多的道理，完全可以用来教训自己的小狗了，她希望张飞能跟自己一样的懂礼貌。在小主人的耐心教导之下，雪纳瑞似乎听懂了什么，有些愧疚地从床前退了下去，它一身卷曲的长毛同样也是湿漉漉的，于是它使劲抖了抖身上的水珠，然后老实地趴在了地毯上，改用疑惑的眼神盯着自己的小主人。莫尼卡从小狗的神态上得到了鼓励，她认为自己所讲的话已经起了作用，于是，又接着训斥起来。

"你不该对着布朗先生大喊大叫的，他是在给你清洗爪子里的细菌，如果继续这么不洗干净的话，张飞，你会生病的！"

雪纳瑞无辜地摇了摇头，轻轻地叫了几声，像是在说，我可不是故意叫的，布朗先生的力气太大了；他都弄疼我了，我是想告诉他可不可以轻一点呀！但是，莫尼卡完全读不懂它的意思，仍旧自顾自地讲着自己的大道理。

莫尼卡的早熟思维和近乎成人的语言使她明显有别于其他同龄的孩子，这是一个从小就寄养在别人家中的孩子所特有的性格特点。的确，在她才刚刚开始的人生岁月当中，缺少许多正常人都有的成长经历和情感体会。从她呱呱坠地至今，没有可以让她撒娇的父母，没有娇惯她的祖父母，没有可以自己独享的玩具，没有可以恣意赖床的小屋。就像是一只寄居在别人屋檐下的小鸟，时时刻刻都处在警觉之中，她就像是一匹刚刚生下来的小马驹，要生存就必须学会自己站立，所以她过早地学会了独处，懂得了自律。

虽然，莫尼卡的养父母布朗夫妇非常地喜欢和疼爱她，待她视同己出。但是，他们完全不同的相貌特征让逐渐懂事的女孩本能地产生了种种疑问。当她看见布朗夫妇和他们的邻居朋友时，莫尼卡总会问自己，为什么和周围的人比起来，自己会有那么多的不同？皮肤不够白，头发又太黑……莫非，自己是从天上掉下来的吗？

每当莫尼卡问起这些只有大孩子才会问起的事来，善良的布朗夫妇总是想方设法用一些童话故事来委婉地解释给她听，但是，只有五六岁大的孩子却无法从他们所讲的故事当中领会到真正的含义，相反，她却按照童话故事里的情节，不断地发挥着自己的想象力，反而越发地生出一些好奇心来。

虽然越来越重的心思并没有造成莫尼卡过度的孤独，也没有自闭症的倾向，但是，随着时间的推移，思维逐渐成熟的小女孩话变得越来越少了，性格也开始变得复杂和孤僻起来。

为了能让养女开心，布朗夫妇大费脑筋，他们按照联邦政府对领养者所做的相关培训，特意为莫尼卡买了一只她喜欢的迷你雪纳瑞，他们想通过喂养宠物来加深与莫尼卡的沟通和了解，帮助她健康成长。

起初，因为狗只有一个月大小，布朗夫妇必须亲自照顾它，莫尼卡只是站在一旁用好奇的眼神看着他们，但他们发现，当莫尼卡与小狗独处的时候，便能听见她和小狗交谈的只言片语，言语之中有她的梦想也有她的忧虑。布朗夫妇便依照这些情况对症下药，一点一点地与莫尼卡加深了解增进感情。

渐渐地，莫尼卡的话开始变得多了起来，遇见生人也不再躲避了。更令他们感到欣喜的是，随着小狗逐渐长大，莫尼卡渐渐学会了独立照顾雪纳瑞，并且还从布朗先生讲给她的中国古典故事里选了个她最喜欢的人物张飞来命名这只可爱的小狗。两个小家伙之间建立起的感情，让布朗夫妇颇感欣慰。

"张飞"满脸狐疑地看着自己的小主人，它不明白那张漂亮的小嘴里为什么总有讲不完的道理。但无论如何它都喜欢自己的小主人，为了让她开心，它愿意听她把话讲完。可此刻它的本能敏感地察觉到了一种危险正在向

第三卷　博士之殇

她迫近，它忍不住想要立即让小主人知道，但是小主人却浑然不觉，仍旧不停地讲着大道理。

"明天你可要主动向布朗先生道歉，今天晚上你只能自己睡在地毯上了，因为，你是个男子汉，所以要为自己的错误行为承担责任，听到没有？"

汪汪！"张飞"终于忍不住人声叫了起来，它天生的敏感告诉它，危险降临的比预想的还要快，它已经等不及小主人讲完话了，它必须想办法帮助小主人逃脱。"你真的不乖，我很生气，张飞，这样下去你会变成没礼貌的……"

砰！房间外的客厅里突然传来一声沉闷的爆炸声，打断了莫尼卡的训斥和小狗的叫声，那是伯格曼手枪击发时发出的响声。

"张飞"受到突如其来的惊吓，毛发直立，直冲到房门前汪汪叫了起来，它勇敢地站在小主人前面，真的像张飞一样勇猛。女孩也被突如其来的枪声吓呆了，她呆坐在床上，惊恐地捂住了自己的嘴巴。

"啊！上帝啊，你杀了他！"

客厅里传来布朗太太惊恐的尖叫声，显然，刚才那一枪击中了布朗先生。

"莫尼卡，快逃！"

砰！又是一声枪响，随即是一声沉重的声音，那是布朗太太胖胖的身体重重跌倒在地上时发出的，闯入者没让她把话讲完便又开了一枪。

这一次，"张飞"也被惊呆了，它的汪汪声已经变成了含在喉咙里的哼哼声。就在这时，房门被打开了，一个白色短发的健硕身影出现在门口，提在他手上的伯格曼枪口还冒着烟。客厅里的灯光将他的影子投射进来，一直伸展到女孩包裹着雪白浴巾的身上。

深受惊吓的"张飞"退到了床边，再也无路可退了，它回过头去求援地望了望自己的小主人，却见莫尼卡吓得头也不敢抬，两眼紧盯着已经逼近自己的黑影。

汪汪汪！"张飞"勇敢地大叫起来，关键时刻在它柔顺外表下面潜伏着的野性终于爆发了，它像个男子汉一样朝着黑影冲了过去，小狗的忠勇血性让它以最简单的方式向自己的小主人做出了最为深刻的诠释。

砰！

呜……

第四章　刀币遭袭

05：30　T市商务区

带着一身汉堡烘焙的香气，他潇洒地迈出 KFC 的大门，一身休闲西装外罩风衣的藤田秀无奈地站在门口，仰头望着空中飘洒着的缠绵雨丝，心中开始怀念起家乡即将到来的樱花时节。

已经很久没有在艳阳高照樱花漫天的时候回家了，徜徉在他记忆里的依旧是学生时期的青涩记忆。粉嫩的花瓣当空飘下，洒落在身前身后的土地上，连同面前那个女孩的乌黑发丝上也落满星星点点的水红色。一时，花嫣容颜水润香沁，萌动着春潮的唇紧紧合在了一起，心随着樱花起舞，感觉整个世界都跟着一起飞扬。那情景定格成永久的画面，已经深藏在藤田的脑海之中了。

他忘不了家乡的樱花，更忘不了那个花一样的少女。只是，此时此刻她是否也在想着自己呢？

能够接受远东特课的派遣进入中国，一方面是广濑真之的赏识，另一方面则是因为有机会能与自己心仪的女人在一起共事。所以，藤田才甘愿冒死领命，带领着一个四人小组进行危险的刺杀行动，而他直接听命指挥的正是与他青梅竹马的"樱花女郎"栗原纯美。

藤田将一款米色的风衣罩在身上，冷嗖嗖的风夹杂着雨丝擦颈而过，勾起了脖颈上的伤处隐隐作痛。他微微蹙了蹙眉，心里暗暗骂了一声：这倒霉的天气！便竖起了风衣的衣领，但那旧伤仍旧时时提醒着他，这场缠绵的雨在短时间内是不会停下来的，于是，伤痛引起了他对那场战斗的回忆。

119

　　背负着 70 公斤重的装备，藤田努力地跟在人高马大的欧非裔士兵身后，确保自己不被落下，还不时地伸手去拉一下身旁的栗原。这个身材瘦小的女兵此刻也正拼命攀爬在泥泞的山坡上，大雨冲淡了她脸上的油彩，渐渐露出水嫩粉白的皮肤，这让藤田颇为担心，他从同伴的眼神当中已经看到了他们闪着原始冲动的光。

　　这是一队如狼似虎的三角洲特种兵，由 15 人组成的小队当中多了他们两个像童子军一样的身影，而他们却背负着同样重的背囊和一样长的步枪。藤田知道自己肩负的使命和责任，所以，他在靴中藏了一件只有自己才有的武器，一柄名为"落叶"的武士短剑。

　　以作战勇猛而著称的三角洲部队，同样也以放荡不羁而闻名。藤田担心会有意外发生，所以一路上他不离栗原的左右，他以东瀛武士的坚忍勉励自己，只要有"落叶"在手，就不把任何敌人放在眼里。他就这样一路紧张地走着，但是，骤然响起的枪声却让藤田的担心变成了多余。

　　枪声一响，便从黑漆漆的雨林里涌出了数不清的敌人，他们黝黑的肤色混在夜色里，分不清哪里是敌人哪里是丛林，只听见枪声大作，爆炸声四起。三角洲小队仓促应战，队形一时混乱不堪，那些训练有素的队员们只好各自为战。在一阵混战之后，三角洲渐渐控制住了局面，毕竟，对手只是一群乌合之众，凭着人多势众才一股脑地冲上前来，而一旦交手，很快便分出了伯仲。

　　他们在一条凸起的山脊前稳住了阵脚，依靠强大的火力扼守在丛林之中，依靠随身携带的弹药可以保一时无忧。领头的非裔上尉大声联络着联军基地，请求他们派遣空中支援。这里距离基地大约有 30 公里远，即使救援的直升机即刻就起飞，赶到这里也要在 10 分钟以后。看着满山遍野冲上来的敌人，上尉变得忧心忡忡。

　　藤田紧抓着栗原的手藏在松软的壕沟下，在他的左右各蹲守着两名三角洲的队员，他们扼守着阵地右翼前沿的一段缓坡，他们手中的两支 M16 不时喷吐着火舌，已有五六具尸体横陈在坡前了。

　　这时，一名肩扛着 RPG 火箭筒的家伙突然从树丛中冲了出来，藤田连忙打出一个点射放倒了他，那支沿着缓坡滚落的 RPG 被紧跟上来的另一个家伙接住了，栗原紧跟着也朝他开了火，沉重的 M16 在她的手上重重后坐了一下，弹着点稍稍偏离，子弹打在了敌人的腿上，扑身跌倒的家伙误撞了扳机，火箭弹"嗵"的一声发出，斜着朝半山腰飞来。

轰！

火箭弹击中了头顶上的一棵歪脖树的树干，爆出了一团橘红色的火焰，弹片像雨点般的四处迸溅。两名三角洲队员应声倒地，扼守山坡的火力立时哑了一半。与此同时，藤田毫不犹豫地扑倒在栗原的身上，颈部、肩头被碎片击中多处，立时殷殷的鲜血冒了出来。

顾不得考虑许多，藤田抖了抖满身的灰尘，重新举起枪来，连续向蜂拥而上的敌人倾泻着弹雨，紧压在他身下的栗原只得眼巴巴地看着他独力支撑着，但藤田反而感到心安。在他看来，栗原安全，战斗才变得有意义。

藤田射击，栗原装弹，两只 M16 交替使用，藤田一人竟然牢牢守住了小队的右翼，直到空中传来引擎的阵阵轰鸣声。

当两架黑鹰直升机出现在山脊后面的时候，三角洲的队员们爆发出一阵欢呼声。借着直升机上 M60 机枪的掩护，搭着五名战死的同伴，队员们迅速撤离了战场。此时的藤田却已是半身都浸在血泊之中了。

收回了思绪，藤田记起在刚刚收到的一条发自栗原的短信里，已经写明了下一个目标出现的时间和地点，因此，他必须尽快赶到那个指定地点去，否则将会贻误战机。于是，藤田忍住了颈椎疼痛的折磨，大步走进了雨里。

他痛恨这场绵绵不绝的小雨，自从他在金河大桥的拱形吊梁上轻盈地落地开始，这场春雨便下个不停，直到此刻，当他再次硬着头皮撑起那把黑伞时，他已经在这个春雨之中的城市里奔波了数个小时。

与之前相比，此时藤田的心里像是堵了一块铅疙瘩，变得郁郁寡欢起来。刚刚他靠着 SP2022 的一个急速射才逃离了"蹊径书吧"，却不得不把"冬瓜"留在了那个冰冷的小院，这是他在此番行动中经历的第一次挫折。想想自己对栗原作过的承诺，"蓝海之心"小组成员应被尽数铲除，小组基地应被彻底摧毁。而今基地尚存，目标多数还在，怎能不让这位跻身"新贵十三屠"中赫赫有名的杀手倍感郁闷呢？

想到目标未减自己却折损一人，藤田顿感人手不足起来，少了"冬瓜"的四人小队成了奇数，原有的两两组合就必须作出调整。于是，他只能暂时

121

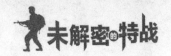

让"生鱼片"配合自己行动，而让"瘦猴"先去追踪另外一个目标，待自己这边的事情一办完，便赶去支援。

给"瘦猴"和"生鱼片"布置完了各自的任务之后，藤田匆忙换了一身稍微正式一点的服装，以便让自己看上去更像是一个起大早赶去上班的商务人员。他想，毕竟这一回是在大街上动手，越贴近街上行人的装扮就越有利于行动和脱身，所以，商务休闲装当属最好。

匆匆打发走了两名手下，藤田来到了距离伏击地点很近的一家餐馆，他边用早餐边将下一步行动的具体方案和撤离路线仔细熟悉了一遍，虽然已是闻名的杀手，但藤田做事依旧是一板一眼，从不马虎。

用过早餐，稍稍休整后的藤田看上去精神抖擞，脸上完全没有惊魂未定的神色，也看不出失去搭档后的悲切。他仿佛就是一架设定好了程序的杀人机器，一刻不停地执行着一个又一个的杀人命令。

05：40 T市竹林园小区

北方海滨城市的气候即使是在下雨的日子里也与南方有着天壤之别，虽然已经进入了四月份，但是紧裹在米色风衣里的身体还是一阵阵的发冷。颈肩处的伤痛不时地折磨着他，就像有无数个蛆虫啃噬着他的筋骨，时不时的就会让他不自主地活动一下头部，以便让积聚在颈部的酸痛释放出来。

阵阵冷风袭来，左手里的黑色雨伞给吹得东倒西歪，顺着伞檐滴下的雨水已经湿透了他的大半个肩头，他尽量将伞推向右肩膀，以求力保右半身的干燥和温暖。他把右手习惯地插在风衣的衣兜里，将那支银色的西格绍尔军用制式手枪静静地抓在手里，但是时间一久，冰冷的枪柄还是放射性地麻木了他的整条手臂。

藤田已经在竹林园门外的便道上站了足足有三分钟了。如果不是在雨天，他是不会冒险在这儿站这么久的，因为这样一来，门卫的值班保安就会很容易记住他的外形特征。他杀人太多，如果每次行动都在案发现场留下一些带有自己特征的痕迹，那么他这个"新贵十一屠"很快就会成为一张贴着国际脸的杀手名片！

职业杀手讲究手法凌厉，行动流畅，快进快出，一气呵成，犹如行云流水一样，不留半点痕迹，相当忌讳他像今天这样，雨中执伞独立街边，好像在约会情人似的。一想到这些，藤田便不由得苦笑了一声，心说，果然人在矮檐下不得不低头啊！远东特课与 CIA 合作，当然是要听人家的了。

藤田想：在杀人三要素中，时间地点人物是缺一不可的，其中尤以时间最为关键，但是，这一回栗原转发的 CIA 的情报中，竟然给出了一个长达 10 分钟的等候区间，这简直是可笑至极！藤田暗自嘲笑道：中情局怎么能发出如此缺乏职业水准的情报呢？哼，据说还是出自大名鼎鼎的"无间第五谍"之手。

想到这里，藤田不禁在心里叹道，唉！强龙难压地头蛇啊！不然的话，真想和这位"老爹"当面理论一番，问问他，如此情报，到底是想杀人，还是想救人呢？藤田的心中烦躁不已，这其中有等候引起的焦虑，也有失手书吧留下的不快。然而，作为职业杀人机器，藤田也只好强压心头的郁闷，全身心集中起精力，确保此战不失。

其实，多年的杀手生涯已让藤田养成了临战自我调节的职业习惯，他懂得如何忍受恶劣天气的影响，以及克服等候所带来的不快。以他的心理素质，不要说在小雨中等候 10 分钟，就是在冰天雪地的西伯利亚他也曾伏击过。那一次，他匍匐在被积雪填满的深沟里，静候了 2 小时 45 分钟。

深得《孙子兵法》真谛的日本战国枭雄武田信玄，曾将各类兵种的战旗冠以风林火山的字样，按照《孙子兵法》中"其疾如风，其徐如林，侵掠如火，难知如阴，不动如山，动如雷震"的说法训练部队，即快速行动时的迅猛像疾风掠过，舒缓行进时的整齐像树木林立，大举进攻时的猛烈像燎原烈火，施展计谋时的难测像漫天疑云，按兵不动时的沉稳像巍峨山岳，突然发动时的猝然像疾雷闪电，并以此作为用兵的法则，归纳为：骑兵如疾风，步兵如林海，攻击如烈火，统帅如泰山的统兵要领。使得武田信玄统领下的军队在山野之战中勇不可当，为他赢得了"甲斐之虎"的称谓，因而称霸一时。

时至今日，由武田信玄浓缩而成的"侵略如火不动如山"的用兵信条，仍旧深深影响着藤田秀这个甲斐武士的后代。在藤田的内心里，此刻他便是按兵不动的山岳，是稳如泰山的统帅。于是，压下心头的不快，平复不安的情绪，暂且将寒冷和痛楚一并抛至脑后，转而安静地享受起眼前的雨景来。

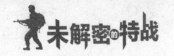

是的，只要枪在手，他便从来不会感觉孤单。

藤田把目光朝稍远些的街对面望去，只见一辆丰田海狮商务型客车悄悄地停在那里，隐约间能看见一个干扁的身影坐在驾驶室里，那是负责接应他的同伴"生鱼片"，正是由于折了"冬瓜"他才改用了这个人，而不得不让"瘦猴"一人落了单。

藤田又把目光投向另一侧，他发现在身后不远处的雨幕中，不知何时多了一个胖胖的身影，只见他推着一辆北方城市里最常见的小型三轮车，拖着僵直的右腿，正步履蹒跚地朝着这边走来。走近身前时，藤田看见那辆三轮车的帆布篷下盖着的是一摞摞的报纸。厚厚的套头雨衣从上到下把这个人裹了个严严实实，即使经过身边也看不清的他面孔。

藤田的心里怦然一动，忍不住盯着这个胖男人多看了几眼。也许是因为腿脚不便，也许是小车的负担过重，他每走上几步就得停下脚来喘上几口粗气，最后，干脆就在距离藤田几步远的竹林园的门口站下了。藤田看着他回身来，又从车厢里取出一支破破烂烂的高脚凳，放在了三轮车的尾部，然后支棱着右腿坐了下来。

哦！可怜的家伙！藤田在心里同情地骂了一声，莫名地，却突然在心里涌起一阵酸楚，他忽然很想抽上一支烟。不知怎的，这个胖胖的男人让他想起了自己的父亲，那个辛苦了一辈子，却连自己一单生意所得的百分之一都挣不到的可怜人。

同许多男孩子不同的是，藤田从小就鄙视父亲的平庸懦弱和碌碌无为，他立志要摆脱父亲的阴影，发誓不让自己像父亲那样终劳一生却还是被人踩在脚底下，活得没有尊严。他觉得人生无论长短，活得精彩就好，哪怕做个恶徒，背负骂名，只要活得痛快，活得有尊严就好。

随着年龄的增长，他越来越明确地知道自己想要什么，并且不顾一切地去实现自己的梦想。其实，藤田心中的愿望很简单，其一，他要成为身价最高的杀手，在"新贵十三屠"里位居首席是他的理想；其二，他要娶一位自己心仪已久的女人做妻子，那个人便是"樱花女郎"栗原纯美。除此之外，别无他求。

他已经很久没有回过家了，因为他想见却又害怕见到父亲，当他在山坡上远远望着父亲那佝偻着的驼背和蹒跚的身影时，藤田似乎看到了自己的未来。所以，他愈发变得勇敢，拼命杀人，不顾一切赚钱。他想尽早实现自己的愿望，而不至于把理想拖延成终生难以实现的梦想。

尽管久不归家，但他每年都会给家里寄去一大笔钱，为的就是让年迈的父亲不必像眼前的这个胖男人一样，为了生活再辛苦地四处奔波。

藤田克制住了自己想要吸烟的冲动，因为每一个杀人现场都会在事发后被警方仔细检查，哪怕是一根头发都有可能成为侦破案件的线索，而残留在烟蒂上的唾液通过化验能够识别出人的 DNA。

藤田知道，一旦自己的生理特征被警方留存了样本，那么他的职业生涯也就此断送了，他的"新贵十三屠"首席之梦也就随之破碎了，还有，那位梦中的新娘"樱花女郎"也会离他越来越远。

藤田稳住神定住心，手上紧握住 SP2022 的光滑枪柄，再次把目光投向了眼前。只见那个胖男子已经在他的身旁坐了下来，嘴上呼哧呼哧地喘着粗气，看来他要在此歇息一会儿才能继续赶路了。

05：50 T市竹林园小区

藤田抬起腕来看了看手表，时间已经临近了，他在心里暗自叨念着，抓着枪柄的手再次用力握了握。就在这时，一辆黄色涂装蓝色顶灯的出租车从他面前街道的左侧驶来，戛然停在了竹林园小区的入口边上，溅起的积水弄脏了坐在门口的胖男子的胶鞋，他连忙蹒跚着起身，吃力地将高脚凳子搬起来想要放回三轮车上去。

藤田侧眼望去，只见计程车的车身上满是泥泞污秽不堪，表明它已经跑了不短的一段路程。小雨殷殷地打在车的后挡风玻璃上，看不清坐在车子后排座位上的人。藤田的手抓紧了湿滑的枪柄，因为握得太久的缘故，掌心里已经积满了汗水，不觉中他温润了枪柄却麻木了肩膀。

车门开启，一把红色的雨伞撑出车外，遮住了正在下车的人影，藤田定睛看去，只见红伞之下，一只白色的山羊皮高筒靴正跨出车门，这与短信中描写的特征完全一样。藤田的血液开始涌动，麻木的肩头慢慢解冻，一股热流正沿着手臂朝下伸展开去。

那只提早迈出车门的白色山羊皮的高筒靴实在是再熟悉不过了，在短信

第三卷　博士之殇

中，栗原早已为他提供了多幅照片。紧接着，红伞下露出一截紫色羊皮马甲的下摆，第二个特征相符！藤田感觉到了血贯瞳仁时的晕眩，那是颈椎的伤处发出的正常反应。

来人躬身从车中出来的时候，一件小小的配饰从胸前颈下滑出来，悠悠地一闪，却早已映入了藤田的眼帘。那是一枚青铜刀币的项链坠，地地道道的古钱币。第三个特征验证无误！

藤田毫不迟疑地从衣兜里掣出右手，西格绍尔特有的银色枪体在雨雾之中分外抢眼，他的身形稍稍左转，头颈同时甩向右侧，视线穿过准星锁定在红色雨伞的中央部位，右手食指感受到了轻轻触发枪机后的轻微震颤。

没有太大的响声，消音器稀释了弹丸出膛时的爆炸声，火药燃烧的气味化成了一缕轻烟，很快便随风飘散在了拉着丝丝雨线的空中。

然而，倒霉的事情总是在关键的时刻发生。就在藤田的食指扣动扳机前的一刹那，像有什么东西轻轻地牵动了一下他的右臂膀，他的颈椎像是过电一样痉挛了一下，立时他觉得手臂像灌满了铅一样的沉重，他不得不加大力道才能像往常那样端平手枪。同时那支安装了消音器的西格绍尔似乎也变得比平时重了许多，痉挛产生的麻痹让枪体差一点就脱离了手掌，他不得不再次用力抓住枪柄以防脱手。

一系列的突然变化，让西格绍尔的瞄准线路瞬间发生了复杂的变化。起初，藤田扬臂时产生的惯性让枪口和准星的延长线越过了目标稍稍往上偏离，随后，藤田用力地握紧了枪柄，并且沉肩压肘重新拉回了瞄准线，但随即产生的麻木感觉令他的这一动作火候过大，枪口又越过了目标向下漂移。

一番调整，久经战阵的藤田还是老练地控制住了桀骜不驯的SP2022，他咬紧了牙关忍住了疼痛，轻挑手腕慢扣扳机，最大限度地修正了这一偏差，嗖！子弹轻啸出膛，直奔目标而去。

这时，他才用眼角的余光朝身旁扫去，却见刚刚干扰了自己射击动作的正是那个可怜的胖家伙！他三轮车的顶棚上不知何时微微探出了一小截竹竿，在藤田急速扬起手臂时轻轻顶住了他微微耸起的肩头。

容不得藤田多想，呼啸而至的子弹早已在红色雨伞的中央部位撕开了一个口子，鲜红的雨伞一下子飞了起来，那只刚刚迈出车门的白色高筒靴受到了突如其来的惊吓，鞋上将近15厘米高的后跟一下子插在了两块灰色地砖的缝隙中间，窝住的脚踝令她的主人没等身体探出车门就被迫仰面跌进了车里。

红伞落地，洞开的画面赫然呈现在了藤田的眼前。这一看，不由得他懊悔不迭羞臊满脸，挫折感化作冷汗渗出了他的两鬓，禁不住在心里骂了声，该死！

原来，那枚经过百般校正之后才射出膛的9毫米枪弹先是扯碎了鲜红色的雨伞，接着穿过了打开的车门，跟着便钻进了出租车司机的后颈，随后又击打在了前挡风玻璃上。子弹威力巨大的冲击力令弹洞周围的钢化玻璃爆起一片雾霭，好像摔碎了的西瓜。司机的头部重重扑倒在方向盘上，鲜血喷泉般的溅满了仪表盘。

不等硝烟散尽，从不打第二枪的藤田已经收枪转身，头也不回地沿着事先计划好的路线迅速撤离了。他从没想过会发生如此巧合的事情，一个刚刚还博得自己同情的残疾人，竟然导致了自己此番的再次失手！藤田顾不得多看一眼身边那个已经吓傻了的胖男子，懊恼已令他怒火中烧了。

快步疾行的藤田在经过那辆丰田海狮对面时，他把头转向了驾驶室，目光与里面那个生鱼片长相的人相对，他轻轻摇了摇头，意会对方自己失手，接着脚下一刻不停继续赶路。

他一边沿着街道快步向着河岸走去，一边用带着响亮弹簧的Zippo为自己点燃了一支希尔顿香烟。

"可怜之人必有可恨之处！"他在心里怒骂着，深吸一口之后，继而对着右手喷出浓浓的一口烟，这样可以遮盖住他手上残留的火药气味。

雨天的清晨里偏僻蜿蜒的街道上行人稀少，此刻更无一人出入小区的门口。刚刚发生的一切就像一阵风从街上刮过，没有引起任何人的注意。甚至连懒散的小区保安都没有从桌案上抬起头来朝门外看一眼。一切都发生得太快、太突然了。

看也不看那辆淌着血的计程车，胖男子若无其事地将他的小凳装好，然后推着三轮车一瘸一拐地继续赶路了。雨水一刻不停地冲刷着计程车，像是有意在替凶手掩盖着令人发指的罪恶。

藤田毫不怠慢，他头也不回地沿着事先计划好的路线一路走着，很快便穿过几条偏僻的小巷来到了金河的亲水堤岸前。

　　金河在途经市区的两岸栽种了蜿蜒数十公里的绿化带，好像一条长廊傍河而建。从沿河绿化带到它下面的堤岸落差约有三米，站在岸上的人看不到河边堤岸下面的情形，就如同在繁华的都市里面独辟出来的一条幽暗蹊径一样。

　　藤田脚下加力，三步并作两步踏上了通向河堤的入口阶梯，不一会儿，便悄然隐身在了岸边垂钓的人中了。

　　这是一条500年前人工开凿的运河，河宽200米，它蜿蜒地穿越了城市中心然后流向入海口。沿河两岸，精心铺设了防腐木地板的堤岸上，刚刚吐出了绿色嫩芽的柳树下面，清一色撑着某品牌饮料免费提供的红白拼色的雨伞，垂钓的爱好者们三三两两地静坐在河岸边。他们专注地盯着河面上随波跳动的浮标，谁也没有在意身边这个呼吸略显急促的陌生人。

　　雨滴落下，激起圈圈水纹，微风掠过，荡起阵阵涟漪。河畔大道上一辆警车鸣着笛呼啸着从岸边驶过，却不曾惊扰这春雨连绵的清晨，平静的城市生活一如既往地延续着，垂钓的人们甚至连头都懒得抬一下。

第四卷　商务伪装

第一章　怪癖富翁

17：00（06：00）　南太平洋岛国

乔治敦是开曼群岛的首都和最大的港口城市，濒临加勒比海，坐落在一块面积约为 220 平方千米的岛屿上。岛内的地势虽然低洼但很平坦，周围有珊瑚礁环抱，是世界上五大金融中心之一。

由于开曼的政局稳定，无外汇管理限制，又免收直接税，所以很多国际大公司纷纷来到岛上从事金融业务。在岛上注册的公司已经超过了五万家，银行、信托机构和保险公司也有近千家。开曼群岛因此而享有世界避税天堂的美称。

宋江忍受着空气中潮湿腥臭的气味，快步穿过了乔治敦唯一的一条通往海边浴场的街道，被暴晒了一整天的柏油路面上依旧蒸腾着灼人的热浪，烘烤得行人忍不住眯缝起眼睛。虽然从中餐馆到街对面的写字楼最多也不过二十几米，他还是尽量躲避在高大的棕榈树荫里走走停停，像一只流浪犬那样在树根下嗅着气味，可没过多久，汗水还是湿透了他的亚麻布衬衫。

他三步并作两步地穿过大厦紫檀木框的玻璃旋转门，在十多米高的水晶吊灯下站定，立时，一股清凉甘爽的气息扑面而来。他忍不住提起胸前黏黏的衬衣来回呼扇着，恨不得一下子就将满身的暑气驱走。

总共 43 层高的莫塞大厦里凉爽宜人，智能控制中心连续 24 小时保持这里的舒适温度和适宜湿度。作为这个英属殖民地岛国里最具特色的建筑，它吸引了全世界 37 家最著名的银行在这里设立了分支机构。

稍稍稳下心来的宋江把目光投向了大堂迎面的水牌，他在上面看见了许

131

多家国际著名的企业，每一个名头都是烁烁生辉熠熠闪光的，其中有一家叫做 SALA SABY 的公司也赫然其中，但与其毗邻的那些响当当品牌比起来，它的名字就显得黯然失色了。宋江在心里叨念着：哦？SALA SABY，嗯！一个名不见经传的公司。

一身棕色皮肤的宋江无论衣着还是举止都显得有些怪异，即便如此，他在这个巴掌大的岛国里却还算不上是个另类。因为这里的各色人等来自全球各地，人们在常年的酷热和强烈的日照之下，都尽量少地穿戴衣服，却不期换成了同一色的皮肤。

但是宋江仍有他的过人之处，他的满头灰白色短发着实惹眼，好像是刚刚长出一茬的麦苗紧贴着地皮，并且，上面还落了一层霜似的很是特别。尤其是他额头上的几绺稍长一点的头发根根反翘起来，随着走路时的步伐一跳一跳的，很是性感。难怪那些年长的 gay 们总会用异样的眼神瞄着他。

进到大厦不久，户外的闷热便被他抛到了脑后，在汗退肤爽之后他的精神也随之提振起来了，他贪婪地深吸了一口气，撑开的衬衣领口敞得更大，把他发达的胸肌显露无遗，已经湿透的衬衫因此被绷得更紧了。

宋江没有理会大堂中侍者问询的目光，顾自坐在临窗的皮质沙发上。现在距离约见的时间尚早，他还有充裕的时间从容处理一件最为重要的事情。这个有着四分之三东方血统的庄逊给他自己起了个家喻户晓的中文名字，宋江。很有几分江湖气质的他与这名字倒也匹配，一米七五的身高，褐色光洁的皮肤再加上浑身紧绷的肌肉，这一切都遗传了东方人种的优良血统。

他在手机上轻轻撅动了一个号码，很快听筒里便传来了带有浓重中国特色的彩铃声，可见他为自己的中国之行已经做足了准备，甚至包括与之相关的文化元素。

"这里是开曼群岛五洲大酒店，请问有什么需要帮忙的吗？"

一个温柔的女声用英语问道，措辞职业语调甜美。宋江目光环视大厅，声音低沉地说道："代我通知一下酒店的'父母好帮手'，请将我委托他们照看的孩子送到莫塞大厦 30 层，我在那里等。"

接着，宋江又报上了自己的姓名以及私人的相关信息，显然酒店那方在查验他的身份时是十分仔细的。一分钟之后验证结束，宋江挂断了电话，面对着眼前富丽堂皇的大堂想起了心事。一件鲜活的行李，运到开曼群岛自然容易，可是，该怎样才能平安地带她到中国去呢？是否真如佩奇·波特兰所讲的那么简单呢？

在飞抵开曼岛的班机上，宋江尽其所能地想要博得莫尼卡的好感，但那个华裔小女孩却始终用敌视的眼神看着她，既不哭也不闹，这令宋江极为头痛。那女孩实在是太小了，宋江所掌握的拉拢和诱惑的方式都不适用于她。最后，聪明的宋江终于想明白了莫尼卡痛恨他的理由，她还在惦记着那只可爱的小狗。

"我托朋友替你照看着它呢！真的，一个绝对信得过的朋友，对小动物极有爱心，等我们的旅行一结束，莫尼卡，我保证你能马上见到你的张飞的。"

宋江竭力让那女孩感受到自己的真诚，所以，他在讲这些话的时候眼睛里闪着圣洁的光，表情仿佛天使一般。终于，那小女孩点了点头，天真地说道："你发誓？"

"我发誓，莫尼卡。"

"你告诉你的朋友，每天都要给张飞洗澡，不然它会生病的。"

"我保证，莫尼卡。"

宋江的心终于放了下来，他在想象着，要到哪里去搞到一只同样品种的雪纳瑞呢？万一这小女孩回来的时候，她还能认得出自己的小狗吗？随即，他在心里嘲笑自己，万一？呵呵！太没谱的事了，还是到时候再说吧。现在还是先祝福那只已经成为流浪狗的张飞能尽快找到一家新主人吧！

在处理被击晕的布朗夫妇和那只迷你雪纳瑞时，宋江很有技巧地没有让莫尼卡看到，他把她带进了那辆"野马"汽车的时候是蒙着眼睛的。他没有对一个仅仅有五六岁的小女孩动粗，只是稍稍吓唬了她一下，她便乖乖地跟着这个自称是移民局的人走了。

远近邻居没有一个发现布朗先生家里发生的意外，先一步醒来的"张飞"无法唤醒布朗夫妇，便嗅着莫尼卡的气味一路追踪那辆"野马"车而去，等它察觉到自己再也追不上自己的小主人时，它已经认不出回家的路了。

清醒过来的布朗夫妇只能向当地警局报告说是发生了武装抢劫，匪徒劫

持了自己领养的亚裔小女孩。而当警方的通缉图片发出时，莫尼卡已经和宋江在开曼岛上的五洲大酒店里入住了。

宋江要骗一个五六岁的女孩是很容易的，就像他编出的有关小狗的故事一样，但他说的却又并非完全不是事实。他从布朗夫妇家中带走莫尼卡的行径是野蛮的，但他给出的理由却是美好的。

"一个非常有爱心的富翁想要收养个孩子，他计划用自己的财富为这孩子规划一个美好的人生。"他这样对莫尼卡说。

"我们在作了充分的调查分析之后，觉得你是最适合这个计划的孩子了，布朗先生一家给不了你更好的教育和大笔的财富，如果跟着他们，就只能像布朗先生一样平平淡淡地生活。所以，我们决定把这个千载难逢的机会给你，莫尼卡。"

"我能选择吗？我不想离开布朗先生和太太，他们对我非常好。"

"你不能，莫尼卡。这是政府慈善事业的统一安排。你很幸运，孩子。你要珍惜，懂吗？"

莫尼卡不解地看着这个长了一脑袋白刺儿的叔叔，虽然她不明白为什么自己不能决定继续留在布朗先生家，但她明白了自己的确没有权利替自己作出选择。

看了眼大堂前台上那一长溜的钟表，宋江知道时间差不多了。于是，他站起身朝着电梯间走去，身旁不时走过一两个飘着迪奥或是香奈儿香水味道的光鲜亮丽的身影。

哦！这里就是有钱人们的敛财之所啊！他抬起头来望着金碧辉煌的大厦穿顶，不禁心生感慨。

17：10（06：10）莫塞大厦30层SALA SABY总部

茶色的隔热膜将强烈的紫外线挡在了窗外，远处加勒比海岸的美丽景色尽收眼底，淡绿色的海水在夕阳的照射下像一团团的雾霭弥漫在褐色的珊瑚礁海岸，白色的风帆星星点点洒落在海面上，心情惬意的佩珀·盖伊轻轻哂了一口加冰的杜松子酒，然后，继续目不转睛地紧盯着面前的戴尔超薄液晶显示屏。

他的全球业务正在这个他一手打造的金融帝国的操控下有条不紊地进行着。操盘手们不断地把大量的资金从曼哈顿和瑞士的银行输入到非洲、中东和东南亚，攫取那里的黄金、钻石、石油、煤炭、橡胶和稀有矿产。然后，再带着翻了几倍的利润回流到他在开曼岛的账户上。每当看到屏幕上那些代表着财富的数字不断变化时，他的脸上都会流露出抑制不住的兴奋。

他是个百分之百的天才，不仅继承了家族血统中的智慧，而且还传承了家族性格里的霸道和贪婪。他的本性决定了他此生必将以征服世界为己任，一举实现父辈们的未尽霸业。然而，佩珀·盖伊清楚地看到，经历了两次大战蹂躏的世界已经厌恶了任何华丽辞藻掩盖下的武力征服，无论是以国家利益作虎皮，还是以宗教信仰作战旗，一切以战争手段进行的横征暴敛都为当今世界所唾弃。于是，佩珀·盖伊以其超强的领袖智慧和卓越的战略头脑独辟蹊径，在金融投资领域里大展才华，进而让盖伊家族的狂妄野心成功地在一个新的领域里得以实现。

正如人们所了解的那样，战争的根本目的就是为了控制，控制自己需要的东西，更要控制别人需要的东西。美国的一位国务卿在几十年前就曾说过：

"如果你控制了石油，你就控制住了所有的国家；如果你控制了粮食，你就控制住了所有的人；如果你控制了货币，你就控制住了整个世界。"

不为世人深知的 SALA SABY 集团以投资能源和稀有矿藏为掩护，进而实现控制他国经济命脉的目的。这除了仰仗佩珀·盖伊的才华和魄力之外，还得益于他背后强有力的支持者 CIA。

佩珀·盖伊认为，商战视同于一场没有刀光剑影的搏杀，胜利者将操控和驾驭整个世界，而失败者将永远失去自主生存的权利。未来的帝国疆土不再有边界，当面对粮荒、水荒、油荒……时，不管是穷国还是富国，全部都要匍匐在胜者的脚下乞求他的施舍，因为世界的资源和财富都已在一个人的手中掌控，他的喜怒好恶决定着世界的贫富、供需、战和等诸多元素的平衡，他就是全世界的主宰！但是，在此之前，还必须依靠 CIA。

觊觎世界霸主宝座的佩珀·盖伊俨然寄希望于中情局作为他实现梦想的跳板，在美梦成真之前，他不得不暂时扮演起中情局的国家利益代理人的角色，以他单薄的身板承担起这架巨大跷跷板的支点，它的一头担着美国的利

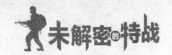

益，而另一头则担着称霸全球的梦想，他的能量由此可见一斑。

冷光深嵌式日光灯经过低反弧形板的折射之后，均匀地照亮了400平方米大的办公空间，人站在灯下毫无晕眩的感觉，足见当初设计的精细，布局的考究。放眼望去，整层楼面远近通透无遮无拦，就像一家极具抽象意味的创意工厂一样。几件造型简单的办公家具将偌大的空间分割成为几个不同的功能区间，每个区间里各种办公设备一应俱全，成为独立的作业单元，足够四五人使用。

佩珀·盖伊坐在一张4米长2米宽，用一整棵天然枫木制成的班台后面，显得异常不起眼，丝毫没有未来世界霸主的气势，像一只赖在树杈间憩息的考拉熊一样。但他的外形奇异，的确有别于常人。

微微凸起的脑门儿是他家族的明显特征，大约是太多智慧的积累，延续到他这一代的时候，额头已经进化的和他的鼻梁一样高了。稀疏却很光亮的棕色头发从三分之一处分开，紧贴着头皮被梳理成标准的分头式样，很像40年代的保险推销员。他的鼻梁高挺，略微带点钩状，眼窝深陷，湛蓝的眼珠躲在金黄色的睫毛下，不时闪现出狡黠的光。他的嘴很小，嘴唇很薄，单独拍成特写时很容易让人联想起中国古代的仕女。

他很喜欢整洁，衣着虽不鲜亮却颇有品位，纯棉纱织的黑色衬衫配白色真丝领带，外罩黑色二粒扣西装，颇有气质。但是腕上的劳力士金表却让他极为体面的外表打了折扣，显得有些俗气，暴露出他无法遮掩的铜臭气。这便是他的个性写照，总是在细节之处不经意地流露出些许的粗糙来。

面前的西门子电话发出蜂鸣声，盖伊慢吞吞地放下手里的酒杯，顺便按下了免提键。

"打扰一下，先生。"

麦克风里传来秘书的娘娘腔，是那种很粗的嗓音里带着矫揉造作的腔调，让人一听就会起一身的鸡皮疙瘩来。

"有一位绅士求见，他说他与您有约在先。"

"哪位？"

佩珀的声音也很中性。

"请问，怎么称呼？"麦克风里秘书小声问道。

"我吗？嗯……邦德，告诉他，我的名字叫詹姆斯·邦德。"对方带着浓重的伦敦口音答道。

"哦，庄逊！是你吗？我真不敢相信，请进，快请进！"佩珀尖着嗓子喊道，由于兴奋他的嗓音变得极为尖细。

棕色牛皮包面的大门无声地打开了，满头白发的宋江出现在了门口，他双手叉腰，迈着斗牛士一样的步伐昂首挺胸地走了进来，像在舞台上表演一样。佩珀则像一个小女孩一样奔跑过去，一下子扑到他怀里，佩珀把脸深埋在宋江的强健胸肌里，两个人如情人般紧紧拥抱在了一起。

秘书知趣地掩上厚重的房门，踮起脚尖回到座位上，翘起小指悄悄拎起电话，轻轻拨出一个号码，他骨骼粗大的手将电话听筒紧贴在厚重脂粉遮盖下依旧泛着青色胡茬的脸颊，用低沉的男中音说道："波特兰先生，一切都如您预料的那样，出访中国的计划已经开始了。"

17：20（06：20） 莫塞大厦30层 SALA SABY 总部

缠绵之后的佩珀·盖伊从宋江的强壮怀抱中站起身来，纤细的手指仔细梳理着稀疏的头发，被揉搓得一塌糊涂的衬衫和领带也被他仔细整理好，然后才光亮一新地回到自己的座位上。

宋江知道是时候该谈正事了，于是，他挺起健硕的身躯从软塌塌的沙发上一跃而起，几大步便跨到了佩珀·盖伊的班台前坐下。此时的佩珀·盖伊也换上了另外一副面孔，正襟危坐地盯着宋江的脸极其认真道："好吧！看起来你已经为你的中国之行做好准备了，那么，就谈谈你的计划吧。"

宋江没想到刚才还在自己怀里腻腻歪歪的小老头，突然间就摆起了老板的架子来，心里暗自骂道，妈的！装腔作势的家伙！但表面上他还是装出一副既硬朗又服帖的样子，一本正经道：

"按照我们此前的约定，这一次借贵公司的名义，我将带一个名叫莫尼卡的六岁华裔女孩一起前往中国，她的身份是您——盖伊先生领养的孤儿。而此行的目的则是作为慈善家的盖伊先生为自己的养女特意安排的一次寻根之旅。当然，这是波特兰先生的意思。"

"不，庄逊。这也是我的意思。"

佩珀·盖伊打断了宋江的谈话，显然是对他在此时提及佩奇·波特兰有

137

些不甚感冒。他始终觉得在任何一件与中情局的合作上面自己都是有主导权的，他不会违背自己的意志而听凭别人的安排。如果这不是一件双赢的生意的话，别说是佩奇·波特兰，就算是中情局的局长也不能勉强他。

宋江当然无法体会到野心勃勃的佩珀·盖伊究竟是怎么想的，但直觉告诉他，这个老家伙绝不是个省油的灯。他暗自提醒自己，夹在两个老板之间做事真是如履薄冰，无论如何也不能引火烧身啊。于是，他连忙点点头，装出一副醋相，傻傻地说道："是，是，当然是您的意思。"

佩珀·盖伊面无表情地看着言不由衷的宋江，显然早就看穿了他的心思。于是，顾自接过话题说道："此行是我们双方合作的诸多项目中的一个，它有可能成为一个典型的范例，但我不想它是我们合作的最后一个。所以，在开始之前，我想有三个要求必须提前跟你说明。"

宋江几乎是有些吃惊地看着面前的这个怪物，心想，还从来没有人向中情局提出过要求，这个人是怎么了？他把自己凌驾于国家利益之上了吗？但他转念一想，又觉得此人所言必有缘由，谁知道这个小个子老头到底有多深的背景呢？看他办公室的气派，甚至远胜过白宫的椭圆形办公室，没准总统就是靠着他的政治献金才得以当选的呢！

即使是中情局总部的特工，宋江终归也只是个小人物，他无法洞悉领袖一级的胸怀，即使他再会掩饰自己，也无法逃避"元首"洞察一切的犀利目光，正因如此，佩珀·盖伊才会在旅程开始之前便对他约法三章。

"我们是一家商誉良好的企业，本人是一名守法的商人，我们要去的国家是一个拥有 15 亿人口的庞大市场，那里有我取之不尽用之不竭的宝藏。相比之下，恕我直言，中情局就变得不那么重要了。所以，这第一个条件就是，从现在起，你，不再是中情局的特工了，你是我的雇员，专门负责我养女日常活动的特别助理，我是你唯一的老板。你同意吗？"

宋江的心里一震，虽然早有佩奇·波特兰授意，要他答应佩珀·盖伊提出的一切条件。但是，当他从对方口中听到如此直截了当的提法时，还是忍不住吃了一惊。他郑重地点了点头，这一次他的认真程度提高至六成，显然是被对方的威严震慑住了。

"很好。那么我们就来谈谈第二个条件。"佩珀·盖伊用手梳理了一下已经很整齐光滑的头发，继续说道，"现在，来谈谈那个女孩，你们所说的养女。我要求她拥有一切符合法律手续的文件，可不是一件走私品。"

对方的理性和逻辑让宋江深深折服，他努力回忆了一下自己在动身来开曼群岛之前为莫尼卡所做的身份认证，确信一切合乎规定，绝无伪造作假之嫌。于是，他再一次郑重地点了点头，此时他的认真度提升至了八成。

"很好，庄逊。接下来就是我的最后一个要求了，但请记住，虽然是最后一个却不是最不重要的一个，它关乎我们这次合作的成败。"

宋江眯缝起眼睛，全神贯注地盯着佩珀·盖伊的两扇又薄又小的嘴唇，似乎不太确定那些铿锵有力的霸道语言都是从这两片秀气的唇间说出的。

"我们是正式的商务出访，你知道在中国官商之间的关系是密不可分的，所以会有很多官方的活动，因此，我不允许你停留期间与任何违法的暴力事件相牵连，懂我的意思吗？"

说到这里，佩珀·盖伊的蓝色小眼睛里突然射出一股严厉的目光，这让一直专注地盯着他看的宋江不由得打了一个激灵，他不由自主地点了点头，像个小学生对老师作出不再淘气的保证一样，这让他感觉很没面子。此时，宋江意识到了此番跟随出行的是个既严厉又冷酷的家伙，断不可掉以轻心，必须以百分之百的认真态度投入进去。

似乎是觉得自己已经摆平了这个放荡不羁的白毛小子，佩珀·盖伊突然间像是换了人似的语气和蔼地对宋江说道：

"庄逊，你知道，总有些事情是迫不得已的，这关乎人性与道德，所以，请原谅刚才我所提出的要求，你懂我的意思，对吧？"

"是，我明白，我们也不是第一次做这种事了。"

"很好，你真是我的宝贝！"

佩珀·盖伊心满意足地笑了，他一下子温柔得像个小女人一样了，角色转换之快令人咋舌，弄得宋江一时没能缓过神儿来。

这也难怪，以宋江的角度如何能够揣摩得透这个帝国"元首"的心思呢？他的野心远比中情局来得更大，而方式却又灵活得多。宋江的这次中国之行，明里看是中情局求助于 SALA SABY 在借水行船，暗地里却是佩珀·盖伊要利用中情局在顺水推舟。

"好啦！让我们认识一下我们可爱的小天使吧！"

见宋江的神情仍在犹疑，佩珀·盖伊便主动地切入了正题。宋江却像是

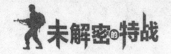
刚刚醒过神儿来一样，在对方暧昧的眼神里伸手撤了下桌上的对讲器："请把她带进来吧！"

"是，先生。"

秘书的男中音此刻变得异常性感。

棕色牛皮包面的大门再次打开，身材魁梧的秘书站在门外。

佩珀·盖伊抬起头来，隔着二十多米远的距离望过去，那扇房门显得很高大，一个弱小的身影出现在门口，怯怯地站在那儿。

"莫尼卡，到这边来，见一下盖伊先生。"

宋江尽量说得亲切，但还免不了带出一丝骗子的口吻。佩珀·盖伊站起身，一脸温柔地看着这个弱小的女孩慢慢朝自己走过来，嘴上喃喃自语道："哦！太可爱了，我的小天使。"

第二章　白领樱花

06：30　中国南方 S 市

泉井雄二的大声呵斥隔着塑钢的玻璃墙传出去很远，几乎每个职员都能听得清清楚楚。栗原诺诺连声地退出了老板的办公室，穿过开放式的办公大厅向着最后排的座位走去，她丝毫也不理会那些投向自己的同情目光。

泉井产业家居产品零售商，产品大部分来源于中国的 OEM 工厂，它设在 S 市的机构每年的采购额高达数百亿美元，并且还在逐年递增。因此，原本在家族里无足轻重的泉井雄二也就随着生意的红火而身价陡增，脾气自然也就变得愈加骄横。

身为商品总监的栗原纯美承担着每季两百余款新品的开发和采购任务。这是个棘手的差事，她的前任是个在泉井产业苦苦奋斗了 10 年的家伙，他好容易才熬到了这个职位，却仅仅做了一年，便因才思枯竭而被贬回日本去管理一家偏僻的小店了。

刚刚从美国返回日本的栗原以双料 MBA 的资质以及在 HOME CLUB 的从业经历，在总部资深专务广濑真之的大力推荐下，经过层层考核后才在一个月前被任命到这个重要职位上来。

对于年轻的栗原来说，新的工作充满了挑战。她不仅要管理好自己部门里的业务，还要不时地忍受泉井雄二这个白痴的窝囊气。自从她上任以来，这已经是第三次遭到训斥了。

但是，这对于栗原来说并不算什么，在她的手里还掌控着比这重要得多的工作，都是些人命关天的大事情，她不在乎泉井雄二的白眼儿与呵斥，那家伙只不过是大餐里的头道菜，她随时随地都可以把他切了吃了，甚至直接

141

丢到垃圾桶里。栗原的真正老板是广濑真之，她真正服务效力的是防卫省远东特课。

　　回到自己的座位上，栗原完全没有因刚刚受到的羞辱而影响了情绪，她经受过比这残酷得多的训练，其中之一便是在远东特课所受的魔鬼训练。经过这样的特训课程，一个人的自尊心最大限度的耐受力可以等同于一只马戏团的猴子。也正是由于栗原的独特背景与超凡才华，她才在美国攻读学位期间被中情局的神秘人物"职员"看中，并将她纳入麾下的"狂花十一劫"。但是，鉴于栗原与广濑之间情同父女的特殊关系，因此她不可能摆脱远东特课的领导而单独效力于中情局，所以，"职员"允许她以双重身份同时效力于这两大情报组织，但在"狂花十一劫"中栗原就只能屈居末席了。

　　栗原是同期学员中的佼佼者，无论是坚忍不拔的性格还是忍辱负重的耐力，都远超正常人所能承受的极限，原因在于她从小就在极其艰苦的环境中长大，求生的考验教会她懂得以付出尊严换取生存条件的道理。她亲眼所见父辈们是如何在二战以后顽强地活下来，并且还耳濡目染了形同父辈的广濑真之的奋斗经历。广濑真之对栗原的影响至深至极，这个骨灰级的人物培养她具备了一个优秀特工所应有的一切品格和技能。除此之外，栗原的成长经历中也因其受到的良好教育而使她拥有了比常人更多的睿智和理性。所以，她在众多的优秀人才当中脱颖而出，从而成为了远东特课新一代特工中的领军人物。

　　其实，栗原此刻牵挂于心的是她公开身份后面的另外一件事，这才是她潜入中国的真正使命。由广濑真之派出的藤田小组已经三天了，经她之手直接指挥的暗杀行动已经初战告捷。藤田在她预置的地点和时间成功地狙杀了"蓝海之心"小组的负责人，迈出了行动可喜的第一步，这让接到消息的广濑兴奋不已，但随后的进展似乎并不顺利，从今晨5点开始到现在便再不见有新的战果传来，藤田小组的行动似乎陷入了僵局。

　　栗原知道兵贵神速的道理，如果不能在敌人措手不及的时候扩大战果，一旦他们清醒过来，失败是避免不了的，二战中偷袭珍珠港的例子便是最好的证明。

　　到底发生了什么事？难道，藤田他遭遇了不测？

　　栗原的担心在逐渐加重，她站起身来到窗子前，按捺不住想要主动联络藤田。但是，理智劝阻了她的冲动。按照约定，一定要由藤田先联络她才行，因为行动中的藤田不宜被突如其来的电话所干扰。

帝王大厦厚厚的玻璃挡住了窗外的热浪，S市的正午有着中国南方的典型特征，闷热、潮湿，这让栗原想起了自己的家，四月应该是天高云淡、樱花烂漫的时候了。

曾经是日本首都的京都风景秀丽气候宜人，这里既是日本的政治中心，也是日本的心灵故乡；这里既有天皇居所、政府机关和官员府邸，也有寺庙、园林等历史遗迹；既有纺织、制酒、造船等传统制造业，也有茶道、花道、戏剧等文化遗产……总之，这里是极具浓郁日本风情的城市。栗原一家世代生活在这里，以贩卖京都特产为生，也是小有名气的商人，直至太平洋战争爆发为止，积攒多年的产业毁于一旦。

家道中落以后的生活非常艰难，多亏了有广濑支撑，才使得栗原得以健康地成长。栗原至今都还记得，儿时跟随着养父广濑整天奔波在自家的小店和乡下的作坊之间，学会了如何从一大堆的手工制品当中挑选那些质地上乘、花色独特，预期销路好的产品，其中尤以识别油纸伞和西阵织最为拿手。

京都的油纸伞用料十分考究，色彩、图案都极具日本特色。油纸伞完全是手工制作的，两个月才能生产10到20把，所以价格昂贵，因此挑选起来就格外专心，一旦挑选的货品存有瑕疵，售出时的价格就会大打折扣，再要是砸在手里，那损失可就大了。为此，栗原练就了扎实的基本功。

西阵织久享盛名，是在西阵地区织造的高级纺织品。丝绸的质量非常好，高超的印染技艺和独创的花纹给人特别的美感。由西阵织制成的领带、台布、和服腰带等常用来作为馈赠亲友的佳品。栗原由此也在家居织物方面积累了丰富的经验，这对她日后选择家居装饰行业起到了非常积极的指导作用。

少时的生活虽然艰辛却也给她的心灵增添了些许的乐趣，这些辛苦换来的收益支撑着她的生活直到她完成了大学的学业。

除了苦中有乐的学习和生意之外，藤田的存在则构成了她少女时期的粉色记忆，初恋男女的身影经常会出现在放学的路上，小店的门前和去乡下运货的小货车里。忘记了是哪一天，却还清晰地记得那是在一个下雨的黄昏，在栗原的小店铺里，帮忙卸货的藤田干得正欢，女孩拿起毛巾为男孩擦去脸上的汗水，男孩忍不住抓住了女孩的手，两人紧紧地拥抱在了一起，那一

天，栗原和藤田相互为对方奉献了初吻。

栗原从遐想当中清醒过来，一想到藤田不由得心开始狂跳，脸上微微发热。她想，如果他能及时干掉"蓝海之心"小组全部成员的话，那么，阻止中国军方搜集航母研制情报，特别是获取舰载机弹射装置技术资料的工作就会顺利得多了。

凭窗远眺，栗原的内心充满了期待。从决定派遣藤田小组潜入大陆执行暗杀任务开始，她就对藤田寄予了厚望。他们不仅是青梅竹马的伙伴，也是并肩战斗过的搭档。相濡以沫、生死考验结下的情谊、信任与默契，曾使他们所向披靡。正如广濑常说的那样，用栗原的头脑指挥藤田的枪，就是再强大不过的组合了，你们两人在一起将无往而不胜。

藤田一直是栗原最得力的搭档，所以栗原一到任，便借用手中的权力，以商品部采购经理的名义将藤田招进了泉井产业的中国事业部，并以寻访供应商、跟催订单为名把他派往中国。由藤田推荐的另外三名职业杀手则与他组成了藤田小队一同前往。

这会儿他们是否又在经历一场激战呢？栗原的耳旁似乎又响起了火箭弹爆炸的轰鸣声，还有藤田将自己扑倒在地时的呐喊。

06：40　中国南方 S 市

嗡……

右侧衣兜里的橘黄色手机发出微微的震颤，那是她专用于在远东特课内部使用的联络工具，用以区别她在泉井产业的业务电话。

噢！应该是藤田的来电，想必他那边的行动又有新的结果了。

手机一振带动栗原的心也跟着一动，她当即收拢了思绪，转身回望了一眼办公大厅，见忙碌着的职员们都在埋头做着事情，没有人注意到她的这通电话。于是，她回过身来依旧面向窗外，一边缓缓地沿窗向更远处踱着步子，一边将轻巧的手机快速地按在耳朵上。

"下午好，栗原小姐。"

没等栗原开口，话筒中便传来了问候声，但那不是藤田厚重的男低音，而是一个慢吞吞的沙哑的声音。栗原心里一惊，暗想，他在这个时候打来电话，莫非是有什么不好的消息吗？但她嘴上还是不露声色地轻声应答道：
"是，广濑专务，您好。"

"怎么？我们的功夫小子还没有消息吗？"

沙哑的声音依旧慢条斯理，这是广濑特有的风格，听他讲话总会有种远看天际云卷云舒，近观庭前花开花落的闲散意境，好比一种感召，任何性急的人都会不自觉地随着他的节奏慢下脚步来。栗原知道，这是一种历久磨炼的淡定，而非老迈昏聩的迟钝。栗原按下心中的跃动，心平气和地听着电话里的舒缓声音，眼前现出了广濑发髻高绾和服打坐时的情景。

"是的先生，目前还没有消息。"

栗原恭敬地答着，眼睛则紧盯着窗子玻璃上的反光，借以观察身后的情况，她不想被人偷听到这通电话里的内容。因为，凡驻外的商事会社都是各类情报组织的栖身之所，栗原本人就是个很好的例证，就算是本国企业，也恐耳目众多，何况自己初来乍到，旁人不说，就是那个讨厌的泉井雄二没准也会在自己的身旁安插耳目，所以栗原不得不加倍小心。

广濑与栗原的对话半明半暗，只有他们两人才能完全听懂对方话里的意思，栗原当然知道对方所说的功夫小子指的是藤田，他是空手道的九段黑带高手，按照流行说法，私下里他们称藤田为功夫小子。但栗原此刻却想，广濑专门打电话过来，就是专门打听这件事吗？哦，这是怎么了？难道，连伊贺上忍者也沉不住气了吗？此刻，广濑也陷入了沉默之中，过了半天才听见他慢条斯理地说道："哦！是这样啊！"

电话那边的广濑说起话来若有所思，似乎是正在掂量着一个颇难作出的决定。每当这种时刻，栗原总是静静地坐在一边，耐心地等待广濑把他自己的心路历程走完。栗原手举着话筒，静听着里面传出轻微的呼吸声，眼前浮现出广濑手拈白须垂目沉思的情景。她想，一位70岁的老人，他脆弱的脑血管还能经得起他如此绞尽脑汁吗？

其实，栗原始终对这个连走路都颤颤巍巍的秃顶老头心存一份敬畏，这不仅仅因为广濑既是泉井产业总部的资深领导，同时也是栗原在防卫省远东特科的直接负责人，更重要的是广濑与她父亲以及家庭之间的特殊关系，跟随着广濑长大的栗原对待广濑就像是对待自己的父亲。

"一有消息我会立刻通知您的。"

145

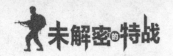

栗原见沉默的时间过长，谨慎地补充了一句，意欲催促广濑尽快结束通话。因为，她从玻璃的反射影像当中看到职员席上有个瘦小的身影已经从座位上起身，此刻正朝着她这边张望。心想，这个小家伙是在找我吗？

就在这时广濑已经作出了决定，他像大梦初醒一样突然插话，但语速仍像一位慢跑者的脚步，栗原不得不暂且放弃猜测，停下思路听他把话说完。

"不必再等了，你还是亲自跑一趟吧，那个城市里碰巧有我们的一家OEM加工厂，今年交给他们的订单应该不少，交期临近最好还是去催一下，你刚走马上任，和他们的业务部经理见个面，沟通一下感情，对你是有好处的。啊！对了，就是一起吃个饭，呵呵！中国人都好这个。"

栗原开始以为自己没听清楚，但见广濑慢吞吞地说个没完，于是追问道："您是说……今天吗？"

"对，马上动身。"广濑不假思索的答复立时打消了栗原的疑问，她这才集中起精力来仔细听着电话里那个沙哑的嗓音继续絮叨，但这一次，栗原却不敢有丝毫的马虎，她知道广濑虽然说得随意，但他话里的每一字都代表着极其重要的含义，所以，遗漏不得。

"这次，你前往 T 市的茂田家居用品进出口有限公司，主要是去拜会一下他们的业务部经理，刘诚，一定要记住这个人，今后的很多业务都要靠他关照。审批签呈我会替你办的，五分钟之后发送给你。"

广濑的话似涓涓细流连绵不绝，像是经过深思熟虑之后才作出的决定。但让栗原感觉诧异的是，她还是头一次见广濑如此迫切，这让她的心里隐隐感到一丝不安。

"是，先生，我马上准备动身。"

栗原嘴上连忙答应着脑子却在飞速旋转，广濑的决定显然不是一时的冲动，当然亦非运筹已久。那么，他派自己出场是因为前线出了问题？还是看重自己与藤田的组合？

这就是栗原的与众不同，即使是面对自己的父辈恩师她也会多问几个为什么。但没等她给自己的提问作出解答，电话中的广濑又继续说道："工作之余，顺便去关照一下我们那位功夫小子。我想他一个人在那边可能会遇到不少困难，他的脾气你清楚，这多少让人有些担心，你去了正好可以帮助他。"

"是，先生。我会指导他的，请放心。"

"哦，那好，保持热线畅通，我挂了。"

出乎栗原意料，广濑的话说到这里戛然而止，像滔滔江水突然断流，他"咔"的一声挂断了电话，好似拦腰筑起了一道大坝，把栗原还想说的话挡在嘴边。

哦，他今天的结束语可是异常简短啊！这不会是什么不祥的兆头吧！栗原的疑虑不禁悄然加重。

其实，栗原是有话想问的，她想：自己指导藤田刺杀行动的全部信息都是由一个代号"老爹"的中情局潜伏特工提供的，这得益于自己在中情局中的特殊身份，如果自己不是著名的"狂花十一劫"之一的话，中情局断不会透过自己去和"老爹"这样一个重量级人物进行联系的。如果自己进入一线的话，必见一面的定是这个"老爹"。但是，远东特课与中情局的合作也只是局限在一定程度上的，隐藏至深的"老爹"会同意见面吗？关于这一点，广濑为何不作出说明呢？

按下心中疑虑，栗原暗自确定，自己此行的第一个目标就是要面见"老爹"。所谓强龙难压地头蛇，此次行动的成败，关键就在于情报，而"老爹"正是传递情报的枢纽。所以，不管广濑是否作出安排，动身之前必先知会与他，力求一见。

栗原回到自己的座位上，开始麻利地收拾简便的旅行用品，她作为商务总监短不了要跑来跑去的，所以，随身携带的物品一应都在手边，甚至有一只拉杆箱就丢在她的脚边上。

她一边往旅行箱里装着物品，一边开始考虑此行的第二个问题，出差的目的和理由。广濑的公开身份是泉井产业东京总部的资深专务，是栗原业务体系的上级主管，他的资历远比年轻气盛的泉井雄二要高很多，他有权直接向各区域的每一位商品总监下派任务，经他之手行政审批程序也只是走个形式。

想起刚才电话中广濑反复强调的那位茂田公司的业务部经理，栗原随手翻开了名片簿，一个熟悉的名字赫然在目。

刘诚，茂田家居用品进出口有限公司业务部经理。

嗯！没错，广濑说的就是这个人！栗原心中有底。

147

06：50　中国南方 S 市

泉井雄二急匆匆走出他自己的办公室，在职员办公区域前站住，像个呆瓜似的铁青着脸，冲着职员席位大声地喊着："栗原！那份餐桌的开发案好了没有？有关秋日物语系列的。"

思绪仍旧停留在即将开始的旅程之中的栗原一时没能缓过神来，她茫然地看着气势汹汹的老板没有马上作出回应，这令泉井雄二变得更加恼火。他立刻歇斯底里地吼道："你到底还要拖多久，要等到漫天飘着大雪的时候才能搞好吗？你这蠢货！"

办公大厅里立时变得鸦雀无声，职员们埋头桌案连看也不敢看一下泉井雄二。栗原不露声色地站起身，刚想开口搪塞一下，却见坐在自己前排的小个子浩志突然站了起来。栗原突然想起，刚刚自己在和广濑通话时，曾从窗子玻璃的反光中看到浩志回头向自己张望过，而此刻，他手上正举着一沓装订整齐的文件大声地说道："是！老板，整套方案早就准备好了，栗原小姐提出了一些修改意见，现在已经全部完成了，您看，都在这里，现在就可以交给您了。"

说着，浩志快速地跑到老板的跟前，双手递上文件，又连连鞠躬道歉。泉井雄二铁青着脸，撇着大嘴不停地翻动着浩志递给他的企划案，一副不可一世的样子。

栗原有些吃惊地看着浩志，她完全不记得有什么秋日物语系列的餐桌开发案，更是忘记了今天就是提交三季度主打新品开发案的日子。她在心里追问着自己，这是什么时候的事呢？我有对那套什么秋日物语系列的餐桌设计做过什么修改吗？栗原一时没能想出答案，但她还是机灵地补充道："是的，泉井先生，为了整个方案更加完善我做了一些补充，耽误了您的时间，真对不起啊！"

听栗原一开口，泉井雄二立时就来了神儿，他抬起头来瞪大牛眼盯着栗原蛮横地问道："改动？这是一套完整系列的产品，为了你的一款餐桌就要对整个系列的设计思路进行改动，你有跟我征求过改动的许可吗？你对自己的秋天感受就那么的自信？"

栗原的怒火开始升腾，但她努力克制着，只是无法按捺地在心里想着，如果现在就给这浑蛋一记直拳的话，还有没有必要再给他留下两颗后槽牙，以便在他只能靠喝粥才能充饥的时候也能磨一两粒咸菜呢？

"哦，是这样的，泉井先生……"站在一旁的浩志见泉井雄二再次迁怒于栗原，连忙翻开手里的文件夹，指着一张场景逼真的效果图解释道，"栗原小姐只是对局部的一些细节做了些许的修改，对整个产品的风格没有影响。很不错哦！"

泉井雄二翻了浩志一眼，觉得这家伙虽然多话难缠，倒也机灵可爱。于是，他暂且放下栗原不理，转而盯着浩志用嘲笑的口吻问道："是吗？听你这话，似乎这个商品总监该由你当了？"

浩志见老板改用嘲弄的腔调跟自己说话，知道已经将他的注意力吸引到了自己的身上，可见自己的战术开始奏效了。于是，他呵呵一笑，加大了解围的力度。

"我怎么能行呢？老板。做总监是需要动脑筋的，我嘛！嘻！只会动动手脚。"

说着，浩志快速地伸展四肢，模仿起迈克·杰克逊的经典舞步来。鸦雀无声的办公大厅里已经有人忍不住小声地笑出声来了。

泉井雄二也被浩志的滑稽表演逗乐了，他咧开大嘴呵呵笑出声来，大厅里的气氛立时变得轻松起来。以为已经风平浪静的栗原悄悄坐下身来，正要继续准备自己的行装，不料，泉井雄二突然收起笑声，大声呵斥道："栗原！你还没有解释清楚我的问题呐！怎么？这就打算交差了事了吗？"

栗原的火气再次燃起，她边起身边在脑海里设想出自己用右摆拳抽击那张大嘴时的情景：一大团深褐色的鲜血裹着满口的牙齿飞溅而出，耳畔回响着牙根断裂时发出的声音……

然而，不等她为自己的怒火找到发泄的出口，刚刚还活泼如顽童的浩志却突然收敛了顽皮状，变得一本正经起来，变化之快胜过舞台上的演员，这让栗原的心里不由得翻了个个儿。心想，这家伙仅做个职员，真是屈才了。

此时，浩志已经恭恭敬敬地站好，郑重其事地向泉井雄二解释道："泉井先生，栗原小姐对这款餐桌的修改既有独到创意又中规中矩，只会在原有风格的基础上更加突出秋季的自然感觉，而不会偏离了这一主题。"

149

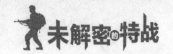

浩志说着，凑近老板用手指着图纸上每个修改过的细节，逐一说起修改的初衷和修改后的效果，直听得泉井无语，栗原瞠目。

"您看，这里原本使用的是金属连接件，生冷僵硬，无形中加重了秋天的悲凉感觉，现在已被改成了暗装的方式，表层采用塑料扣盖遮掩，圆润的手感和亚光的表面给人一种温暖的感觉，与餐桌的枫木材质所表达的干爽、温厚的气息浑然一体，就像是天然结合的一样……"

大厅里异常的安静，这种静寂不同于泉井雄二带给大家的淫威震慑，而是一种自然的吸引，大家的注意力都集中在了浩志的精彩讲解中。此时，栗原已经从刚才的错愕和愤怒当中解脱出来了，她的灵感也随之被激活。她对自己秘书做了个手势，示意他把浩志讲解的那套方案的视频调出来放到播放器上。立刻，每个职员的电脑屏幕上都出现了那张图纸的画面。大家都在自己的电脑屏幕上聚精会神地听着浩志的讲解，就好像在听一场精心准备的专题报告一样。

"还有这里，泉井先生，栗原小姐还将桌面上的这些塑料装饰条也省去了，改用木纹压花来代替，您看，就好像一片一片的枫叶随风飘落下来，与桌面的枫木特质浑然一体，同时又颇具动感，构成了一幅秋季苍凉枫木激扬的完整画面。这样一来，不仅将木质的天然特征完整表现出来，而且还突出了秋天萧瑟的气候特点，勾起人们对家和家人的依恋，看见这张餐桌就能萌生出一家人围桌而坐的遐想，以及对菜香酒暖的期待，让这款餐桌的实用功能与它的艺术美感更加自然与和谐地统一在一起了。老板，这都是栗原小姐的建议啊。"

听着浩志声情并茂的讲解，大厅里响起了掌声。这让泉井雄二的满腹怒气立时消散，他已经喜欢上这个小个子的职员了，但他嘴上却依旧尖刻地挖苦道："什么都是栗原小姐的功劳，栗原小姐是你的老板？马屁精！你叫什么名字？"

职员席上传来三三两两的笑声，浩志点头行礼答道："真田浩志，先生，请多关照！"

办公大厅里哄然大笑，泉井雄二也忍不住笑了起来，他"啪"地拍了浩志的头一下，嗔怒道："就你多嘴，关照？照你个头啊！快回去干活吧。"

说完，泉井转身朝办公室走去，边走边盯着手里的图纸不住地点头。一场风波便在笑声中化为了无形。

浩志又是一路小跑地回到座位上，他见栗原满怀狐疑地望着自己的眼神，连忙眨眨眼睛笑嘻嘻地小声说道：

"栗原小姐刚来公司，还不熟悉情况，不过没关系的，对付老板，我很有经验的，提前做了些功课，未雨绸缪嘛！嘻！以后还请多多关照哦！"

嗡！商务中心里，一份从东京本部发来的传真正带着墨香从黑色的理光传真机上滚出，上面是由广濑专务署名批复给栗原纯美的出差签呈。

第三章　老枭失手

07：00　T市第一中心医院

奔跑，慌不择路的出逃；疲劳，无尽无休的缠绕；魔爪，形影不离的阻挠；

哀号，不绝于耳的咆哮；跌倒，如坠深渊的呼啸；跛脚，炼狱一般的灼烧；

砰！雷爆，恍若星辰般的闪耀。

醒来，记忆中还残留着晕厥前那一刻的画面，一枚枪弹破空而来，似一颗流星划过，红光迸现留下黑暗一团。

微微睁开双目，病房白得刺眼，一只药瓶悬在头顶上，像飘远了的风筝，无色的药液顺着输液管缓缓滴下，像牵在手里的线绳。她感觉浑身上下开始有了力气。

放眼窗外，绵绵雨丝织成一道水帘挂在檐前，厚重的云层坠得天空好似矮了许多，沉甸甸地压在胸口透不过气来。收拢目光，硬邦邦的石膏裹住酸痛肿胀的小腿，就像半截球棒，被自己随意地丢弃在床上。

一枚西周时期的青铜古钱币，外形呈刀状，边缘处已摩挲得光滑圆润，只在币体粗糙的凹陷处还依稀保留着远古时代的色泽，幽幽地泛着暗绿色的光。一根 5 毫米粗细的棕色皮绳从刀柄中间穿过，绕过颀长的脖颈，如降服的神器安静地伏在深凹的乳沟中不声不响。

苟循 30 岁的人生如梦一般，地狱天堂起伏跌宕。从生于大富人家的显赫，到长于书香门第的尊贵；曾蒙受痛失双亲的不幸，尝一路颠沛流离的苦难。若不是有了秦雅荆轩夫妇的救助和引导，绝难摆脱孤独和漂泊的处境，而她的一生恐怕都会在躲避和困窘之中度过了。幸运的是秦雅一家给了她胜似亲人般的温暖，并且培养她成长为一名性格坚强、才华出众的青年。直到五年前，当尹博将一枚代表着国家卫士崇高身份的青铜刀币授予她时，她的人生与价值才有了成长的根基和发挥的舞台。当然，危机与凶险也随之常伴在了她的身旁。

意识稍稍清醒一些，人还在惊魂未定之际，荀循便陷入了苦思冥想之中。到底是什么人要置自己于死地？这次伏击到底来自哪一方？她以为，一直以来自己小心提防处处谨慎，竟然还是难逃暗算，莫非是仇家又寻上门了吗？

这是个每逢事变都会首先摆在面前的问题，童年的魔影在她心底打上了沉重的烙印，至今都还深深地困扰着她。但她细加推敲之后很快就否定这一猜测。

她想，不会！1997年过后，香港和台湾的黑帮已经没有了往日的风头，况且事过多年，以往的江湖恩怨早已被人淡忘了，现在这个时代，被用心记住的仇恨能有几个？这个可能性可以排除了。

她像秦雅经常做的那样自问自答，利用排除法将困惑一一剥离开来，再逐一化解掉，却始终找不出答案。令她不解的是，什么人会在竹林园自己的私宅门口设下埋伏呢？那是只有六处里为数不多的几个人才知道的住所，当初为了避免留下痕迹，她甚至在租房登记时用的是一个假名字。除非这几个人里出了……

她极为忌讳地想起了那两个字眼儿，内鬼！这两个字深深刺痛着她的心。是的，再强的堡垒都怕从内部攻克，一旦千里之堤出现隐患，有可能导致溃堤的蚁穴绝非一两个，而最先崩漏的必定是其中最大的那一个。

这会是谁呢？她告诫自己，必须找出这个"内鬼"来，要尽量推迟大堤崩塌的时间，因为，她还有非常重要的事没有完成呢！

荀循闭上双眼，脑海中一遍遍回放起在家门口遭袭时的画面，一个个疑点像金鱼吐泡似的在眼前冒了出来，跟着又一个个地消散。她细细梳理着此前数小时内发生的所有蹊跷事情，众多疑点越来越集中地落在了之前她收到的那条短信上。

有谁会用这种方式给自己示警呢？抑或那只是个陷阱！

想到这里荀循禁不住打了一个冷战，是啊！自己不正是按照那短信上的

要求按时返回住所的吗？像个自投罗网的傻瓜一样，可挖这样一个陷阱会对谁更有利呢？

吕律调，还是……林烈？

一想到林烈那双鹰隼一样的利眼，荀循立时觉得周身寒气逼人。她想，虽然吕律调对自己始终都抱有成见，但是作为女人，她深知那份成见多半是出于女性自身的排斥心理，而绝非置之死地而后快的狠毒。但是，那个一脸凶相的林烈可就说不定了，他一反常态的举止和讳莫如深的神情着实令人胆寒，这早已让荀循深感不安，她断定林烈在秦雅被刺一案上隐瞒了什么。

荀循曾经仔细分析过，林烈一向性情勇猛刚烈，办事稳妥牢靠，所以尹博才在这最关键的几天里特地指派他来全权负责秦雅的安全。但是，他在今天凌晨时所表现出来的那份惶恐和躁动的确有悖于他以往的作风，而这一变化又都是在大家得知秦雅遇刺之前所看到的。难道，他在尹博之前就知道秦雅遭遇了暗算吗？那么，他又为何密而不报呢？莫非，他是这一案件幕后真相的知情者？可是，那又如何解释他窥视尹博时的奇怪眼神和阴阳怪气的表情呢？

荀循在秦雅遇刺之后就敏感地觉察出了林烈带有反常情绪，他自身的惶惑和对尹博的窥探让荀循作出了一个大胆的推测。林烈对秦雅遇刺的背后真相有管中窥豹的了解，而他所看到的疑点无疑牵扯到了六处的最高领导，尹博。所以他才会显出心口不一的眼神和进退两难的神情。

正是出于这一推测，荀循在她离开六处准备返回家中之前才临时决定要赶到秦雅的花园社区里去一探究竟，她想看看到底是什么刺激了林烈，让他由一展鹰姿转眼变成一副鸟样。但检查的结果让她安心，并没有发现什么特别的迹象，可林烈那鹰眼里的内容却一直让荀循如芒在背！

从回忆中抽回思绪，困惑不解的荀循禁不住在想，莫非，是自己刺激了他的痛处，让林烈这只枭隼狗急跳墙了？嗯……不像，不像！林烈虽然性情刚猛手段高强，但他一介老兵是绝对玩不出此等伎俩的。

荀循很快便推翻了这一假想，因为她从那名刺客只发一枪的手法上看出，此人的手段必不输于射杀秦雅的杀手，如果不出意外的话自己是绝难逃过此劫的，除非，他们不想真的让自己命丧枪下，难道，那一枪只是有意的恫吓？

荀循的心猛然往下一沉，她想起了那条神秘短信上面提到的内容。

"'蓝海之心'小组全体成员都面临危险！"

荀循的耳畔犹如响起了一个炸雷一样，一个可怕的念头在荀循的脑海之中一闪而过，不由得她惊出了一身的冷汗。她想，如此看来，那条短信和这一枪之间有着必然的联系，他们是想……不好！蓝海之心小组里除了秦雅和自己之外，接下来的将会是……荆轩？如果……他们如法炮制的话，那么，荆轩危矣！

荀循的额头上已经渗出了密密麻麻的汗珠，她感觉浑身躁动着的愤怒就要透过喉咙大声喊出来了。她猛地睁开双眼，不觉间怒火已经点燃了她的视线，喷火的目光朝着墙壁上的那只石英钟望去。

七点零八分！哦，还好，离他动身还有些时间，必须立即把危险信号通知他！

荀循想着，顾不得手臂上还带着点滴的输液管，立即拿起床头的手机，快速地敲出一行小字来：轩，得悉敌特威胁迫近，你是目标之一，切勿草率行事。说明，这不是玩笑。

平时荀循不会轻易跟荆轩联络，这关乎个人隐私，但眼下事出紧急，所以她也顾不得许多。她迅速输入完毕之后，指尖一点，短信即刻被发送出去了。

07：10　T市第一中心医院

新建的住院部大楼里宽敞明亮，漫地的黑色玻化砖就像镜面一样平滑光亮，映衬着头顶上方长长的日光灯带，天花地板上下辉映，只要朝着走廊的尽头望上一眼，便觉光影倒错，人就好像是倒立起来似的，有种晕眩般的感觉。

守候在荀循病房门口的警察耷拉着脑袋，懒洋洋地坐在病房对面的椅子上，像块待售的五花肉，打好了捆儿贴好了价签摆在货架上，等待顾客买回家去腌制成烧烤用的培根。从他上下紧绷的黑色制服以及萎靡不振的神态上，能够看出隐藏在他背后的力不从心与困惑无奈。正像所有皮肉松弛的中年男人一样，从头顶到背影都毫不掩饰地表露出疲态来，好像过了正午的太阳日渐夕下，只把他们沉重的背影投在身前，且越拉越长，再也难现往日的辉煌，自然也就更难引起异性的兴趣。所以，来回忙碌的护士们全然没有在意这个困觉中的胖警察，在她们眼中，只有他那身黑色制服才能给人留下些许的印象，好像个符号一样。

155

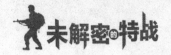

但是，那个胖警察似乎还是满惬意的，他把肥硕的脑袋耷拉在胸前，两只胖胖的大手懒洋洋地抱在圆滚滚的肚皮上，两根手指神经质地敲打着节奏，似乎在心里还哼着什么小曲。一切特征都表明了他此时的心情不错，想必这个外表看去既邋遢又窝囊的胖男人正在为这一天的美差而心满意足吧！因为他不必冒着小雨跑到大街上去执勤了。

面前一方亮丽如镜的地面突然间变得黑漆漆的，犹如一只大鸟落在眼前，那一身黑色风衣如收拢的双翼遮住了头顶上的光辉，只把一双黑色皮鞋上的乌光投射到了胖警察的眼里。

出现在胖警察低垂视线里的是一双老式的三接头皮鞋，鞋面擦拭得锃明瓦亮一尘不染。这是林烈早年在部队时养成的习惯。直到他从特种部队退役之后，陆战靴换成了这款三接头，却也没有放弃打理鞋面的习惯，二十余载一贯如此，即便是雨天也不例外。

胖警察吃惊地抬起头来，愣愣地盯着眼前这个一袭黑衣的陌生人，眼里隐约流露出警觉的神情。是啊！一身葬礼上的装束，一副阴隼的表情，再加上一双看不见的眼睛，哦，这个阴隼家伙，真是悲催得不行啊！胖警察暗自嘀咕着，但身体却一动没动，他表现出来的沉稳着实令人吃惊。

已经50岁出头的林烈看上去要比他的实际年龄老许多，瘦削的身材罩在风衣里，虽然高大却缺少力度，好像只要一阵风就能吹上天空。但他阴冷的目光依旧摄人心魄，像藏着刀子一样，随时可以扎心切腹剜眼睛。他挺直了身子垂下眼皮俯视着胖警卫，口气生冷咄咄逼人。

"你可以走了，这病房里的人现在起交给我了。"

林烈的仪态威严、出口严厉，命令不容置疑，终于，他将胖警察逼了起来，臃肿的身体上隐约散发着一股类似樟脑的奇怪气味。他迟疑地问道："你，是什么人啊？"

胖警察磨磨蹭蹭地站起身，好像恢复了一点活力，只见他的右脚后移半步，侧身面对黑衣人，右手摸向腰间，不经意地显现出他专业的防卫本能。

"好啦！你就算了吧！"

林烈显得有些不耐烦，这个胖家伙的夸张举动让他感到厌烦，他心说，你在这里的作用就是把那身警服展示给大家看，告诉人们这病房里的人物可不一般。难道，你还真的以为自己是来保卫大人物的呀？哼！可笑的家伙。

林烈想，不必在此跟他多费时间，还是尽早打发他走得了，免得碍手碍脚的。于是，他翻手亮出了那只带有黑色皮套和银色国徽的证章，语气中带着不屑。

"总参六处的，看明白了？"

胖警察一时显得有些难为情，可能是林烈的证件吓到了他，毕竟那是只闻其名未见其人的神秘部门啊。胖警察的脸上木讷地堆起了笑容，但他的警惕性并没有马上放松下来。

"嘿……嘿嘿！对不起，呵……呵呵！不好意思。"

他嘴上应承着人却一步没挪，林烈不由心生恼怒，他拍了拍胖警察的肩膀，催促道："好啦！快回警局休息吧。"

话一出口，林烈不由得心上一惊。原来，他的手刚一触到对方的臂膀就感觉到了一股浑厚的力量，全然不像他外表表现的那样。哦？此人身手可不一般！林烈想着手上加力，一只大手好似鹰爪一样死命扣住了对方的肩头。

可别小看了鹰架一般枯瘦的林烈，以他十几年特种兵练就的铁爪功，上能徒手攀登绝壁，下能二指杆地倒立，中能四指铁尺寸进，每一招都是硬扎硬马的真手段。想想看，无论是谁，一旦给他抓在手里，那滋味可不好受啊！

此刻，林烈暗沉丹田之气，五指生抓硬如钢铁，握紧时力道透彻骨髓。如果是个一般的人，在他的这番胁迫之下，必然疼痛难忍拼命逃开，没料到的是，这个看似窝窝囊囊的胖警察却依旧面带诡笑，竟然纹丝不动。

林烈不由得倒吸了一口冷气，心说，哦，这家伙是干吗的？竟然能够扛住我的铁爪一抓鲜！想到这，林烈禁不住血往上撞，随即使出了十二分的力量，他的大手透支了内力，已经开始微微颤抖。

"哎哟喂！"

胖警察像是突然才感到疼痛一样，他猛一矮身跟着向后猛一撤步，轻易就逃出了林烈的利爪。林烈注意到，这个人嘴上虽然哀叫，但脸上的笑容仍在，而那双小眼睛分明已经瞟向了自己的身后。林烈暗叫一声，不好！急忙转身看时果然惊出了一身冷汗来。

只见一个全身蓝衣蓝裤的麻醉师正从走廊尽头的电梯间里走出来，他的手上推着一辆手术后运送病人的床车。平时这种情形很常见，很显然，这是

157

一名刚刚做完了手术的患者，正在麻醉师的护送下返回病房。

林烈注意到，这名麻醉师的蓝色帽子压得很低，几乎盖住了他的眉毛，口罩用一根带子吊在耳朵上，晃来晃去的挡住了他的大半张脸，干扁干扁的身体罩在肥大的蓝色手术服里显得更加的单薄，活像一个卡通版的生鱼片，他的两条罗圈腿大步丈量着数十米长的走廊，虽然脚步匆忙却走得并不慌张，只有他的脚步声一声紧似一声的在走廊里回响。嗒！嗒！

"噢，天啊！"

林烈不觉惊叫出声来，刚刚强使蛮力所激起的血脉贲张随着这一声惊叹一下退去不少，只剩下心跳引起的惊骇一路狂躁，他不由得从脊梁沟里升起一股寒气，冷汗涔涔打湿了衣衫。

原来，麻醉师的脚步声引起了林烈的注意，他让鹰眼鹞目的林烈一眼便看出了破绽。通常，麻醉师都是穿着拖鞋走来走去的，所以，他的脚步声应该是踢踏踢踏的才对，而现在映入他眼帘的竟然是一双黑色胶底的跑鞋。

林烈心说一声不好！目光随即朝来人的手上扫去，只见那个麻醉师用左手推车，而他的右手却隐在了病床的白色被单下，影影绰绰中像是手里提着什么硬邦邦的东西。他当即喝道：

"你，站住。"

林烈冲着麻醉师大声喊着，他的声音在清静的走廊里发出回响，声声震耳。但是，那个麻醉师毫不理睬，仍旧大步朝这边走来。

"说你呢！马上，给我站住！"

这一次，林烈已不仅仅是在命令，他的声音里充满着威胁。但他的断喝没能起到作用，那个麻醉师非但没有停下脚步，反而加快了步伐，他几乎开始小跑起来了，眨眼的工夫，双方距离已经不足 10 米了，此刻林烈再清醒不过地知道，这是个刺客！

几乎就在同一时刻，这两个人做出了完全相同的动作。麻醉师左手猛地用力推开了前面的病床，病床车直冲着林烈快速撞来，借着这个机会，他的右手魔术般的从被单下掣出，赫然间手上已经擎着一只乌兹冲锋枪。

这一边，林烈猛地将胖警察推向了墙边，右手同时向后甩起撩开了风衣，跟着闪电般的从腰间抽出了自己的格洛克 18 型 9 毫米手枪。那枪里压满了 17 粒子弹，颗颗都是精心打磨过的开花弹，其中首粒已经上膛的那粒子弹还被他特别加注了双倍的弹药。如果从这时开始推算，距离子弹出膛的时间最多不过 0.5 秒。

然而，他还是慢了半拍，端着格洛克的右臂在抬起时竟然碰到了低身退后的胖警察的头，枪管从他光秃秃的额头上擦过，一下子打飞了他的警帽。等到林烈把持枪的手臂朝前伸展开来的时候，对方已然抢先出手了。

07：20　T市第一中心医院

乌兹冲锋枪的第一轮扫射呈现出一个立状的扇形面，弹雨削肩铲背地直劈过来，经过消音处理后的枪声显得更密集，它在封闭的走廊里听来竟然比平时更清晰，嗒嗒嗒……

林烈出枪不利，只得先仰身躲避，于是，人就像一棵被风吹弯的大树那样，侥幸躲过了首轮弹雨的攻击，但是，弹雨的末梢还是在他的左臂上擦出了一抹血花。两粒子弹紧贴着他的身体划过，在他的左臂皮肤上留下了两道深深的伤痕。

受到子弹的冲击，加上侧仰过急，林烈的身体立时失去了重心，整个人像座沙堆一样坍塌下去。就在他的身体失去平衡的一瞬间，他仍旧努力高举起手臂，眼盯着枪的瞄准线从麻醉师的前胸斜斜扫过。

砰！砰！砰！

格洛克发出了巨大的声响，子弹斜着由下往上射出，打碎了天花板上的日光灯带，碎片粉尘般的落下。楼道里立时发出一片惊叫声，护士们被突如其来的枪战吓得乱作一团，她们有的退回病房躲避，有的紧靠墙角蹲下了身，双手抱头瑟瑟发抖。

受到格洛克枪声的震慑，"生鱼片"下意识地抬起左臂横挡在脸前，但他并不躲闪，脚下的步伐变得更快，右手上的乌兹冲锋枪微作调整，黑洞洞的枪口对准了跌坐在地的林烈。

突然，砰！

五四式手枪的枪声闷而绵长，好像一锤终场的锣声，疾光电火般的冲突却在戏剧性的一幕中收场了。原来，没等"生鱼片"再次扣响乌兹冲锋枪，从斜刺里射来的枪弹便毫不留情地掀去了他的半个脑袋，他俯身扑倒在地，浓稠

159

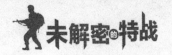

的血浆在黑色的玻化砖上汪出一摊暗红色的水洼来，汩汩地朝周围扩散开去。

听到枪声，正在一楼大厅里向主管医生询问荀循伤情的陈墨心中猛地一惊，他连忙分开众人冲到防火门前，顺着消防楼梯奔上楼来。

他是跟随林烈一同来到医院的，本来，他应留在第五大道 20 号和吕律调待在一起的，因为距情报接收的时间已经越来越近了，她的安全也就变得越发的重要。但尹博考虑到吕律调身在六处基地，不会有太大危险，所以坚持要他陪同林烈一道前来看望荀循。临出发前，他对陈墨语重心长地叮嘱道："虽然警局已经派出警员在病房门口轮班守卫，但荀循的伤无大碍，还是接她回处里养伤为好，我们这里有设备齐全的医务室和全科医生，能够随时为她监护伤情。陈墨，你刚来，陪老枭走一趟吧，也好熟悉熟悉情况。"

尹博说这话的时候，陈墨注意到了林烈脸上露出一丝不悦的神情，显然对博士的安排非常不爽。陈墨当时就念头一闪，是不是博士多虑了？不过是一次简单的护送任务，林烈一人足以担当，干吗非要自己随行，这岂不让林烈多想？然而到了此刻他才知道，博士的决定是正确的！

陈墨心里想着已经来到了荀循病房所在的楼层，他悄悄推开厚重的防火门，随手从身后抽出了伯莱塔 PX4。

楼道里散发着浓烈的火药气味，呛得人不敢大口呼吸，陈墨屏住气朝四下里望去，他在楼道一侧的地面上看见了一具尸体。而在另一侧，他看见林烈跌坐在地，旁边有一名胖胖的警察正试图搀扶他站起来。

陈墨持枪慢慢靠近尸体，临到近前时快速冲了上去，跟着一脚踢开了尸体旁边的乌兹冲锋枪，然后弯下腰去，手搭在杀手的颈部，确认这人已经死亡，随即起身朝着林烈那边跑了过去。"怎么样？要紧吗？"他急切地询问。

"我没事，先照顾一下这位兄弟，是他击毙了杀手！"

林烈喘着粗气提醒陈墨，陈墨闻听回过头来，他将信将疑地看着面前这个呼哧带喘的胖警察，忽然生出一种面善的感觉，似曾在哪里见过。此刻，胖警察正费劲地将那支五四式手枪插回枪套中去，他光秃秃的前额上还留着血迹。

"怎么样，兄弟？"

陈墨关切地询问，胖警察咧开厚嘴唇憨憨地笑了笑没有作声，汗水浸湿了他警服的前胸和腋窝，林烈的格洛克在他前额处撕开了一道口子，血正顺着他的脸颊慢慢淌下来。陈墨见状立时火起，他对呆立一旁的护士大声吼道："呆在那儿干什么？还不快去叫医生！"

似乎还没从刚才的枪战惊吓之中清醒过来，护士们依旧呆立着，没有作出反应。

"噢！不碍事，我自己去吧！"

胖警察的反应出人意料的敏捷，他拨开了呆立一旁的护士，顾不得擦去脸上淌下的血，便一路小跑着朝电梯间奔去，身形掠过，留下了一股樟脑的气味。

陈墨望着他一瘸一拐的背影，不由得心中好笑，心想：多亏了林烈，才为这胖子赢得了宝贵的时间，成全这呆头呆脑的家伙完成了一次堪称完美的射击。

"没有大碍，两粒子弹划过三角肌和大臂肌群，没伤到筋骨，皮外伤。先包扎一下就可以了，过两天来换一次药。"

匆匆赶来的急诊外科的值班医生边为林烈包扎伤口，边向陈墨解释着伤情。听到医生这样说，陈墨悬着的心立时放了下来，

"噢！医生，还有一位同事的额头划伤了，劳驾您也给包扎一下吧。"

他想起了刚才那位胖警察血流满面的狼狈相，

"您说的是那个胖胖的警察吗？"医生似乎对那家伙的印象也很深，听陈墨这么一说，赶忙补充道，"他说他应该下班了，要了几个创可贴就走了，放心吧，一个小口子不碍事的。"

噢？走了！陈墨和林烈对视了一眼，两人都心存狐疑。

趁着医生给林烈包扎伤口的机会，陈墨连忙打电话向尹博汇报了这里的情况，尹博指示他尽快护送荀循返回第五大道20号，留下林烈等候警局派人来处理善后并勘验现场。陈墨答应了一声挂断了电话，他转身向医生道过谢，然后对林烈说道："你留下看护现场，警局的人很快就到，我去看看荀循。"

说完，陈墨沿着走廊向荀循的病房走去，他边走边掏出手机拨通了六处的值班电话："请接技术部主管。"

陈墨等了片刻，电话里传来吕律调的声音。

"律调，我是陈墨，请帮忙核查一下荀循病房门口的警卫，把照片发送给我！"

挂断电话，陈墨不禁在内心里赞叹道：那个胖家伙的枪法不错啊！

161

第四章 暗翼天使

07：30 T市高新技术园区——科研777所

他将手臂伸出细雨绵绵的车窗外，把自己嵌有银色徽章的证件朝着警卫室里晃了晃，风琴一样的自动门立时就在车前收缩成了窄窄的一块。舒展轻催油门，路虎低吼一声便窜进了777所的院中。

院子里干净整洁、清静幽雅，两座二十几层高的L型大楼相对坐落，形成了一个对角两个豁口的正方形。楼区外环围绕着环型形车道，车道内圈设有篮球场和网球场，从空中俯瞰整个研究所的布局，外圆内方犹如一枚铜钱一样。楼区的后面还有一小片供人们休憩用的小花园，青草漫地绿树成荫，间或还有一两块太湖石浓缩山影，伴在一潭浅水池畔，池中有红鲤二三十尾，忽而聚集忽而追逐，静中有动平添情趣。舒展找了一处车位泊好车，然后撑起雨伞，沿着围墙观察起四周的情况来。

由铁艺栅栏构成的围墙视觉通透，高楼围拢下的院子便不再感觉压抑。院墙四角的灯杆上除了风力发电的路灯之外，还挂着带有球形外罩的监控摄像。四座岗亭分设在灯下，透过四面明亮的玻璃窗户能将周边也纳入视野之中。岗亭内值班的不是普通的保安，他们是便装的武装警察，每人手里都握有一支03式微型冲锋枪。

舒展抬头再朝楼上望去，只见从上到下，镀膜玻璃幕墙平滑落地，像一面巨大的镜子一样，镜面上面挂满了水珠，乌云翻滚的天空映在镜面上，犹如巨大的屏幕垂挂在天幕。

好个意境深远的画面！舒展暗自赞叹了一声，正要迈步朝楼门入口走去，忽然楼半腰处一道闪光吸引了他的注意，他连忙站住脚定睛看去。原来，闪光来自一扇半开的窗子，一个半露的身影正晃动着一只揿动了快门的手机在和他打招呼。

舒展暗笑一声，这傻丫头，还和孩子一样。于是，他迈步直奔着楼门入口而去。但是，刚才的那一闪却无意中触动了他的一番心事。

在来此之前，从金河大桥上离开以后，舒展便驾驶着路虎直奔了花园社区，那里是秦雅的秘密寓所也是她遇刺的现场。从国安局得到的消息，他比陈墨更早地知道了今晨发生的不幸。于是，他没有按照总参六处事先的安排，而是直奔了秦雅的寓所。

秦雅寓所上紧锁着的大门难不倒舒展，他轻松拨开了公安局加封的门锁，顺手又拨开了寓所的房门，跟着就悄无声息地溜进了房间。死气沉沉的房间里依旧残留着血的腥味，溅满血的沙发和墙壁显得触目惊心，弹孔还保留在宽大的落地窗上，嗖嗖地灌着冷风。

舒展站在客厅的中央，黑着灯闭上眼睛。耳畔是*丝丝作响*的风声，脑海中闪现出子弹破窗而入时的情景。好准的一击啊！他想着想着猛然睁开眼睛，快步走到落地窗前，眯缝起眼睛凑到了弹孔前，透过弹孔他隐约能够看到远处的金河大桥正弯腰弓背地矗立在云雨阴霾的天空里。

太远了，这太不可思议了。舒展也是射击的行家里手，他知道狙击手在远距离设伏的时候最需要的是一个观察手。观察手的作用就是引导射手尽快找到目标，并且告知距离和风速等等条件因素。就算杀手是一个经验丰富的家伙，也可能事先就勘查过狙击和目标的位置，并且对距离和天气都了然于心，但在漆黑的雨夜里要想尽快找到秦雅的寓所窗口，并且透过窗口在一瞬间就捕捉到目标，绝无可能。

舒展想着，扳动窗子把手，打开了其中的一扇窗子。他顶着晨风将头探出窗外，上上下下、左左右右地观察起了窗子外檐的情况。果然，在隔壁的一扇窗子上他发现了不同寻常的东西。

六个卡通图案的荧光贴纸呈躺着的 Y 字形贴在了隔壁窗户的玻璃上，而那长长的尾巴如箭头一样直指向了这边秦雅寓所的窗子。这种荧光贴自身是不发光的，但是如果在远红外的射线照射下就会发出亮丽的荧光，在漆黑的夜里这刚好给金河大桥上的射手指明了目标。

收身回来，舒展暗忖，即使有了指明寓所位置的标记，如果仅仅通过窗子捕捉目标也是很难的一件事情，要想做到精准的一击就必须有监控的图像作参考，否则，今晨的猎杀可就太神奇了。嗯！这客厅里一定暗布了监控设施，目标的一举一动必在射手的监视之下。

想到这里，舒展的目光已经在客厅的四壁及墙角处仔细地搜寻起来了，很快他就在其中的一面墙壁上发现了一个极微小的颗粒状凹陷小坑，隐藏在壁布的深蓝色纤维当中很不起眼，而这面墙刚好就是贴了荧光纸的公寓隔壁。舒展踩上一把椅子凑近了那个黄豆粒大小的坑前仔细检查了一下，他推测那曾经是一只伪装过的针孔摄像头的藏身处。

如此一来，舒展的心中有了谱。果然如他所料，杀手的暗桩真的暗布了一个针孔摄像头，无疑，在隔壁的公寓里一定设下了监视系统，随时监控着秦雅的一举一动，而由此拍下的视频图像又通过网络传输给了金河大桥上的杀手，为杀手的狙杀起到了观察手的作用。

与林烈不同的是，舒展是在黑暗中完成了这一勘查任务的，他凭借着丰富的经验和专业的知识，敏锐地抓到了暗藏的杀机。但是，做事一贯老练的舒展并没有像林烈那样贸然潜入隔壁的公寓去探查究竟，而是选择了急流勇退。

他猜想，能够如此熟悉秦雅行踪的人绝对不是外人，而杀手能够选在她即将开始航母猎情行动的前一夜采取行动，更说明了这个暗桩的知情度极高，这个人必是"蓝海之心"小组内部的成员。如此一来，危险系数加大，困难也就更高一层。考虑到自己初来乍到尚不熟悉情况，贸然出手恐怕会打草惊蛇陡生激变。况且，目前还缺少实物证明自己的猜测，因而就更不能草率行动了。于是，他决定还是暂且按兵不动静观其变为好。

拿定主意之后，他擦去了自己的一切痕迹，原封不动地锁好了房门，趁着天色未亮，悄然退出了秦雅的公寓。当他的路虎驶出花园社区的时候，在小区的门口他与一辆计程车擦肩而过，他不知道，那辆计程车里坐着的正是"蓝海之心"小组的另一个主要成员，荀循。她也是为秦雅的死和林烈的怪异表现而来一探究竟的。

舒展想着，不觉间电梯已经在9层处停了下来，门在舒展面前打开，一个清秀的姑娘出现在门口。她朝舒展微笑着点了点头，便转身向楼梯口走去，舒展也不多问，紧随其后一起上了楼。

07：40　T市高新技术园区——科研777所

荷枪的执勤武警在楼梯口将舒展拦下，舒展配合地递上了自己的证件，目光却朝武警身后看去。只见那里拦着一道由多层复合钢板制成的隔断墙，将10层、11层两个楼层独立分隔出来，仅留一扇小门作为进出的唯一通道。

仔细检查了舒展的证件之后武警放行。舒展二人穿过小门进入一小段稍窄一些的通道，前面仍旧挡着一道复合材料的装甲门。舒展心想，好隐蔽的所在，藏身在一家普通的科研所里的竟然是国家最重要的科研项目。

嘟……嘟嘟……突然头顶的黄色指示灯亮了起来，低微的警报声也随着响了起来。前面的装甲门咔嚓一声锁死，身后的武警打开小门低声命令道："请交出您的武器。"

"不！我从不交枪，任何时候。"舒展断然拒绝，武警坚持，局面一下子紧张起来。这时，一旁的姑娘插言道："这里是禁区，一贯如此。一律不得携带武器进入。"

舒展闻听转身便走出了小门，他嘴上应道："那么，我就换一种方式进去吧。"

年轻的武警诧异地看着这个外表儒雅的总参特工一时有些不知多措，年轻姑娘也紧跟着退出了出来，脸上仍挂着笑容，轻声提醒道："这里不是国外，可不能随便撒野。"

没等她的话音落地，舒展已经以迅雷不及掩耳之势攻击了那名执勤武警。只见他侧跨一步，左臂一个前插将武警的左臂扳到了背后，跟着转身来到了武警的身后，右臂随即别住了武警的右臂，接着两手交叉死死扣在了年轻武警的后颈。年轻武警被迫弓身低头，双臂燕式后翘，已无还手之力了，只有那支03式短突孤零零地吊在颈上，晃晃荡荡。

"好了，舒展。你可别把事情搞大！"姑娘有些着急地在一旁提醒，舒展松开武警，硬硬地说道："如果交了枪，那才是搞大了呢！"然后，他对着仍在喘着粗气的武警说道："请示你的领导，跟他说我有重要使命，不能交出武器。赶快！"

165

舒展迈入航母电磁弹射项目组的通透办公大厅的时候，回身看了看玻璃门外两名荷枪的武警，然后对着迎接自己的年轻姑娘说道："裴佩，很抱歉，让你为难了。不过，的确是重任在肩身不由己。"

裴佩笑着摆摆手，善解人意地说道："没关系，我懂你的难处。"

舒展欣慰地点了点头，一脸严肃地说道："枪在我在，我在专家在，这是我的承诺。谢谢你能理解。"

一辆黑色雷克萨斯悄悄地停在了777所大门斜对面的路边上，它已经围绕着777所的大院绕了三圈了，瘦猴一样的家伙坐在驾驶座位上，由于身材矮小，方向盘几乎可以够到他的下巴。整面镜子一样的大楼外檐令他极度困惑，根本无法分清楼层更无法窥见窗子里的情形，所以，想要重复金河大桥上的远距狙杀已无可能，看来只能另辟蹊径了。

瘦猴紧张地坐在车里，不时朝四下里张望着，眼看时间不早，园区内的车辆逐渐少了下来，路上也不见了匆匆上班的行人。瘦猴怕引起怀疑，只好重新启动了车子，黑色雷克萨斯在距离777所大约一个路口远的路边停下，瘦猴熄了车悄悄监视着777所大门口的动向。

高新技术产业园区内以先锋前卫企业为主，多是高精尖产品的研发单位，园区就好似一个大的孵化器，是新技术和新产品走向市场前的供应基地，在它的身后带动着一条充满了勃勃生机的经济链条。中国的航空航天产业以及其他的多项尖端科技领域里的先进装备都是从这里萌发或诞生的，只是，这些技术的研发和验证者们并不知道而已。

瘦猴取出手机拨通了一个号码，他压低了声音嘀咕着："是，是我，老板。"

瘦猴对电话里的人毕恭毕敬，他的措辞极其谦卑，充满了敬畏。这个人正是藤田暗杀小组里硕果仅存的成员"瘦猴"。另外两个同伴"冬瓜"和"生鱼片"已经相继在暗杀行动中失利了，如今可供藤田驱使的便只剩下这只"瘦猴"。

"我在目标区附近，老板。这里看上去平淡无奇，只是不便进入观察。"

瘦猴无奈地说着，脸上挂着急切的表情。但是，很快他就镇定了下来，并且随着电话那头的命令，脸上开始泛起得意的笑容。

"是，老板，目标区域以北200米……校区教学楼，是，目标所乘白色广本……嗯……车牌尾号HK3698……T市以东……5公里，嗯，明白，马上行动。"

黑色雷克萨斯悄然启动，沿着园区南北经路朝北开去，很快前方就出现了一所崭新的校舍。车子围绕着校园转了一周，最后在学院的背面停了下来。

这里已经靠近了园区的边缘地带，很少有车辆往来。为了给园区定向培养专业的科研和管理人才，区政府特意在园区的边缘之地建起了这所高等学院，学院的周围环境异常安静绝少干扰，是学习的好去处。

瘦猴下了车，手上多了一只双肩背的帆布包。他看看左右无人，便转到车尾打开了后备箱，从一堆破纸片下取出一支肩扛式导弹发射筒塞进背包里，接着，又装进了两枚高爆弹头。

收拾停当，瘦猴将帆布包背上了肩，显然，他单薄的身体有些不堪重负，移动时的步伐变得有些踉跄。但他还是挺了挺胸，快步朝着校园北侧的一座教学楼走去。

讲求绿色环保概念的新园区里几乎所有单位的围墙都采用了金属栅栏，增强了视觉上的通透感。更有采用敞开式的办公环境，原本建有围墙的地方都被树木和绿地取代了，这所园区高校便是以这种模式规划建成的。

绵绵细雨无尽无休地浸淫着红色条形地砖铺就的校园小路，瘦猴将棒球帽低压在额头，两眼狡黠地瞄着静静的校园，脚步时快时慢，尽量避开与人照面。偶尔有学生冒着雨匆匆跑过校园，却没人注意到这个身材矮小又干又瘦的家伙，或许他们把他当成了学生中的一员了。

瘦猴进到楼里也不张望，扭身便进了消防通道，等防火门在身后轻轻关闭，这才停下脚步略略喘了喘气。看来，那两枚高爆弹头真的把他压得够呛，汗水顺着脖子流下来，被打湿的衣服紧贴在胸口冷冰冰的难受。等呼吸稍显平稳，瘦猴抬起头朝楼上望去，看看还有十余层的楼梯要爬，于是耸耸肩膀拉紧背包带，咬了咬牙继续沿着楼梯朝顶层爬去。

07：50 T市高新技术园区——科研 777 所

舒展透过玻璃隔断墙朝里面看了看，只见航母弹射项目的总工程师荆轩正埋头整理着数据，于是转头问身旁的裴佩："荆总计划什么时间动身去六处？"

"下午，午饭之后就走。"

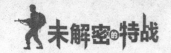

舒展低头看了眼腕上的手表，皱皱眉问道："平时外出，都是什么人护送？"

"他都是自己驾车，后面会有一辆武警警卫部队的专车跟随。"

舒展哦了一声没再深问，他是在国外生活久了的人，自然知道荆轩坚持自己开车的理由，对独立和自由的追求是他们的共同点。但今天的情况有点特殊，舒展想，秦雅遇刺一事想必他还不知道，必须采取些特殊的措施才行，否则，难保荆轩无事。

舒展想着竟然轻轻推开总工办公室的玻璃门，悄悄走了进去。身后的裴佩欲伸手阻拦，但已经来不及了，只好跟着他一同走进了荆轩的办公室。

专注在眼前工作的荆轩没理会进来的是两个人，顾自低头说道："宝贝，给点水喝吧！"

裴佩的脸上一红，连忙掩饰着："荆总，请您停一下，我给您介……"

没等裴佩把话说完，荆轩头也不抬地说道："叫我小轩，宝贝，我可不喜欢你也这么荆总荆总地叫，一点人情味也没有。"

裴佩难堪地站在那里一时不知所措，舒展体恤地拦过了话头，打岔道："荆总，您真的好忙呀，连喝口水的时间都挤没了，要不，您先歇歇手，我们聊聊今天开会的事，怎样？"

舒展的突然插话吓了荆轩一跳，他连忙抬起头来恼怒地看着悄然闯进自己办公室的家伙。

"你，是什么人？怎么，不打招呼就……"

裴佩怕性情孤傲的荆轩讲出什么唐突的话来，连忙解释说："荆总，这位是国安部派来的舒展，专程赶来负责您安全的。"

"是啊！荆总，最近情况比较复杂，我们得加紧防范。"

舒展连忙跟着帮腔，察言观色之余，他断定荆轩还不知道秦雅遇刺一事。心想，不知裴佩对此是否也一无所知呢？不过看情形应该还不知情，否则，她不会不告知荆轩的。看这两人间的亲昵称呼可以断定他们的关系非同一般。

舒展提醒自己，此事关系到总参和国安两大系统间的合作，作为双重身份的特工，自己可要严守纪律，不得泄露半分，等她从正常渠道得知此事再作观察吧。

舒展想着，退后几步，背靠窗沿双手抱肩，摆出一副准备聊天的姿态，裴佩也在荆轩对面的椅子上坐下来，等着荆轩开口。荆轩大惑不解，但他还是放下了手里的工作站起身，朝着舒展伸出手来友好地说道："辛苦，辛苦，其实，没什么好担心的，我们这独立的两层全部由武警守卫，出入都有武装警卫跟随，和平时期，不必大惊小怪的。"

"希望如此，但最近两天发现有破坏组织渗透进来，他们已经采取了暗杀活动，所以，还是小心些好。"

舒展嘴上说着，眼里观察着二人的神情变化，他发现裴佩荆轩两人的表情平静，全无刻意掩饰的迹象，于是断定他们对秦雅的死真的是一无所知，心里不禁难过。他想，一对夫妻已经阴阳永隔，而他却还全然不知。

"还是听部里的安排吧！荆总，下午去总参的路上，由舒展陪着您一起去。"

裴佩借机将自己的想法告诉了荆轩，而荆轩不太情愿地看了看她，没有立即表态。

"您是国家重点项目的学科带头人，容不得半点差错，现在又是项目攻关的关键时刻，您就迁就一下吧。"

荆轩开始眉头紧锁，面带不悦。舒展见状怕激起荆轩反感，于是折中道："我开车打前站吧！武警的警卫车辆断后，荆总居中应该可以了。"

荆轩勉强地点了点头算是同意了这个方案，舒展回身朝裴佩笑了笑打趣道："好，既然安排妥当，我就不再打扰荆总了，小裴啊，你也该给荆总倒杯水啦！可不能渴坏了我们的专家呀！"

裴佩的脸腾地红了，荆轩也不好意思地说道："不用了，我自己来吧！她……其实也够忙的。小裴，你……帮我把系统数据压缩到一张磁碟上吧，今晚我会用到，我刚刚整理完，都传到你的电脑里了。"

舒展知道自己该独自离开了，于是，他知趣地说道："那我去给荆总倒杯水吧，现在我是个闲人嘛！"

舒展说着转身朝门外走去，荆轩和裴佩连忙起身拦阻，就在这时只听见轰隆一声巨响，大楼震得猛地一颤，像是被炮弹击中了一样。裴佩第一时间作出反应，拉起荆轩就朝门外跑去，舒展连忙压低身体推开窗子朝外看去，只见一股黑烟已经从他所在位置的左侧腾起，显然爆炸是从那里传来的。

此时，警报声响起，已经冲出办公大厅来到楼道里的荆轩和裴佩立时被两名全副武装的武警保护起来，即刻进入了消防通道向楼下跑去。舒展将视线向大楼对面望去，烟雨迷蒙能见度较低，但是，经验丰富的舒展还是从

169

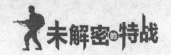

200 米远的一座楼顶上发现了一股腾起的青烟。

舒展迅速取出自己随身携带的单筒望远镜朝可疑处仔细观察，果然，楼顶上一个鬼祟的黑影正在手忙脚乱地忙乎着。舒展调整好焦距定睛看时，他发现那家伙正在着手装填第二枚导弹！

不好！这一念头刚起，舒展的目光已经在室内开始搜寻了，他面前的这面 8 毫米厚的玻璃而今已成为挡在他面前的障碍，必须立即清除掉。很快，一只放在墙角的 369 灭火器成了他最趁手的工具，舒展抓住灭火器的提把将底部用力砸向玻璃窗，哗啦！玻璃粉碎，窗子上露出了一个直径 40 厘米大小的窟窿。舒展接着将残余的玻璃碎片清除干净，湿漉漉的风立时飘了进来。

就在这时，对面楼顶上再次爆起了一道闪光，紧接着，一道青烟穿过雨雾迎面扑来。但舒展的动作比那道闪光还要快，眨眼间他手上已经多了支德产的瓦尔特 P99 全自动手枪。

接下来的这一切都发生在转瞬之间。16 发 9 毫米帕拉贝鲁姆子弹，双发点射、两两出膛，清脆的枪声击出悦耳的节拍。

啪啪！啪啪！啪啪！轰！

节拍打到第六下的时候，迎面射来的高爆弹头在距离大楼 50 米左右处当空炸响。弹片四射，玻璃幕墙碎裂迸溅，带着残损的碎片纷纷坠地，一幅忧郁的景象也随之飘散。

舒展快枪连发，成功地拦截了高爆弹头。他射出的第六粒子弹准确地击中了弹头的引爆装置，从而将一场灾难化作无形。

虽然这种肩扛式导弹的运动速度较为缓慢，但如果事先准备不够充分的话也是难以拦截成功的，但舒展做到了，反应速度对他而言不是问题，幸运的是他所处的位置刚好迎面正对着来袭的导弹，弹头的引爆点在他面前暴露无遗，所以才成就了他的神枪破弹之作。然而，当看着迎面而来的导弹时，那份勇气和冷静却不是常人所能做到的。那一刻生死都在一念之间，非艺高胆大之人绝无可能成功，舒展恰恰便是这样的一个人，他做到了。

一粒 5 毫米大小的弹片紧贴着舒展的额头擦过，给他留下了一道 2 厘米长的口子，血印清晰，猛一看就像是多生出了一道眉毛，这是"暗翼"在舒展之前的神来之笔，好似画龙点睛一样。

第五卷 风中残月

第一章　其疾如风

08：00　T 市城郊的滨海快速路

从 T 市至临港的新技术产业园区有三种交通方式，每一种都能快捷便利地往来于城港之间。上班族们选择最多的是既宽敞舒适又准时准点的城际轻轨列车，每隔 10 分钟就有两趟高速列车分别从城区和港口始发，能确保上班的人们准时到达而不会迟到。距离轻轨车站比较远的人们多数选择公交巴士，因为公交线路较多且站点密集，所以方便了居住在城市周边的人们，每天早上各式漂亮的巴士从城市的四面八方汇集到城港快速路上，形成了这座海滨城市的一道壮观的风景。而对于有车一族来说，自驾当然要选择滨海快速路了，这条快速路濒临海港，一路驶来海滨沿途的怡人风光尽收眼底甚是惬意。

在距离市区 5 公里左右的地方有一座微型的城市景观，是为了纪念城港交通工程竣工而建的。这里是两条公路和一条轻轨的交汇处，景观基座之上凌空飞架着巨龙一般的轻轨高架桥，基座下面则蜿蜒着两条长蛇一样宽敞而平坦的高速公路。由此开始迤逦往西，三条路汇成一路，直通城区。

在离滨海快速路返城方向一侧百余米的崖礁上坐着一人，身上红蓝相间的耐克运动衣和一双红白撞色的运动鞋在雨水的浸淫下鲜艳闪亮甚是扎眼。虽然有一副深黑色墨镜遮住双目，但他冷峻的神情依旧透过紧锁的眉头显露出来。在他戴着皮手套的指间上还夹着一支香烟，烟已经燃了多时。这是他从竹林园小区门口行刺之前就想要吸的那支烟，但是当他真的燃起烟然后静静坐下来的时候，却又忽然觉得兴味索然了。连续的失利令其损兵折将，故而情绪甚是低落。

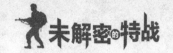

自竹林园行刺失利之后，藤田一边迅速脱离现场，一边命令守候在路边的"生鱼片"继续跟踪目标，伺机完成刺杀计划。这是他为防不测而预先设下的二次打击。"生鱼片"在跟踪目标到了医院之后曾给他打了一通电话报告情况，但从那以后就音讯全无，藤田猜想"生鱼片"恐怕是已经"挂了"。

从今天凌晨在金河大桥上那精准的一击之后，他几乎是事事不顺。连败三阵折损两人的藤田当然提不起精神来，他很想坐下细细思考一下，看整个行动的过程当中到底是哪个环节出了纰漏。然而，已经定下的刺杀目标却一个接一个地排满了他的时间表，令他停不下手来。

刚才，他的最后一个队员"瘦猴"打来电话，告知他下一个目标藏身的大楼里戒备森严，从外部根本无法了解里面的详细情况，一时无从下手。藤田早已得知"蓝海之心"小组今晚将要采取统一行动，于是断定目标必会赶回城区与小组其他成员会合，而何时会走这条路却无从知晓，如果一味等下去，时间恐怕不容许，于是他当即决定要赶蛇出洞，以便自己在半路截杀。

藤田如此性急是事出有因的，在他的刺杀名单上，除了"蓝海之心"小组的三名主要成员之外后续还有其他人，这让一向敬业的藤田一时很难收手，好比驶上了快车道的赛车，一脚急刹车便会导致车辆倾覆酿成惨祸。所以，他也只好硬着头皮鞭打快牛了。

对"瘦猴"布置了他的行动方案之后，藤田便急急赶到了这个城港交通的枢纽点，遍寻左右，他把狙击地点选在了这块背靠沙滩的岩礁之上，从这里可以成扇形扫描滨海快速路上长达一公里的路段，并且，事成之后还可以通过另一条快速路迅速逃离现场。但是，终于可以安静地坐下来从容吸上一支烟的藤田却无法静下心来，他在焦急地等待着"瘦猴"惊蛇行动的效果，但等到这般时候仍不见有"瘦猴"消息传来，不免开始担心起他的命运来。

狠吸过最后一口之后，烟蒂从他的手上高高弹起，翻滚着划了一道短短的弧线落在粗糙的沙砾上，心有不甘地飘散了几缕残烟后便在小雨中熄灭了。岩礁后面靠近海边的一侧停着一辆鲜红的本田250cc摩托车，黑色的头盔静静地挂在车把上，丝丝缕缕地淌着水痕，折射出神秘的幽光。藤田已经有数小时没有和栗原进行联系了，失利的阴影笼罩着他的心，抑制了想要倾听栗原声音的想法，他不愿让失望的神情挂在樱花女郎的脸上，于是他决定等自己收拾好了这几小时里留下的烂摊子以后再把令人欣慰的消息告诉栗原。

至今他也不明白是什么原因令他在"蹊径书吧"一战中折了自己最得力的搭档，要知道"冬瓜"的身手在他的三名队员之中可谓首屈一指，怎么会在自己吸引了对方的注意力之后还被抢了先手呢？除非这是天意！藤田如此安慰自己。但是，鼓足了余勇的藤田却是越来越不如意，顶替了"冬瓜"位置的"生鱼片"因为少了接应而显得力不从心，所以导致了他在医院走廊上殒命的悲惨结局。

这一仗一定要给"瘦猴"一个强有力的支持，如果他驾车攻击不利，自己也定要补上致命的一枪。藤田想着右手用力握紧了拳头，突然间有种触电般的痛楚从小臂直达颈肩部位，他的手禁不住抖动了一下。藤田的心咯噔往下一沉，心说不好，老毛病又要犯了，看来今天恐怕是凶多吉少啊！

藤田咬紧牙关夹紧右臂，腾出左手从腰间抻出一条巴掌宽的黑色带子，那是他做空手道练习时使用的腰带。他将黑带的一头用牙齿咬住，另一头牵在左手上，斜肩带臂地紧紧捆绑，将右颈肩部牢牢固定住。

弹片在他的右颈神经束上留下了难以愈合的创伤，隔段时间便会发作一回，特别是在阴雨绵绵的天气里更是经常肆虐，这令藤田苦不堪言。他仰头怨恨地望了望漫天里飘下的雨丝，心里恨恨地骂了句，这该死的天气。

嗡……

手机突然振起，赶走了满腹的怨气，他连忙取出手机按在耳上，急切问道：

"怎么样？他们动身了吗？"

听筒里传来瘦猴紧张的低语声，藤田的脸色立时由阴转晴，他忘记了刚刚还带给他痛楚的右臂，用右拳狠命地砸在了岩礁上。

"真的吗？他们已经上车了？几辆车随行？"

此时疼痛已经干扰不了他兴奋的神经了，他的眼前就只有那辆白色的广本车了。电话里的瘦猴依旧紧张兮兮地报告着，看情形，他此刻就像处在车队中。

"太好了，跟紧他们，到了伏击地点一起行动，等候我的命令。"

天空飘过一缕稠密的雨丝，像是在半空里扯起了一面透明的屏风。挂断了电话的藤田抬手抹去脸上的雨水，难以置信，那一刻，他在雨幕之中隐约看见了栗原的笑脸。藤田默默下定决心，此战必胜以慰美人芳心。

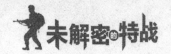

08：10　S市国际机场候机楼大厅

灰色墙体、白色屋顶、茶色玻璃以及简单的结构和造型，无一不带着强烈的时代特征。从90年代初就投入使用的航站楼，由于缺少必要的节能措施和服务设施而明显缺乏人文关怀。

即使这样，这座S市现有的国际机场仍旧是中国南方主要的国际空港之一。它拥有一座4万平方米的航站楼和3条国际标准的飞机跑道。可停靠民用航空包括空客A380在内的所有机型，年起降30多万架次，旅客吞吐量达1300万人次，是南北客运和物流的重要枢纽。

从蓝白相间的出租车中下来，一身通勤装打扮的栗原快步穿过候机大厅的自动玻璃门，立时融入了形色匆匆的候机旅客之中。她的行囊简单，除了腋下考究的LV小包之外，右手的拉杆箱里囊括了她的全部行装。

在广濑专务的直接干预下，她的出差签呈很快就得到了批准，总务干事在第一时间里办妥了最近一班直飞T市的机票，栗原也在最短的时间内打理好行装直奔机场而来。

栗原向着候机大厅的最南端走去，那里是整个航站楼旅客进出机场的枢纽。乘坐国内、国际航班的旅客都要从那里进出空港。

距离登机还有一段时间，栗原避开拖箱带包的人流在一个报刊亭旁的角落里站了下来，她要利用这段时间给三个人发送短信告知自己的行程。

第一位要发的是她此次出差的业务单位，泉井产业的T市合作工厂，茂田家居用品进出口有限公司业务部的刘诚。

刘部：你好！

鉴于PO—090301订单项下的餐桌椅系我司秋日物语系列的三季度上刊产品，为保证交货品质和时间，故本人将于今日午时抵达T市，拟对该订单项下产品的生产进度和品质进行检验，请做好准备，具体时间落地再定。

商祺。

泉井产业／栗原

第二位是她此行的实际联络人，刺杀行动小组的负责人藤田秀。

藤田君：
午时飞抵 T 市，落地联络。

栗原

第三位是她的秘密联络人，一切情报信息的提供者，中情局的"老爹"。

老爹：
午时抵达，请安排面谈。

栗原纯美

栗原快速按动手机键盘，干净利落地发送完毕，然后拎起行李向着大厅的电梯口走去，那里有四部分层滚梯和两部景观电梯直达楼上。

候机楼的一层是行李处理大厅，长长的传送带带着几分神秘，将旅客托运的零担货物送到圆形的分拣台前，刚刚落地的旅客们围在那里专注地找寻着自己的行李。栗原没去理会那些慌乱中低头忙碌的人们，径直踏上了排满旅客的滚梯，她没有注意到在那些搜寻行李的人中有一个瘦小的身影，他的注意力不在陆续传送过来的行李上，而是始终盯着上行中的滚梯，现在他的目光捕捉到了滚梯上的栗原。

刚刚到港的旅客经过位于 2 层的机场到达大厅逐渐散去，所以宽敞的大厅里显得颇为冷清，栗原后悔没能注意到这个安静的地方，想起自己刚才躲在角落里拼命发短信的样子，禁不住觉得可笑。

机场的出港大厅位于航班楼的 3 层，沿着滚梯缓缓而上的人流多半都是奔着那里去的。栗原在安检门前的队伍尾部站下，她期待着在登机之前能够收到"老爹"最新一轮的消息，那是她此行之前必须得到的，她的手机为此将保持开机状态到航班起飞。

小吃的香味从 4 层上的餐厅中飘下来，令栗原不觉间饥肠辘辘。她孤身来到 S 市已经有三个月了，除了每天忙于公司业务以外她还有自己的秘密工

作，基本上顿顿都在帝王大厦的餐厅内用餐，清汤寡水的膳食早已让她腹空肠鸣，到了此时难免不口舌生津食欲大增，然而此时却不容她分心，所以她努力克制住自己的食欲，重又把思路理回到将要抵达的目的地：T市。

遏制中国的航母发展计划，首先是要摧毁"蓝海之心"小组，这个小组的行动正在为面临瓶颈之难的航母科研寻找解决方案，为此CIA的同行们不惜动用潜伏了30年之久的超级特工"老爹"为她提供帮助。

藤田的进展看来不是很顺利啊！栗原心想，这家伙的身手不错，可对手也不弱！看来此次行动还是要多多倚仗"老爹"的帮助才行！

安检棒在藤田的前胸、后背和腋下来回扫描着，栗原的眼前忽然显现出广濑的满头白发和瘦小枯干的身影，"老爹"会是个什么样子？也如广濑先生一般的仙风道骨吗？不觉间栗原将"老爹"与伊贺上忍进行了比较，忽而又觉得好笑，"老爹"就一定是个风烛残年的老人吗？

顺利通过了安检的栗原将一应物品放回自己的包内，然后拎起拉杆箱向着候机厅走去。

"栗原小姐！"

突然，一个小个子从安检门旁闪了出来，他一把拉住了栗原的手臂。

"浩志？你来这儿干吗？"

"老板不放心你一个人出来跑，初来乍到人生地不熟的，所以派我来保驾！嘻……"

浩志一把抢过栗原手里的行李箱，按捺不住的兴奋。

"能和栗原小姐一起出差，真是幸运啊！"

栗原拍了拍浩志的肩膀没有说话，她很喜欢这个弟弟一般的小伙子。嗯！带上他也不错，遇到意外也会方便一些，栗原心想。

嗡！暗红色的手机发出了振动声，"老爹"来信息了，栗原有些兴奋。

栗原小姐：你好

　　行程安排收悉，排产计划进展顺利，交货时间应无大碍，唯质检程序繁杂，恐影响进度，细节面谈。

　　　　　　　　　　　　　　　　　　　　　　　　　茂田／刘诚

她没有接到"老爹"的回讯，栗原感觉有些不爽，浩志似乎看出了她的沉重，关切地问道："栗原小姐，有什么问题吗？"

"哦，没有，一切正常。"

"有事尽管吩咐，栗原小姐，我能替你摆平一切！呵！"

浩志说着扮了个鬼脸，栗原被他滑稽的表情逗乐了。

一架南方航空公司的波音747客机滑过长长的跑道腾空而起，几个简单的盘旋之后，很快消失在了低矮的云层之中。

08：20 Ｔ市第五大道50号

春天的第一场雨断断续续下得如醉如痴，先是打湿了庭院里那棵高大粗壮的香樟树，随后浸湿了青砖铺漫的地面，接着又开始敲打那半扇打开的窗子。有节奏的雨点发出乒乒乓乓的声响，清凉湿润的空气中散发着一股樟木特有的气息，在雨雾弥漫的浸染下给人一种新鲜透彻的通畅感觉，昏暗晦涩的冬日渐渐被甩在了身后。

一本打开的《史记》跌落在地板上，敞开的蓝瓷盖碗静静地躺在淡蓝色玻璃烟缸的旁边，杯中的茶水已经凉了许久，微弱的光从窗外射进来，打在窗台的那盆蓝花上，像是寓意深刻的盆景作品。

一架右腿的半截义肢默默地靠在沙发上，一双厚底的工装皮鞋沾满了泥污，湿漉漉地扔在墙角边，星星点点的雨水从挂在屋角衣架的雨衣上滴落下来，渐渐浸湿了一大片地板。

赤裸的左脚上青筋暴起，残缺的右腿和整个人都深陷在黑影里，粗重的喘息声从脂肪臃累的脖腔中发出，每一声都像是在拉动破旧的风箱。他单手有力地撑起拐杖架在自己的腋下，缓缓地挪动着臃肿的身体，凑到低矮的日式窗户前停下，两臂撑在木质窗台上，浑浊的目光投向雨幕中的天空，夹杂着雨水的新鲜空气扑面而来，打在赘肉堆垒的脸上，一条防水的创可贴横贴在额头，给木讷呆滞的脸增添了些许的滑稽和生动。

真应了那句流传已久的老话，大智者即大愚！"老爹"，这个谍海沉浮的风云人物，即使是在他开枪杀人的那一刻外表上也还是那么的波澜不惊。难怪他是"无间十二谍"里的上榜人物，且又排名第五，果然是谍中楚翘，

无间的高人！

一天之中连续三次经历凶险的刺杀事件，已使他的体能消耗殆尽，阴雨连绵的天气又给他残缺笨重的躯体带来了蛆蚀虫咬般的痛苦，现在他只有躲在偏僻幽暗的家中慢慢恢复体力。

他们的行动果然快如疾风，片刻都不容人喘息。"老爹"想着，随手将那扇半开的窗子关上了。秘密行动从来都是有张有弛，即使再疯狂的刺客也不会不顾危险马不停蹄地连施杀手，况且没有土地爷的指点就算是猛龙过江也还是会翻船的！这是阴影之下的秘密战争，难道他们就敢违背常规逞匹夫之勇吗？

离开窗口，他缓缓移到茶几前，重重地跌坐在藤椅里，同时在心里叹道：

过气的武士！冲动能带来什么后果难道不清楚吗？

他拿起自己的双卡手机打开收件箱，重新打开那两条署名"泉井产业栗原"的短信，再次读过短信的内容，字斟句酌之后，他忽然心头一动，一个念头涌上心头，不禁眉头一皱，赘肉堆垒的脸庞变得更加的阴沉了。

儿女私情！没错，那杀手的猪脑里一定深深地印着这个美丽的女人。

"老爹"的心情变得更加的沉重，他想起了一年前与佩奇·波特兰会面时的情景，那是在香港的一次家居家饰用品展览会上，以海外零售商买手身份出现的 CIA 亚太情报主管，曾直接将一项重要任务交付给了"老爹"，他的化名正是茂田家居用品国际贸易有限公司业务部的经理，刘诚。

"无论面临来自哪一方面的危险，也无须得到进一步的指令，你都必须保证'国家财产'的安全！"佩奇·波特兰说这话的时候语气严肃，没有半点商量的口吻。"老爹"不由得叹了口气，心中拿定主意。"是啊！必须找栗原面谈一下，如此下去将是非常危险的，这个藤田啊！"

他拿起那支已经磨得非常圆润的麦秸秆烟斗来，又从胸前的衣兜里取出一个带有红色抽绳的黑色皮质袋子，那里面装满了金黄色的烟丝，他细致地装满了酒盅般大小的烟斗，大拇指轻轻按在上面略略压实，然后，在昏暗的房间里划燃火柴，浓烈的烟草气味开始在房间里弥漫开来。

"国家财产！他们可不管这些，哼！疯狂的倭人！"

他在心里停止了抱怨，开始重复着佩奇·波特兰的话，心里盘算着是该收紧绳索，把"国家财产"牢牢控制在自己手里的时候了。看看腕上的手表，暗忖道：按约定好的惯例，现在又是该进行联系的时候了。于是，"老爹"从一只外表破损、肮脏不堪的背包中取出了一台笔记本电脑来。

精致的笔记本电脑在他肥厚的掌心下显得更加的小巧，他在 google 的博客搜索栏中轻盈地键入了"老爹"两个字，立刻窗口下拉出一长列带有"老爹"关键字的文章，再点击窗口中的选项，将搜索范围缩小到一小时以内，接着快速地翻过几个页面之后，屏幕上便出现了他今天要找的那篇文章。

在署名为"老爹的流水账"的博客里，他点开最近更新的一篇文章。仔细阅读了全文之后，他将鼠标停留在了其中的一段话上。

"宋叔叔特意要带小莫尼卡到家里来做客，为的是给爸爸妈妈一个惊喜。"

长长的麦秸秆烟斗斜叼在厚厚的嘴唇中间，浓浓的烟雾从牙齿的缝隙中喷吐出来，像一个个问号飘散在空中。

唉！总是咄咄逼人不留余地吗？欺人太甚会惹出麻烦的！

他发出一声重重的叹息，仰面靠在藤椅背上，让苦不堪言的痛楚一并宣泄出来。

激则生变啊！他们不会懂得的，如果按照我的计划，我会让中国的航母之梦无限期的延长！可如今……真是骑虎难下呀！

藕节般粗粗的手指继续敲击着鼠标，一长串的航母研发单位和生产企业尽显眼前。

标排 7.8 万吨、满排 9 万吨，常规动力，弹射起飞甲板，舰载飞机58 架。

舰船组装……滨海造船厂
弹射器、拦阻索……滨海 777 所
特种甲板钢……合阳重冶集团
舰体……沪北轩辕集团
舰用轴承……北国轴承集团
锅炉配件……熔岩锅炉厂
特种舰艇板材……南山钢铁、贝山钢铁

舰载机……辽北 666 所

舰艇设计……中船重工 555 所

配套舰船……海南重工、沪江造船、辽北重工、黄海造船

配套核潜艇……棒槌岛造船厂、海南重工

辅助舰……沪江造船、黄海船厂

训练舰……辽北重工

……

混浊的目光重重地落在了排在前两位的滨海造船厂和 777 所上，他已经为下一步的行动锁定了目标。但是首先他必须先去会一会这个访客，指导他们如何统一在一个规则下进行游戏，同时对"国家财产"还要采取进一步的约束，以便能够得到更好的掩护，延长可利用的价值。

雨中寂静的小院里一辆老式的黑色捷达轿车静静停靠在香樟树下，雨水将它失去光泽的表面冲刷得干干净净。几片嫩绿的树叶经不起长时间的雨打风吹提早夭折了，它们在这场早至的春雨中孤零零地飘落在黑色的车顶上。

本属南方木种的香樟树经受住了北方冬季的考验，却也为此付出了代价。

第二章　死里逃生

08：30　滨海大道

　　荆轩的白色广本鱼一般轻盈地沿着蜿蜒的滨海大道快速游动着，这与他高大略显发福的身材形成了极大的反差，不知为什么，通常不太好动的人开起车来却都是风驰电掣的。春季的海风在淅淅沥沥的小雨中轻柔地拍打着车窗，一夜未睡的倦意和着噼噼啪啪的雨点一起袭来，令他的视线变得有些模糊不清。

　　平坦的柏油路僵硬地向城区延伸过去，握久了方向盘的手开始感觉有些麻木，他伸出右手开启了顶棚的透明窗，想为憋闷的车厢增加些许新鲜的空气，但是大团的雨雾随着海风一起卷了进来，他禁不住打了一个冷战，心说，哦！这早春的雨天还是很冷啊！雨雾在车厢内散开，冷空气里夹杂着大量的湿气钻进鼻孔，让他感觉痒痒的，忍不住打了个喷嚏，大脑立时清醒了许多，他怕温差过大引起感冒，便随即关闭了天窗，车厢内又重新陷入压抑的气氛之中。

　　自从主持航母舰载机的弹射项目以来，出于安全和保密的原因，他封闭地生活了四年，每天除了在宾馆的客房就是在自己的办公室，几乎隔绝了与外界的一切联系，与妻子秦雅也只是偶尔才联系一回。在长达四年的时间里，高强度的脑力劳作耗费了他太多的精力，不仅使他的头发变得花白，并且身体也开始发胖，鱼尾纹也悄无声息地爬上了他的眼角。如果不是有裴佩的悉心照顾和体贴相伴，他恐怕很难坚持下来。

　　乍一离开 777 所，荆轩的心就像是出了笼的小鸟一样，既兴奋又疲惫。他忍不住在心里呐喊道：哦！我快给这个项目憋得喘不过气来了，挣脱技术

183

瓶颈的束缚就在今晚啦！

在一个狭小的圈子里待久了，他几乎忘记了原本生活该是个什么样子。蓝天大海早已成了屏保上使用的画面，飞奔跃动也已是 3D 测试效果时的感觉。此时，他很想回到阔别已久的家中小憩几日，享受一下摆脱了诸如方案论证和数据推演等压力的休闲生活，让紧张疲惫的身心好好放松一下，但是严格的组织观念和保密意识制止了这一念头。

技术攻关遇到了前所未有的困难，项目停滞不前已经有六个月了，这给整个航母计划的按时完成蒙上了一层阴影。航空母舰是漂浮在大海上的移动机场，是为各种性能和用途的飞机提供运输、发射和回收的远距离作战平台。目前，舰载机的备选机型已经确定，而瓶颈恰恰是如何将这种航程远、外挂多的重型战机瞬间弹射升空的装置！

昨天，秦雅通知他，要他今天赶赴市里的总参六处本部，参加"蓝海之心"小组的临时特别会议。到时候可能会得到有关航母舰载机蒸汽弹射装置的最新数据，这对正苦于没有实际经验数据作支撑的荆轩来说无异于一场及时雨。于是，接到通知以后，他便立即着手整理在研项目的系统数据，以便与得到的数据进行比对，没想到的是，一干就是一整夜。天明之后，就在他准备稍事休息的时候，危险却突然降临了。一向平静如水的 777 所突遭两枚导弹的袭击，分别击中了会议室和员工餐厅，虽然侥幸没有人员伤亡，却足以震撼荆轩那颗敏感的心了。因为，此前他刚刚接到过荀循发给他的一条示警短信，原本没太当真的荆轩此刻如惊弓之鸟一般。

已经很久没有和荀循单独会面了，比起他们曾经在一起生活的那段时光，六七年的时间似乎也不算长，但荆轩却觉得彼此间已非常生疏。这里既有工作繁忙任务压身的缘故，也有裴佩贴心照顾长伴左右的原因，但更主要的还是荀循曾在荆轩的心里系下的心结。

荀循这个当年痛失双亲的女孩是在荆轩和秦雅的悉心照顾和体贴关爱下，从一个桀骜不驯、狂放不羁的不良少女逐渐成长为一名出色特工的。在荆轩秦雅夫妇侨居欧洲的那段难忘岁里，荀循几乎就是他们家庭的正式成员，秦雅待她如同姊妹一样，而荆轩则成了她的良师益友。一家人其乐融融，常惹四邻艳羡。直到有一天秦雅接受了尹博的邀请，提前归国与尹博一道创建六处，一家人才暂且分开，只把因在研项目尚未完成的荆轩一人留在了瑞士的一所大学里，那时的荀循刚满18岁，也因学业未完暂且留在了欧洲。

秦雅走后，家中缺少了主妇料理的整洁和舒适，整天忙于科研的荆轩干脆就住在了学校里，平时很少回家。渐渐成熟的荀循便主动挑起了料理家务的重担，每个周末她都会特意收拾好房间，再准备好一桌晚餐，然后等着荆轩回来。

开始，荆轩并不习惯与一个相差近20岁的女孩单独相处，并且，对于这样一个正处在青涩时代的女孩他也没有特殊的感觉。秦雅走后家中的气氛开始变得沉闷，荆轩和荀循之间缺少了一道缓冲的屏障，一段时间里二人在吃过晚饭之后，便各自回屋，或读书或听音乐，没有更深的交流。但曾经发生过的一次经历却使荆轩开始留意起这个性格倔强、作风泼辣的女孩。并且，从那以后，他们两人间的关系也发生了微妙的变化。

那是一个周末的下午，提前赶来和荆轩一道回家的荀循与荆轩并排坐在返家的轻轨列车上，在时速120公里的列车上乘客们安静地坐在座椅上，看着窗外快速闪过的田野、农庄、果园和教堂，半小时的车程一开始还是非常平静的。

忽然车门一开，从隔壁车厢里晃晃荡荡走进一个高大魁梧的白种人，他醉眼惺忪地四下里寻了一个来回，然后一屁股坐在了荆轩的旁边，一股酒气扑面而来令人作呕，荆轩不由得侧过脸来。但那个壮汉却毫不知收敛，他侧身一歪便靠在了荆轩的身上，转而将手搭在了另一边上的一个中年女乘客肩上。

那女人愤而起身想远远躲开这个醉醺醺的壮汉，这一举动激怒了壮汉，只见他扬手一拳打在那女人的脸上，立时鲜血直流。女人踉跄着退向了车厢的另一侧，这壮汉不依不饶还要追打，就在他刚一起身的时候，肩头上被一只手重重扣住了。

荆轩忍不住出手相救，是源于他骨子里的一股正气，他最看不上动手打女人的男人了，即使那家伙比自己要高大威猛得多也不畏惧。壮汉摇晃了几下肩膀却没能甩开荆轩，于是，回身一肘直击荆轩面门。荆轩虽不是刚猛硬汉却也身强体健，网球、游泳是他的强项，自然也是身手矫健。他见对手摆臂回击连忙侧身避让，抓在对方肩头的手便不自觉地松开了。壮汉丢下那女

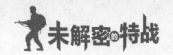

人不管，回身一把抓住了荆轩的衣领，另一只手勒紧了他的领带，然后以全身之力将荆轩重重压在了座位上。

壮汉死死卡住荆轩的脖颈令他动弹不得，颔下的领带被越勒越紧，荆轩拼命抓住对方的手腕努力坚持着，他感觉呼吸被阻隔，血液上涌脸憋得通红。渐渐地，他的视线开始变得模糊，双手开始变得不听使唤，车窗外的风声也离自己越来越远……

砰！隐约听到耳畔传来一声沉闷的响声，接着是第二声，第三声……壮汉紧紧卡在脖子上手松开了，魁梧的身躯从荆轩的身前慢慢滑脱，像泥一样瘫软在地上。荆轩大口地喘着粗气，等呼吸顺畅，血液流通之后，他看见自己的面前站着一个怒目圆睁的女孩。

荀循双手握着一支女垒专用的球棒，连续五下击打在壮汉的后颈肩的穴道上，终于将他打昏。

列车到站，壮汉被闻讯赶来的警察带走，荀循牵着荆轩的手两人紧紧依偎着走出了车站。

……

先后归国的荀循和荆轩在彼此间的心里埋藏着一个共同的结，他们没再单独交往过。反倒是因为工作的原因，荀循经常和秦雅在一起，担当起了工作和生活上的助手。归国以后的荆轩和秦雅一直处于分居状态，只是偶尔会见个面吃顿饭，但大多谈的是工作，三个人之间的微妙关系只可意会不可言传，原本相处融洽，其乐融融的一家人却没再团聚过。所以，当荆轩突然接到荀循的示警短信时他并未放在心上。但一想到立即就要当着秦雅的面与荀循相见时，仍然使他的情绪受到了影响。

777所遭袭，危险迫近，这让荆轩的心情变得焦虑起来，好像这辆V8引擎驱动下的白色广本，在和风细雨中不知不觉已经提高到了150迈，荆轩恨不得立即赶到总参六处去，以便立刻拿到那些可以帮助他跨越障碍的宝贵数据。

并非是荆轩胆小才会如此，实实是因为他自知自己肩负的责任重大，大到他无法临危不惧。这个项目缺他不可，特别是在眼看就要完成的当口，他几乎就要亲手将新研制的重型舰载机从第一艘国产航母的甲板上送上天了。为此，他死不起。

08：40　滨海大道

舒展的路虎在荆轩驾驶的白色广本的催促下不得不将速度提升起来，但他还是尽量压住身后广本的冲动，不让荆轩超越自己。一辆武警牌照的帕萨特紧随在广本的身后，车上除了司机之外还有两名荷枪实弹的武警战士，他们睁大两眼目光炯炯地注视着大道的两侧，不放过任何一个疑点。

看看接近市区，舒展决定减慢车速，让武警的帕萨特先行。一来，军车开道有助于打通城区拥挤的交通阻塞，二来，他们比自己更熟悉这座城市的道路。于是，他一边把紧方向盘，一边使用耳麦将命令传达给了身后压阵的武警专车。

帕萨特领命，鸣了几声喇叭便开始超车，荆轩不甘心地降低车速，避让到中央车道，帕萨特一个加速便从左侧冲到了荆轩的前面与路虎并驾齐驱。舒展闪了几下右侧转向灯窜到了第三道上，荆轩也略加提速，广本跟着冲了上来。现在，有六条车道的滨海大道上，帕萨特、广本和路虎分别占据了第六、第五和第四这三条车道，三辆车齐头并进，以不低于120迈的速度朝着城区枢纽的圆盘环形道疾驰而去。

仅仅是在一瞬之间，武警的帕萨特便超越了广本，然后娴熟地变道将荆轩压回到了居中的位置上，差不多是在同一时刻，舒展的路虎稍减车速也变到了队尾，紧紧地跟在了广本的身后。整个队形的变换几乎是在刹那间完成的，一条线般的占据了第五车道。三辆车子组成的车队像串联在一起的三颗闪亮的小球，沿着绸缎般湿滑的滨海大道快速地向前滑动着。

已经换到队尾的舒展开始将注意力转向身后，他透过后视镜将跟随的车辆作了简单的扫描，几辆小车同时出现在视野当中，随着车队提速重回到150迈左右，它们的身影则渐行渐远，慢慢地变成了一个个黑点，舒展放心地收拢了目光转而投向了公路左侧的海边。

海湾环抱之中的这片海域从来不起大浪，所以听不到惊涛拍岸的声音。平坦的海滩上几乎没有突起的崖壁，因此视野开阔，水天相融，一览无余。帕萨特带领下的车队一字长蛇沿着滨海大道疾驰，就像贴着海平面在飞。舒展把视线投向右前方，厚厚的云层下是色彩浓重的大地，渐渐的鳞次栉比的

第五卷　风中残月

建筑显出了模糊的影像，舒展知道城区就在眼前了。

他习惯地朝着后视镜里瞥了一眼，心不由得猛一紧，只见一辆黑色的雷克萨斯出现在身后百米远的地方，速度极快地直追上来。舒展不由一怔，这家伙是何时冒出来的？

前方已经可以看见城港交通枢纽的纪念碑了，再往前，经过基座下的转盘弯道就将并入城区的东西向放射线——世纪大道了，接下来车队就会混入滚滚车流之中，难觅踪影。舒展略松了松油门踏板，路虎稍稍放慢车速与荆轩拉开了一些距离。

几乎是在一刹那间，紧跟在身后的那辆黑色雷克萨斯一下窜了上来，它既不鸣笛也不开转向灯，车头一歪便朝着路虎的右侧扎了过来。舒展凝眉叫声休想，稍一打轮，路虎的宽大车身就牢牢守住了右车道。

尖锐的胎噪声从身后传来，雷克萨斯不得不轻点了一脚刹车，才免于吻上路虎的屁股。舒展瞥了后视镜一眼，那一刻，他看到了一个形同猴子般的身影，心想，这家伙居心叵测，绝非良善之辈啊！

果然，雷克萨斯并没就此罢手，只见它调正了车位之后又是一个加速，速度之猛超乎想象，显然是"项庄舞剑，意在沛公"，明着是在与路虎飙车，实则是冲着白色广本而去。舒展暗叫一声来者不善，急忙向左打轮意欲阻挡它接近广本，但是，已经来不及了。

此时，雷克萨斯的前半截车身已经超越了路虎的车尾，现在，他们几乎是在并驾齐驱。看来只有采用挤撞的方式才能阻止它追上广本。舒展想罢轻点刹车，让过对方的车头，然后把牙关一咬，猛打舵轮，路虎向左摆头，只听嘭的一声，粗大的前保险杠重重地撞在了雷克萨斯的右侧中部，只见它朝左猛一栽歪，车头偏离了车道，朝着路边冲去。

瘦猴对于路虎的挤撞似乎早有准备，所以，当车身侧偏时他没有惊慌失措，而是顺势一抹，巧妙地挤进了最靠边的第六条车道，在他的左侧就是松软的海滩了。现在，他只需稍微提速就能追上 20 米远的那辆白色广本，抵近射击是他的专长，一枪毙命更是手到擒来的事。形势如此，瘦猴不由得胆气更壮，雷克萨斯像一头发疯的野兽径直朝着广本追去。

受到撞击的影响，路虎暂时失去了速度的优势，它一下子与雷克萨斯之间拉开了足有一个车身的距离。见一击未能将对手撞出路基，反而却使它借机窜上了快车道，舒展暗叫一声好俊的身手，看来不痛施杀手恐难生效。于是，他用力把住方向盘，脚下狠轰油门，路虎嘶吼着紧跟了上去。

越野车的瞬时提速能力要远胜过四平八稳的轿车，所以，在短短的 20 米距离内路虎已将车速提升至 180 迈，就在雷克萨斯的车头已经与广本处于同一水平线时，舒展追了上来。透过对方深灰色的镀膜玻璃，他看见了驾车的瘦猴正把一支鲁格 MK II 型 5.6 毫米自动手枪平端在体侧，枪口直指向了右前方的广本。

不好！两个字差一点就脱口而出了，舒展不假思索地将油门踏板猛踩到底。路虎就像捕杀一头野牛一样扑了过去，冲刺的瞬间车速竟达到了 220 迈。

砰！鲁格的枪声湮没在了巨大的撞击声里，子弹不知飞向了哪里。雷克萨斯被路虎生生顶起，一个侧翻撞出了路基以外，巨大的惯性令其在砂石滩上做出 360 度的反转，接着翻起随后跌落，最后，七扭八歪地摔落下来，汽油大量从破裂的油箱里涌出，触到了裸露着的点火线圈上，轰！车体爆成了一团火球，浓烟和碎片腾空而起，飞溅到了十几米远的地方，瘦猴则在大火中化成了灰烬。

与此同时，路虎在大力撞击之下顿时失去了方向，车身旋转着滑行在二十多米宽的路面上，四只轮胎牢牢抓紧地面，发出吱吱的响声，爆起一股焦煳的蓝烟。舒展感觉自己像是坐在旋转木马上一样。他收了油门任凭车子自由转动滑行，他知道，路虎内置的电子平衡系统会合理地调配四只轮子的松紧和转向，这种状态不会持续太久。

果然，路虎像一块磁铁一样吸附在路面上，三五个转体过后便牢牢地定在了那里，舒展这才重新启动车子，皮外受伤的路虎一路烟尘地追了上去。就在这时，左侧海滩上的一点星光映入了他的眼帘，那是令人毛骨悚然的一闪，舒展的心一下子提到了嗓子眼儿，有一刻他几乎可以确定，荆轩必死无疑了。

那是从狙击步枪瞄准镜上发出的反光，虽然天上乌云密布阴雨连绵，但现在毕竟是上午时分，天光大亮足以折射出明亮的反光。在这条无遮无拦的大道上，要狙杀一辆行驶汽车里的人简直易如反掌，这也就难怪舒展一下子变得心灰意冷了。

第五卷　风中残月

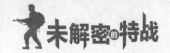

然而，事情并没有如舒展所想的那样发生，荆轩的白色广本依旧快速行驶着，倒是最前开道的那辆帕萨特突然像是喝醉了酒一样的开始左摇右晃起来，沿着S形的轨迹在公路上蹒跚前行。舒展心中一喜，荆轩有救！于是，他狠命一脚油门到底，路虎发疯一般的向前冲去。

08：50　滨海大道

荆轩是在眼看就到城港枢纽纪念碑的时候听见身后传来猛烈撞击声的，顺着后视镜望去，他看见了陀螺般在公路上打旋的路虎和360度空翻着栽下路基的雷克萨斯。这一切都发生在顷刻之间，以至于荆轩连心惊肉跳的时间都没有，就不得不用心应付他眼前发生的窘况了。只见前面50米远的帕萨特突然像一名醉汉那样在高速行驶中耍起了醉拳。

他从帕萨特那已经破碎的侧面玻璃上看到了鲜红的血迹，驾驶员扑倒在了方向盘上，副驾驶位置上的武警战士正在努力操控着汽车不使其冲出路基。荆轩看不出是从何方射出的子弹击中了帕萨特，他只能努力把定方向盘，尽量避开前面左右摇晃的帕萨特，并把汽车保持在120迈左右的车速上。

此刻，舒展正猛轰油门加力追赶荆轩，他知道，自大的狙击手没有把第一枪射向荆轩，而是射中了前面带队的帕萨特，暗道，真是个狂妄的家伙！他竟然想要全歼整个车队？

容不得舒展细想，他必须在射手决定射杀荆轩之前追赶上去，这是他的唯一机会了。就在这时，像无头苍蝇一样来回乱撞的帕萨特的轮胎上突然爆起了一团青烟，接着，黑乎乎的车影便侧翻过来，接着车头着地，车子大头朝下直立起来，一屁股栽下了路基。

轰！

火光迸现，浓烟腾起，大地震得猛地一颤。这一切荆轩都看得真切，他想：接下来就会轮到自己了！他如大梦初醒般的狠踩油门，广本如脱缰野马一样朝着圆盘弯道冲去。就在这时舒展赶了上来，他的路虎抢占了紧邻海边的第六条车道，他想用自己的身体为舒展筑起一道防弹墙。

此刻，距离弯道大约还有200米远，足够射手连续射击五次的了。舒展清楚自己是在用生命赌博，他相信能够从容狙翻帕萨特的枪手绝对有自信杀了自己，现在，他只盼着荆轩能快一点驶进环形道，进了那里就算基本脱险了。

路虎与广本并肩而行，舒展感觉到荆轩的车速愈来愈快，不觉心中窃喜，心说这个男子倒不是个绣花枕头，非常时刻还能临危不乱也值得自己舍命相救。于是心安了许多，注意力也愈加集中在了自己的左侧，他想：这长长的一公里路线上，可全都在那块崖礁的射程之内呀！自己坚持越久荆轩就会越安全。

子弹迫空而至的啸音在轰鸣的引擎和纷乱的胎噪声中其实很微弱，当你听到它的嘶叫声时距离被击中也就剩下零点零几秒钟的时间了，那是死神叩门的声音。然而，舒展躲过了。子弹从他的额前飞过，掠起了他卷曲的头发。舒展的眼眨也没眨一下，任凭四溅的玻璃碎片随着风从耳畔飞过。

他只是稍稍将头向后仰了下，他知道狙击手在扣动扳机之前已经估算了车行的速度，所以枪的十字准星都会往前偏移一点，用以修正这一误差，他的移动刚好加大了这小小的一段距离，所以，枪手算计得越准，他才躲得越从容。

弹头从广本的车顶擦过，荆轩浑然不觉，现在，他只一门心思地猛踩油门，车子如流星一般朝着弯道射去。

第二粒子弹贴着舒展的头顶飞过，劲风扫过带落了几根头发，这一次，舒展稍稍向右侧偏了一下头，让坐姿的高度陡降了2厘米。他揣度到了对手的心理，专心修正了水平误差的射手却忽视了高度的变化，这也怪他过于精益求精了，其实他随手一枪也能要了自己的命。舒展想，下一枪可就难办多了。

舒展用余光瞄了眼右侧荆轩，只见他两眼紧盯着前方的弯道入口，想必已经胜券在握了。于是心说，老兄，祝你好运！想罢，舒展伸出右手拉动座椅下的暗掣，放下一支伸缩杆，杆头在绷簧压力下刚好顶在了油门踏板之上。现在，再送荆轩最后一程的同时，他要考虑如何自救脱险了。

他移开右脚，油门踏板在弹簧杆的支撑下速度不减，车身始终挡在广本的一侧，犹如盾牌一样。舒展迅速移动身体坐到了副驾驶的座位上，左手轻

第五卷 风中残月

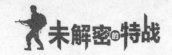

扶方向盘让车保持直线行驶，右手则手动开启了中控门锁，车门打开了一道小缝。

呼！风急速灌进车厢，车速略为减缓，广本稍稍冒前一点。这时，第三粒子弹到了。

舒展如此从容地移动身体也是基于他的判断，他想，两枪不中之后，射手必然不再射人，目标不是车胎就是油箱。所以，他不担心此刻被射手锁定。果然，就在距离弯道入口仅有十几米远的时候，射手抓住最后机会连射三枪，弹无虚发枪枪命中。

第一枪掀掉了路虎的油箱盖，第二枪在油箱口处打出一个洞，油箱里的汽油如脱落的毛线球拉出一条白花花的线，第三枪撕裂了左后轮的轮胎，爆开的车轮翻卷着，裸露的轮毂在路面上擦出了星星点点的火花。终于，火腾地燃烧起来，路虎的左侧立时腾起了剧烈的火焰，很快便覆盖了整个车体。

拖着火焰和浓烟的路虎跑过了最后的几米路，一头撞在了弯道前的路障上，化作一团巨大的火球升腾而起。浓烟散去，早已没有了白色广本的踪影。

200米外的崖礁上松软的耐克鞋底狠狠碾碎了刚刚点燃的香烟，装了消音器的M25枪口上还吐着青烟，藤田愤愤地把枪丢在沙地上。原本，他精准的一击给领头的帕萨特的司机爆了头，接着一枪就掀翻了汽车，不想随后赶上来的那辆路虎却给他的猎杀计划增添了不小的麻烦，致使他连续两枪不中，眼看着汽车就要冲进弯道消失在自己的视线中了。他才不得不决定把活儿干得糙一点。接连三枪点爆了路虎，然而，作为刺杀目标的那辆白色广本却借机驶入了市区的滚滚车流之中。

藤田恼怒地望着公路另一侧那片刚刚染绿的城郊原野，没有发现任何活动的影像。再把视线拉回到靠近海边的这一侧，只见炸成碎片的路虎残骸还在燃烧着。他把手中军用制式望远镜在耐克运动裤上轻轻擦了擦，再次对着那段上演过惊心一幕的公路作了细致的观察。他看见黑色的雷克萨斯已经燃成了一堆黑乎乎的废铁，像个坟头一样孤零零地堆在沙滩上，他知道瘦猴已经化为灰烬。

"我一定要杀了你，看你能往哪逃！"

他嘴里含混不清地嘟囔着，低头收拾起那支 M25 狙击步枪，麻利地拆卸装箱之后放进了后座下的工具箱里，然后翻身跨上了那辆红色的本田摩托。引擎发出震耳的轰鸣声，在旷野里传出很远，藤田发誓要在白色广本驶进市区之前截住它。

雨点从灰蒙蒙的天幕中涌出，突然间变得硕大，像一汪晶莹剔透的天河之水飘落下来，顷刻间浸润了心田。漫天云雾不停地翻卷着，变幻出各式各样的表情，但很快就在朦胧之中溶化，然后伴一阵遐想随风飘散了。

一颗雨滴打在睫毛上，化作满池的春水，感怀出点点滴滴的温柔来。到了这时他才发现，原来施与和接受同样都是种满足。仰面躺在绿草茵茵的田野里，听凭冰冷的雨点轻柔地打着自己的脸，惬意得好似吸吮母汁的婴儿一样。是啊，置身大地与自然融合，换个角度去体会胸襟的博大不也是一种浪漫的情怀？

舒展就这样静静地躺着，听淅沥的雨声熄灭了路虎的火焰，接着又传来一阵摩托引擎的轰鸣声。他翻身趴在地上，越过路基沿着公路望去。只见一辆鲜红的摩托车撕开雨幕朝城区开去。

终于等到他现身了！舒展看着杀手远去的背影心中暗忖，必须抢在杀手之前找到荆轩，看来，一场追逐又要开始了。想着，他纵身跃起，顾不得抖掉满身的泥泞，一路狂奔直冲到公路的中央。

一辆蓝色的标致两厢小车被迫停了下来，他朝着驾车的小伙子晃了晃自己的证件，便连拉带拽地把对方请下了车。没等车主缓过神来，漂亮的小车便像箭一样射了出去，只把那个小伙子孤零零地丢在了湿漉漉的滨海大道上了。

第三章　多头悬念

09：00　T市商务区

距离正午时分尚早，正餐馆都还处在准备阶段，服务员们紧张地打扫着门店里的卫生，门童早早就衣着鲜亮地站在了门口。如今，随着生活水平的提高，不再只有晚餐火爆，连中午这一餐的食客也普遍多了起来。所以，本来就没有淡季的餐饮行也就越做越红火了。

街头巷尾的早餐摊儿还没完全撤走，各式各样的快餐店就开始忙碌了起来。荀循隔着车窗咽了口唾沫，一副饥肠辘辘的样子，陈墨体贴地问道："怎么？还没吃早餐？"

荀循点了点头没说什么，但从她的表情里陈墨看得出她很想落脚填饱肚子。于是他把车子往路边一靠，等待跟在后面的林烈赶上来。

从帕拉丁里跳下来的林烈依旧披着他的黑色风衣，一副气势汹汹的样子，完全看不出左臂受伤的迹象。对于一个老兵而言，一点皮外伤当然不会放在心上，虽然大夫在给他处理伤口的时候叮嘱他多加注意，免得创口崩裂或引起感染，却没能改变他坚持要自己驾车的主张。所以，如同来时一样，陆地巡洋舰和帕拉丁一前一后地出了医院的大门，这时已经比预计的时间晚了一个小时。

其实原本不需要耽搁这么久，除了包扎林烈的伤口之外，等候荀循脚踝片子的诊断结果也花费了一段时间。按照骨科专家的意见，她的脚伤应无大碍，只需静养一段时间就会痊愈。在这段时间里陈墨自始至终都跟T市警局的人在一起，他们告诉他的情况令他大吃一惊。

原来，那个击毙了"生鱼片"的胖警察独自走了之后，陈墨的报警电话

194

也打给了六处的尹博，尹博命令陈墨和林烈二人按照原来的计划，尽快将荀循带回六处，避免再遭不测。随后，尹博将陈墨所说情况通知了市警局。

在公共场所发生枪战，无论伤亡如何都是一起严重事件，更不要说还是在警局派员保护下的医院里。市局接报后立即派出了大批的警员赶到医院，首先对总参六处特工荀循的病房进行了隔离，然后里里外外上上下下地进行了认真的检查。

经过仔细的搜查之后，他们在住院区的卫生间里发现了一名仅着内衣因窒息而亡的男子，经市局的警官辨认，确认该名男子为医院所在分局派到医院执行警卫任务的警员。

"本来，坐在病房门口执勤的应该是这名警员，你们所说的胖警员肯定是个冒牌的，按照你们提供的外形特征，我们查证过，没发现有和那个胖警员近似的警员。或许，他就是杀害这名警员的凶手。"

市局警官指着已经僵硬的尸体对陈墨和林烈说，陈墨和林烈对视了一下，手心里变得冷冷的，那胖家伙的脸深深印在了陈墨的脑海里。他心说，真是个阴险毒辣的家伙！

林烈紧锁眉头摇晃着脑袋像是被痛楚折磨着一样，其实他是在努力想要厘清某个真相。陈墨见状连忙关切地问道："怎么样？老枭，伤口很痛吗？"

"是呀！哦，不！没什么。"若有所思的林烈答非所问，但陈墨的话却把他从苦苦思索当中解脱出来。他看着陈墨困惑不解地问道："这个胖家伙……到底是何许人也？又意欲何为？假设是他杀害了看护荀循的警员，可他干吗自己又穿上被害警员的制服？面对杀手来袭的时候，他不但出手救了我，而且还射杀了那名刺客，他到底是哪一边的呢？他的举动颇为费解呀！"

陈墨点点头没有说话。其实林烈所讲刚好与他心中的疑问一致，这胖子的行为的确缺乏逻辑性。但陈墨没有接着林烈的话茬延续下去，有市局的警官在场，他不愿将自己的心事随便露出来。于是，他转而向身边的警官询问道：

"搜查有进展吗？发现其他情况没有？"

市局警官一边听着总参六处两名特工说话，一边低头在自己的小本子上认真记录着，听陈墨一问连忙停下手来说道："在刚刚结束的全面检查中，我们在医院的停车场里发现了一辆无主套牌的丰田海狮商务型小客车，经看

车保安证实该车是一名自称来医院探望病人的人存放的，而这个人与被击毙的杀手长相特征完全相符。"

"哦，那个杀手的身份查出来没有？"

"我们已经把杀手的照片传送到了市局信息中心，很快就查出了他的身份，在旅游局的入境签证登记档案中发现了这个家伙。"

"这个杀手也是境外游客？详细资料有吗？拿来我看。"

"有的有的，我暂时记在本子上了，你请看。"

陈墨接过警官递过来的小本子，上面清楚地记录着刚刚被击毙的那个杀手的入境登记情况。从记录中他发现，这个杀手竟然和自己在"蹊径书吧"里击毙的那个家伙属于同一个旅行团，显然他们是同一个组织派来的杀手。

陈墨暗想，这样一来，那个胖警察就成了一个与此案毫无关联的多余人物了，但他缺乏逻辑的行为实在是令人费解啊！难道他们是两方不同势力的杀手，为了同一个目标而自相残杀吗？那么，他们的目标是谁？荀循吗？两方人马来势汹汹就为了一个荀循？这太不合常理了。

似乎是与陈墨心有灵犀，一旁的林烈捂着受伤的手臂突然说道："好险哪！如果不是我们及时赶来，就算没有那个杀手，恐怕荀循也难逃那个胖子的毒手！"

陈墨听了不发一词，就算是林烈所讲的合乎常理，他也不想立即表态，更何况直觉告诉他，真实的情况远比自己看到的还要复杂。虽然一时无法断定这一推论是否正确，但通过此次交锋却至少证明了一点，那就是，荀循的重要程度并不亚于秦雅，所以敌人才千方百计地想要除掉她。

"怎么？走这么两步路还要停下来打尖吗？"

从身后匆匆赶来的林烈语气中带着不满，想必他对陈墨的做法有些看不惯。一个年轻的海航武直飞行员，才来了几个小时就开始指手画脚地指挥他了，这让资深的特工主管很是不爽。

"哦，老枭。荀循还饿着肚子，连惊带吓加上伤痛，一个女孩子，我们暂且迁就一下吧。"

陈墨凑到林烈的耳旁悄悄说，他不想让荀循听见，那样会使她难为情。陈墨虽然年轻，但是对于异性却有一种天生的呵护本能，这让他颇具女人缘。

林烈听他如此一说也就未置可否，男人之间在处理细枝末节的时候要简单得多。陈墨打开车门，搀扶荀循下来，林烈则回身锁了车，然后双手搭在腹前站在了便道沿儿上，两眼四下里观望起来，一副很职业的保镖派头。

其实，对待林烈陈墨是用了心的。他注意到这个一直阴沉着脸的家伙很难打交道，于是就延用了尹博的叫法来称呼林烈，为的是显得亲切。初到一个新的团队，要尽快融入进去是个非常重要的环节，所以陈墨一上来就使用这种非常熟络的称谓，对于同是部队中成长起来的林烈来说更容易接受一些。

陈墨的目光落在了那家被戏称作"开封菜"的快餐店，他回头看了荀循一眼，征求她的意见。荀循拘谨地点了点头，表示同意。其实，陈墨平时很少吃油炸一类的食品，也不喜欢碳酸类的饮料，他知道这些垃圾食品对身体的害处。但眼下急需找一个既方便又不显眼的就餐地点，西式快餐店当然是最好的选择了。

瘸着腿的荀循在陈墨的搀扶下坐在了靠墙的角落里，修身的牛仔裤遮掩了她打着石膏的伤腿，林烈则找了个靠近店门口的地方坐下，他示意陈墨自己什么也不要，然后便面朝着门外警戒起来。

09：10 T市商务区

店里面的客人已经有了五成，其中以学生居多，所以显得有些喧闹，但这样一来却更有利于隐蔽自己。陈墨点了两份套餐放到餐桌上，把其中一份推到了荀循的面前。

"腿怎么样？感觉好些了吗？"陈墨关切地问了句，眼睛却瞟了眼门口的林烈，心说，他就这么干坐在那里什么也不吃，呵！真是个古怪的家伙。

"还好，不会影响工作，谢谢！"荀循将一袋番茄沙司全部淋在了薯条上，头也不抬地答道，显然她的情绪还没有完全恢复过来。秦雅遇害，自己又连续地被人追杀，此时的荀循身心俱疲。

陈墨决定停下来陪荀循吃顿早餐，其实是另有想法的。他很想从她那里了解更多有关秦雅的事，但是，看见荀循低迷的情绪话到嘴边又咽了回去。他想，毕竟接手了"蓝海之心"小组的工作，那颗代表着秦雅身份和权力的"琴星"此刻就挂在自己的脖颈上，如不更多地了解它的主人，了解小组的

成员，如何能更好地开展工作。而面前的苟循作为秦雅生前的助手，应该可以告诉自己更多的情况。但是，看她眼前的状态，还是缓一缓再说吧。

"怎么样？对于这种垃圾食品你不反感？"陈墨笑着转移了话题，他需要让对方的心情放松下来，以便使她紧张的情绪慢慢得到缓解。

"还好，也不常吃，说不上反感。"苟循勉强抬起头来，看了陈墨一眼，反问道，"你不喜欢？要不我们换个地方吃点别的。"

"下次吧！等忙完了今天，去尝尝地方小吃，我请你。"

苟循笑了笑，没再说话。陈墨平易近人的谈吐让她放松了许多。

"你不是本地人吧！"

陈墨借机扩大战果，找准机会他还是想要达到自己的目的。

"不是，但我来这里的时间也不短了，有四五年了吧，也算是半个本地人了。"

陈墨天生的亲和力开始发挥作用，苟循的话渐渐多了起来，于是，陈墨瞄准机会拉近关系，他想谈论乡情正是加深彼此了解的最好话题，于是开口问道："虽然口音里听不出来，但我猜你是南方人，哪个省的？广东还是福建？"

苟循闻听不露声色地喝了口加冰的饮料，淡淡地说道："台湾。"

苟循的回答却大出他之所料，陈墨暗忖，此女年纪不大却经历非凡，难怪秦雅如此着力栽培呢？按下心中所想，陈墨继续说道："哦？难得你普通话讲得那么好。"

苟循似听出话里有话，她停下送到嘴边的薯条，斜视着对方反问道："真的……好吗？"

陈墨装作毫无察觉的样子，继续说道："发音很准，而且……不嗲。"

陈墨说得一本正经，苟循忍不住笑了。

"你当我是林志玲吗？呵呵。"

"没……没那个意思，呵……真的没有。"

陈墨也跟着笑了起来，笑声惊动了门口的林烈，他朝着谈笑风生的二人瞥了一眼，然后依旧警惕地注视着门外。陈墨于是收敛了笑声，装出一副神秘兮兮的样子，压低声音问道："你不是来卧底的吧，几时过来的？"

苟循嘴角上挂着笑，佯装不懂，小声答道："才来不久，找你接头的。"

言罢两个人惬意地笑了起来，但这一次他们的笑声压低了许多。

"我父母是从台湾移民到欧洲的，我生在那里，没到过台湾。"荀循收敛了笑容若有所思地说，显然，陈墨的话勾起了她对那些沉重往事的回忆。

陈墨似乎感到了荀循表情上的微妙变化，生怕刚刚和缓起来的气氛再次被破坏掉，于是，连忙转移话题，问道："秦雅应该也不是本地人吧！"

"不是，杭州人。"

荀循回答得干脆，但用词明显简练了许多。见终于话入正题，陈墨也跟着加快了提问的节奏。

"你们在国外工作的时候就在一起了吗？"

"是，有一段时间在一起。"

"你跟她学了不少东西吧？"

"是，很多。"

"那么，秦雅她……"

"关于秦雅，你应该去问她的丈夫，今天下午你就能见到他了。"

不料，刚刚开启的正题就被荀循主动打断了，显然她不想谈论刚刚不幸遇刺的上级，似乎那个卓越女人的突然离世在她的心中留下了一道难以愈合的伤口，稍一触碰便会勾起她的满腹伤痛。

陈墨看着情绪重新跌落到谷底的荀循，禁不住暗想，看来秦雅的遇刺对她的打击真的很大，她们之间的感情果然很深，于是，按下秦雅不提，顺便问道："你说的是叫荆轩的那位弹射器专家吗？"

荀循点点头说道："是他，原计划参加今晚的行动的，但不知……"

一提到荆轩，荀循说话的语气便一下子变得迟缓起来，脸上现出犹疑的神情，似乎她对今晚行动能否如期进行还不能确定。陈墨则不假思索道："今晚的行动照常。"

荀循吃惊地看着陈墨，显然她对此事还一无所知。

"哦？秦雅带走的密钥找到了？"

"是，吕律调破解了。"

陈墨点头确认，荀循眼神复杂地看了陈墨一眼，继而将一根薯条丢进嘴里，一边咀嚼一边含糊道："哦，那真是……太好了，否则，真不知道该怎样面对他。"

荀循嘴上说着，脸上的疑虑渐渐退去，转而眉头微蹙略显焦虑，似是对今晚的行动有些迫不及待了。陈墨注意到荀循说话时的用词和语气，不由得心中产生了疑问。

他想，吕律调破解密钥一事怎么博士连荀循也不告诉吗？她可是"蓝海之心"小组的重要成员，秦雅的唯一助手啊！并且，如此严峻的形势下，博士也不对即将开始的情资接受行动重新作出部署，难道他们之间有什么？

"我该怎么跟他讲秦雅的事呢？"

荀循近乎呢喃的自语打断了陈墨的思绪，他这才明白，荀循担心要面对的人原来是荆轩。于是，他连忙问道："怎么？荆轩还不知道秦雅遇刺的事？"

"不知道。没人告诉他。"

陈墨感到了事情的严重性，赶忙问道："那么，有没有人通知他会面临危险？"

"我通知他了，只是，不知道专职护卫的武警是否接到过正式的通知。"

陈墨闻听心也随着揪了起来，他不由得把目光投向了门口的林烈，心想，虽然这家伙少言寡语的倒也不让人讨厌，但是作为外勤主管，他既不主动派人为荆轩加强保护，也不建议博士通知专职负责荆轩安全的武警加强戒备，在这么重要的时刻他却还能稳坐在那里，如此庸朽之人怎堪重任！倒是眼前的这个年轻女人更果断一些。心里想着嘴上随应道："哦，那就好。他可是我们的宝贝疙瘩呀！"

"是，他是无价之宝。"荀循语气加重地说着，手撑桌面站起身来。看来，知道今晚仍要照常行动之后，她已经坐不住了。陈墨也随着起身，他惦记着荆轩的安全，也想尽快赶回六处向尹博进言。正在他准备要搀扶着荀循朝餐厅外走的时候，嗡……陈墨的手机发出了蜂鸣声。

电话里尹博的声音时断时续，似乎有一种强大的磁场干扰着，但陈墨还是清楚地听见荆轩遭袭几个字。他努力保持平静，没有让情绪流露出来。刚才他从荀循的语气当中听出了她有多在乎那个男人，不能让更大的不幸降临到这个女人的身上。于是，他不露声色地听着话筒内尹博模糊的声音。

"把荀循交给林烈，尽快护送回处里。你立即赶到荆轩的住处守候，或许他会回到家里暂避一时，你来负责把他安全带回处里。"

"是，博士。"

陈墨答应着，心里禁不住联想起了荀循在自己家门口遭袭时的情景，当即起身催促荀循道："处里有任务，我要先走一步，你随林烈返回处里。"

说着，他不等荀循答话便转身朝门口走去。经过时给了林烈一个简单的手势，那是所有海军陆战队员都能看得懂的手势，他把护送荀循的任务交给了林烈。

陆地巡洋舰向着城北驶去，电话中的尹博还告诉他，护送航母专家荆轩的总参六处新成员舒展也在途中遭遇了袭击，目前正在追踪荆轩的途中。

舒展，什么样的人物？陈墨心里边默念着这个陌生的名字，边拿起手机瞟了一眼，一行短信显现在屏幕上，那是吕律调发来的，上面注明了荆轩家的详细地址。

09：20　第五大道 20 号

看着面前空荡荡的椅子，尹博使劲眨了眨眼睛，以便消除那些时而出现在他眼前的幻觉。他把自己关在这间办公室里的时间太久了，数小时以来发生过的一幕又一幕像刻录好的视频一样在他眼前重现，以至于他需要不时地将自己的思绪从那些影像当中拉出来，才能分辨得清哪些是自己虚妄的幻想哪些是真实的景象。

尹博还记得，秦雅曾经坐在那张椅子上郑重却又含糊地说过，"蓝海之心"小组是她苦心经营的团队，就好像是她自己的家一样，小组的三名成员，每一个都是她的亲人，一家人将会永远相伴不离不弃。如今这话听来令尹博痛心不已！

尹博想，秦雅死了，这个家失去了领飞的头雁；荀循折翼，连遭追杀惊魂未定；荆轩伤翼，突遇不测生死难料；那个海外情报员更如落单的孤雁，天海相隔不知所归。几个小时里一个阴谋数度灾难，连续降临在"蓝海之心"的头上，算计之准出手之狠，非是高手断不能出其左右啊！

想到这里，尹博闭上了眼睛，他心痛的不仅仅是因为"蓝海之心"遭受重创，更因为大难临头之时自己竟然毫无准备，这让"风华三杰"的博士风

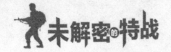

采尽失光环不再。

令尹博愧疚不已的是自己思想意识上的麻痹与迟钝，不仅使六处和"蓝海之心"遭受重创，也给国家给特情战线造成了不可估量的损失。虽然一直以来对境外敌对势力的破坏早有防范，也深知他们政治上施压经济上限制军事上围堵，明面上指责干预，暗地里颠覆破坏，各种阴谋活动从来就没有停止过。但是还从来也没像这次这样，赤裸裸血淋淋地实施暗杀行动。所以，一时之间措手不及节节败退，致使局势不断地恶化。

尹博重重叹了口气，一想到秦雅被刺，尹博的眼前就现出林烈那双鹰隼般的眼睛。从午夜时分以来，每一次和那道阴森森的目光相遇，尹博都感到寒风蚀骨般的冰冷。那里面是猜忌，是怨恨，还是幸灾乐祸？尹博不禁在心里叹了句，哦，这个老兵他究竟是怎么了？

尹博并没有完全打消对林烈的怀疑，相反却对林烈的怪异表现产生了更深一层的疑虑。在尹博的内心深处曾不止一次剖析过林烈，如果说他勾结敌人出卖组织背叛国家确实未必，但被敌所诱、所控、所利用，倒是极有可能。多年来与林烈相处，尹博深知，要说冲锋陷阵林烈倒还可以，但要布局设套勾搭连环他却是断然做不来的，因为他的那双鹰眼早就将他的意图暴露无遗。

尹博想要厘清林烈那眼神背后所反映的心理状况，但始终无法确定那是扭曲，是压抑，还是恐惧？一向勇猛刚烈坚定顽强的资深特工因何变得敏感、多疑、色厉而内荏了呢？尹博百般思考也想不出答案。林烈在秦雅遇刺前后所发生的变化，依然像个谜团萦绕着尹博的心，一时无法散去。

纷乱不清的思绪在尹博的胸口纠结，像压了一块沉重的大石。老人将身体朝后面的椅子背靠去，让胸椎充分拉伸，脊背的酸痛得到暂时缓解。一阵金星乱冒之后，尹博的眼前又闪现出陈墨那张年轻而英俊的脸来。

曾经为苦觅不到智勇良才而烦恼的尹博，在他一筹莫展之际却突然发现了陈墨这匹千里马。那是在一次回总参情报局总部向领导汇报工作的时候，他在"老帅"古谱的身边第一次见到了这个英武的军人。可还没等尹博开口，古谱便从尹博的眼神当中看出了他的意图，于是笑着对尹博说："博士，你不是来我这里挖墙脚的吧！"

尹博不错眼珠地盯着陈墨，一脸惋惜地说道："可惜啊！可惜，少有的青年才俊，窝在总部里，这人可都废啦！"

古谱微微一笑，说道："少来啦！博士，你当自己真的是伯乐呀！光凭眼看就能相出千里马来？"

尹博一脸严肃地点点头，转而盯着古谱一本正经地说道："还真是这么回事，古总，要是不信，今天就试上一回？"

古谱收了笑容，一脸不解地看了看身边的陈墨，又看了看对面的尹博，然后点头表示赞同。尹博一见古谱首肯，进而要求道："如果我真的说出这年轻人的出处，古总，可否借到六处，替老朽卸卸载呢？"

古谱听罢轻轻抬手示意尹博不必纠缠，只管先说。尹博知道古谱默许，禁不住心中大喜，于是将陈墨的出处履历娓娓道来，直把古谱和陈墨惊得目瞪口呆。其实，尹博哪有伯乐相马之才，刚才他跟古谱所说也不过是笑谈。而真实情况则是，他从吕律调那里早就听说过陈墨，并且见过陈墨的照片，所以，他才能一眼认出陈墨来。

"哦，博士。你可真行啊！功课都做到我的总部来啦！"

听尹博大致讲出了陈墨的履历之后，古谱当即明白了尹博的用心良苦。然后调侃地挖苦了一句，给后面要说的话埋好了伏笔。

"您瞧，要想吃得饱那就得起大早，我这不也是笨鸟先飞嘛！"

尹博一改刚才的严肃神情，嘻嘻哈哈地跟古谱磨起了嘴皮子。

"古总，事先说好的事咱可不能反悔，再说了，我这也是求贤若渴，您看老朽也是一大把年纪的人了，我不能总赖在六处不走，趁着现在还能走得动，我是想给六处带出几个好苗子来呀！"

似乎是早就等着尹博说出这句话，古谱当即便接上了话茬。"博士讲得有道理，栽培新人是个永恒的话题，这一点我支持你。"

"痛快，古总，我就知道您是个通情达理的领导。"

尹博的恭维话刚一出口，古谱便伸手把他拦下了，接着，脸色一变，严肃道："但是，有一个条件。"

"您说，您的话无不遵从。"

"我要你为我培养一个未来领军的帅才出来。"

尹博的心咯噔一下，他听出了古谱的话外之音。的确，从总参情报局主管领导手下挖来的人才当然要重点培养，这是不言而喻的事，但经古谱的口

里一说就有了命令的寓意，尹博暗忖，莫非，古总是想把这六处掌门人的位置留给这个年轻人吗？

疼痛稍稍缓解之后，尹博感觉头脑清醒了许多，他把陈墨到来以后短短几个小时内的表现细细梳理了一番，心里暗自赞道，果然机敏过人身手了得，难怪"老帅"爱不释手。看来，让他接替秦雅的位子还是个明智之举啊！

尹博行事老到，他当然明白古谱托付给他的话里有提携陈墨之意，但让一个年轻人过快的晋升恐怕不利他的成长，但"老帅"的意思也不能置之不理，所以，尹博顺水推舟地将秦雅留下的"蓝海之心"交到了陈墨的手上，他的这一做法背后，还暗含着另外的一层含义。

原本，六处的铁定接班人无疑是秦雅，这早已是毫无悬念的事了。所以，即使有"老帅"垫话，短期之内掌门人的位置也轮不到陈墨，这刚好给了他一个成长的过程。但秦雅的突然被刺，却将这个本不存在的机会过早地显现了出来，这不能不让尹博费尽心机。因为，六处主管的位子他还另有人选。这个人就是至今未到六处报到的舒展。

尹博轻轻地舒了口气，从椅背上挺直了身子，胸椎的痛楚经这一抻又转移到了腰椎处，尹博不由得用臂肘撑住了桌面，冷汗渗出了额角边。

哦，这个舒展！为何也不来六处见上一面就擅自行动呢？这倒是与他的独立风格相符，但要成为领军人物，单凭自己匹马单枪的独来独往可不行啊！六处，还等着你来撑起这片天哪！

尹博突然萌生了退隐之心，就在大敌当前之际，航母猎情行动开始之前，就是那么短短的一瞬，尹博的念头一闪，转眼便消失了。尹博留下了这个悬念，冥冥之中似有一种召唤，廉颇虽老却不贪恋温床，依旧渴望马革裹尸战死在沙场。

第四章　情重以托

09：30　T市商业区

手忙脚乱地连打了好几把才将车子挤进了道边拥挤的停车位上，眼睛则忙叨叨地在后视镜中寻摸了好一阵，没见有什么形迹可疑之人出现在身后，这才长舒了一口气放下心来。

看似学者一样的荆轩其实并不迂腐，他从滨海大道的伏击中逃脱出来以后，就一路狂奔在拥挤的车流里，并且有意选择人潮拥挤的地方走，他知道，在人拥车挤的商业中心里，跟踪与反跟踪都是件棘手的事情，一旦融入往来如织的人流中自己便会得到暂时的安全。终于在一番左冲右突之后，他来到了T市最大的商业中心——城南茂。

泊好了车子，荆轩冒着小雨钻出车门，然后快步向城南茂的正门走去，心里面不停地安慰自己，别慌，沉住气，在偌大的城南茂里要想找到自己，势比登天。不熟悉此地的人想在个把小时内逐层转上一圈都难，所以，一时半会儿的不会有危险，自己先找个隐身之处暂避一时，等联系上了秦雅，她就会派人前来接应自己。

还隔着好远他已经感受到了这里浓厚的商业氛围。高大的广告牌沿着商城的外檐墙壁铺陈开来，每一块足有两米宽四米高，气势逼人，广告牌上喷绘的各型模特衣着鲜亮秀色可餐。巨型条幅从楼顶直垂下来，五颜六色的彩带上用鲜艳的字体打印出各品牌制造商的贺词。广场上的正门前充气拱门高筑，横幅招展气球摇曳彩旗飘扬，将一座商业广场装点得色彩亮丽光艳夺目，营造出一派欢快喜庆的气氛，如同节日一样，红火而隆重的商机在雨中绽放。临时搭起的舞台上路演正欢，女孩舞姿热辣男孩歌声高

六，广宣小姐身披绶带身姿绰约，促销小伙高声提问派送奖品，人声鼎沸器乐喧嚣好不热闹。

地处 T 市外环路边上的这个超大型购物中心由一座主楼和两座副楼组成，占地 20 万平方米，呈品字形展开。一层由日常用品、家居家饰和家用电器三类大型卖场组成，在二层处有凌空飞架的走廊，将三座建筑连接起来，组成一家超大型的百货公司。三层至六层都是特色商业街，云集了上千个品牌的专卖店和各类特色商铺，囊括了服装、饰品、珠宝、运动等各类商品。七、八两层则是大型餐饮店和量贩 KTV、桌球、保龄球以及健身中心等娱乐场所。再往上就是酒店公寓和商务会所了。每日城南茂的客流量高达二三十万人次，周末和节假日更会成倍增加。

站在扶梯上，荆轩再次拨了秦雅的手机，听筒内仍是不在服务区的应答声，一种不祥的感觉升上心头。他想，一贯雷厉风行讲究效率的秦雅从来也没出现过这种情况，是不是为了今晚的行动而暂时中断了与外界的联系呢？这是荆轩当下能够想到的唯一解释。但是，他转念一想又觉得这个解释过于勉强。秦雅行事谨慎作风果敢，更看重整体布局和局部协调，她不会轻易中断联系，让队员陷入猜想。那是什么原因导致她如石沉大海一般的杳无音讯呢？莫非她很在意近来自己与裴佩的亲密关系？抑或是因为自己和苟循的过去？荆轩一时找不到答案。

秦雅对于荆轩而言犹如一片森林，既能给他成长的养分又能为他遮风挡雨，婚后荆轩的生活可谓是无忧无虑。然而，荆轩天生浪漫感情丰富，但秦雅却因为职业的特殊性，无法像寻常夫妻那样与他坦诚交流，加上各自都有需要倾心付出的事业，所以，彼此间的感情始终未能超越他们一见钟情时的程度，结婚 20 年间他们聚少离多，并且有一段时间还远隔大洋无法相见，直到归国以后即使二人同在一个城市也还是分地而居，所以荆轩至今仍旧难窥秦雅全貌，更无法走出秦雅营造的这片天地。因此，他根本想象不出秦雅已经被刺身亡的现实，仍旧固执地在原有的领地里打转，即使眼下身处险境也不会想到要向组织求援，但有一个人对他是个例外，这个人就是苟循。

车祸发生前苟循的警示短信写得非常简短，短信中仅告知他"蓝海之心"正面临巨大的威险，原定今晚的行动恐难进行，并劝他尽量留在所里不要外出，但对原因却未加说明，言辞之间躲躲闪闪，似有难言之隐。

在六处少有的几个熟悉内情的人的眼里，荀循与秦雅荆轩一家的关系极不寻常，微妙之处不在秦雅，却在荆轩身上。但是，由于同属于隐秘战线上的战友，且都是些城府极深的人物，所以至今还没见有什么微词出现。

而在777所更是绝少有人知道荆轩的家事，秦雅不是一般的人物，她的身份和经历所带有的神密度甚至不低于一艘最新型的导弹护卫舰，除了所领导和裴佩之外，荆轩几乎是以独身的状态出现在同事的眼中，所以，俊雅的总工与妙龄助理间的恋情非但不遭非议，反而引人艳羡。

然而荆轩对此却是颇为忌惮，时常不知该如何应对。秦雅、荀循和裴佩这三位优秀的女性原本是荆轩在不同时期的红颜知己，不想，如今却聚在了一处，处在她们之间，荆轩是既感到幸运又觉得为难，因此颇费脑筋。

自从回国之后，荆轩与荀循间的联系仅保持在最基本的工作层面上，两人几乎已不怎么见面了，其实是荆轩在有意回避着荀循。之前存在于二人间的某个心结始终未能解开，荆轩为此不能原谅荀循，而荀循似也不愿就此向荆轩作过多的解释，宁愿自己背负起沉重的负担，默默等待着水落石出的那一天。已是三十出头的年纪，荀循仍旧孑然一身不思另觅感情，其实只有一人明白她的心思，那人便是秦雅。

虽然与荆轩近在咫尺却似天涯永隔，但作为下属的荀循倒与秦雅朝夕相处，二人间的关系可谓亲密无间。其实，聪慧的秦雅嘴上不说内心里却深知，荀循依然爱着荆轩，且日久弥深不曾改变。人到中年亦颇知荀循身世与性格的秦雅不愿让个人是非搅乱全局，所以，她从不将实情挑明，只是尽心维持着"蓝海之心"这个家，力促第一艘航母这个婴儿能够尽快诞生。到那时，自己也好退居幕后，眷顾家庭做回妻子和母亲的本分。或许，"蓝海之心"的另一个家庭成员，那个谜一样的海外情报员也能回到母亲的怀抱，与家人团聚。

秦雅、荆轩和荀循虽同属"蓝海之心"小组，却分管着不同的领域，但荆轩知道荀循应该是小组中了解秦雅行踪的第一人，然而荆轩明白此刻自己不便直接向荀循打听秦雅的行踪，所以他宁愿就这样执拗地等待下去。

荆轩之所以选择城南茂其实是想要去一个地方，那是只属于他与秦雅的私密所在，他坚信自己活在秦雅的世界里，而那个世界永远存在。

两只巨大的水晶吊灯从楼顶处直垂下来，数十米长的埃及水晶吊坠在灯光的映射下熠熠闪光，把整个共享空间照得金碧辉煌。荆轩沿着扶梯一路而上，直达第八层的"城南美食苑"。

而此刻，就在共享空间对面的另一部与之平行的扶梯上有深邃的目光正一刻不离地紧盯着荆轩，他的右手始终插在风衣兜里，手上紧抓着的是一支瓦尔特P99型全自动手枪。他刚刚结束了一场快速路的追逐大战，惊险程度不亚于F1大赛。

09：40 T市商业区

舒展是在荆轩进入商业区之前追上他的，并且远远地泊好了那辆快要散架的蓝车。出于对那个本田杀手的一无所知，舒展决定与荆轩保持一定的距离，这样才更有利于他尽早发现可能再次出现的杀手。所以，他几乎总保持在七八米开外的距离跟随着荆轩，但是他的目光却片刻也不曾离开过荆轩的左右。

他看见荆轩上了城南茂的第八层之后径自进入了一家灯光昏暗的西餐吧，于是便在对面内廊街边的休闲椅上坐了下来，在这个位置刚好可以透过窗子观察里面的情形，并且出入的客人都必须从他的眼前经过，因此，即使杀手换了装也难逃过他的眼睛，因为，那个一身耐克运动装备的杀手已经深深地印在了他的脑海中。

拦下一辆两厢标致的舒展一启动车子就将引擎直接催到了80迈，这辆穿行在车流当中的宝石蓝色的小车就像一颗鲜艳夺目的小水滴，不时变换着车道，超越了一辆又一辆挡在它前面的汽车。它紧盯住前方60米远的那辆扎眼的红色本田摩托，像收紧了咬钩的鱼线一样，渐渐拉近了与猎物的距离，很快舒展已能看清骑手身上的耐克运动衣以及那双耀眼的红白撞色的运动鞋了。

舒展左手把定方向盘，伸出右手想去取自己的手机，他想把杀手的具体方位和外形特征通知给六处，以便他们调集当地警力围堵杀手。可就在这时，他猛然在本田摩托的前方大约百米远的距离发现了荆轩的那辆白色广本。舒展已经取出来的手机又放了回去。

鉴于目前形势，舒展放弃了打算通报六处进行拦截的想法。可以想象，一旦警车出动，必然加剧交通的混乱，如果警方在前面路段设置路障，最先受到拦截的必然是荆轩，而杀手的摩托车见缝插针的机会足以使他靠近荆轩，或许，不等警方在长长的车龙当中找到杀手，荆轩就已经遇害了，这只需片刻即可完成。而混乱的局面更是有利于杀手脱身，所以，舒展没有采取这一可能陷荆轩于险境的做法，他决定要靠自己的力量拯救荆轩。

现在，他与摩托车之间的距离几乎等同于杀手和荆轩间的距离，但他们靠近彼此目标所需的时间却大不相同。摩托车在拥挤的车流中只需很小的空当就能钻来钻去，而标致再小也不具备摩托的优势，危险就像穿过门缝的夜风，缝隙越小则风力越大，而眼下的情形却如寒夜里的北风在穿越破屋败门一般，形势已经迫在眉睫了。

舒展连超了两辆挡在自己车前的汽车之后已经处在两个车道之间，路面上的白色虚线飞速地从车下穿过，如同骑在墙上一样。舒展毫不减速，标致车紧贴着左右行使的车辆奋力朝前追去。而此时，那辆红色的本田摩托也正在全力靠近荆轩的白色广本，他们之间仅隔着一辆宽大的林荫大道。现在，留给舒展的机会不多了，白色广本浑然不觉，荆轩已是命悬一线！

如同显微镜下看到的发丝，粗得似乎可以担起千钧重量，此刻的荆轩便是在这命悬一线之间。瞬间里发生的事如果用微秒来计量，那每一个刹那都能被细分延长，眨眼之间便能决定生死。

两厢标致在那个驾车小姐的惊恐眼神当中将它短小的蓝色屁股硬塞进了她的红色马六前，接着，前挺的鼻子轻巧地避开了前面那辆黄色福克斯的尾部，现在舒展又骑行在了另一条涂着白色虚线的分道线上了，杀手的身影赫然就在眼前。

本来，瓦尔特 P99 的两枪便可以分别击中杀手的脚踝和摩托的轮胎，但为了避免流弹伤及无辜，舒展尽量压低枪口，使枪弹的轨迹朝向路面。但是，被插的"马六小姐"愤怒地挤了上来，冲动的情绪令她没能控制好车速，马六的前杠重重地顶在了标致的后屁股上。

砰！砰！

胎噪压过了枪声，子弹在路面上炸出了两个拳头大小的弹坑，飞溅的碎

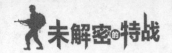

屑崩起打在车厢上发出噼里啪啦的响声，枪声惊动了杀手，只见他扭头侧身，终于发现了紧跟在自己身后这辆前窗玻璃破碎的蓝色标致。

不容舒展再射出第三枪，红色本田摩托猛一抹头，立时就钻进了车流的缝隙当中。目标消失危险系数陡然增大，舒展不敢怠慢，稍稍调整一下舵轮脚下猛踏油门，两厢标致一个加速便跟着跃了出去。

啪！啪！左右两辆紧邻的汽车后视镜被生生撞掉，舒展顾不得这些，他头也不回地大力前冲，眨眼间已经直插到了荆轩的车旁。而这时，那辆鲜红的本田摩托也出现在了他的左侧。

砰！砰！

子弹横穿标致车厢，左右两侧车窗上的玻璃相继被击碎，舒展咬紧牙关毫不躲避，硬是驾驶着这辆标致车在荆轩的左侧竖起了一面盾牌。

也许是舒展的拼命前冲，也许是杀手的疯狂挤钻，抑或是横飞的子弹，公路上的车都自行减速避让，此时他们的身后已经不再有滚滚的车流跟随了，舒展想该是反击的时候了。

方向盘交与右手，瓦尔特探出车外，舒展用余光引导，连续快速点射，弹雨扫过，红色本田仓皇避让，车速已然慢了下来。打光了子弹的瓦尔特被舒展丢在副驾驶的椅座上，他眼观后视镜稍降车速，始终让车身屏蔽住荆轩的白色广本。

专心驾车，一路快速逃脱的荆轩对刚才瞬间发生的追逐和枪战毫不知情，而今更是车速不减，急急朝着市里的商业区驶去。而他永远也不会看到，最疯狂的一幕就在这时上演了。

红色本田眨眼间便从后面卷土重来了，这一次他绕到了舒展的身后，猛轰油门，突突突的引擎声远胜过了汽车的马达声。舒展抖擞起精神轻轻扯动舵轮，标致车呈小"之"字形挡在了摩托车的前面。

渐渐的白色广本已经将他们落下了20米左右远的距离，摩托车左右虚晃寻找机会，而蓝色的标致仍在左拦右挡地坚持着。

突然，砰！砰砰！枪声从摩托方向传来，标致车的后玻璃和车尾处立时现出弹孔，标致不得不摇摆得更加剧烈以躲避子弹，借着这个机会，摩托车猛一加力，如同一粒鲜红的药丸一下子便从舒展的车旁蹿了过去。

就在这千钧一发之际，舒展猛踩刹车，标致车头侧摆，车身打横，整个车子沿着路面甩了出去，低矮的车身犹如一柄扁铲一样，将那辆红色本田摩托挑了起来。

红色本田摩托的骑手显然是名高手，只见他灵活地站起，身体后仰，拉动前把，车身直立起来，借着标致车横铲的力量高高跃起，像一抹红云轻飘飘地朝着路基外飞了出去。

而舒展这边却陷入了困境，两厢的小标致毕竟不是路虎，它像一片落叶在湿滑的路面上六神无主地打着旋儿，直到砰的一声车身重重撞在了护栏上才算停了下来。这时，路基下隐约传来了摩托引擎的轰鸣声。舒展不敢怠慢，连忙重新发动车子，标致车颤抖着吼了几声之后，一路颠簸着朝荆轩驶离的方向追去。他想，那辆冲下路基的本田摩托在赶到下一个进口之前是无法返回封闭的快速路的，所以，荆轩暂且无忧。

09：50　T 市商业区

系着绿色围裙的侍应生将一杯飘着香气的咖啡和一小盘茶点放到舒展面前的小方桌上，然后拿了舒展放在桌上的零钱转身离去。舒展取出手机揿下摄录键后随意地放到桌子上，镜头似是无意地对准了餐吧的门口。如此一来，即使稍有疏忽也不会丢下片刻的空当。他坚信，既然荆轩在自己的手上就绝不让他受到伤害。

与此同时，在城南茂的停车场中，藤田正站在荆轩那辆白色的广本车前，茫然地望着人头攒动的热闹场面，禁不住蹙起了眉头。其实，原本他是不会比舒展晚到多少的，舍弃了快速路的本田 250 快速在粗糙的路面上疾驰，走直线的便捷反倒为他节省了时间，只是由于 T 市对摩托车限行的原因，他才不得不避开有监控摄像的路口，绕马路钻胡同一路追踪到了这里。

原来，在他与舒展对攻之际，他所射出的并非寻常的子弹，而是一种包裹在塑胶弹头里的带有微型信号发射器的装置，其中一粒现在就附着在白色广本的左侧后车厢上，像一粒咀嚼后吐掉的口香糖一样，跟踪着它的信号，藤田很快就来到了城南茂的停车场。

藤田看了看整个商业中心的规模和人流，心想在如此巨大的建筑群内

去找寻一个目标是个不明智的做法，于是他决定留在停车场等候目标自己出现。

"小资－本家"位于主楼八层的最里侧，是个门面大小和装潢都很不起眼的地方，但它的消费档次却是首屈一指的。在"城南美食苑"中既有南北大菜的正餐馆，也有风味小吃和大排档，但是独树一帜的还是以午茶为主兼有酒吧风格的这家西餐吧。荆轩和秦雅每隔三两个月都会选择一天来这里会面，即使他们已经分居很久了，但仍旧有很多私密的话需要单独谈。形成如此微妙的局面，非是出于感情的原因，而是他们肩负的职责使然。为了国家的安全他们牺牲了正常的关系和平静的生活，但亲情永在、友谊长存。

荆轩喜欢西式餐厅里淡雅的装潢和安静的环境，由于没有煎炒烹炸这些典型的中餐操作，才使得醇厚浓郁的咖啡奶茶的气味香溢满屋。其实，这里最大的不同之处在于它食物品质的稳定和就餐环境的清洁，这是在讲究色香味俱全的温饱型消费之后，人们对饮食文化所追求的更高境界。

荆轩在与内廊街仅一窗之隔的两人位前坐下，那是他与秦雅的固定座位，从这里能够透过建筑中央的玻璃穹顶看到外面的天空。雨还在一直下，玻璃顶棚给雨水冲刷得干干净净，天光透射下来，将一纹纹的水痕印在地面上，恍如置身水底一样。

服务生训练有素，他认识这个高大帅气的中年男人和每次一同就餐的文淑典雅的漂亮女人。他们总是出双入对，俨然一对恩爱夫妻。于是，他周到地问道："先生，还需要等人吗？要不要先来点喝的？"

"啊？不！哦……好吧。"

荆轩略一打愣这才猛醒过来，原来自己不是约了人来的，但是心里莫名的还是想要见到秦雅。于是，他犹豫地点了点头，顺应着对方的建议，但最后还是补充说明了自己是一个人来的。

"请把我存在这儿的酒拿来吧，其他照旧，哦，对了，只要一份就好。"

荆轩和秦雅经常光顾这里，喜欢红酒的秦雅习惯在这里存上一瓶好酒，每次就餐的时候就请服务生取来，这也是两人在欧洲生活多年养成的习惯。

一个蒙在蓝底白花餐布下的藤编小篮被服务生小心地放到餐桌上，里面是一瓶1980年产的轩尼诗红酒和两只法国弓箭的六方酒杯，戴着雪白手套的服务生在一只酒杯里斟至六分满，然后加入两粒冰块，慢慢推到荆轩的面前。

"先生，请慢用。"

服务生转身离去，他熟悉荆轩的习惯，先用红酒开胃，食物随后送上。

轻呷一口红酒，缓缓急迫的心情，荆轩开始拨打秦雅住所的电话，按照规定他是不能直接拨打这个电话的，那是总参高级特工的私人寓所，为安全起见那是属于保密范围之内的，而且，除了"蓝海之心"小组成员和六处领导之外很少有人知道这个号码。

听筒那边出现的是忙音，荆轩有些坐不住了。于是，他又拨打"蹊径书吧"的电话，电话打过去，同样是忙音。荆轩的心开始往下沉，他知道肯定是出了什么紧要的事，想起荀循的示警短信，他想自己的生命连同秦雅和荀循的可能同时面临着威胁，可是现在又该怎么办呢？

剩下最后一个能够拨打的电话就是荀循的手机了，无奈之下，他只好拨通了对方的号码，几声"嘟嘟"声过后，对方"咔嚓"挂断了电话，荆轩感到事出蹊跷，于是再次拨通了对方的手机，还是在接通之后立即被对方挂断，再打，对方已经关机了。

荆轩感到了事态的严重性，荀循从不会毫无缘由地挂断他的电话。想必，此时她不方便讲话？荆轩的心像灌了铅一样沉重。

一份牛角面包和一小份炸牛排摆在面前，但是荆轩已经没有胃口了，一杯红酒只剩下杯底了，可还是没想出下一步的对策。他是个天才的科学家，长于有规律的正常思维，但是对于人与人之间那些变化莫测的心计较量却疏于考量。

荆轩疲惫地低下头，手托前额陷入苦苦的思索。深红色丝带穿起的半月形吊坠从脖颈上直垂下来，在他的眼前晃来晃去，荆轩的心里猛然一惊。

如此重要的东西怎么还能带在身上？

"蓝海之心"小组成员每人都有自己的标志物，分别由星、月、币、玉四件饰物组成，而这一个就是其中之一，称作"上古残月"。

这是颗残损的恐龙牙齿化石，呈淡黄色，5厘米大小，像折断的大半个月牙，镶嵌在胡桃木制成的衬托上，后面留有暗盖可以存放贵重的纪念品。

今天，他在这里藏了一张微型光碟，上面存储了航母舰载机电磁弹射装

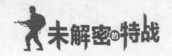

置的全部设计方案和技术数据，其中还包括了目前面临的技术难点，那是他彻夜未眠整理出来后由裴佩为他压缩刻制的。

荆轩小心地取下吊坠托在手里，将六根红丝线编织而成的丝带缠系在方形的轩尼诗红酒瓶的瓶颈上，那颗"上古残月"平放在藤编的篮底，然后用那块白底蓝花的餐布仔细盖好。他知道餐厅的服务生会将这酒篮仔细地存放在安全的地方，除非是他本人或是秦雅，其他人是不会看到这只酒篮的。

现在，他该消灭摆在眼前的美食了，他要尽量拖延时间等待秦雅或是荀循的主动联络，如果不成，他决定依照荀循的嘱咐今晚先回自己的家中，直到小组主动联络为止。

第六卷　阴雨陋屋

第一章　人心叵测

10：00　T市通往第五大道的街道

急剧增加的私家车充斥着并不宽敞的街道，很像挤满了输送带等待品检的蔬果，五颜六色的忍受着一个又一个红绿灯的拷问，帕拉丁的强劲动力此时已无用武之地，它只能亦步亦趋地跟着车流的蠕动一点一点往前挪。

林烈的脸沉得快要砸到脚面上了，黏腻不爽的阴雨天和淤塞不通的路况让他的烦躁指数飙升至极点。臂伤还在隐隐作痛，像是提醒他别忘了刚才发生过的那难堪的一幕，又像是在给这乏味的等待增加些刺激性的元素。挨枪的窘迫像挥之不去的阴影，一直笼罩在他的心上，甚至有些动摇他长期以来培养的坚忍不拔的耐心。

苟循坐在旁边的副驾驶座位上，支着伤脚望着车窗外，雨刷单调地左右摆动着，像一帧帧慢速放映的老影片，那画面过了许久才稍稍有了些变化。荆轩的两次来电都被她挂断了，其中的缘由只有她自己知道。一则因为心安，既然已经证明他此刻安全，所以没必要非要在这个时候通话。二则为了避嫌，一个哭丧着长脸气粗如牛的老家伙坐在身边，即使接听了荆轩的电话，也不方便讲话。所以，干脆挂断不理。

离开餐馆已经有些时候了，而苟循的心里却还老是琢磨着陈墨接听的那通电话，处里到底又出了什么紧要的事情？怎么博士不通知自己和林烈？这个新加入的年轻人难道有什么特殊的来历？他临走时脸上的表情隐藏着什么内容？他流露出来的是焦急还是紧张？抑或是不服输的挑衅？

嘀！嘀嘀……

终于，林烈再也忍受不下去这沉闷而迥长的等待，他大力按下方向盘

第六卷　阴雨陋屋

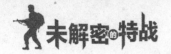

中央的汽车喇叭，肆意地发泄着胸中的怨气。笛声在积滞拥塞的街道上无奈地鸣响着，跟着，带动起来的笛声此起彼伏响成了一片。荀循的思绪被突如其来的笛声打断了，她瞥了身旁的林烈一眼，忽然觉得这个平时面冷言寡的家伙而今变得异常可亲，好像是个受了冷落的孩子，委屈成了融化坚冰的催化剂。

"老枭，你知道处里又出了什么变故吗？"荀循试探着问道，对这个脾气古怪的老兵，她还是心存忌惮的，不知道自己哪句话问得不妥就可能惹恼了他，整个六处里只有尹博可以颐指气使地对他说话，除此之外谁也不敢怠慢他。

"我？我怎么会知道？"林烈的语气中带着自嘲的味道，酸涩幽怨之情不加掩饰地表露出来，这明显有悖于他一贯不苟言笑的作风，显然他有着与荀循同样不平的感受和怨恨的想法。身带枪伤的林烈同情自己身边的这个逃脱了连续追杀又身受脚伤之苦的年轻女人，她的疑问也正是自己想要搞清楚的问题。所以，虽然他嘴上答得生硬，但已明显不像以往那般冷漠，封冻的土层似有了松动的迹象。

"哦，也是，我们怎么会知道呢！"荀循像是在喃喃自语，却在不经意间将两人的距离拉得更近了。不被信任或是被疏远都有可能成为另一个集团产生的土壤，加上两个同样受伤的人在一起，就像是在这个阴雨天里播下的一粒种子，正孕育着叛逆的胚胎，只等骚乱的风吹干了表层阴湿的土层，它就会发出芽来。

"秦雅遇刺，也不见博士有什么应对的反应，莫不是他真的老糊涂了？"荀循言辞谨慎地抱怨着，隐约透露出一丝对秦雅的不平，毕竟她们情同姐妹，以此为由心生怨气也在情理之中。

"怎么见得他没作出反应？只不过我们不知道罢了。"林烈似乎话里有话，荀循听出了其中的玄机，知道有此想法的不止自己一人。

"别总是我们我们的，您是博士心腹，怎么能跟我一样呢！"荀循的话明是恭维暗是试探。她还不能确定，这个老兵的逆反心态到底是因何而生的。

"心腹？呵呵！"林烈的冷笑令荀循心寒，她心下暗想，这老鹰心里的妒火还是蛮强的。到底是尹博做出了何等不堪的事，以致让他觉得受伤如此之深呢？

"难道不是？您跟了博士这么久。除了吕律调恐怕他只信任您了。"女人探听男人心底秘密的技巧是与生俱来的，她的这一句犹如一粒火星点燃了林烈胸中的怒火。

"信任？恐怕他要害我还来不及呢？"

此言一出，林烈和苟循两人都不由得心里一惊。林烈惊的是自己怎会口无遮拦，在苟循面前竟说出如此大胆的话来。而苟循则惊诧于他与博士之间的嫌隙竟有如此之大，以致恨得林烈咬牙切齿。

"博士害你！老枭，这话当真？"

"别说是我，连秦雅也未必躲得过。"

林烈说得苟循目瞪口呆，心一下子提到了嗓子眼，她睁大两眼看着对方，脸上尽量保持着平静。林烈咬了咬牙，终于说出了一直压在他心底的秘密。

"他在秦雅公寓的隔壁安置了监控设备，秦雅的一举一动都在他的监视之下，漫说是被狙杀，无论何时想要置她于死地都是易如反掌。"

林烈的话犹如一支冷凝剂，苟循的表情凝固了，她的心几乎停止了跳动，她感觉到危险离她如此之近，那一刻她的手忍不住痉挛了一下，下意识地想要去抓腋下的手枪。

"怎么会这样？你是怎么发现的？"苟循还是控制住了自己的恐惧，她镇定地询问道。

"什么事能逃过我老枭的眼睛？她遇刺的前一晚我就在她公寓的墙上发现了那个监控的针孔摄像头。"

苟循的冷汗渗出了额头，她追问道："你怎么不告诉她实情？"

"如果是别人设下的陷阱我当然要告诉她，当然也会报告给博士。但是……"苟循感觉恐怖加身，压得自己透不过气来。

"怎么？你究竟还发现了什么？"

"我发现那个在隔壁公寓里布控的不是别人！"

苟循觉得自己快要窒息了，她很想立即逃出这空气稀薄的车厢，忍不住侧过身子，伤脚收拢着地，忘记了疼痛。

"那人是谁？"

林烈瞪起他的鹰目，压低了声音，清晰地说出了一个人。

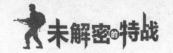

"博士。"

"什么？"

荀循瘫软在座椅上，冷汗浸湿了脊背上的衣裳，冰冰的彻骨一般的寒冷。林烈则继续补充道："全是我亲眼所见。你还不信？"

"他怎么能这样？"

"秦雅遇刺，我难脱干系啊。"

荀循不再追问，她撤下车窗，扭过头去，靠着窗口大口地呼吸着窗外混浊的空气，全然不顾拥挤的汽车里排出的大量有毒气体。她在心中暗忖，真是好险啊！

10：10　城南美食苑"小资－本家"西餐吧

城南商场里的上千个商铺是依照田垄般纵横分布的内街连接起来的，在内街的中心线上每间隔八米就设置着一盏柱型的街灯和一张木制的长椅。舒展所坐的位置刚好斜对着荆轩所在的窗子，能从侧后方清楚地看见荆轩的一举一动。因为不到正餐的时间，所以店里的食客还不多，这让舒展略略有些放心，要知道在一个稍微封闭的环境中去保护一个人要比在开放的空间里容易得多。

刚才，他已经和六处的主管尹博通了电话，将自己和荆轩的的具体位置告知了对方，同时也为自己未能按时报到一事向尹博表达了歉意，讲明了由于事出紧急所以才不得不急赴777所保卫荆轩的原因。虽然此前他已经将777所遭袭以及在城港公路上遭遇截杀的情况报告过尹博，但因当时急于追赶荆轩，所以没能详细说明，此刻终于得空将整个过程向尹博作了详细汇报。

尹博接报之后当即作出部署，他首先命令舒展原地不动保护荆轩，然后命令六处技术部的主管吕律调将城南茂的布局图发送给舒展，以便帮助他掌握这座体积超大的商业中心的上下通道和出入口，以备发生不测时应急之用。接着，尹博通知市局派出一小队特警，即刻出发赶赴城南茂接应，好尽快护送荆轩返回六处。考虑到商业中心人流密集的特点，他们将全部着便装出警，估计再有10分钟左右的时间就能赶到。

很快，吕律调便将城南茂的平面结构图纸发送到了舒展的手机上，并且还告知他，他的新搭档陈墨已经准时报到，并且在原定的会合地点"蹊径书吧"里与埋伏之敌发生了激战，一名杀手毙命另外一名逃脱。而就在不久前，"蓝海之心"的另一名成员苟循在自己的家门口遇袭，除脚踝扭伤外，所幸未受伤害，但是，在她随后入住的医院里却再次遭到了追杀，幸亏陈墨及时赶到，林烈为此身受轻伤，幸无大碍。此刻，陈墨已动身前往荆轩的住所，防范敌人可能再次于荆轩家中进行刺杀行动。

提起陈墨这个名字，舒展的眼前立即现出了候机大厅里那个灵活操控直升机模型的年轻身影。心说，哦，这家伙还真行啊！刚一落地就赶上敌人来犯，还创下毙敌一人的功绩，真是出手不凡！想到这里，禁不住心生感慨……年轻真好！只可惜人生如白驹过隙，一转眼就是40年，恍如梦境一般，不知从何时起，曾经属于自己的热血年代竟已悄然逝去，莫非，此次归国就是谍海生涯的终结？

一时间，舒展的情绪竟然有些低落，他怅然若失地望着窗子里与自己年纪相仿的荆轩，心中倍感挫折。也许是因为刚刚经历了一场雨中狂飙，至此还有些惊魂未定，也许是为荆轩一度从自己手里走失，以至身处险境而感到愧疚，舒展的眉宇间难得一见地显现出落寞和惆怅来，这在他孤身一人独闯海外的时候也是很少有的。

嘿！伙计，你的时差还没倒过来吧？怎么一大早的就开始犯困呢？醒醒吧！那个穿耐克鞋骑本田车的家伙还在盯着他的猎物呢！你不想赔上"第六谍"的名号来成全他吧！呵，多愁善感的家伙！

舒展在内心里嘲弄着自己，他知道自己突然感觉失落是因为身边多了个充满激情与活力的年轻人，由于陈墨的出现，他看到了自己过去的影子，而那人的身影正在渐渐远离自己，并且越行越远了。

此时，"小资-本家"里，荆轩的心情也颇为复杂。面前的一小份熏火腿加双面煎蛋已经在他的细嚼慢咽之下所剩无几了，一只鲜嫩的碳烤鱿鱼和几片香脆的马铃薯片也帮他消磨了不少的时间，但是最初端上来的那盘佐着蛋黄酱的煎牛排却还没被动过，显然，心情不佳的荆轩已经没有胃口再消受那份主餐了。

餐后的荆轩感觉有些疲乏，长时间高度的精神紧张和急速狂奔消耗了他

第六卷 阴雨陋屋

大量的精力，加上他一宿未睡凌晨又遭受导弹袭击的惊吓，一旦松弛下来，积聚的劳顿立时便滋长起来，侵蚀着他的自制力。此刻，他恨不得立即赶回寓所好好的睡上一觉。

但是，该如何脱身才好呢？一路跟踪而来的杀手或许就在餐吧外面转悠呢，自己贸然出去岂不是自投罗网吗？不行，一定要沉住气保持住头脑的清醒才好。他在心里叮嘱着自己，于是招手又要来一杯拿铁，心里不停盘算着摆脱困境的办法。如今，没有了秦雅的帮助，荆轩真的感觉无助，像个走失的孩子一样六神无主。

与所有的西式餐吧一样，"小资－本家"也将自己的经营模式自诩为"生活方式的全球读本"。的确，这家风格迥异的小店里处处散发着缠绵的小资情调，虽然价格不高昂却深得部分高收入阶层的青睐。暗暗的暖色光线，淡淡的咖啡香味，轻轻的舒缓音乐，暖暖的温婉气息，密密的情愫话语，像柔柔的风缠绵在杯匙之间，委婉地摩挲着人们的心。

店里客人多半是成双结对的中年人，人们优雅地找寻着位子，气定神闲地品咂着咖啡，平心静气地细声交谈，偶尔也会有些亲昵的举动，但彼此互不干扰，甚知连互望一眼也是失礼。此时此刻，安静就是对彼此的尊重，甚至连杯匙碰撞的声音都会招人讨厌。

虽然距离午后的困顿时分尚早，但是四周昏暗的光线加上窃窃私语的氛围加剧了荆轩的疲惫程度，虚弱催生了他的紧张心理。荆轩忽然感觉身陷恐惧之中，他拿不准身边的这些人中是否有一双眼睛正在偷偷窥视着自己，现在他才真正感觉到危险竟如此之近。

他们中间会不会就有那个追踪而来的杀手呢？他开始胡思乱想起来，如坐针毡般的左右观望，抑制不住地想要立即脱身而去。他抬腕看了眼手表，十点一刻，与秦雅失去联系已经数个小时了，怎么还不见她主动联系自己呢？他想，是否自己与裴佩交往过密引起了她的不快？但转念一想又觉自己多虑，虽然秦雅很有个性，但她绝不会轻易中断联系，况且是在今天这个特殊日子里，她又怎么可能因私而废公呢？那么，茍循呢？她怎么也不接自己的电话？莫非她对自己近来的冷淡心存怨恨？可她为何又主动发来短信给自己示警呢？

荆轩一时心中无主，不由得慨叹，唉！荆轩啊，荆轩，是你伤害她们太深才有如此的报应吧！不然，怎么会眼看着自己深陷危险境地之中却突然间都不理不睬呢？疲劳、惊吓，加上酒精和环境的影响，严重影响了荆轩的判断力，极度恐惧带来的压力使他陷入了深深的自责之中。他仿佛刚从梦中醒来一样，突然间明白了一个事实，那就是他必须依靠自己才能摆脱眼前的困境。

就一直这么坐下去等待秦雅救援？肯定不行，如果可以的话，她早该联系自己了。那么，再打一通电话给荀循？不，不能再打了，如果愿意的话，她早该接听电话了。借去洗手间的机会走出门去？不，肯定会引起注意的，那个跟踪追杀的家伙正躲在暗处盯着自己呢！

渐渐冷静下来的荆轩排除了一个个他认为不可行的方法，然后开始细细观察起餐吧内的布局和出入的通道。他想，在杀手发现自己并且动手之前必须尽快从公众视线中消失才好，藏匿在自己的家中或许还有赢得她们原谅的机会。

猛然，他在洗手间的旁边发现了一个便门，那里是专门让店里员工出入的通道，经过那里可以直接进入消防通道到达楼下。如果从那溜走，不消几分钟就能赶到停车场。

不妥，这样做同样意图明显，杀手会跟踪而至，在僻静的消防通道里他更容易下手。等等，再等等看。

荆轩紧张地设计着一个又一个脱身计划，冷汗打湿了他的衣衫，就在这时，一个打扮入时的中年女人闪身进了餐吧，径直走向了吧台旁边的经理室，虽然只是背影，但荆轩还是一眼便认出了此人，她正是这家西餐吧的女老板。

由于是此间常客，所以荆轩和秦雅都与这家餐厅的老板娘很熟，荆轩知道自己脱身的机会终于来了！

10：20　城南美食苑"小资－本家"西餐吧

始终坐在"城南美食苑"内街长椅上的舒展，隔着"小资－本家"餐吧的玻璃窗警惕地注视着荆轩和他周围的一举一动。舒展想，遭袭后的航母专家已经惊魂不定，若是此时自己推门进去将实情告知于他，必定给他增添

223

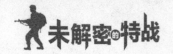
新的压力。而且，城南茂里人流如织，建筑体量巨大而且构造复杂，如果自己现身在荆轩身边，无疑将使自己也暴露在杀手的视线之下。这样一来，敌暗我明，恐怕更难防范。不如与荆轩保持适度的距离，只要他老实待在这个狭小封闭的空间内就好，即使杀手隐藏在暗处，但他只要出手自己就能发现，能在杀手动手之前抢得先机，荆轩即可无忧。这样，过不了多久，增援的特警小队就能赶到。

舒展打定主意，沉下心来又认真地梳理了一遍餐吧内的客人，餐吧内除了荆轩之外还有六对中年男女，从他们缠绵低语的状态来看应该都不是夫妻。舒展不由得摇了摇头，他对现今国内的自由风尚颇感意外。他不明白为何在上午时分却有这么多对中年情侣外出约会，而在欧洲这种现象通常都是在晚餐前后。他不禁问自己，怎么？这些人都不工作了吗？

推掉心中杂念，舒展认真观察了一下航母弹射专家，感觉这会儿的荆轩本人好像已从惊吓中清醒过来，正慢条斯理地细嚼慢咽着，似乎很享受眼前的这片刻安宁。舒展放下心来，转而观察起周边的环境，由于不到用餐的时段，此时整个"城南美食苑"中都还冷冷清清，上下滚梯都在自己的视觉范围内，任何不速之客的进出都逃不出他的眼睛。

嗯，可以暂时休息一下了，舒展心里对自己说着，于是喝干了杯子里的咖啡，双手抱在胸前，微微合上了眼睛。他的确有点累了，从飞机落地到现在，七个小时过去了可他还一餐未进，还好，有了刚刚那一小盘茶点垫底，再加上这杯浓咖啡，他便能再撑上七八个小时。

早年就学于剑桥大学的舒展轻松地拥有了物理学硕士学位，但他没有在物理专业上面停留多久，便转而去继续攻读医药医学专业了。极高的智商和鲜有的勤奋让这个出类拔萃的年轻人以双倍的效率汲取着知识的营养，等他与同时入学的学生一起离开剑桥的时候，舒展已经是拥有两个硕士学位的毕业生了。

出乎所有人的意料，舒展的第一份工作既不是工程师，也不是药剂师。他选择在一家著名的足球俱乐部里为职业球员们做随队的营养师。这个不安分的青年拥有充沛的精力和卓越的才华，正急于在这个浮华的世界里展现自己，就算还没有明确目标找准方向他也已迫不及待地踏上了征程。

传承了父亲的中医技法，再加上后来专业而系统的学习，舒展将科学的营养补充、合理的饮食调理再结合中医的推拿手法，独创了一套适度节制、恰当约束、多种补充的灵活多变的体能恢复方法，他让球员们在新鲜、趣味甚至是享受中完成每一天的训练和比赛。这让每个与他合作的球员几乎都是在期待与渴望之中完成了他们的体能恢复课程。正是由于他的存在，这支连续三年夺得冠军杯的球队在这一年的赛季结束之前便以大比分领先第二名的优势提早将冠军收入囊中。

就在各个俱乐部四处打探想要挖走他这个幕后球星的时候，舒展却悄然消失了，从此球员们再也没有在赛场边上或是球员休息室里见过他的身影，他像雾一般的散去，没有留下一点痕迹。也有业内人士四处打听，但始终毫无音讯，但也有传言说他已经返回了中国，不久就会随着中国队一道出战下一届的世界杯赛。但是没人知道，此时的舒展却已在一所公立中学里成了一名物理学教师。

很多年过去了，当年受益于舒展的球员也都陆续退役，没人再记起这个当年初露头角的随队营养师。而此时的舒展却正在师从"风华三杰"之二的"大师"师语，接受着既严格又高深的谍报训练，此时的舒展似乎才刚刚找到了施展自己才华的舞台。

舒展在听了师语的一番肺腑之言后，当即便决定走上这条以生命报效国家的荆棘之路，一个才华横溢的青年此后的历险生涯成就了一段精忠报国的谍海传奇。但那时舒展的想法却远没有那么长远和深刻，他只想将自己的名字永远镌刻在世界名谍的史册上。

就在舒展假寐的片刻，一个穿着入时的老板娘模样的女人从经理室里走了出来，荆轩起身主动和对方打着招呼，两人熟络地攀谈起来，舒展刚刚放下的心又开始悬了起来。

寒暄几句之后，荆轩竟然起身跟着老板娘进了她的经理室。舒展心里猛一惊，脑海中闪电般的推断，她是老板娘，还是杀手？杀手不会是荆轩的熟人，荆轩也不会主动与陌生人搭讪。舒展断定，应该是老朋友，或许寒暄几句就会出来，舒展决定再耐下心来等等看。

年轻的服务生开始收拾荆轩刚刚坐过的餐桌，他先将餐具收走，擦净餐桌，然后将那只用白地蓝花的餐布盖好的藤编的小篮重新端回点餐台后面的酒柜中存好。

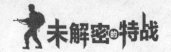

看着服务生的背影舒展打了个冷战，他忽然明白，荆轩再也不会从那扇经理室的房门里走出来了。他连忙取出手机，点开吕律调发送来的城南茂的电子平面图，迅速查找到"小资－本家"西餐吧。

哦，逃走！对，他想逃走。舒展在图纸上发现了一处标记模糊的通道，这条短短的通道从经理室直通大厦的消防通道。

当舒展推开经理室门的时候，一眼便发现了那个通向大厦消防通道的便门，他向神色紧张的老板娘亮出了自己的证件，厉声追问道："那人哪去了？"

老板娘惶恐地看了证件一眼，连忙用手指了指那扇便门，声音发颤地应道："刚刚从这里走了。"

舒展二话不说，推开小门便追了出去。

当他紧紧尾随着荆轩赶到了城南茂前广场的时候，荆轩的白色广本已经慢慢驶出了停车位，舒展急速向自己的蓝色标致跑去。

他发动引擎，拨动左侧转向灯，急打舵轮准备驶向车场出口，突然，一辆鲜红的本田摩托车"嗡"地从身边驶过，将一道尾气直喷在了小巧的标致车的挡风玻璃上。

舒展的心一下子提到嗓子眼儿，他清楚地看见了那个一身耐克运动装的家伙正驾驶着那辆红色的本田摩托尾随荆轩而去。

该死！舒展在心里骂了一句，不知是在骂杀手的狡猾，还是在骂荆轩的无知，抑或是在骂自己的大意。

原来，当荆轩惶惶逃离了城南茂径直奔向自己的白色广本车的时候，一直躺在报刊亭一侧白色条形椅上苦苦等待的藤田一眼便认出了他。看到目标终于出现，藤田按耐住自己兴奋的心情，静静地躺在椅子上一动也没动，直到白色广本绕出停车场驶上环形公路他才迅速跳起，一脚踹着了自己的摩托车。

红色的本田摩托车紧随着白色广本轿车疾驰在外环路上，很像是一只白色的风筝拖曳着一条鲜红的尾巴，左摇右摆却生生不断。在它们的身后，蓝色标致紧紧跟随着，好似风筝投下来的影子，挣不开扯不断紧紧相随。

第二章　难忆往昔

10：30　第五大道 20 号六处本部

吕律调扫了眼空落落的一楼大厅，内心里惴惴不安。眼前浮现出刚刚报到，转眼就消失了的那个年轻英俊的身影。陈墨此刻在哪儿呢？是否已经赶到了荆轩的寓所，情况怎样了？也不来个电话通报一声。唉！还是跟过去一样来去如风，从上次南海一别也有两三年的时间了，他不会忘了自己吧！

她努力克制住对一段难忘经历的冥想，硬把思绪拉回到现实中来。眼下的六处里，除了技术部的几名情资专业的特工在紧张地忙碌之外，外勤部的人员几乎都已分散到了市区的各个主要出口了。他们正在配合市局的警员们全力搜索截杀荆轩的杀手，以至于她在接到舒展的报警电话时手中已无人可派，只得求助于市局的特警前去城南茂。可是，稍稍平定下来没多久，接着又是情势突变。这让原本就为荆轩揪着颗心的吕律调更是心绪不宁了。

原来，就在几分钟之前，吕律调再一次接到舒展的通报，说那位航母弹射器专家不等特警小队赶到突然只身逃走。此刻，昏头昏脑的荆轩径自开车上了城区大道，紧紧跟随的舒展已经在如织的车流当中发现了那个摩托杀手正尾随其后，还不断试图接近荆轩的白色广本车。

吕律调清楚眼下的形势真的是万分紧急，她想，虽有舒展全力营救，但在拥挤的城区大道上路况异常复杂，随时随地都有拥堵的可能，一旦荆轩给摩托杀手追上，舒展纵有三头六臂也难解一时之危啊！该如何帮助他们迅速摆脱困境呢？吕律调叉着双手，来回踱着步子，忽然，她脑海里灵光一闪，于是快步走到一台电脑跟前，十指快速敲打着键盘，屏幕上新打开的窗口里立时出现了城区大道的导航定位系统，那是正在组网升级中的"北斗二代"

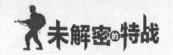

的杰作，有了它城区大道沿途的路口桥梁以及实时路况便都可以了若指掌了。

吕律调摆手叫过自己的助理小迈，吩咐她坐在电脑前，自己则拨通了舒展的手机。几声嘟嘟声过后，电话里传来舒展的声音。

"舒展，我是吕律调，我现在利用北斗导航定位系统给你提供支援，现在我就将电话转接到导航专线上，由我的助理小迈直接提供沿途的即时路况讯息，现在，请报告你的具体位置，完毕。"

吕律调轻触几个按键，电话连到了小迈的耳机上。吕律调这才轻舒了一口气，心说，自己已经尽力了，接下来就只能拜托舒展和荆轩的运气了。

吕律调站在小楼的门口，空中翻卷着的云块更加重了她的心事。她不无忧虑地回身望了眼楼上，尹博独自闷坐在自己的办公室里已经有些时候了，此间实际上是吕律调一个人在独撑大局。吕律调禁不住在想，博士啊！这么紧要的关头，您把自己锁在房间里到底是在考虑什么重大的决定呢？现在可是迫在眉睫的紧要关头啊，贻误战机将溃堤千里！

一阵铁门开启的声音打断了吕律调的思绪，只见林烈的帕拉丁喘着粗气硬生生地驻车在了小院中央，荀循推开副驾驶的车门吃力地钻出了车子。吕律调正欲走下台阶搀扶她，不想，却被荀循用手势制止住了。

"没关系的，别忙了，我自己能行。"

言语冷淡足以拒人千里，吕律调也不勉强，站在原地没动。林烈大力摔上车门，一言不发地迈步进了大厅，边走边脱下风衣，进门之后便重重丢在了自己的座位上。吕律调禁不住在心里画了一个大大的问号，心说，这二人之间到底发生了什么？莫不是为了秦雅而发生了误会，要知道，这荀循与秦雅的关系可不一般，而林烈又专门负责秦雅的保卫工作，现在，他却让秦雅在自己的眼皮底下被人杀害，这可是二人间再怎样也难以调和的矛盾啊。

吕律调想着，眼向帕拉丁的身后望去，见没有陈墨和他那辆陆地巡洋舰的身影，知道他此刻已经赶赴荆轩家中了。于是想到，不知林烈的怒气会不会是跟他有关，陈墨的脾气也很犟。

吕律调示意守卫院门的便装特工重新关闭好了大门，转身进门意欲向林烈询问些情况，但见他阴沉着脸托着受伤的手臂顾自朝着医务室走去，全然没有停下来搭讪几句的意思，随即也就停下了脚步。"脚伤可好？"她向挂着拐杖一瘸一拐经过身旁的荀循问道，眼神颇为关切。

"不碍事，养养就好。"荀循有一搭没一搭地回答，脚下并没有停下来。

吕律调跟了几步继续问道：

"听说杀手追踪到了医院，没再伤着你吧？"

"多亏了老枭他们及时赶到，不碍事，我……一时还死不了！"

荀循的最后一句话说得很酸，她有意没有提到一同赶去接应她的陈墨，吕律调有些不放心地问道："哦，那……陈墨他……不是和你们在一起吗？怎么不见他回来？"

"这个，我可不知道，他接了通电话就走了，急慌慌的，呃？不是博士打给他的吗？你该去问博士才对呀。"

荀循的话里软中带硬，一副酸溜溜的样子，不等吕律调把话说完，便挂着拐杖也向医务室走去了。

不对头啊！这二人到底是怎么了？就算是以往怀有成见，但也不至于冷面相对，看刚才林烈那架势，就差拔刀相向了，这可是个极危险的信号啊！

吕律调心中的疑虑加重，她想自己必须要跟博士谈一谈，而且，立即就谈。

当尹博出现在吕律调眼前的时候，他看上去就像是一个极为普通的老人，一副愁云满面的悲戚神情，博士风采已是荡然无存。她清楚地看见尹博那皱纹深埋的脸上布满了老年斑，满头银发凌乱地垂在两鬓，清瘦的脸颊被衬得愈加憔悴，眼神之中流露出的悲怆令人心酸。

吕律调禁不住眼圈一红，她急忙走过去搀扶着尹博在办公桌后面坐了下来，两眼深情地望着老人，说道："您该歇会儿了，博士。您年纪大了，熬不了这么久的。"

吕律调嘴上说着，心里却是心急如焚。她知道博士此刻绝对离不开自己的岗位，就算是新来的这两个人能够挑起六处的大梁，而且权力交接最快也要等到明天早上，而今晚的行动能否一切顺利，目前还无法确定。如果依照眼下的情形来看，恐怕是凶多吉少，不容乐观。

"律调啊，原本我在想，一辈子都挺过来了，难道，还坚持不过今晚？可这十多个小时发生的事的确出乎所料，足以将我一生的努力毁失殆尽。这可不是我想要的结局，律调，我想有个圆满的收场啊！"

"我明白您的意思，博士，我们都会尽力帮您实现这个愿望的。"

吕律调的心几乎要碎掉了，她对特情战线的残酷留有足够充分的心理准

第六卷　阴雨陋屋

备，但让她没想到的是，一个年近古稀的老特工却还要在自己风烛残年经受如此残酷的考验。此刻她很想劝说尹博放弃吧，一场失利毁不掉他一生的荣耀，但没等她开口，尹博已经颤抖道："现在看来，恐怕不行了，我不能把国家大事等同于自己的私事啊！"

"您说得对，博士。"

"两位新人都已经到了，陈墨新锐，舒展老到，可堪重任。"

尹博的话深深打动了吕律调，他明白老人的高风亮节是靠自己的行动展现的，只有视国家利益高于一切的人才会做到。于是，她追问道："您是想……移交权力吗？"

尹博点了点头，将一页拟好的报告递到吕律调的手上，说道：

"按正式行文程序发送给总部，一等机密。"

吕律调终于明白，尹博将自己关在办公室里果然是在考虑着一桩重大的决定。那关乎他一生的荣誉与辉煌，对任何人而言，这都不是一个容易作出的决定，但老人还是做到了。

想到这里，吕律调接过报告，快速浏览了一下全文，一个名字赫然出现在纸上。她抬起头看了看尹博，意思是在问，您确定自己选中的接班人就是这个人吗？

博士明白吕律调眼神中的含义，他意味深长地点点头，说道：

"就是他，我不会看错的。"

吕律调不再说什么，关于组织机密的事尹博总是第一个跟她说，但极其自律的吕律调却从不参与意见，特别是当尹博作出决定以后，她总是坚决执行而绝无二话。

吕律调心情复杂地站起身，没再说什么，她默默地朝尹博办公室的里间屋走去，机密文件的发送都是从那里进行的。但是，她心里却想，博士的这个决定能被批准吗？总部的指定接班人应该是陈墨，而不是舒展！

10：40　T市环城大道

好似一滴蓝色的墨水落入溪水里，倏地一下便消失得无影无踪，没留下半点痕迹。标致车刚一冲上城区大道的外环路便汇入了滚滚的车流之中，与前后左右的车辆融为一体奔涌着向南而去，再难从中找出它的身影。然而，荆轩的白色广本却无法做到这一点，在时近正午的天光照射下，它的白色车身就像是一只闪亮的甲壳虫，在车水马龙的公路上分外显眼，隔着老远就能清楚地看见它耀眼的车顶。

舒展在小迈的引导下，见缝插针地穿梭于瞬间出现的空当和缝隙之中，一路左冲右突奋力追赶着荆轩的那辆白色广本车。同时，他的目光也一刻不停地在车身的左右搜索着，寻找那辆鲜红的本田摩托。在城南茂的停车场外，自它从舒展的身旁一闪而过的那刻起，压力便在舒展的内心里堆积凝聚，并且不停纠结涌动，迫使他像只猎犬一样嗅着气味，拼命追赶着那根被远远抛进溪流之中的肉骨头。

有了小迈的"北斗"导航系统，舒展躲过了左拐弯的迟滞与红灯的阻隔，避开了公交车的遮挡和大客车的挤碰，标致车就像是长了对能发射超声波的眼睛，隔着十几米远便能发现刚刚形成的阻塞和空当。舒展据此提前采取措施，或提速或降速，或者变更道路，标致车灵活得就像一条在碎石遍地水草丛生的河边浅滩里游弋觅食的小鱼，很快便追上了那辆同样以高速奔驰着白色广本，然而舒展的心一刻也没能放松下来，因为他仍旧没有发现那辆红色本田摩托的踪影。

舒展在与白色广本间隔七到八辆车的距离内死死咬住不放，即使是途经路口或是红绿灯的时候也没有丢掉自己的目标。他打算一点一点地靠近广本，以免惊动了同样正在努力接近它的摩托杀手。

舒展想，一旦自己急于靠近白色广本，惊动了摩托杀手，反而会逼迫他提前下手。而车辆密度极高的城区大道就好比一片沼泽，想在烂泥塘伸出援手近乎妄想。到那时，只要枪声一响，湍急的车流就会变成一锅滚开的沸水，自己便如身陷泥潭，想要拔出脚来都很困难，又如何能救援远在十余米外的荆轩呢？

沉住气，一定要沉住气！舒展一边默默告诫着自己，目光则一刻不停地在白色广本的周围巡视着，一遍又一遍，就像一把扫帚，细细密密地打扫着每个死角缝隙里的灰尘，连一根头发也不想漏掉。然而他却不知，就在距离白色广本车不到五米远的地方，那辆红色的本田摩托就隐藏在一辆大型冷藏货柜车的一旁，像一只寄生在大鱼身上的水母一样，随着威猛的大货车一路

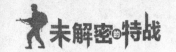

高歌猛进，转眼间便靠近了白色广本。

其实，蓝色标致刚一加入外环路由北向南行驶的车流当中，藤田便抢先发现了这款虽不起眼却起停、躲绕、赶超绝佳的小车。心说，将车开到如此出神入化的境界，不是 F1 的职业赛车手，就是刚刚在滨海大道上与自己交过手的那个开路虎的人。想到这里，他当即将本田摩托变换至最靠外面一侧的车道上，躲在舒展视线与后视镜的死角里，悄悄跟随着舒展向南驶去。一路之上，藤田一边紧紧抓住犹如脱缰野马一般疾驰的摩托，一边寻找着机会借以偷偷超越标致。

藤田这样做的原因其实与舒展所虑相同，他担心的是一旦自己的行踪被发现，无论追逐或是枪战都会在这条外环路上引起混乱，碰撞和阻塞不可避免。到那时，无论是刺客还是保镖都无法实现自己的目的，而唯一能够从中获利的就只有猎物自己了。

藤田一步不落地紧跟着舒展，渐渐追上了一路狂奔的白色广本。但同时，一个疑问也一直萦绕在藤田的心中。原来，从城南茂的停车场上急起直追的藤田直到迫近了白色本田车的时候也没再发现有第二辆随护的警卫车辆，藤田不禁纳闷，这倒怪了，莫非他们就只派了这一个人来保护如此重要的目标？是疏忽还是藐视？难道，他们竟如此看不起自己的对手吗？

这个想法刚一出笼，窝在藤田心中的怒气便像吱吱作响的天然气灶一样，腾的一声点燃了。非是心高气傲的原因，藤田的敏感和易怒源于他心里的自卑感和好胜心。除了栗原，无论是在远东特课还是在盟军的特战训练基地，藤田找不到一个可以交心的朋友，他把所有人都看做是竞争对手。此前的职业杀手生涯让他养成了独来独往的习惯，成功一票，收获全部纳入囊中，失败一单，两手空空甚至还要搭上性命。并且，就算是买卖也要靠自己去争取，无论大小都是坐等不来的。为此，除了猎物以外，他只有生意上的伙伴和竞争者，所以，他不容自己被小觑。

火一上来，藤田便不再顾忌所谓的战术了，刚刚还盘算好的战法此刻已被他抛在了脑后。不过，好在此刻本田摩托已经迫近了白色广本车，他与猎物之间仅隔着那辆大货车的冷藏柜了。藤田从后视镜中瞥了眼蓝色的标致车，他咬了咬牙暗自叫道，就算你是舒马赫也来不及了，等着看吧，好戏就要上演了。许多事情就是这样，原本是一介武丑，只有在主角中场休息的时候才轮到

232

他上场，观众们大多趁此机会续点茶水或是上趟厕所，只要鼓点儿一响，正戏开场他便要乖乖下台。不想，而今的文戏演得太久了，乍一开武戏，连锣鼓点儿都有些不跟趟了，更别指望着鼓老镇台了。于是，只好暂且以丑当角儿，能唱到哪就先唱到哪。单等武生上场，怕这小丑连谢幕的机会都未必能有了。

藤田卖力，红色本田摩托猛一提速，当即便超过了那辆冷藏大货车，跟着稍一偏车身，哧溜一下像只泥鳅一样钻进了两列车道中间的缝隙里，此时他已经在白色广本车后面二三米远的地方了。蓝色标致车里的舒展一眼便认出了这辆红色的本田摩托车，一直紧揪着的心才稍稍放松下来，定睛再看时却见它距白色广本车已有咫尺之遥，心一下子又提到了嗓子眼儿。

"注意，前方五岔路口环型岛，距离 300 米。"恰在此时，耳麦中传来小迈的声音，舒展听了心才略略松弛下来。他想，五岔路口的地形复杂，加之车多速度又快，对于不熟悉地形的杀手而言无疑是个天然的迷阵，时机就在眼前，就让决战在此处展开吧！舒展暗自拿定主意，左手抓紧方向盘，右手紧握变速杆，脚下加力，标致车像个蓝色的精灵猛地向前一蹿，如鱼儿跃出水面，直向着白色广本车游去。

藤田绞尽脑汁溜边贴缝地一点点靠近了白色广本，就在他的左手把定车把，探出右手准备去摸身后的枪时，前方的路况却突现异常，逼迫他不得不暂且放弃了出枪的打算。

他看见 300 米远的前方出现了一个分为五个岔路口的环形岛，外环路从环岛上空的高架桥上直通过去。白色广本显然是想继续沿着外环路走，只见它变换了几次车道，最终冲上了通向高架桥的内侧车道。藤田暗喜，心想高架桥上视野开阔更方便动手，现在选好角度，等白色广本驶上桥顶的时候，只要一枪便能要了他的性命。想到这里，藤田下意识地朝着后视镜里瞟了一眼，这一看不要紧，直惊得他手脚冰凉冷汗直冒。

只见身后的蓝色标致突然加速，它连超两辆车后紧随着广本变到了旁边的车道上，转眼之间形势大变，蓝色标致已有机会和白色广本并驾齐驱了。这样一来藤田想要接近广本就必须先要挤开那辆蓝色标致才行，现在留给藤田的机会已经不多了。藤田感觉血往上涌，那辆广本的白色车身在他的眼中变成了粉红色。他咬了咬牙，伏下身体两腿死死夹紧了车身，手上连轰油门，红色本田摩托便像一匹受惊的烈马猛地蹿了出去。

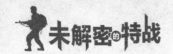

就在一白一蓝两辆汽车错开一个车身并排行驶到距离桥头还有大约100米远距离的时候，一直试图靠近白色本田车的红色摩托突然从外侧车道挤进了两车之间的窄窄空隙，它用自己的车身紧紧压住了正准备提速的蓝色标致。

危险常常降临在须臾之间，受到挤压的舒展沉稳地松开了紧踩着的油门，让车速暂时缓了下来。但此时的荆轩却受到了极大的惊吓，他下意识地向左打轮，白色广本在驶上高架桥之前的瞬间偏离了方向，猛地冲向了旁边的逆行道。

没机会多想，舒展毫不犹豫地猛踩油门，标致像一头突然跃起的羚羊顶向了前面的红色本田摩托。在标致车前保险杠的冲击下，摩托车打了一个趔趄，藤田险些从车身上被抛向路面，他努力压低身体双腿死死夹住油箱，扭动身体保持住平衡，宽大的轮胎就像粘在了路面上一样，他的右腿膝盖紧擦着地面，车身绕过了前面汽车的尾部，像只低空掠过的雨燕一下子钻进了车流的缝隙，朝着桥下疾驰而去，眨眼间便飞得没了踪影。

蓝色标致独自驶上了弓形桥面的顶端，舒展脑海中闪现着刚刚接近桥尾时的那辆鲜红色的本田摩托，他确定驾驶摩托的家伙正是那个一身耐克运动装的凶狠杀手，他试图抢在自己前面接触到荆轩，而给蓝色标致从尾部这么一撞，才不得不钻进桥下，想必此刻已在环岛的五岔路口了。那么冲上了逆行道的荆轩呢？他现在怎样了？舒展的后视镜里没有出现荆轩的白色本田，桥下也没有传来汽车相撞的声响，舒展这才略感心宽。他想，荆轩还在，无论他去了哪里，迟早都会与组织取得联系。而现在，他要做的就是要死死盯住前面杀手的那辆红色摩托，跟住他就能保护好荆轩。

在桥下，静静停靠在路边的荆轩悄悄发动了车子，他就近钻进了一个岔路口，避开了大路上的车水马龙，径直朝自己的家里驶去。刚才，他幸运地避开了迎面驶来的车辆，越过了逆行道冲向了环岛外的岔路口，在立交桥的下面刹住了车子。

10：50 B市溪山宾馆总参情报局

一身白色制服的服务员快步穿过昏暗的甬道，迈步进了一座古色古香的院落，四处守卫的武装警卫们显然对他十分熟络，也不过问更不加阻拦，任凭他在这所紧邻溪山脚下的神秘庄园内自由穿行。

庄园紧傍山脚而建，因而采光极差，即便时近正午，园内却还是日近黄昏的感觉，所以园中四处都还亮着灯。有一束灯光从紧贴着岩壁的一间屋子窗户中透过来，照在来人的脸上，能粗略看出他的大致轮廓。来人有50岁上下的年纪，络腮胡须刮得干干净净，腿脚异常有力，步伐矫健不输给年轻人。

这是一座依山傍水而建的小楼，楼旁有一条瀑布汇成的小溪，溪山便由此得名。而这座小楼便被称作"溪山小楼"。而今正值初春时分，山上积雪还未完全融化，所以瀑布的水流尚小，流水声也就没有夏天时来得那么悦耳。

他轻轻推开小楼的大门进了正中的堂屋，眼前是一个借山而成的天井，四周是高起的两层小楼。来人正欲转身去叩首层第一间的书房门，却听见一个冷冷的声音从堂屋的角落里传来，已经举在了半空中的手又收了回来。

"老窦，怎么又来打扰老帅？还不去忙活着开饭！"

服务员转过身来，朝着黑影里笑了笑，说道："哦，是童秘书啊！你饿啦！这还没到开饭的时间啊！要不，你先吃去？"

说话间，一个瘦瘦的身影从角落里走了出来，远远地站下打了个哈欠。"别啦！老帅都还没吃呢，我这做秘书的怎么能先吃呢！"

老窦举了举手上托着的一个保温瓶说道："呵呵！其实早一会儿晚一会儿的也没啥关系，喏！我是给老帅送点参汤来开开胃的，要不，你也来点儿？"

童秘书朝前走了几步，凑近保温瓶闻了闻，摇摇头说道："不了，还是给老帅喝吧，咱受用不起。"

老窦呵呵笑了笑问道："总政来的人还没谈完吗？"

"没呢！没有个把小时是完不了的。"

"那也不能不吃饭啊！这样吧，童秘书，不如我把饭送到书房吧，让老帅和总政来的客人边吃边谈，不也挺好嘛！这样，你不也就不用再跑饭堂去了。"

"那当然好，你去问问老帅？"

"好嘞！老帅肯定答应的。"老窦说着，回身去敲书房的房门，几下之后，他不等房内应允，便径自推开房门走了进去，并且反手将房门关闭了。

童秘书微微摇了摇头，脸上现出一种难以捉摸的表情。他回转身来到角落里的办公桌前坐下，伸手点亮了休眠状态下的电脑屏幕，荧光立时照亮了他的脸。童谦40岁左右的年纪，眉清目秀文质彬彬，典型的文职军人形象。

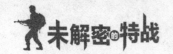

作为总参情报局里主管军情谍战的高级秘书，其能力修为可是非同一般。抛开他的教育背景和从军经历暂且不说，但说他能在老帅手下做秘书这一点，就已令人叹为仰止了。

此时，童谦独自坐在那里思前想后的已经有一段时间了，以致电脑的屏幕都已自行进入了休眠。他在为一个独立作出的决定下着最后的决心，那是他作为总参情报局主管领导秘书的责任。确切地讲，他也有越权之嫌。如果此番决定正合老帅之意，那么，此后他将会获得更大的决策空间，如果相反，短期内他只能做些情资提报或是建议转达等文秘方面的工作了，这对于一个秘书而言，那将是一个永久的烙印。

童谦再次细读了屏幕上显示的那份发自总参六处的任命申请报告，心下揣摩不出六处主管尹博的意图。起初他刚一打开这份申请报告的时候还以为是对方笔误，但细读之后，他认为对方的意图明确，理由也讲得充分合理。只有一点使得报告中的所有理由都黯然失色，它违背了领导的意图。老帅的计划是：由年轻的陈墨接替年老的尹博执掌六处的帅印，而不是舒展。

在童谦看来，陈墨作为新人尚无精彩的事迹可供圈点，但舒展的确是个响当当的人物。多年在海外从事特情工作，经验和能力皆首屈一指，并且功勋卓著。仅南联盟的那一次行动，就创下了骄人的战绩，不仅击落了F-117"夜鹰"隐形轰炸机，并且还获得了精确制导导弹的雷达系统，这让中国的导弹精度提升到了五米之内。由此，令他跻身"无间十二谍"的第六位，成为最为神秘的"第六谍"。

但影响他仕途的恐怕也正是这个原因。因为迄今为止，还没有哪个常驻海外的特工能走上领导岗位的，况且，舒展的恩师，业内尊称为"大师"的高级特工至今仍然潜伏海外。所以，舒展可以成为业务体系上的高级特工，却难以坐上统辖全局的领导岗位。这是不成文的惯例。

提起"大师"，童谦不由得想起了有关尹博与另外两位传奇人物的神奇传说，而这些传说的主人公便是30年前便已蜚声谍海的"风华三杰"。在那个特殊年代里，由这三人联手开展的谍报工作屡次在国家危难之际提供了准确的情报，避免了全面战争的危险，并且还多次挫败了外部势力的颠覆阴谋，保卫了国家的安全、维护了国家的尊严。在此后的40年间，他们三人分担起了不同领域的情报工作，依旧屡创佳绩战果辉煌。"风华三杰"的称谓更是声名显赫。这三人中排在第一位的是一名职业会计，由于清心寡欲高深莫测因而被尊崇为神，绰号"财神"。既然为神，自然高高在上，至今没人知道他的真实面目。"大师"排在三杰之二，因为外形俊朗，举止潇洒，谈吐儒雅，故而被尊推为师。只因他千里挑万里选，觅得高徒舒展，并且倾囊而授，所以是三人中最有成就的一人，也算得上实至名归。再看舒展淡定从容、挥洒自如的风格，尽得真传，已颇有大师风范。尹博是三人中历练最久，亦是最因循守旧的一位，他的生活经历最为简单却也最为坎坷，但尹博为人宽厚包容，能忍人之不能忍，能予人之不能予，所以受人敬仰。因其常以经验授人，故而在军中拥有"博士"的美誉。童谦想，说起这三人间的友谊和交情不比亲兄弟差，所以，尹博推举舒展作自己的接班人也就无可厚非了。

但是，老帅指定的陈墨又该如何处理呢？童谦犯难。这个陈墨入行时间颇短，关于他的身世知之甚少。他与老帅之间到底有什么渊源，至今无人知晓，这在童谦看来也是一个谜。但出于对领导的尊崇，他不敢轻易推翻领导作出的决定，更何况是大名鼎鼎的老帅呢？

老帅，总参情报局的军情谍报主管，姓古名谱。身边人习惯称其为"老帅"，一方面因为年轻时极美丽，二来因为长期统率军情工作，故而得名。但较生疏的部下还是称其为古总，意指其总领情报部的谍报工作。

据说古谱的传奇经历又在"风华三杰"之上，但知情者寥寥无几，碍于其身上的保密度极高，且至今仍在发挥着关键性的作用，因此，凡略知一二者皆对此讳莫如深，从来也没人谈及。如有新人加入时出于好奇而问及此事，大都摇头笑笑说，以后慢慢便知，不可再到处打听哦！但有资格能够如此作答的人已经越来越少了，而服务员老廖便是其中之一，由此可见他与老帅的亲密程度，这也常令童谦汗颜。

"跟老帅讲妥啦！就在书房吃，您等着，童秘书，我这就送饭来，先喝碗参汤开开胃。"老窦大大咧咧地从书房里退了出来，他笑呵呵地给仍旧苦思冥想的童谦端上一碗盛好了的参汤，放下时顺便朝着电脑屏幕上瞟了一眼，他看见了申请报告上的两个名字，陈墨和舒展。

童谦点头称谢，眼望着书房心中暗想，这总政反间局来的人果然好大面子，难怪被人称作"御使"，当真有钦差大臣的风范。

第六卷　阴雨陋屋

237

第三章　谁与争锋

11：00　T市先锋雅居小区

门廊的右手边上是TCL的三联夜明开关，9瓦的圆形小吸顶灯为4平方米左右的玄关提供了充足的照明。借着灯光，荆轩踢掉了脚上的休闲鞋，拉开磨砂玻璃的平开门，把风衣平整地挂在走入式的衣帽间里，然后光着脚朝客厅走去。经过吧台时顺手抄上一瓶红酒，一屁股坐在北欧风格的原木色布艺沙发上，将装有超薄笔记本电脑的皮包靠在沙发旁。

也不用杯子，他拔掉酒瓶上的橡木塞子扬脖灌进了一口。涩涩的酒浆先酸后甜直冲鼻孔，香气散开回味绵长，他忍不住又喝了一口，这才放下酒瓶稍稍松下一口气来，脚下的松木花纹复合地板暖融融地包裹着地面，让疲惫的荆轩颇感温暖。

离家许久，窗子上还挂着厚厚的窗帘，即便时值正午也透不进一丝光线来。他不想招惹麻烦，所以也不开灯，就这么摸黑坐着，直到眼睛逐渐适应了屋里的昏暗，封闭的空间便从眼前拉伸开去，卧室阳台墙壁地板，一幕幕的场景开始熟悉起来，而这时倦意却又开始袭来。

他不打算就这么睡去，一整夜忙于科研再加上一个上午的疲于奔命，感觉自己浑身上下都是脏兮兮臭烘烘的，于是他起身朝卫生间走去，想冲个热水澡放松一下疲惫的神经。此时的他无论如何也无法静下心来，他想，必须先联络到秦雅，和她一起把今天发生的事情理理清楚。

卫生间里的小夜灯渐渐地由暗转明，照亮了由暖色的斯密克瓷砖覆盖着的浴室墙壁以及它下面的浴缸，温暖的水流从入墙式的龙头里喷涌出来，很快便淹没了他平躺着的身体。不觉间，混沌的记忆也像水一样充满了脑海，疲倦的荆轩泡在浴缸里沉沉睡去。

20 年以前　瑞士伯尔尼

相比之下，虽然日内瓦拥有更高的知名度，但伯尔尼才是瑞士的首都，它朴实无华地隐身在和平之都的身后，悄悄绽放着迷人的欧陆风采。在这座城市里你看不到摩天的高楼大厦，也感受不到激烈的政治氛围，更嗅不到奢侈的铜臭气味，它有的只是平和、安逸和浪漫，因此它才是欧洲最迷人的一座城市。

12 世纪的瑞士先有了苏黎世和日内瓦，那时候的伯尔尼还只是河流边上的一片森林。当时的人们是为了抵抗外族野蛮的杀戮与掠夺，才在河畔转弯处零零星星地建造起了借以防御栖身的简陋木寨，随后它迅速地扩大连通，逐渐发展成为一个坚固的城堡，进而成为了瑞士人心目中最安全、最美丽的家园。这便是后来的瑞士首都——伯尔尼。

荆轩在欧洲留学期间曾经到过伯尔尼很多次，每次他都会登上城中大教堂的顶端，从高处欣赏那些用红色砖瓦砌成的古典建筑，然后再到近前领略那条穿城而过的湍急河流，最后才会下榻某家不知名的酒店，感受欧洲小城的典雅，以及和平生活的从容。就在上个世纪的一个温暖冬日里，当他再一次徜徉在伯尔尼，正准备用相机记录下这座城市的美景的时候，他有机会结识了年轻而美丽的秦雅。

按照观光指南上的介绍，荆轩打算搭乘公车去著名的玫瑰园，那里万花盛开的美景远近驰名。当他沿着阶梯向河畔走去的时候，他的心情就像是卡西诺剧院门前广场上的喷泉一样激荡，而恰恰是在这个时候，他的目光被广场街边上一家悬挂着的巨大招牌吸引了。

那是一面足有 4 米长 1 米宽带有火焰飞边的吊旗，黑色旗帜上斗大的白色"秦"字在午后明媚的阳光里分外显眼。于是，一种源自同一古老文明的炙热情结被突然点燃了，那一刻，他感觉矗立在自己身后的已不再是阿尔卑斯山和伯朗峰，而是八百里秦川和万里长城。

以侨民身份居住在伯尔尼的秦雅作为掩护在那条老街的道边开了这家小店。这是条蜿蜒两公里长的商业街，在中欧风格的拱形长廊下，别致的橱窗一家挨着一家。其中有疑似朱古力统治下的甜饼店，也有性感狂潮席卷过的

239

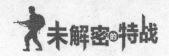

时装店，更有异域风情泛滥中的淘宝店。但是这家饱浸着秦刚汉烈唐隽宋雅的中国小店却在其中独领风骚，它仿佛是一颗蕴含着中华文明悠久历史的火种，在彰显着西方文化的静寂城堡里熠熠闪光璀璨夺目。

荆轩轻轻推开店门，牵动了吊铃一阵乱响。

"下午好，欢迎光临。"

一个甜美的声音传来，他看见了秦雅美丽的眼睛。

水温逐渐冷却，荆轩猛地打了个激灵从睡梦当中清醒过来，稍稍缓了缓神之后，重新将思绪拉回到眼前。

秦雅是个谜一样的人，她会不会通过其他方式跟自己联系过呢？荆轩猛地想起秦雅平时也经常通过电子邮件进行交流。立时，他困意顿消，匆匆洗过之后擦干了身子，朝书房走去。

他的带着水印的脚步无声地踏过印茄木的旋转楼梯延伸到了二楼，羊皮罩的落地灯把书房烘托得暖融融的。久未居住的房间里，风穿过闭合不严的窗户缝吹动着纱帘微微抖动，但这没有引起荆轩的注意，在他的脑海里还是秦雅挥之不去的影子。

他将笔记本电脑放在了枫木班台上，然后启动了电源。点亮的液晶显示屏上显示出有七封未读的电子邮件，其中一封发自昨晚20：30分，邮件除了正文之外还带有一个附件，发件人署名"秦雅"。

荆轩：

明晚午夜之后的五个小时中将会有重要的信息传来，那将是个你意想不到的惊喜，能一同见证这个美好时刻真是我们一生的幸福，为此我盼了很久，相信你也一样，让我们共同期待吧。（随附的附件留到事后我们一起打开吧，那是只属于我们两个人的快乐。）

信息接收的细节安排由我全权负责，勿忧！

爱你！

秦雅

读过秦雅发来的邮件，心中似乎安定了许多。加上刚刚经过热水的浸泡，疲惫的身体稍稍得到了缓解，现在饥饿感又随之而来了。想到秦雅邮件中提到惊喜，他略微有些兴奋，想到那或许就是秦雅呕心沥血才获得的航母技术情报，荆轩的心中顿生感慨。

是啊！她为此奋斗了半生，成功就在眼前又怎能不让她激动呢！只是这封邮件中似乎还隐含着另外一层意思，这让荆轩虽有触动，却猜不透她的意欲所指。

他按照秦雅的意思，没有打开那份附件便合上了笔记本电脑，关闭了地灯之后荆轩反身下到一楼宽敞而简单的餐厅里。这时距离秦雅被刺已经过去了将近 12 个小时，而他，荆轩，秦雅的丈夫却对此一无所知！

高大的冰箱里空空的没有多少可以即食的食品，更没有新鲜的水果和蔬菜。无奈，他只得取出了一听百威啤酒、一盒杯面和一个生鸡蛋放在餐盘内，然后，取出电水壶，放在宽大的水槽里，接满了一壶水，放到加热座上，揿下开关等待水煮沸。这就是他的简单午餐了。不懂得如何照顾自己的航母专家，离开了裴佩的照顾便连一顿可口的饭也吃不上。

11：10　T市先锋雅居小区

换了一身牛仔装束的藤田远远地停好了推在手里的自行车，然后溜达着横穿马路来到了小区的入口前，他耸了耸肩上的背包，隔着窗子朝门卫室里望了望，只见一个上了年纪的保安正低头坐在窗前午睡，小区的大门洞开，警卫形同虚设。

他朝着小区里面走了两步，细细打量起来。但见浓荫蔽天，碎石漫道，左弯一架春藤攀爬的凉亭，右转一潭泉水喷涌的池水，远望栋栋楼宇错落有致，近看家家门窗紧闭，轻嗅新绿吐翠花沁馥芳，细听风拂水漾柳摇泉唱。正是春困的正午时分，小区内安静得一个人影儿都不见，连鸟都躲到高高的枝头午睡去了。于是，他按下心头的杂念，思忖道，正是乔装潜入的大好时机！事不宜迟，赶紧行动。想到这里，他悄悄迈步上了小区门卫室前的台阶，轻轻一推，微合着的屋门便无声地敞开了。

20 分钟之前，摩托车尾部被蓝色标致狠狠一撞，藤田冷不丁地一栽歪，身子差点撞下车来。他拼命稳住胯下的这辆红色本田摩托，像要驯服一匹

受惊的烈马一样，却不想又差一点撞上了正前方行驶着的那辆冷藏货柜车，车轮擦着他的肩膀滑过，几乎令他命丧在车轮之下。这已经是他出世以来经历过的最糟的境地了，这让"新贵十三屠"里位居十一的杀手分外难堪，那一刻他甚至怀疑，这个先驾路虎后开标致的家伙没准也是"十三屠"里的人物。

在他的杀手生涯里能够跻身"新贵十三屠"既是他的荣耀也是他的负担，每每接受一单生意时他都会想，以自己"十一屠"的身份应该如何把活干得再漂亮一些，如此才能不辱没了这一名声。这无疑增加了他的作业难度，而当他的期待稍有落空的时候，便又会自信心受损感觉失落。如此心态制约了他的发展，所以，他一直停留在"十一屠"的位置上，难以超越。

几番摇摆之后，藤田总算控制住了摩托车的姿态，但他却错过了冲上高架桥的机会，汹涌的车流从他的身旁驶过，再没有空隙可以让他钻了，于是他只得摆头向右，从桥口处一头扎下了立交桥，然后一路狂奔着朝桥下的环岛冲去。

在让过了最初的两个岔路口之后，藤田在第三个路口处闯了进去，他以为从方向上看，这条路必定与立交桥平行，只要沿着这条路一直跑下去，就必定能够到达两条路的交汇处。不想，等他冲过这段路之后才发现，出现在他眼前的却是一条窄窄的小巷。

藤田在巷口停下车，抬眼朝巷里望去，只见巷子的两旁挤满了摆地摊的商贩，他的摩托在这里根本就寸步难行。虽然道路阻隔，一时难以追上白色本田车，但藤田却也觉得心宽，他相信即使自己被那辆蓝色标致车跟踪，它也绝对闯不进这条小巷中来，这样反倒后顾无忧了。于是，稍稍观察之后，藤田便将摩托车推进了小巷深处的一条狭窄胡同里。

两分钟之后，换了一身黑色牛仔装束的藤田推着一辆七成新的十二挡变速自行车溜出了胡同口，他的肩上多了一只双肩背包。他把那辆惹眼的红色摩托丢在了正面临拆迁改造的这条小巷中的一户人家的院门口，却顺手牵羊地推走了这家的一辆自行车，肩上的背包里则藏着那只 M25 狙击步枪。

还是依靠他留在白色广本上的跟踪器，藤田一路骑行追踪寻找。居民稠密区里自行车反倒比摩托车便捷省时，靠着手中的跟踪器和 GPS 定位系统，穿街过巷的藤田很快便找到了荆轩所在的"先锋雅居"的门前。原来，他丢失了目标的那座立交桥距离此地并不算远，骑车走捷径至此几乎没费他多少时间。他若无其事地在小区对面的街边立好了自行车，面对幢幢新楼栋栋别墅，藤田稍稍有些犯难。如何才能找到荆轩的家呢？等在遛过街道来到了小区门口的警卫室门前时，他不由得灵机一动，计上心来。

在时下大城市的人们眼里，这个浑身精健肌肉面孔黝黑的年轻人，不用听他说话的口音便能断定，他必定不是本地人，加之他一身的牛仔装束，就更像个进城打工的农民工了，无论如何也与这座名贵豪宅小区的业主形象挨不上边儿。所以，从瞌睡当中醒来的保安猛见一壮汉身背双肩包站在自己眼前时，不由分说地厉声呵斥道：

"哎？你！怎么跑这里边说话来啦？去、去、出去。"

"对不起，劳驾，跟您打听一下……"

藤田口齿僵硬地想把自己的意图讲明，他以为这样一来，这家伙就不会为难自己，毕竟是个社区物业的保安，看他的样子已经到了除了吃就会睡的年纪，所以，藤田想要尽量避免惹出麻烦。但他的想法却被对方粗暴的反应彻底粉碎了。

"出去！听见没有？哪儿那么多废话。赶快，别让老子费事，快……"

保安呵斥的尾音在颈间飘过一丝凉飕飕的风中消散了，一柄锋利的短剑抵在了他的颈动脉上，薄薄的剑刃像是有意亲善他的耳根一样，把逼人的寒气直送到他的脑顶上。保安像遭了雷击一样浑身一哆嗦，他下意识地张大了嘴巴，可不等他把"妈呀！"叫出口，一个冷冰冰的声音在耳畔低沉地喝道："别嚷嚷，不然切了你的脑袋！"

握在藤田手里的正是那柄名为"落叶"的短剑，他在恫吓对方的时候还有意松了松握着剑柄的手，那又薄又滑的剑刃竟然自己就往肉皮里钻，以致藤田真的担心会蹭出血来。

"睁大眼睛看仔细，告诉我这辆白色广本的主人住在哪套公寓。"

藤田说着，将一个字条送到了保安惊恐的眼前，那上面记着荆轩的汽车牌照号。

"好的，好的好的，我查一查。"

保安俯首帖耳地眨眨眼睛，头动也不敢动一下，伸手拉开抽屉去取那册小区业主车位登记簿。藤田扫了眼窗外，收了短剑，低声喝道："赶快！"

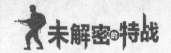

藤田装作若无其事的样子走出了警卫室，他回过头来冲着惊魂未定的保安笑了笑说道："谢谢啊！下次来恐怕还要麻烦你。"

保安尴尬地点了点头，应道："不客气，呵！不客气。"

窝了一肚子气的保安没敢抄起电话来报警，他对于闲时乱逛的农民工存有偏见，他认为他们多半会为一点小事铤而走险，所以，最好还是别去惹他们。这个自称是来走亲戚的家伙，没准啥时还会再来，而自己还指望着这碗饭养家呢！理他干啥？这帮孙子！他在心里骂了句之后，又合上双眼接着瞌睡了。

11：20　T市先锋雅居小区

一只戴着黑色绒线手套的手轻轻推开了二楼书房的断桥铝合金窗，紧接着一个人影闪了进来，轻盈得像只猫一样悄无声息。

套头的绒线帽遮住了他的脸，仅仅露出的两只眼睛机敏地检查着整个书房。房间里保持着清新的空气，淡淡的古龙水的气息飘忽其间。

此人不吸烟！藤田得出了他的第一印象。

书房摆设得整齐干净，装修设计简约随意，满铺的原木色复合地板透着原始的古朴，胡桃木的房门和家具构成了装饰的基本色调，白色的门口以及淡蓝色的墙壁略显忧郁。

思维敏捷、条理清晰！藤田继续着他的判断。

整个书房因为配置了较少的家具而显得有些空旷，临窗是一整排胡桃木贴面的板式玻璃门书柜，从屋顶直落至地面占据了整面墙壁。书柜里除了各种工具类书籍之外，旅游手册，专业影集和动漫类的手绘作品占据了绝大部分空间，可以看出绘画和摄影是房间主人业余休闲时的偏好。

感情丰富、充满浪漫情怀！藤田就快要得出结论了。

叮咚！

突然，楼下传来门铃声，打断了藤田的思路。他机敏地作出了反应。在迅速贴近门口的同时，装了消音器的西格绍尔已经擎在手上了，只是加装了消音器的枪管让他略感不便。

通过书房敞开的房门，从旋转排列着的楼梯板的缝隙望去，他看不到公寓一层的全貌，只能观察到客厅当中的一小部分，公寓的入户门不在他的视野之内。藤田集中精神竖起耳朵，听见公寓的主人从客厅另一端的敞开式餐厅走出来，从他迟疑的脚步声中藤田感觉出了他的紧张。

这时，惊魂未定的荆轩透过门镜看到了一张陌生的脸。他不确定来人是敌还是友，而自己又该如何应对。

藤田矮下身体，慢慢移动到楼梯口，下面80平方米的宽敞客厅里无遮无挡，从这里他能清楚地看到公寓的前庭。

这时，身后窗子边上厚厚的驼色平绒窗帘一阵轻微的抖动，立时引起了藤田的注意，但老练的他没有立即作出反应，而是稳住身体佯作不知，敏感的神经却早已伸出了触角。

哦！后颈处轻轻拂过的风是从敞开的窗子吹来的，那是他急匆匆进入书房时未及关窗造成的。

心略微一宽，随即又把注意力重新转向楼下。此时，荆轩正紧张地透过门镜向外观察。藤田心想，门还没有开，看来这家主人已成惊弓之鸟，但门外来人肯定会给自己增添麻烦，单等他一现身，就先放倒他，至于这公寓的主人嘛！就好对付了。藤田的想法刚一落定，便听见身后的落地窗帘再次发出一阵窸窸窣窣的声响。

不对，藤田的心里猛地一沉，这么微弱的风是吹不动这么厚重的窗帘的！

他下意识地想回头察看一下身后的动静，但是已经来不及了，隔着套头绒线帽的脸颊触到了一件冰冷的东西！立时，冷汗遍及全身。颈肩处的旧伤再次发作，手臂像触电一样阵阵发麻。

他的脸触到的正是伯莱塔的冰冷枪管。

陈墨在得知航母专家途中遇袭的情况后，按照尹博的指示，当即告别了荀循和林烈，依照吕律调提供的地址，借助陆地巡洋舰上的"北斗"导航系统很快就找到了荆轩的公寓。

陈墨赶到了荆轩的公寓小区时没有惊动门卫的保安，而是将车停在了小区的门外，然后独自悄悄溜进了小区。

时值正午，小雨零星。中产阶级的业主们重复着惯常的生活模式。男人上班、女人逛街、孩子上学、老人午睡，小区里出奇的安静。这使他很容易

对整个小区的外围环境作了仔细的检查。没有发现任何可疑情况。为了不引起别人注意，他撑起雨伞在荆轩公寓门口的公园长椅上坐了下来，细细观察起小区的房型特点和布局情况。

小区里的建筑全都是独立的四层小楼，每座小楼分别由两户跃层构成，荆轩住在一套一跃二的别墅内，楼栋的入户门是钢制的防撬门，一层的窗户全部装有钢制护栏，只有二层的窗户可以进入，于是他决定悄悄潜入室内隐蔽起来，从暗中保护荆轩。

已对荆轩公寓仔细检查过后的陈墨藏身在了二楼的书房里，荆轩回家的时候他没有现身出来。出于和舒展同样的理由，陈墨想在荆轩不知情的情况下更容易提前发现杀手，此外更深一层的原因则是，陈墨想要亲手抓住那个在"蹊径书吧"里逃走的杀手，给秦雅报仇。他想，眼前这间位于二楼的书房应该是杀手借以进入公寓的必经之道，理由也很简单，对自己方便的对敌人同样也方便。于是，藏身窗帘后的陈墨悄然设伏，粗心的荆轩竟然没有察觉。此后没多久，杀手果然出现了，这让陈墨候了个正着。

当枪顶在头上的时候，藤田没有轻举妄动，西格绍尔仍旧紧抓在手里，他清楚背后的来人是不会随便开枪的。因为就在此刻，他听见了公寓主人打开公寓大门的声音。又一个身影出现在了一楼的客厅里，来人的手上赫然端着的是一支瓦尔特 P99 型全自动手枪。

藤田睁大眼睛盯着楼下，他看见公寓主人被逼到了大厅的一角，而来人则以自己的身体作掩护，犀利的目光正朝着楼上扫来。藤田暗叫道：脱身的机会来了。

陈墨隐身在藤田的身后，"风暴"顶住藤田的后脑，视线被暂时阻隔了，他看不到刚刚闯入的持枪者。而此刻，对方却抢先发现了楼梯上面黑衣遮面的藤田和他手中银晃晃的西格绍尔。

嗒嗒！

P99 的两连发点射声音震耳，子弹擦过旋转楼梯的悬吊钢丝爆出一串火花来，随后深深地嵌进墙里。几乎就在对方射击的同时，藤田本能地将头甩向了左侧，让出的空当刚好让陈墨看到了射击者的脸，那情景令他几乎不敢相信自己的眼睛。

手持瓦尔特自动手枪向自己开火的竟然是在海南机场候机厅里那个向他讨教遥控直升机操作技巧的中年人。陈墨的惊诧令"风暴"偏离了方向，藤田充分利用了这短暂瞬间，就在P99的枪声响起的同时，他迅即地就地转身，像急速旋转的陀螺一样，左肘狠狠地击中了陈墨的面颊。

陈墨重重向后倒去，身体沿着楼梯仰面滑向楼下，砰！砰！砰砰！手中的"风暴"迅即调整方向，陈墨双手握枪向着书房门口连发数枪，而此刻那里早已没了人影。

陈墨沿着昏暗的楼梯向下滑落的时候，舒展注意到了"风暴"攻击的是与自己完全相同的方向，于是他引枪不发，用身体护住了角落里的荆轩，等到从楼梯上旋转而下的人影一个鱼跃而起的时候，两枪相对的舒展立时认出了陈墨。

"别开枪，总参六处舒展，自己人。"

舒展亮出了自己的证件，陈墨压住心头怒火，也不搭话，狠狠瞪了舒展一眼便一纵身蹿出了门外。等他来到院中朝四下里看时，已没有了刺客的踪影。

回到客厅里的陈墨擦掉嘴角渗出的血迹，口中忿忿道："既然知道我是谁，干吗还朝我开枪？"

"楼上光线很暗，看不清楚，就见那家伙手里的枪亮闪闪的。"舒展解释道，"直到你从楼梯上滑下来，我才发现你们是两个人。"

"从海南机场开始，你就在跟踪我？"陈墨怒气未消地质问。

舒展笑了笑心平气和地解释道："不是跟踪，是搭档，本来应该在飞机落地之后一起去六处报到的。"

"搭档？我们是搭档！"

"对，我知道你叫陈墨，海航的武直飞行员。只因中途被告知秦雅遇刺的消息，才临时改变了计划。"

"哦？原来你早就知道秦雅遇刺的事？"

"飞机落地前才得知，所以，急忙赶去护送这位航母专家。"

说到这里，舒展回身招呼角落里的荆轩，却发现荆轩如遭雷击一般的呆立在那里，泪水已经止不住溢出了眼眶。他从陈墨和舒展之间的无意对话中听到了这个噩耗，虽然早有不祥之感，却没想到竟是如此残酷。夫妻二人，

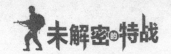

未见一面已是阴阳永隔。荆轩几乎被击垮了。

"嘿！教授，你……不舒服吗？"

陈墨一个箭步跨过去架住了摇摇晃晃的荆轩，舒展则在一旁暗自懊悔。当他看到荆轩的强烈反应时方才察觉出，原来荆轩尚不知晓秦雅遇刺的事情。于是，他连忙接过陈墨的话头建议道："教授一夜未眠，加上一路追杀，想必非常劳累了，陈墨，我们还是赶紧护送教授返回处里吧。"

陈墨嘴上没再说什么，只是点头表示同意，但他心里在想，荆轩在海外时确实在著名的大学里做过教授，但回国以后便很少有人以教授称呼他了，舒展如此叫法，只有一种解释，嗯！此人对秦雅夫妇以及"蓝海之心"小组的了解可谓不浅，如此看来，此人的来历可不简单。但转念又想，此人声称前去保护荆轩，为何还是让航母专家身临险境，竟至孤身逃脱呢？我看你不会是个绣花枕头吧！

陈墨让荆轩暂且坐在客厅沙发上休息一下，自己则留在公寓的门口警戒着外面，舒展上到二楼仔细检查了每个角落，锁好门窗，然后带上荆轩的笔记本电脑来到门口。

"笔记本留给我，教授上我的车，你的车在前面领路。"

由于陈墨已经受命领导"蓝海之心"小组，所以，他当仁不让地对舒展发号施令道。舒展觉出对方仍旧在为刚才的事感到恼火，也不在意他的强势做法，只是低调地点点头没再说话。

陈墨也觉出自己的话说得有些生硬，于是在接过舒展手中的笔记本电脑的时候，他眨眨眼睛说道："你看得没错，那家伙拿的是支西格绍尔，银色的。"

第四章　　新锐奇谋

11：30　T市喜来登大酒店

乳白色大理石地面像一张硕大的棋盘，黑色的填封胶条横平竖直地整齐排列经纬分明，人走在上面犹如大号的棋子一般。小个子浩志跑来跑去像个初次出门的孩子，欢快的脸上总是挂着笑容。栗原坐在大堂等候区的沙发上，远远地看着浩志在前台办理入住手续，脑子里却在体会着"老爹"话里的含义。

飞机落地之后趁着浩志去取行李之际，栗原再次联系了中情局的潜伏特工"老爹"，不过这一次她是直接打给对方的。

"喂？请问，哪位找？"

电话里的声音懒洋洋的，听上去很遥远，有种飘忽不定的感觉，像是看不见的魂魄游荡在周围。栗原略感紧张，她同广濑讲话时也不曾有过如此的感觉，莫非，这就是常年潜伏在一线的高手所独具的那种摄人胆魄的力量？没时间多想，栗原稳住心跳平静道："啊，您好，我是栗原纯美。"

"哦，已经到了吗？"

"是，已经到了。"

"旅途怎样？感觉还好吗？"

"谢谢，非常好。"

"哦，那你可要准备转换一下心情了，北方的天气可不比南方啊。"

"是，已经感觉到了，这里的湿度比预想的要大得多呀！"

"连阴雨嘛！在北方很少见的，唉！这年头，真是的，漏了不少家的屋顶啊！"

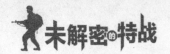

"应该不会下太久吧？听预报说今夜就会转晴的。"

"你说的那已经是旧闻了，肯定不会了，现在的预报多数不准，最近一小时的预报说，今夜！肯定还要下的。"

对方在说到"今夜"的时候，有意将语气加重。栗原明白对方的用意，趁机表明了心意。

"哦，这样啊！那么……能否赶在雨夜之前与您围炉一坐，畅谈一番呢？"

"还是等到雨过天晴之后再说吧。"

对方在婉拒的时候丝毫也不犹豫。

"怎么？您……不方便吗？"

"倒也不是，有些功课你最好提前做了，不然，即使我们坐下来也很难找对话题。"

对方狡黠地笑了笑，那笑声听起来与他讲话时的声音大相径庭，很无赖的样子，栗原想不出到底哪个声音才是他的原声。

"哦，先生是担心我的资质修为不足，怕我露怯？"

栗原以守为攻地揶揄了对方一下，"老爹"敏感地听出了话外之音，于是，语调又恢复了开始时的空洞和缥缈。

"倒也不是，打个比方，好比你在家中宴请宾客，必须先拟好菜单才好与厨师详谈，不然再好的大厨也难做出合你胃口的大餐。"

"明白先生的意思了，只是，做菜要有原料的呀！"

栗原趁热打铁，她想，强龙压不过地头蛇，如果"老爹"此时不愿见面的话，能够争取到他的资讯支持也是好的。没想到，听她这样一说，"老爹"痛快地答应了。

"材料我来提供。"

"何时？"

"马上。"

"很好。"

"那么，我们稍后再谈。"

"拜。"

"再见。"

浩志在远处晃动着手里的门卡，显然他已经办好了入住的手续。栗原站起身拉着行李箱朝大堂中央走去，那里并列着两部观光客梯。

"都好了，栗原小姐。24层，相对的两套房间，两面的风景都可以看到。嘻！当然，有一半的风景在你那边，除非你不同意我进到你的房间去。"

浩志一走进电梯就抑制不住兴奋地对栗原比比画画地说着，还笨拙地开着玩笑，他对成熟女性的私密房间充满了好奇和期待。栗原很喜欢这个小弟弟一样单纯的小伙子，他脸上的笑容好像久违了的阳光一样温暖人的心房。

"当然可以到我房间里来啦！浩志，你是我的小弟嘛！"

浩志的脸上笑成了一朵花，他假装得寸进尺地接着问道："这两套客房，我可以挑吗？"

"当然可以，随便你，愿意住哪套都行。"

"多谢栗原小姐。"

浩志说着深深鞠了一躬，很正式的样子，就在这时，栗原包里的手机发出蜂鸣。

栗原取出手机，点出一行短信。她背过身去悄悄看了一眼。

"哦，栗原小姐好忙啊！"

浩志向栗原手上的手机瞥了一眼，嘴上嘟囔着，转身望向窗外。蜿蜒金河在脚下渐渐拉长，像一条闪亮的带子在雨雾之中伸展开去。

栗原清理了手机屏幕，一个名字留在了她的脑海之中。"老爹"提供的素材恰与她的预想不谋而合。在她掌握的"蓝海之心"小组成员中，这个人是唯一还没有被涉及的人物，所以，她将动手烹制的大菜，必须要拿这个人当原料了。

栗原想，等安顿下来之后，应当立即拟定行动方案。藤田君已经被挫折消磨得快要失去斗志了，必须给他一次证明自己能力的机会。栗原自己也觉得奇怪，这还是她落地以来第一次想到藤田的名字。在此之前，她几乎忘记了自己此行的目的就是来直接指导藤田的，而这也是她一直期待的机会，然而，当希望真的变为现实的时候，她忽然觉得，这一切似乎对她又变得不是那么的迫切了。这是怎么了？难道，这座城市有什么不同吗？为何连自己的思路都会因此而改变了呢？

叮咚！

铃声打断了栗原的思绪，客梯在 24 层停了下来。浩志躬身摆手一副调皮的样子。

"栗原小姐，请！"

栗原没有对浩志的玩笑作出反应，她心事重重地走出了电梯。

"哦，满腹心事的样子啊。"

浩志小声嘟囔着，一路小跑着到前面去找自己的房间了。

11：40　B市溪山宾馆总参情报局

史吏长得很有点女相，属于男性中俊美的那一种。他不止生得眉清目秀、皮肤白皙，而且嗓音细嫩，雌坤，颇富柔美之感。尤其有一点是常人无法比拟的，虽为成熟男子他却脸上无须，无论是唇上还是颌下，以至两鬓全都是光溜溜的，加上一头自然卷曲的黑发，更有女扮男装之嫌，故而常招致议论。

他多年周旋于设套解套的险恶环境中，虽然心思走了不少但人却一点也不显老，都已经是四十多岁的人了，仍然是一副俊雅小生的模样。如果上了戏台不需化妆，穿上行头立时就能出演许仙，如再挂些淡彩略加粉饰无疑便是个公公。

所以，当初人送绰号"御使"时便有暗讽他是从宫里来的意思，但多数人还是愿从正面理解为，他在高层人物身边深得总政首长的信任，常能代表上面旨意的意思。有意淡化了最初的讥讽之意，使得"御使"这一称谓慢慢叫响开了。这样一来，史吏本人不再为此尴尬，反而深感惬意，而大家便也叫得自然了。如今，"御使"这一称谓已是军方五总部里响当当的名号了。

当史吏从"老帅"古谱的书房里走出来的时候，那神态确乎阴柔得令童谦心动。只见他低眉顺眼地迈着莲花碎步，一副心事重重的样子。他看也不看左右旁人，径直来到天井里站定，若有所思地望着从山坡上淌下的溪水发呆，仿佛黛玉葬花一般的神韵。

童谦见状悄悄起身，轻手轻脚地从昏暗的阴影里走出来，也不和史吏打招呼，静静地站在廊檐下，默默注视着史吏的背影，唯恐搅扰了对方的心思。溪山的坡脊遮蔽了正午的天光，不再强烈的光线照在童谦的脸上，让本来就很圆润的线条变得更加的柔和，加上细眉朗目直鼻薄唇的精致点缀，让他傍溪而立的瘦高身影颇有玉树临风之感，正所谓风雅不让潘安隽秀赛过唐寅。这二人一前一后默然立于"溪山小楼"的天井里，那场景颇具韵味。

史、童二人都是正常人，绝不是人们常说的那种娘娘腔。无论是前者的优雅，还是后者的文静，都只是表面上的文弱，并不代表他们内心里就缺少阳刚。要知道，在隐秘战线上摸爬滚打的人如不学会隐匿锋芒以弱示人的话，那他连一刻也生存不下去。匹夫莽汉是入不了这一行的，连那些缺乏灵性的迂鲁刚直之人也绝难成为卓有成就的特情人员，这可不是经验之谈，其中确实有着极强的逻辑规律隐藏。

正如人们常说的那样：十谍之中有八怪，余者非女即是赖，若恃楚翘逞全才，风摧秀木林中埋。意指过往至今，多少英华才俊折戟谍海，皆因恃才傲物，不懂得收敛所致。而眼下的这二人则不同，他们无疑都是特情领域里的行家里手，深知在无人不狡诈、无处不险恶的冷血战场上，必须将自己的卓越才华掩饰起来，这种意识和本事绝非一般人所能。他们所展示出来的都只是他们想要给人看的东西，又有谁能知道，他们柔弱的外表中到底有几分是真几分是假呢？

"童秘书啊！你整天待在这阴山背后就不想出去晒晒太阳吗？"

史吏首先发问，他从冥思的境界中走出来，却一点也不显得突兀，说话的语气平和得像是在邻里之间唠家常一样。见史吏停止了思考转而和自己搭讪，童谦知道他是在邀请自己讨论。于是，上前一步回应道：

"想啊！但咱得跟着首长走哇，首长不动咱就得安心待在这儿，心浮不得。"

史吏闻听也不回身，径自盯着天井上方流下的山泉说道："主动跟首长提嘛！都是通情达理的人，他能忍心让你憋屈坏啦？"

童谦嘿嘿笑了几声，说道："倒也不觉得有多憋屈，只是，本来咱就脸白，这下可真成了小白脸了。"

史吏转过身来，盯着童谦看了几眼，打趣道："哎！你有学问，脸白也就白了，反正也是文职嘛！倒也实至名归啦！"

童谦听了，知道是在开玩笑，于是，话茬接得也快。

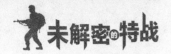

"史局开玩笑了，文职也未必就得脸白，那包文正还是文职呢！你看他的脸有我白吗？"

呵呵！哈哈哈……

童谦脸上笑着心中却想，看史吏一副心事重重的样子，一定是来与老帅谈一桩棘手的事情，可他主动跟自己搭讪又是为何呢？且看他接下来会说些什么吧！

二人相视而笑，气氛轻松而活跃。史吏是总政反间局的局长助理，按理说他与童谦级别相仿，最多也就高出半级。童谦称其为史局已有拔高之意，但经他的一番调侃之后巧妙化解了谄媚之嫌，一下子拉近了二人间的距离，足见其身为古谱秘书的深厚功底。

"怎么样？近来的形势颇为紧张吧！境外的反华势力甚是猖獗，连续的几起暗杀行动已经惊动了中央军委的首长，反间局正准备介入，古总这边刚刚通了气，怎么样？你这里有没什么需要帮忙的吗？"

史吏外表看去阴柔，但讲起话来的口气却颇为大气，一副居高临下的样子。童谦犹豫了一下，没有马上把话接过去。他在考虑古谱在与史吏刚刚结束的那番谈话当中究竟对他透露了多少现实情况呢？

"哦，看你一副心事重重的样子，面临的困难不小吧！"

见童谦踌躇不定的样子，史吏颇为体谅地劝慰了一句，但实则还是在等待童谦开口说出下文。

的确，童谦此刻着实有些为难。"蓝海之心"小组遭受重创，小组负责人秦雅遇刺，策划已久的航母谍情几近告吹。一片风雨飘摇之中，六处主管尹博却在此时上书请辞，而他推荐的掌门人又与古谱心仪之人不符，一团乱麻似的残局摆在面前，该如何决断呢？童谦犹豫不决的正是这件事情。

"不方便说就罢了，只是别硬撑着，误了大事可不好向领导交代呀！"

童谦的欲言又止让史吏的耐心受到打击，于是略显不满地抛出一句带有威吓含意的话，以期对童谦施加压力。但他说的却并不夸张。作为总政首长身边的人，他的确能够代表上级领导的意图，否则，古谱也不会和他躲在书房里密谈，连午饭都顾不上了。童谦尴尬地一笑，连忙蜻蜓点水般的敷衍道："确实很困难，近来敌情频发，可总参情报局的人手又少，加上年龄老化现象严重，唉！棘手啊！"

"补充新鲜血液啊！童秘书，人手不足跟我说，我可以给你推荐几个。"

"您推荐？史局，有好手您还不自己留着？"

"哎！全国一盘棋嘛，得有点全局观念。缺的是哪一层级的人员？告诉我，回头我跟古总去说。"

话已说到这份上，童谦不得不透露一些内情，他想，尹博是军中赫赫有名的人物，说说他请辞的事也不为过，年近70岁的人了，退下来也是情理之中的。于是，他尽量简单地把尹博上书请辞一事透露给了史吏。

没想到史吏听他一说立时大惊失色，只见他凑到了童谦近前压低了声音问道：

"尹博请辞啦？他还可以再干几年嘛！他的位置可不是谁都能担起来的。"

童谦见他如此反应，心里反倒踏实了许多，心想，连他都觉得棘手，足见得此事的难办程度了。于是，随口应承道："是啊，是啊。所以极其为难哪！"

史吏若有所思地点了点头，突然神秘一笑，对童谦安慰道："会有办法解决的，放心。"

童谦突然意识到，这人早就知道了此事，不过是在等自己主动说出来而已，心说，好狡诈的家伙啊！随即又想，他参与此事又意欲何为呢？莫非，他在等这样的一个好机会？

11：50　T市喜来登大酒店

在柔软的地巾上扭动身子，抖落了一身的水珠，再将滴着水的发丝捋到耳后，露出清秀的脸庞来。她一边看着浴室镜中湿漉漉的自己，一边将雪白的浴衣穿在身上，饱满丰腴之处立时黏贴在松软的纯棉织物上，凸显出玲珑的身段来。

她边往浴室的门外走，边束紧了浴衣的腰带，不想过于肥大的浴衣从一侧肩膀上滑脱下来，露出她羊脂般白皙的肩头，白花花地映在防雾的浴室镜中，连她自己看了都觉得有些刺眼。待伸出手去想要拉起，不想这样一来，黏贴在皮肤上的浴衣跟着抬起的手臂一起动作，牵扯着领口大开，一道深沟

255

凸现，边上隐约露出一抹淡粉色的刺青，一朵樱花跃然于胸前，水嫩多姿娇艳欲滴。

日本防卫省远东特课的高级特工，代号"樱花女郎"的栗原纯美受"伊贺上忍"广濑真之的指派，飞抵 T 市一线，她准备亲自指挥这次与中情局联合采取的猎杀行动。按照计划，她已经以代号为"职员"的中情局资深特工下属秘密组织"狂花十一劫"的身份与中情局潜伏在中国的神秘特工"老爹"取得了联系，以期在"老爹"的协助之下粉碎中国军方特情组织"蓝海之心"小组的航母猎情行动，从而破坏中国雄心勃勃想要建设和发展蓝水舰队的计划。

栗原在客厅的穿衣镜前站定，掩上胸前的樱花刺青，重新整理好浴衣，再将湿漉漉的头发束在脑后，用一条雪白的毛巾将头发包好，跟着，弯腰从小茶几的纸巾盒里抻出一张面巾纸来，不想这样一来，浴衣内又是一阵沉甸甸的汹涌起伏，刚刚才掩好的浴衣，此刻又变得松松垮垮凌乱不堪了。栗原自己也忍不住扑哧一笑，顾不得狼狈的样子，先顾着擦干了额头上的水珠，然后再次整束浴袍，待一切都妥帖之后，她款款走到门口的衣架旁，从上面挂着的随身小包中取出一副精巧的无框眼镜来，她举起眼镜，对着头顶的灯光照了照，见镜面上洁净无尘，这才将眼镜架在了她小巧的鼻梁上。

叮咚！一声悠扬的提示音从身后传来，打断了这个女人细致繁琐却又颇有韵味的小动作，如果不是有外来的干扰，她磨磨蹭蹭地梳洗打扮起来，还不知要延续到何时才会结束。或许女人天性便是要在这些事情上面耗费她们自己大把的时光吧，她们花时间打扮自己，再花时间展现给别人看，让旁人饱了眼福，同时也愉悦了自己，这真的是一个双赢的举措。想想看，大自然是俊美山水的造物主，堆山造海用了多少亿年的时光，而女人为我们营造出近在身边的秀丽风景，又岂有不花费时间的呢？

栗原循声回望，透过穿衣镜她能够清楚地看到客厅里，梳妆台上放着的那部手提电脑，一封待收邮件的提示框正显示在它的屏幕上。栗原脸色一怔，她拿不准这封邮件是来自"伊贺上忍"还是来自"无间第五谍"。从她眼下的迫切需求考虑，她更希望那是"老爹"发来的邮件，他将会提供给栗原借以采取行动的第一手资料，所以，不得不取消了本打算在梳妆台前开始的另一番打理自己的"作业"，她连忙朝着电脑走去。

赤脚走过驼色的羊绒地毯，匆匆踩出一行纤秀的脚印，像丢下了一长串的问号。她来到梳妆台前坐定，伸展开修长的手指轻轻敲击键盘，在对话框里输入了一长串的密码。

　　邮箱打开，邮件的正文极为简单，是一张类似花名册一样的表格，表格上列出了几个人名，每个人名前都用数字做了编号，随着邮件一同发来的还有若干个附件，每个附件上的编号都与花名册上的名字一一对应。

　　邮件果然是"老爹"匿名发来的，名单以及附件里所显现的内容都属于绝密。也就是说，它不仅对于栗原这样的间谍而言是永远的秘密，哪怕是对总参六处的普通特工来说也是如此。掌握了这份邮件的内容就如同摸清了赌局中对手的底牌，接下来无论这局牌怎么打，都会稳赚不赔的。这是博弈双方都期望得到的机密，但是从来也没有人能够做到，但"老爹"的本领就是这么的登峰造极，对他而言似乎就不存在什么办不到的事情，无怪乎他享有"无间第五谍"的名号了。

　　在这封邮件中，他已将"蓝海之心"以及总参六处的主管级特工的详细资料全部整理压缩后一并发送给了栗原，这便是他在电话中对栗原承诺的大餐原料。

　　手中握着如此丰富又极有分量的材料，栗原开始筹措起这顿大餐的菜单来。虽然，匆匆从 S 市赶到 T 市用了不过短短的几个小时，不可谓不行动神速，但是留给栗原拟定行动方案的时间仍不宽裕。从不同渠道传来的消息都将这次行动成败的时间锁定在了今夜的午夜前后。如欲全取三分就要看午夜之前这关键的 12 个小时了。虽然此时的局面对栗原甚是有利，眼下在先得一分的情况下，她业已将球攻至对方的后场，从现在起的每一分每一秒都是她的射门机会，若能再下一城的话便是完胜。但栗原却丝毫也不敢怠慢，她心知虽然开局领先却并不代表着终场的胜利。而眼下却正是胜负难料的关键时刻，如何把握这临门一脚至关重要。"老爹"在电话里的提示她听得清清楚楚，为此，她必须尽快从这份材料当中找出有用的素材来，好迅速拟定出下一步的行动计划。

　　细读了邮件的导文之后，栗原发现"老爹"的"活儿"做得的确够细。他在名单当中的一个名字上加粗了笔画，显然是给了栗原一个重要的提示。聪明的栗原当即明白了"老爹"的用意，再对应着这个名字粗粗查看了一下

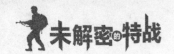

相关的背景附件，栗原的脑海当中便形成了一个大致的轮廓。

此前，藤田针对"蓝海之心"三名主要成员的猎杀行动，取得了一死一伤一惊的战果，虽然说不上战果辉煌却也算得上是可圈可点。特别是他一举击杀了小组的负责人秦雅之后，原定于今晚的航母猎情行动便陷入了将死的境地，这已经是值得褒奖的战绩了。但不曾想到的是，几近胎死腹中的航母猎情行动却又突然出现了转机，而给这一行动带来一线曙光的人物就是六处的技术部主管吕律调。

由于吕律调破解了秦雅独有的情报接收密钥，从而使得藤田的前期努力和战果即刻变得苍白，他们照例可以如期取得从海外发出的航母技术资讯。鉴于形势突变，原本并未被列入猎杀目标的吕律调，而今却变成了场上决定胜负的一颗重要棋子。所以，必先除之以绝后患。

至此，栗原完全理解了"老爹"的用意，他们不约而同地将下一步行动的目标锁定在了这个人的身上，除掉吕律调等同于终结了"蓝海之心"在今晚的行动。为了实现这一目标，栗原决定立即对面前的这份重要资料进行梳理，将其中有关吕律调的内容作一个仔仔细细的推敲，以期找到一个可以攻击她的"软肋"来。

北方的天气较之南方要干燥许多，即使正经历着一场连绵的阴雨，但在酒店的房间里仍是异常的干爽，刚才出浴时的满身水汽转眼间便挥发得无影无踪，只留得沁鼻的浴露芳香盈盈绕绕，刚才还紧贴在身上的浴衣开始变得松松垮垮的了，半遮半掩地散发着诱人的香气。

栗原的目光已经在吕律调的背景材料上来来回回地梳理过三遍了，想要从一个生活工作和成长经历都极其简单不过的人的身上找出盲点来，这的确是件很困难的事，尤其是在时间紧迫，容不得深入挖掘仔细推敲的前提下，栗原感觉一筹莫展。

叮咚！

就在这时，门铃响起，栗原一动不动地坐在梳妆台前，眼睛仍旧专注地盯着面前的屏幕眨也不眨一下，铃声帮她把目光锁定在了"遗孤"这两个字上。她的大脑中迅速闪现出资料中提及的那一小段注释来。

"传其年幼时父母为国家特情事业而牺牲，因此从两岁开始便成为了烈士遗孤，由政府抚养长大，历经……"

为特情事业牺牲？哦，这里面可大有文章啊！

栗原暗道，她深知，全世界无论哪个国家，凡从事特情工作的人其身世履历无一例外都是伪造的，且因其身上所负的秘密，往往很多年以后也不会对外披露，特别是因其具有的多重身份，可能连家人也不能告知。所以，常以诸多理由掩饰其去向，其中诈死瞒名的也不在少数。既然吕律调的父母皆从事特情工作，那么无论是否真的早已死亡，在一定时期内都将是一个难解之谜，而现在却正巧可以利用这一点……

叮咚！

门铃再次响起，栗原的心情陡然轻松下来，她不由得微微一笑，心说，浩志这家伙，心里啥也不装，就只想着玩儿！看他的样子，浑身上下都充满了活力。

刚想到这里，忽又觉得心中怅然，一时心中灰暗，不由得愁云遮面。她禁不住暗自叹道，从何时起自己失去了童真的单纯？何时起不再有青春的畅想？何时起丢掉了生活的快乐？既然下一步行动的思路已经有了眉目，形成具体的计划方案就变得简单许多了，不如，暂且去轻松一下吧！借此放松一下紧绷着的神经，也好开阔一下思路，在这一路之上也好再对这个想法仔细推敲一下。

栗原不愿让消沉的情绪磨损了自己的斗志，她想借助浩志的热情来填补一下自己的空虚，希望能够激发出活力来。于是，她闭了电脑，起身前去开门。其实，无论心情如何，她都会立即采取行动的。

栗原记得"伊贺上忍"广濑曾经教导过她，别让情绪左右了你的行为，情绪就好比天气，不论是刮风下雨还是薄云朗日，好天坏天都是交替出现的，每一种状态都是暂时的，很快就会过去。然而，行为则好比流逝的河水，它只有在不断的流淌中才会获得生命力，有谁见过从一潭死水里捕捉到大鱼的？只有不停地行动、行动、再行动，才会有机会。云过了还会有什么？蓝天嘛！雨停了呢？彩虹嘛！栗原的眼前又现出了那个留着雪白山羊胡子的矮小老头来。

栗原想，很快，一纸命令就将从她的手上发出，藤田雪耻的机会就在眼前了。

"浩志，你这么快就安顿好了？也不休息一会儿？"

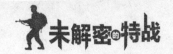

　　栗原打开一道门缝对着门口的浩志说着，这才发现新换了一身休闲装的浩志头发整理得根根直立，不知道他到底打了多少发胶。而且，他的脸颊上面还是湿漉漉的。显然，这个活泼的小伙子心里一定迫不及待地想要和栗原一起出去呢！

　　"栗原小姐，你……还没好吗？"

　　浩志说着话，目光忍不住被栗原松垮的浴衣领口所吸引，他发现，在她雪白的胸窝旁盛开着一朵粉嫩的樱花，娇艳欲滴。一时目光呆滞，竟然流连忘返。

　　栗原意识到了浩志青涩的目光里蕴含着的灼热与渴望，她下意识地拉紧了领口，浩志的脸腾地红到了脖子根。他连忙收了目光，低下头难为情地嘟囔着，声音比刚才小了许多。

　　"去吃饭吧，栗原小姐，时候不早了。我……就在外面等你好了。"

　　栗原谅解地笑了笑，温柔道：

　　"好吧，浩志，去吃饭。我马上就好。"

第七卷　重重涉险

第一章　本色出演

12：00　T市绿色生态工业园

即使早就过了半老徐娘的年纪，但从身影上看她依然是那么的风姿绰约仪态万千，当她一路摇曳着走来时，依旧挺括的胸线颤动人们的眼帘，而她飘然离去时，照例纤细的腰肢还是那么的柔软，迎面相遇时她顾盼流离浅笑生艳，擦肩而过时她款款低语香气流连。和年轻一些的女人相比她多了一份丰腴和饱满，与同龄的女人相比却又少了一丝臃肿和松软。故而，孙汝蕴的身材常令那些与她年纪相仿的女人们萌生嫉妒和艳羡，当然也免不了让那些上了年纪的男人们心生冲动与贪婪，一时忘情浮想联翩。

孙女士的容颜也护理得相当好，皮肤白皙有弹性，甚至看不到明显的皱纹和瘢痕。看得出，她除了定期使用面膜之外，还会经常对局部实施"人工降雨"，所以，她的脸部皮肤水分充足，显得十分的丰润与鲜活。她的颈部皮肤同样也保养的很好，虽然不似年轻女性那般的纤细顾长，却也没有堆积成双下巴和肠衣结出来，这让她的话语声更加的生动撩人，谈笑声也更具感染与诱惑力，就好似银铃一般。

她就好像是这偌大的开放式办公层里面存在的一种气场，一种天气，一道风景，一阵季风一样。老板喜欢她的存在，因为她能对这架庞大的赚钱机器做"心脏"保养，高级主管们喜欢她的存在，因为她能在各个部门间制造润滑使"排泄"顺畅，所以，孙女士事业上的成就粉碎了那种对女性生理的歧视偏见，从而用事实说明了，不单是"男人四十一枝花"，并且"女人过五还是花"。这便是造物主的偏心，让一个年过五十的女人仍然极具性感诱惑的神秘魅力，实在是有失公允。

263

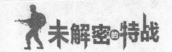

当然，而今已是女性主导职场的时代了，放眼望去，从基层经理到高层总监，皆是朱唇纤腿秀色可餐，往洽谈室里谈判桌前看，只见须眉效命领军红颜。但是，如果仅仅依靠上天赐予的性别优势，没点真本事，想要占据一个重要部门的主管职位，那也是绝无可能的。别说已是一把年纪的女人，就是妙龄女郎，若仅仅是生得俊俏的话她也只能坐坐前台，打打报表，陪陪客户，侍侍老板，不过是纯花瓶一样的角色，青春的饭碗而已。单等花期一过，嫁了人生了子，若再有不甘的想法，那就要看这熟妇执心了。

孙女士可谓是一个成功的典范，少女时做过花瓶，有过顾盼流离百媚丛生的收获；熟女时打拼过市场，受过白眼呵斥冷语责难的磨砺。而今，她积累了广博的见识，练就了出众的口才，学会了知性的手法，养成了迷人的风韵。在女性的迟暮之年却成为了飞虎集团一颗冉冉升起的新星。

以生物工程的高端技术形成高利润的产业链，飞虎集团拥有一系列的食品药品营养美容等自研产品，在保健品行业当中享有很高的声誉，在直销模式的推广下已经形成了遍布全球的销售网络，是一家在国内外市场上都极具竞争实力的新兴民营企业。

几年来，由它投资65亿兴建的绿色生态园已在T市的西北角上初具规模，由此带动了营养和保健类产品的生产制造业蓬勃发展起来，并衍生出了大量的周边产品，吸引了国内外诸多的同类企业进驻园区，投资建立起产品的研发基地。由此，一个新兴的绿色生态产业园区正在这里悄然兴起。

飞虎集团的供应部是为了满足集团下属各类企业对原材物料的大量需求而专门成立的一个重要部门，全面负责采购集团在研发、试验和生产中所需的原料、包材和半成品，开发原料的养植和种植基地，拓宽原材料的采购渠道，培养忠诚度高管理严的合作伙伴，是企业正常运转和快速发展的重要保障部门。

身为供应部主管的孙汝蕴肩负重任，她的职责直接影响着集团的生产进度、制造成本和产品利润，没有些魄力和能力是很难胜任此位的，从她升任此职以来，部门已经连续三年被集团评为优秀团队，由此便能看出她的确非等闲之辈。

菲拉格慕半高跟正装女鞋在大理石地面上敲出清晰的声响，一下一下的由远而近，正在午休的职员们随着脚步声纷纷从休眠状态中清醒过来，他们悄悄掩面打了几个哈欠，或是轻轻揉一下酸胀的眼睛，直直腰伸伸背振作起精神，开始投入一天之中的后半程工作。

孙部长的作息时间不是很有规律，她是外省人，借宿在集团的高管公寓里，上班下班几乎都在园区内。所以，手下的员工很难把准她的脉。今天，她的午休时间就非常的短，到岗时间比往常提早了至少半个小时，有经验的老员工们能够猜出，今天下午孙部长肯定会有外出的安排。果然，孙汝蕴刚一落座便把秘书叫到了自己的办公桌前。

"这些合同和协议已经签好，送去法务部审核。"

孙部长将一个粉色文件夹推到秘书面前，然后，又将一个写满了蝇头小字的信笺交到秘书手上。

"这几件事下午替我催一下，没有紧急事情不必联络我，除非……"

"除非老板找您有事。"

秘书机灵地抢答道。

"对，除非老板有事找我，就打这个电话。"

孙部长用手指了指信笺角上的一个手机号码。

"是，部长。"

"其他待签的文件放我桌上，哦，还有，通知大家把这周采购计划的最新进度汇总上来，替我做成图表，明早我要做点评。"

孙汝蕴说完，把秘书丢在一边，开始低头收拾她脚边放着的公文箱。秘书站起身，迟疑了一下，还是忍不住问道："孙部，您下午外出的缘由……"

孙部长一愣，她敏感地反问道："怎么？你想知道？"

"哦，不！我意思是……怎么跟他们说。"

秘书怕上司误解，连忙解释了一句，边说边向周边的职员席上扫了一眼。孙汝蕴稍一愣神，很快就明白了秘书的意思，于是，她轻描淡写地说道："哦，去见一个客户，从甘肃过来的，他提供的原料很有价格优势。"

"是，孙部。您放心吧，我会办好的。"

孙汝蕴依旧埋头整理自己的公文包，秘书好像还有未了心愿似的站在原地没有走开。孙汝蕴有些不耐烦地抬起头来看着秘书：

"可以了，我这里没有别的事了。"

"怎么？您……不叫辆车吗？"

秘书的话让孙汝蕴猛醒，对啊！怎么会忘记叫车呢？这不符合常情啊！

难怪秘书不解呢？她略一思忖，微微点头道："好吧，麻烦你叫一辆吧。"

秘书点头离去，望着秘书的背影，孙汝蕴暗自责备自己的粗心大意，或许是因为太久没有执行任务的缘故，所以，当使命突然降临的时候，难免会有些慌乱。她暗暗自责起来，你看你，先是忘记了说明外出的理由，接着又忘记了安排公车，还没行动就已露了马脚，如果真的碰到了有心人，那岂不是自掘坟墓？孙汝蕴暗自提醒自己，稳住，一定要稳住。

说也难怪，这事搁在谁身上也会犯蒙，况且，孙汝蕴并不是个职业间谍，她不过是块平时积攒下来的补丁，遇到方便时才派得上用场。像她这样的人也许还有很多，曾经因为贪婪、淫欲或是野心沦为卖国的奸细，时不时地替自己的外国主子尽点力，有时出卖情报，有时出卖资源，损害的是国家利益，得到的是一己私利。殊不知，天网恢恢疏而不漏，一时侥幸岂能时时得逞？多行不义必遭报应，此时不报，只因时机未到，如此老话，虽然多说生厌，却是惊世警钟，偏偏就有人置若罔闻，视而不见。

今天，孙汝蕴受领的任务是做一名演员，仅仅是一名利用声音演戏的演员，业界称之为"声优"，大约是源自日文，所以，看名字常会联想到那些下三烂的东西。其实不然，她要做的就像早期电视还不普及时电台里常播放的广播剧那样，只闻其声不见其人。她将以本色去出演一个母亲的朋友，那是一个类似信使一样的人物，替一位因从事特情工作而消失了许多年的母亲给她的女儿捎一个口信。为此，孙汝蕴得到的片酬是相当可观的，她可以再为自己的儿子置下一处近300平方米的豪宅，可谓出场费丰厚。

其实，她完全没有必要过于慌乱，以她的潜质扮演这一类型的角色几乎不需要演技的，更何况这是场属于她一个人的独角戏，现场没有观众。她与对手隔着一条长长的电话线，她只要演得逼真，真到足以将对方诓骗到指定的地点就算大功告成了，毫无危险可言。

戏的导演是一个自称"樱花女郎"的女人，剧情已由她全权安排妥当，脚本随后便会发送到她的手机上，据说台词也很简单，仅寥寥数语而已，以她的潜质轻松松就可以搞定。所以她提醒自己只管专注演出即可，不必费心考虑其他问题。

充分相信"樱花女郎"是她的本分，因为她来自于早几年前收编了孙汝蕴的那个神秘的组织：防卫省远东特课。

12：10　T市喜来登大酒店附近"馋猫小汤包"店

"哦！好好吃耶！"浩志闭上眼睛抿住双唇将一口汤汁吞下喉咙，浓浓的香味撞进鼻腔里回味绵长。好久他才睁开眼睛紧盯着举在手上的小汤包，馋馋地说道："现在，该轮到消灭你了。"

栗原被他的吃相逗得忍俊不禁。是的，浩志说得没错，这家著名的风味小吃店以"馋猫小汤包"冠名，并在墙上张贴告示，特别提示食客们在吃包子之前，要先饮包子内的馅汤，然后再食包子，这样才得这家风味小吃的真味。

"哦！不得了，栗原小姐，真的，好香耶！赶紧，尝尝看。"

栗原也学着浩志的样子从盘子上拿起一只包子，包子不大，用两只手指掐住刚刚好，栗原取出一支筷子，在包子的侧面轻轻捅出一个小洞，立时就有淡黄色的汤汁流出来。栗原轻轻吮了几下，立时鲜香满口。

"这汤汁的味道果然不错，难怪叫小汤包呢。"栗原禁不住也发出赞叹。

浩志咽下口里的食物，调皮地眨眨眼睛说道："栗原小姐是说它这名字起得实至名归了？"

栗原认真地点了点头表示认可。"嗯，应该不是浪得虚名。"

浩志龇了龇牙说道："那我们算什么？小馋猫呗！嘻嘻！"浩志自问自答，逗得栗原也跟着笑了起来。

栗原看着浩志吃得津津有味，自己也细嚼慢咽起来，从她落地算起还不足一个小时，此间，一个周密的计划已经在她的安排之下紧锣密鼓地展开了。

互联网的发达极大地缩短了彼此间的距离，也使资源得到了最大限度的共享和利用。在栗原将她拟定的行动方案告知广濑之后没多久，她便获得了一个由广濑提供的"本色演员"，那是几年前他在东京的时候发展的。已经雪藏了多年，想必这一回可以派上用场了。

趁着浩志排队取餐的机会，栗原使用规定的暗语打通了对方的电话，那个名叫孙汝蕴的女人起初有些惊慌，但很快便镇定如初了，言语间就像老朋友一样熟络和亲切。栗原很佩服广濑的识人之道，他推荐的这个人果然具有

267

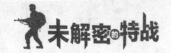

演员的天分。

简短地说明了任务之后，她便将基本的素材发送到了对方的手机上，上面仅仅罗列出了一个名叫吕律调的女孩的基本情况，出生日期和地点，上学以及成长经历。同时也将她给这个女孩儿设定的虚拟父母的情况发送过去。关于这个女孩儿的特工母亲失踪的缘由，和她同为特工的父亲的死亡情况，栗原只做了大意上的圈定，细节之处就靠孙女士自己的临场发挥了。

关于此次行动的目标栗原说得很清楚，将吕律调诓骗到东湖度假村的 E 座 503 室就算是首功一件。那是一套高档的空中别墅，由远东特课发展的另一名当地成员借用当地人的名义长期租用，平时空置，以备不时之需。

安排完了演员的事情之后，浩志也从排着队等候取餐的队伍当中挤了出来，他的手上高举着两盘热气腾腾的包子。

紧接着栗原又动手联系了藤田，她的计划最后还是需要通过藤田才能实现的。起先，在栗原费尽心思策划行动方案的时候，她似乎已把藤田搁置在了一边，好像佩在她短靴中的那柄名为"秋风"的短剑一样，冥冥之中知道它就在身旁，随用随取，从来不需要操心，而现在正是该用上他的时候了。

栗原收了思绪，在餐巾纸上擦净手上的油，取出手机快速键入了以下内容：

藤田君，守株待兔计划，东湖度假村 E 座 503 室，地图及坐标随后发出，计划进度随时通告，好运。

栗原

自中东一战之后，两人一别已有三年，偶有短信联络也只是简短的问候而已，留在彼此心中的依旧是年少时青涩的记忆，似乎无论人生如何辗转时光如何变幻，也只有那一段的经历才最真切。一想到藤田，栗原的手下意识地摸了摸靴中的那柄"秋风"短剑，它与藤田的"落叶"外形如出一辙，只是更短、更窄、更薄一些。

栗原不禁忆起了广濑授此二剑时的情形，那景象历历在目，如昨日发生的一般。

"日出海天早，柴院炊烟飘；

妙寺钟鼓敲，凭栏远影眺；

避祸乡间草，犹闻幕府笑；

寻声剑出鞘，秋风落叶扫。"

吟罢，广濑真之将那柄粗重的短剑交与藤田，眼望栗原说道："剑属藤田魂归栗原，你可记好？"

"是，先生，藤田谨记。"藤田肃然叩首。

广濑转而将另一柄轻薄怀剑交与栗原，眼望藤田说道："剑在人在，剑消人亡。不要辱没了武士的尊严！"

栗原、藤田凛然答道："谨遵先生嘱托，人在剑在，绝不相负。"

广濑呵呵一笑，沙哑的嗓音说道："不错，不错，剑如其人哪！姑且，分别叫秋风、落叶吧！"

栗原藤田互望一眼，叩头谢道："谢先生赐名。"

广濑突然收了笑声，低声说道："在下有一句禅语，送与二位，还请谨记。"

说到这里，广濑凛然危坐，一副神秘的表情，幽幽吟道：

"风转风又起，造化惟天地；

叶落叶归尘，阴阳自然分；

树茂终有衰，否极泰不来；

邂逅砍山憔，门户独自扫。"

栗原藤田面面相觑，不解其中含义，只得点头暗记于心。

"哇！好饱呀！栗原小姐，怎么不吃？不合你胃口吗？"

栗原从浩志的问候声中惊醒，发现自己盘中的汤包没吃几个，却已经凉了。

"哦，很不错，只是……我不是很饿。"

"原来这样啊！你一定很累了吧？栗原小姐，不如我们回房休息一下，如何？"

浩志无意用到"我们回房"一词时，栗原的眼前现出了他注视自己胸窝

269

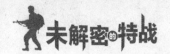

时的表情，禁不住脸上一红。浩志似乎觉察到了自己刚才的口误，于是抓了抓头皮，难为情地嘟嚷道："您先回去休息一下吧，休息好了您再叫我，反正也没啥太急的事。"

栗原从尴尬中解脱出来，她温婉地一笑，说道：

"也好，我们各自回房休息，估计晚饭会邀请到茂田公司的刘先生。"

"您不打算叫上藤田君吗？他可是先于我们来的呀！一个人出差这么久一定很想和同事一起聚上一聚呀！"

栗原心头一热，心说这个浩志还是蛮有心的嘛。于是，点点头答道："我会联络他的，如果没有意外，我们应该会在一起聚一聚的。"

"太好了！"

浩志高兴地跳起身来，抢先来到店门口，撑起雨伞等候栗原，显然他对今晚的异国小聚充满了期待。栗原随后出了小食店的门，继续朝街对面的酒店走去。她的心里忽然涌起一钟不祥的预感。她不明白，为何自己刚才脱口而出的话中，竟然有了"意外"这两个字，难道真的会有什么不测将要发生吗？

栗原强制自己收敛了纷乱的思绪，转而认真考虑起正在实施的"演出计划"。

12：20　T市高新技术产业园区花园酒店

一长溜同一款式的 CITIZEN 石英钟整齐地排列在前台的墙壁上，纽约、伦敦、东京……每只钟上分别显示着位于不同时区的各大城市的时间，从中能够明显看出东西半球在日升正午时出现的差异。

整洁的大堂前台里百无聊赖地站着一个二十五六岁的女孩，裁剪合体的制服勾勒出她姣好的身材，一头秀发盘在耳后衬出她秀气的脸庞，长睫毛下一双大眼睛茫然地望着门外，灰蒙蒙的雨景给她漂亮的脸蛋罩上了一层木讷的神情。

一辆黑色的捷达车悄然而至，只见车门开处，一个胖胖的身影穿过雨幕挤进门来，他左手高举着一把灰不拉几的旧雨伞，右手上拎着一只四角磨秃了边的笨重皮箱，未曾开口已经是呼哧带喘的了，整个人就像是用一块破苦

270

布临时盖住的粮垛一样。

　　只见他把车钥匙丢给了侍立在门口的门童，然后笨拙地收了脏兮兮的雨伞，现出一身褶皱的西装来，淋湿的肩头上已是水渍斑斑，老远看去像是打了块补丁一样。不知是走了很远的路，还是车曾陷进过泥里，他的裤脚和鞋面上无缘由地沾着泥浆。一只棕色的牛皮包斜挎在肩上，斜肩带背的勒出了一道深深的凹痕，好像有意增加了一根打包带似的，生怕他一不小心散了架。

　　来人艰难地走到登记台前，重重地丢下手提箱，湿淋淋的雨伞戳在一旁，抹了一把油脸，甩出一把腻腻黏黏的，也不知是雨水还是汗水，这才将一张地貌极其复杂的脸摆在了接待小姐的面前，一股樟脑气味随即飘散开来。

　　站在前台的这个女孩赶忙敛了鼻息，忍住想要作呕的感觉，努力提起热情来。

　　"晚上好，先生，请问您有预订吗？"

　　她微微鞠躬，脸上挂着职业的笑容，熟练地接待起客人来。

　　"噢！没有，没有预订。"

　　客人吭哧吭哧地喘着粗气，把一句话分成了两句来说。

　　"先生是我们的 VIP 会员吗？"

　　前台女孩训练有素，她的发问像连珠炮一样。客人没有因女孩的追问而乱了节奏，而是连喘了几口大气，等呼吸略见平稳之后，这才从容地回答，他的语速极为缓慢。

　　"哦，不是，我不常住在园区里，一般都会住在城里。"

　　女孩的语速也放缓下来，显然她不得不跟上客人的节奏。

　　"那……您可以尝试一下我们酒店的海景标准套房，躺在床上就能看到海上日出。此外，我们的豪华客房还奉送特色服务，我想您会满意的。"

　　女孩隐约感到客人的眼中闪过一道光，但她一时看不清客人的眼睛究竟藏在哪条沟壑下面。

　　"那么……好吧！"

　　得到客人首肯，女孩略略感到一丝兴奋，赶忙举起一张印刷精美的宣传页，递到客人的眼前，用手指着上面的图片报上价来。

第七卷　重重涉险

"普通标准间880元，海景标准间1680元，包含一顿早餐，豪华套房3680元，请问先生，您要住多久？"女孩儿恢复了爆豆般伶俐的口齿，客观的推销提成激发了她的热情。

"那就，先住一夜吧！"

这一次，已经调整好呼吸的客人回答得爽快，这让那女孩一时忘记了他身上散发出的樟脑气味，她很快便从电脑中查出了空着的房间号，凑近客人说道："16层标准间08号，面朝大海，可以吗？"

客人看也不看她手指的图片，断然拒绝了她的推荐。

"哦，不！"

女孩一愣，她以为自己的语速过快没有说清楚，刚想张口进一步解释，但被客人脸上再次闪现的光制止了。客人瞟了那性急的女孩一眼，纠正道："豪华套房，我要豪华套房。"

"啊！是这样啊！对不起，真对不起。"女孩大梦初醒般的连声道歉，她刚刚想要责备自己以貌取人，但是看着眼前这位从里到外都邋里邋遢的客人，禁不住转念又想，这像是个住得起豪华套房的人吗？

"要预付4000定金，先生，可以吗？"女孩儿灵机一动试探道，她做前台接待已经有几年了，所以她知道该如何鉴别哪些是骗子，哪些是怪癖的有钱人。

"好的，刷卡可以吗？"客人完全不在意她的小聪明，似乎早有准备似的。

"当然，先生。"

客人随手递上一张卡，女孩双手接住，客人注意到女孩细嫩的食指和中指上都有焦黄的痕迹，显然那是吸烟过量导致的。

"暂时只能先给您开张收据，先生，等您退房的时候，一并开发票给您。请问抬头怎么写？"

"嗯，写茂田家居饰品进出口公司就可以了。"

大堂里空无一人，所以一切都显得静悄悄的，女孩熟练地划卡，然后快速将客人所说的抬头敲进电脑中。客人回头看了看冷冷清清的大堂，然后回过头来低声问道："刚刚你说过的特色服务是……"

那女孩先是一愣，似乎她忘记了自己刚才招呼客人时随口说过的话，但只是稍微犹豫了片刻，她便如数家珍般的介绍开来了。

"哦，我们有免费的桌球、网球、羽毛球和乒乓球，健身房和游泳池也是免费开放的，对女性客人会提供一次免费的SPA、按摩还有……"

没等她把台词说完，客人便低声打断了她。

"住豪华套房也是这些？"

女孩儿停下手里活，撩起眼皮，斜楞着眼睛看着眼前这个外形臃肿、衣着邋遢、相貌丑陋的中年人，眼神中似乎是在嘲笑说，就你这样的竟然也会有非分之想？但那眼神只停留了片刻，便立即变成了一种职业的暧昧，她依旧含糊地试探道："嗯，是有些特别的，但是……很贵哦。"

客人听了，沟壑纵横的脸上露出了笑容，他似乎并没有女孩儿那般的多虑，小眼睛躲在皱巴巴的阴影里盯着女孩的眼睛。显然，他读懂了女孩眼神里所蕴含的内容，于是带有暗示意味地问道："那么，就是说我可以请你一起吃晚饭了？"

那女孩儿既不答应也不拒绝，她依旧暧昧地回应道："我上班时间是不陪客人的。"

客人当然明白她所说的"陪客人"的含义，于是，色色道：

"那当然，上班时间怎么可以，你负责前台接待嘛！那么，下班以后怎样？"

女孩微微一笑，然后低头不语，手上却一刻不停地忙着给客人办理登记入住的手续。

客人立即心知肚明，于是他得寸进尺追问道："你要工作到很晚吗？"

女孩瞟了一眼墙上的钟表，又瞟了一眼客人，说道："七点钟下班。"

男人读懂了女孩的眼神，意味深长道："哦，还不算晚，那么，这园区内有什么好馆子吗？我对这酒店里的饭可不感兴趣。"

女孩儿没再搭腔，似乎他对客人所说的吃饭一事不感兴趣。客人继续搭讪道："可以给你打电话吗？"

女孩没有回答，她微微一笑，将卡举在眼前，说道：

"卡请您收好。"

客人没去接，转而随意道：

"你先留着吧，或许我们会经常用到它。"

273

女孩没再说话，她将那张卡放进前胸的衣兜内，然后继续埋头忙着手里的工作。

"先生，这是您的房卡，请拿好。"

客人伸手接过，眼睛却盯着女孩不放，似乎还在等待她的答复。

"收据请拿好。"

女孩双手递过押金收据，就在客人伸手接过的刹那，女孩的眼神瞟了那票据一眼。

客人翻过收据，上面用铅笔写了一个手机号码。

客人心领神会地一笑，转身提起皮箱一拐一拐地向着客梯走去。

第二章　巧施暗手

12：30　第五大道 20 号总参六处

　　昏暗的办公大厅里紧张忙碌的特工们脚步匆匆，偶尔的低语声和间断的键盘声增添了这里的紧张气氛。随着黄昏的临近，为接收航母情报而展开的各项准备工作都在有条不紊地进行着。原本因为秦雅遇刺而几近停摆的行动计划，由于接收秘钥被吕律调破解而重新启动。而荆轩的到来又让这一切的努力变得增值无穷。再加上陈墨和舒展这些新鲜血液的及时注入，更使得六处犹如一列加满了油的动车组，冲劲十足地朝着秦雅标定的终点站奔驰着。

　　阴雨连绵天光昏暗，但大厅里的公共照明还是全部关闭了，这是每逢重大行动时都会采取的保障措施，一为集中大家的精力，二为避免分频干扰。所以，除了液晶显示屏以外，眼下大厅内的最大的光亮来自于入口一角的那盏铸铜底座墨绿玻璃罩的老式银行台灯，它属于外勤部的主管特工林烈。

　　在灯光的周围聚集着六处的三位骨干特工，他们分别是外勤部主管林烈，技术部主管吕律调，以及刚刚将荆轩从追杀当中解救出来，首次在六处亮相的舒展。

　　林烈像个主持人似的坐在三个人的正当中，俨然是这场谈话的中心。他的身材高大，即便是坐在那里也仍给人一种居高临下的感觉。灯罩低垂，光线仅够照到他的半张脸，两撇黑须似给挂上了一层绿霜，一对鹰眼则隐在黑暗中，看不清他脸上的的表情，老远望去，一张面孔分成了上下两截，像戴了副假面具一样，阴森森的透着一股寒气。

　　吕律调双手抱肩站在桌旁，既不提问也不插话，一副倾听者的样子。作为掌管六处通讯联络中枢的主管，很少有她不了解的资讯和信息，但她从来

也不随便吐露半字，口风之严颇得尹博真传。平日很少见她扎堆聊天，即使是正式会议上她的话也不多。今天她破例围聚在此，看似是对舒展新到作出的适度欢迎，实则关注的人却是陈墨。自从二人重逢以来，还没有机会在一起说上几句话，所以，为解心中志忑，这才走到一起来。

舒展轻松地靠在门边的玻璃影壁上，刚刚他三言两语地简要述说了解救荆轩的经过，此刻正好将话语权让给了气势逼人的林烈，以便自己能够近距离观察一下那位霸气十足的外勤部主管和另一位秀外慧中的技术部女主管。他刚刚进入到这个陌生的环境里，尹博还来不及给他安排座位，为了避免尴尬，他主动来到林烈的桌前和他攀谈起来，不久吕律调也凑了过来，三个人便随意聊了起来，气氛一下子轻松了许多。舒展将西装脱下，搭在手上，衬衣的领口解开，领带松松地垂在胸前。习惯了海外生活的舒展，言谈举止多少都有些西化，但在这个隶属于军队的情报部门里，他的样子就显得有点随意了。

"过度紧张会造成生理虚弱，所以多喝水是帮助缓解压力的好办法，这对每个初次上阵的士兵都适用。"

在新人面前林烈总是要摆出一副老资格的样子，说起话来就像是在作总结性发言。他所说的过度紧张，其实指的是荆轩，饱受惊吓的航母弹射器专家此刻正躺在医务室的病床上接受输液调理。虽然林烈的话里没有嘲笑的意思，但乍听起来还是有些轻视的味道。舒展一边装作认真听着，一边点头表示赞许，心里却在想，这家伙看上去不像是个话多之人，不想竟能侃侃而谈，莫不是他也受到了什么惊吓不成？呵！好奇怪的家伙。

似乎是受到了舒展认真倾听状的鼓励，林烈愈加讲得眉飞色舞起来，他的两撇黑须上下翘动，好像两只挥动的翅膀一样。

"记得在南疆保卫战时，我手下带的全都是新兵，从眼神里我就能看到他们藏在心底的恐惧，于是，在冲锋之前我就命令他们把水壶里的水一次喝光，我对我的弟兄们说，等到炮声一响，想尿你们就尿，尿裤子不丢人，尿出去了恐惧就没了！你猜怎么着？等炮声真的响起来了，就看我这帮弟兄个个都像打了鸡血一样，一个尿的都没有，听我一声令下，齐刷刷地跟着我就冲了出去。你们听说过万炮齐鸣吗？知道那是个啥动静吗？那简直就是……"

舒展一脸专注地倾听着林烈略显亢奋的白话，只是偶尔才会瞟上一眼对面沉静不语的吕律调。心想，这个女人不声不响一副淡定的神情，想必也是心不在焉吧！看她年纪虽轻却是心思缜密，六处上下唯有这个女人才是个有心之人，也难怪只有她能破译秦雅暗藏的密钥了。

大约是看出了舒、吕二人礼貌性的倾听状，林烈意识到自己跑题太远。他想，面前的这两位可都不是初出茅庐的新手，大阵仗肯定接触过不少，跟他们讲这些未免有些……想到这里，林烈迅速地转换了话题。

"荆总的身体倒是不用担心，毕竟只是受了点刺激，可荀循不同，她的脚伤虽不算太重，但恢复起来也要个把星期，这样会影响她参加今晚行动的，希望不会因此干扰了她的情绪。"

林烈继续着他的权威性的发言，由于是他将荀循从医院护送回来的，所以，说到荀循的时候也只有他才有发言权。此时，与他同去的陈墨正在二楼的尹博办公室里与博士进行着一场单独的谈话。

"士兵上阵前的情绪状况至关重要，如果不处理好，它会像传染病一样的传播，第一、第二次世界大战中都有很多这样的案例，朝鲜战争和越战中就更是比比皆是，我们在处理这方面问题时有自己的做法，比如……"

林烈像上满了弦的机器说个不停，不知不觉又跑题万里了，他的亢奋情绪已经暴露无遗了。舒展和吕律调的目光不期而遇，他们都没有任何情绪流露，交错中的视线平静地从对方脸上滑过，谁也没说什么，但二人的心里却不约而同地生出了一个疑问。

吕律调想，林烈平时少言寡语，夸夸其谈的时候更是绝乎仅有，今天的表现必是和他的枪伤有关。舒展则想，这个老兵所讲都是合乎情理的实战经验，但在此时此地面对两个并非毫无经验的人讲这些，就只有一种解释了，想必他此时一定感到很是心虚。

舒展还不能作出更深入的判断，除了表面现象之外，他对这个刚刚加入的团队还很陌生，甚至是一无所知。在他第一次出现在大家面前的时候，尹博只是简短地向大家作了介绍，既没有明确他的职务和分工，也没有说明他的归属，语气中充满了不确定性，这让在场的人们对他的身份存有疑虑，舒展感觉自己就像是个过客一样。但是，尹博在向他介绍陈墨的时候，却明确地说明了他对"蓝海之心"小组的领导权。舒展从其他人的眼中了解到，在他追踪荆轩的时候，尹博就已经向大家明确过这一任命了。无疑，陈墨是秦

雅的继任者。

哦，不是说好了陈墨是自己的搭档吗？难道，情况有变？原来，在来此之前，尹博曾经电话里明确告诉他，和他一同加入的还有一个年轻人，那人将作为副手与他搭档。正想着，见陈墨独自默默走下楼来。

12：40　第五大道 20 号总参六处

从楼梯上缓缓走下来的陈墨，脑海里还在回响着尹博刚刚说过的话。

"六处的所有特工都是忠诚于祖国的战士，我不会怀疑这里的任何一个人！"

尹博说这话的时候激动得血贯瞳仁面色铁青，这让陈墨既觉得惊讶又感到羞愧。他惊讶的是尹博讳疾忌医竟然不愿面对现实，羞愧的是自己初来乍到便对自己的团队投了不信任票。陈墨一时沮丧，心事重重地出了尹博的办公室。

作为一名特工，他理解博士的感受。虽说在隐秘战线上怀疑和被怀疑是常有的事，但谁也不愿自己的队伍当中藏有"内鬼"。果真如此的话，那无疑将是一场灭顶之灾，六处因此将陷于万劫不复之地，就算舍上尹博的一世英名也难保全，他的反应强烈也就在情理之中。但是，陈墨清楚地看到，一天之内"蓝海之心"小组的多名成员遭袭，已令总参六处损失惨重，几乎所有的行动都被敌人抢了先，直觉告诉陈墨，六处里一定隐藏着危险的"鼹鼠"，它将六处的每一步行动都提前泄露给了敌人。

陈墨停在了楼梯的最后两级，没有向围在一起谈话的三个人走去。眼前的情景触动了他敏感的神经，他默默地站在那里，脑海里快速闪回发生过的一幕又一幕，他想，从凌晨开始到现在实在是有太多值得回味的细节了，哪一件可以给出一点启示来呢？

沉重的灯座上铜的黄色已经褪去，经久磨砺的表面已经如同镜面一样光滑，幽幽地映着鬼魅的光。柱形灯罩仿佛是一节径向切成两半的竹筒横担在铜柱上面，弧形的磨砂玻璃将柔白的灯光聚焦在了林烈的办公桌上，照亮了陈墨从荆轩家里带来的那台笔记本电脑。

陈墨还是第一次清楚地看见林烈的脸。他鹰隼一般的眼隐藏在浓眉下，精心修剪的一抹黑须紧贴在薄薄的嘴唇上，挺直的鼻梁是他唯一彰显正气的地方，除此之外他瘦削的长脸留给人的总是阴森恐怖的印象。

陈墨不禁自问，以他的身手在医院里怎么会输给对手？连那个扮作警员的胖胖的家伙都能快速作出反应，而他，一个身经百战的老兵却失手将子弹射向了天花板。陈墨避开了林烈似是不经意瞥过来的目光，转而走到咖啡机前，他伸手取出一个空纸杯，提起咖啡壶一边倒一边琢磨着。

子弹擦过左肩能让他的身体失去平衡吗？他可是名老资格的海军陆战队员啊！他的枪伤其实并不算重，皮外擦伤而已，或许这才是他手段高超的地方？一点小伤掩饰了一个重大的失误，或者……是阴谋？他掩护了那个假扮成警察的胖家伙，保护了病房里的荀循。可那胖警察是何许人也？杀害警察的凶手？这怎么解释，为了保护一名特工就要搭上一名警察的生命！

咖啡冲入纸杯的声音吸引了其他人的目光，舒展倚靠在墙上，他抬起右手，食指和中指并拢轻轻地在额头上一碰，对着陈墨打了个招呼。陈墨则竖起拇指来，再用食指指向他算是作出了回应。然后，他在远离他们的角落里找了张办公椅坐下来，现在他还不想加入他们的谈话。

看着那个潇洒的身影，陈墨暗想，这个舒展，曾经的专业间谍，在现有的特工当中应该是最有经验的，怎么会在护送荆轩的途中轻易地中了埋伏？而且失去保护目标长达数小时之久，他还差一点开枪射中自己！轻轻抿过一口咖啡，感觉异常的苦涩，陈墨皱了皱眉头，将纸杯连带大半杯咖啡一道丢进垃圾桶里。

"尝尝这个吧，新榨的果汁，对你有好处。"

吕律调袅袅婷婷地走了过来，将一杯鲜橙汁放到陈墨的面前。她已经等候很久了，见陈墨一脸愁云的从楼上下来，独自一人沉沉坐着，她便主动倒了杯橙汁送了过来。

"哦，谢谢！"

他们四目相对，吕律调也不多说话，放下杯子转身离开，陈墨温柔地望着她的背影，思路就此打断，过往的一幕幕重又出现在眼前，那里面的每个画面都有吕律调的身影。

身为六处的资深特工，吕律调不但性格沉稳而且坚毅果敢。当陈墨还是海航飞行员的时候他们就曾有过合作，那一次他冒死驾机接应过她，这段经历除了尹博便再也没人知道。

279

"嗨!"

突然,一个磁性很强的女中音从身后传来,荀循不知何时出现在了一楼的大厅了,她受伤的右脚踝上依旧打着石膏,而在腋下则撑着一支单拐。

"哦,腿好些了吗?"陈墨回过头来关切地问道。

"还好,不会留下残疾的。"荀循打趣地说着,拉过一张旋转椅,支着伤腿慢慢坐了下来,或许是回到家的缘故,此时的她情绪高涨已经判若两人。

陈墨把面前的鲜橙汁推到荀循面前,说道:"喝吧,刚榨过的。"

"噢!谢谢!"荀循端起杯子浅尝一口,笑着说,"不错,味道很特别!"

荀循的到来吸引了正在谈话中的三个人的目光,林烈收了滔滔不绝的长篇大论,意欲招呼陈、荀二人一起加入。舒展也把关注的目光投向了这个还是头一次见面的女人,关于她尹博还只字未曾提起过,但直觉告诉舒展,这不是一个简单的女人。

在这当口上没有人注意到,始终一言不发的吕律调用一种奇怪的眼神瞥了荀循手上举着的那杯橙汁一眼。原来,荀循此刻正端着那杯橙汁,就见她仰起头来露出修长的脖颈,跟着猛地一口将橙汁喝光,而后笑眯眯地望着陈墨,说道:"刚到这里的感觉怎样?有点不顺是吗?"

"的确,不是很好。"陈墨老实答道,他托着下颌的手不停摩挲着两腮坚硬的胡茬,心有焦虑。

荀循压低了声音,有些犹豫道:"我有种直觉。"

陈墨停下手来,用探询的目光望着她,等待她说下去。

"我们的人出了问题,你不觉得?"

"是,我也这么想。"

陈墨毫不掩饰自己的想法,接着,他不露声色地继续问道:"说说看,有哪些疑点?"

就在这时荀循忽然中断了谈话,陈墨顺着荀循的视线扭头望去,他看见尹博出现在了楼梯上。陈墨回过头来不解地看着荀循,像是在问:怎么,不能说吗?荀循晦涩地笑了笑,然后撑着拐杖站起身来,俯身凑到陈墨的耳旁压低声音说道:

"橙汁的味道不错,我喜欢!"

她撑着拐杖曲着右脚,一拐一拐蹒跚着向聚在林烈桌前的几个人走去。

陈墨习惯地用食指捋了一下自己笔直的鼻梁，然后弯成钩状停留在鼻孔前，慢慢地来回摩挲着，他从荀循的话中听到了一些弦外之音。

她，“蓝海之心”小组的成员，敌人追杀的幸存者，看问题的角度竟然与自己不谋而合。莫非，她手上掌握了什么重要线索？想到这里，陈墨像是突然找到了知音一样，刚刚从尹博办公室中出来时的困顿立时消散，精神也为之一振，但念头一转他又想到，她为何不去找博士汇报自己的想法却偏偏要来找我这个刚刚加入的新人呢？莫不是尹博也有压制不同意见的毛病，听不进不同声音？

这一念头刚一出笼，陈墨便暗自羞愧起来，尹博正从楼梯上走下来的身影像鞭子一样抽打着他的心。自己怎么可以对这样一个老人求全责备！年近古稀还在为国家的安全在特情战线上战斗着……

就在陈墨为自己的想法悄悄自责的时候，眼前突然发生的一幕让他刚刚动摇了的推断立时变得坚定起来。他再也不能继续保持沉默了。

12：50　第五大道20号总参六处

荀循是面朝下栽倒在大理石地面上的，就像是遭了雷击一般，那一刻她脸上的表情木然，两眼上翻失神地望着天花板，仿佛灵魂被一种超自然的力量一下子摄走了一样，整个人立时就成了一架空空的躯壳，在颓然倒下时她的膝盖和打着石膏板的小腿撞击地面发出了很大的声响。拐杖被她失手丢下，在光滑的地面上滑出去很远。

陈墨第一个冲到了她的跟前，他抱起荀循的身体，慢慢翻转过来，把她的头小心地放在自己的肘弯里。只见她脸色苍白，双唇嚅动却发不出声来，一条蚯蚓状的血痕挂在了她的眉角，想必那是她在跌倒时撞伤的。

“快醒醒，你怎么样了？”陈墨大声喊着，荀循发散的眼神慢慢聚拢过来，她的嘴唇哆嗦了几下，很费力地发出几声呓语，声音微弱吐字含糊，陈墨没能听清她到底说了什么。这时，林烈、舒展和吕律调已经围拢过来，纷纷关切地问道：“怎么样？她这是怎么了？”

鉴于刚才二人之间私下里的谈话，陈墨意识到荀循有话要对自己说，而她所说的话却又不愿意让旁人听见。于是，他抬起头来对围拢在身边的人们

大声说道："大家散开一点，留出空隙好让她呼吸。"

刚刚聚拢过来的几个人开始朝后退去，陈墨低下头将耳朵凑近荀循的唇边，轻声问道："你想说什么吗？"

荀循的目光落在陈墨的脸上，她努力想把字咬得清楚一些，无奈气息微弱，所以发声依旧低微，勉强才能够听清。

"饮料里……有毒。"

虽然荀循的声音极其微弱，但陈墨还是听清了她说的每一个字，这一惊非同小可，他禁不住失声重复了一遍。

"什么？饮料……有毒？"

围拢在他身边的几个人听得一清二楚，林烈的神色一变，似乎早就有所料似的，他把鹰隼一样的目光射向了身边的吕律调。吕律调的眉头一皱，脸上一阵茫然，但很快便转为厌烦的神情。舒展平静地看着眼前的一切，仿佛置身世外一样。

此时，受惊不小的陈墨，再一次贴近了荀循的嘴边，他想要确认一下自己没有听错，但接下来荀循所说的话却愈加令他感到震惊。

"他们想要……杀了……你！"

陈墨听到这里的时候惊讶得睁大了眼睛，原本以为是荀循自己不慎，令受伤的脚踝突然受力才导致她突然失足跌倒的，但从她嘴里说出来的话却将现实无情地摆在了面前。现在，他已经顾不得再追问下去了，连忙大声喊道：

"值班员！快去叫医生！快，赶快送医务室。"

此刻，舒展早已冲出大厅朝裙房里的医务室跑去了，片刻工夫他便推着一辆铺着雪白床单的病床车跑了回来，身后跟着医务室仅有的一名医生。

林烈急步上前，快速从床上取下担架放到地上，陈墨小心翼翼地将荀循平放在担架上，两名值班特工立刻抬起担架放到了病床上，然后，两人一前一后地推着病床向着大厅一侧的医务室跑去。

目送着病床推走以后，陈墨回过头来，他用诧异的眼神望着始终站在一旁冷眼观望的吕律调。很明显，荀循指证有毒的那杯橙汁是吕律调拿给自己的，难道，她要加害自己？可……怎么会是……这样！陈墨一时迷惑不解，他不知所措地站在那里看着吕律调发愣。

吕律调漠然地望着眼前突然发生的一切，她先是不敢相信这是真的，她想六处可是军队所属的特情单位呀！怎么会有人在众目睽睽之下投毒害人呢？但是当她看着大家七手八脚地将荀循抬上担架一路急奔着去了医务室的时候才深信不疑，原来，这一切都是真真切切发生过的。但转念一想又觉得事出有因，为何这种事不发生在别人身上呢？恰巧是这个不安分的荀循？唉！她惹出的麻烦已经够多的了，直到现在也撇不清楚，还偏偏选在这么个敏感的时刻。一想到荀循因为家族的世仇招致杀手到了她的家门口，吕律调的脸上便显出了鄙夷的神情。

"吕律调！你……你这个变态的女人。难道你就不能放过可怜的荀循吗？"

突然，林烈像是受了巨大的刺激一样，近乎歇斯底里地大喊大叫起来，这让在场的人都大为吃惊，他们还从来没有听到过如此尖厉的"枭鸣"。霎时，现场一片寂静，犹如有人撕开了谜底，却发现里面仅仅藏着一张白纸，他的这一喊虽然惊人，却连一点微澜都未惊起。舒展的目光迅速在周遭的人们脸上扫了一圈，然后，他打破了这难堪的局面。

"老林，别激动，事情还远没有搞清楚，不好妄加责难。"

不等舒展把话讲完，林烈的枭鸣又一次响了起来。

"就算博士待你如女儿，也不妨碍再多上一个荀循哪！你犯得着下此毒手吗？"

一石落水激起千层涟漪，这一次，林烈的确在大厅里掀起了一阵嗡嗡的低语声，早已停下手里工作的特工们在听到这句话时无不现出惊愕的神情，他们面面相觑窃窃私语。

"好了，老枭，你不必大呼小叫的，如果你认为我对荀循的中毒负有嫌疑，我愿意接受组织上的审查。"

吕律调出奇的冷静，连语声都是冷冷。她平静地取下腰间的佩枪，放在林烈的桌子上，目光却投向了陈墨。陈墨忍不住往前走了几步，意欲阻止吕律调这么做，但他在吕律调的坚定目光下站住了。

舒展从陈墨的目光里看到的只有信任没有怀疑，同时他从二人间的眼神交流中也读出了一些深层里的内容。他见沉寂既然已经打破，于是便不再说话，一副静观其变的架势。不想，微澜之后，现场重又陷入死寂，沉闷得喘不过气来。就在这时，一个苍老的声音低喝道："现在是什么时候，你们还在这里惊慌失措地乱咬！敌人想要看到的就是我们自乱阵脚。"

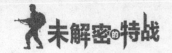

说话的声音不大，但大家还是不约而同地将目光集中到了讲话人的身上。只见尹博站在楼梯口，他把一切都看在眼里。

"吕律调，你的嫌疑要在检验核实之后才能判定，现在收好你的枪！"

尹博首先喝止了吕律调，吕律调顺从地拿起了自己的佩枪。

"博士，这不公平。我强烈要求羁押吕律调。"林烈不依不饶地对着尹博大声喊道，他的表情狰狞恐怖犹如魔鬼附体了一样。一旁静观的舒展从林烈的嚣张气焰中看到了一种难以控制的恐怖。于是，他在心里画了个大大的问号。心说，林烈如此失态与他的资历身份不符，难道他知道些什么难以启齿的内情吗？会是什么让他感到如此的害怕呢？

"住口！你这只乱咬的秃雕，难道你昏了头吗？看不出这是敌人的伎俩！"尹博厉声喝止了林烈的喊叫，他的声音因为激动而有些嘶哑。他不等林烈再次开口，便转而对着吕律调和陈墨命令道：

"我命令，从现在起吕律调盯紧技术部，全力负责情报接收，其他的事不必多管。陈墨负责律调的安全，她要是出了一丁点的岔子我就唯你是问！"

尹博全然不理会刚刚在眼前发生的一切，他脸色阴沉得像屋外连下了一昼夜的阴雨天。

"是，博士，全力以赴完成任务！"

陈、吕二人低声答应，吕律调带好佩枪转身向着自己的办公室走去，陈墨也紧随其后而去寸步不离。

尹博转而又对舒展命令道："舒展，你负责荆轩的安全，他的生命同样重要。"

"是，博士。"舒展答得简练而稳健。尹博最后把目光射向了一旁愤愤不平的林烈。

"你，老枭，负责对荀循中毒事件进行调查，她的安全就交给你了。一有进展立刻向我报告，记住，你只对我报告。"

"是，博士，我一直都只对您一个人负责。"林烈回答得意味深长。

尹博并不理睬林烈的阴阳怪气，他对舒展摆了下手说道："跟我来，我们去看看荀循的情况吧。"

望着尹博和舒展的背影，林烈的眼神深邃，间或里闪过一丝冰冷的凶光。

第三章　律调蒙诓

13：00　东湖度假村

藤田单脚撑在湿漉漉的地面上，跨着那辆偷来的变速自行车立在马路边，回手把身上穿的这件短小的风雨衣下摆使劲往下抻了抻，尽量盖住自己的后腰部，以免SP2022的银光乍泄招惹来不必要的麻烦。他瞟了眼架在车把上的那面小巧的液晶显示屏，再抬头看了看斜对面的高大荧光匾额，对照着上面的五个汉字，心中确认道，没错，这就是"东湖度假村"了。

从先锋雅居的荆轩住所里逃脱后，正在密如织网的小巷中疲于奔命的藤田接到了最新的指令。按照栗原发给他的坐标参数，依靠手执式GPS导航系统，他很快就找到了这个位于城市东南方向上的别墅区。

藤田拉了拉头顶上的套头雨帽，踏动自行车，朝着度假村的大门骑去。雨雾缥缈，他只有眯缝起眼睛才能阻止雨水浸进入。他一身的连帽防水风雨衣裤都是新换上的，只有那双拼色的耐克运动鞋仍穿在脚上。也许是雨中骑行视线模糊，也许是连续奔波未尝胜果，藤田不假思考地穿门而过，竟然没有注意到大门旁的岗亭里有个值班保安正使劲地摆手并且大声阻拦。

规划良好的别墅区里非车道分行，一条平坦的大道笔直地伸入社区，那是走机动车的。另有一条小道虽然蜿蜒却依然平坦，那是给非机动车准备的。小道临湖迤逦而下，湖畔景色尽收眼底，多日踯躅在繁华都市的藤田禁不住骑入了小道，一时被水中岸上的景色吸引，流连忘返。

由于比邻一大片水塘，这块规划用作商务旅游用地的项目便借此得名，称为东湖度假村。这里，两平方公里的宽阔湖面水平如镜，周围一圈石堤围绕两行绿树环抱，一派宜人的景色。这里处在城区的边缘远离喧嚣，既是很

好的商务会所也是理想的藏娇暖巢。

正是"春来心怡泛轻舟，夏临气爽畅怀游；秋到闲情垂荫钓，冬至欢娱冰上溜"。

更有"雨撑油伞遇断桥，雪藏怡红伴裘貂；日闻燕语莺声鸟，夜观佳人花容貌"。

这一切正好满足了中产阶层的惬意生活，绿荫水景闹中取静，豪宅深院不一而足。藤田感叹人们生活的富足，不免忌惮起这个正在崛起的国家，一时心绪烦乱，脚下也就慢了下来。不承想，由于他的不经意，一个危险正在向他逼近。

看似占地面积和建筑体量都很大的"东湖度假村"，其实人口密度很小，所以，每日进出的人员寥寥，且百分之百都会自驾，所以，物业公司给每位业主的私家车辆都发放了进出许可证。说来简单，虽说这里毗邻市区，但住在这里的人是不会骑自行车或搭计程车出行的。所以，遇有骑车进入的人员都会引起保安的特别注意，无论是亲属还是访客都要先在值班室里登记，去哪栋别墅找谁都问得仔仔细细，因为这里的业主或是租户都非一般市民，一旦出现偷盗劫抢之类的刑事案件，物业公司担当不起。因此，除了门岗查问得仔细之外，他们还特备了两三辆电瓶车，一者用于社区巡逻，二者上门接送访客。既保证了社区的治安，又方便了业主客人，可谓是一举两得。

此时就有一辆漆着斗大的白色"保安"字样的电瓶车停在了大道和小道的交会处，这里是进入别墅区的必经之地。两名身着黑色制服的保安就站在车外，他们冒着小雨等待着那个骑着自行车的不速之客。

"劳驾，请问您是这里的业主还是租户？"一个年轻的保安客气地拦下藤田，低声询问道，他们知道居住在这里的人们的身份，所以不想惹麻烦。

"怎么？有问题吗？"

"哦，先生，不是，您别生气，我们只是例行公事，您刚进来的时候没有登记。"

"登记？我就住在这里还要登记？你们是这么规定的吗？"

"啊……您是这里的住户啊！没看出来，这下雨天儿的……您还往出跑……所以，就……"

藤田是历经过风雨的人，他知道如何对付眼前的这两个保安。"就什么就，啊？下雨不可以出来走走哇！你们也有这种规定吗？"

这时，一直站在一旁的那个中年保安连忙过来打圆场，他看出了这个骑车人不是本地人，不仅仅是口音不对，长相也不对。

"哦，这位先生您别生气，我们这个小兄弟不太会说话，他是说您还真好运动，这种天气还出来健身，真是难得。"

中年保安说着，将年轻保安拉到了身后，笑了笑，对着藤田说道："您这趟骑得可不近哪，看这轮子上的泥就知道，得，您消消气，上车歇会儿，我们给您送家去。"

中年保安说着，回身朝这年轻保安使了个眼色，说道："小家伙，给先生把车搬上来。"

藤田闻听心中犯难，他脑子里快速地对几种可能性进行了筛选，最后决定还是听从这个中年保安的建议，让他送自己"回家"。

插手站在一边的藤田看着小保安将自己偷来的自行车搬上了电瓶车，自己则随着中年保安一道坐在了副驾驶的位子上，然后便一言不发地静等对方提问了。果然，中年保安发问道："先生，您住哪座？"

"E座503。"

藤田懒懒地回答，其实他早在心里想好了对策。他想，如果拒绝这两人的邀请，他们势必还要缠着自己告诉他们住址，甚至弄不好还要跟着他们去值班室里登记。藤田不想把事情搞复杂，那样对他不利，即使对方不刨根问底就放行，自己初来乍到的要找准那个E座503室也非易事，如果他们跟随在后看见自己东查西找的再引起怀疑，得不偿失，反倒不如将大牌要到底，谅他俩也不敢怎样。所以，藤田顺水推舟地坐上了保安的电瓶车。

"先生，您平时也开车吧，要不怎么看着脸儿生呢！"中年保安嘴上搭讪着启动了电瓶车。

藤田知道这是种盘问，于是，爱搭不理地应道："是啊！"

"哦，先生平时也开车上班吧！住在这么远的地儿，要是不开车根本就出不了门，这儿离市中心太远了，嘿！对了，说到车我想起来了，我就没见这别墅区里出来过国产车，您开啥车，奔驰还是宝马？"

287

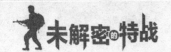

藤田瞟了中年保安一眼，没回答。

一路沉默，终于电瓶车在标着"东湖村 E 座"的小楼前停下，藤田跳下车，年轻保安替他搬下了自行车，一旁的中年保安则热情地问道："有事您招呼一声。"

"谢谢。"藤田瓮声答道。

中年保安随口又问道："先生您贵姓啊？回去我们好登个记，没办法，这儿的规定。"

"姓田。"藤田随口答着，头也不回地朝着楼门走去。中年保安坐着没动，他嘴上道谢，眼睛却紧盯着藤田的背影不放。

藤田弯腰放下自行车，从衣兜内取出钥匙，那是一把能开任何锁的钥匙。楼门打开，人和车都消失在了楼里。中年保安若有所思地问身旁的年轻保安："你看见什么没有？"

"什么？没有。"年轻保安懵懵懂懂地答道。

中年保安摇摇头喃喃自语道："哦，那就是我眼花了。"

原来，他在藤田猫腰的一刹那，恍惚看见了一点银光从他的衣服下摆里发出。

枪？不会吧！中年保安又摇了摇头，启动电瓶车朝着大门口驶去。

13：10　第五大道 20 号总参六处

陈墨和吕律调隔窗而坐，彼此能够感受到对方跃动的心声。已经有两年了，他们还是第一次如此近距离地单独在一起，即使不能倾情相拥，但两人的心已经紧贴在了一起。

陈墨的心里藏了太多的真情亟待告白，但他克制着；吕律调的胸中也深埋了炽热的衷肠需要倾吐，但她抑制着。他们忍住了，契合的好像两道闸门关住了汹涌的洪水，彼此间平静的好像陌生人一样。只是偶尔才会不约而同地互望一眼，眼神中相互告慰着对方，非常时刻，多多保重！

空气中弥漫着紧张和不安的气息，似有种不祥的预感在时时提醒。他们都意识到，潜藏在身边的隐患和日益迫近的危险正威胁着即将开始的猎情行动，疏忽大意已经让"蓝海之心"蒙受了重大的损失，重任在肩容不得再有任何的闪失。所以，他们默契地将个人情感封存起来，收藏在彼此守候的目光里。同时，却把使命和责任摆在面前，忠诚地践行着自己的誓言。

秦雅的密钥已经被吕律调预设在了接收设备的系统中了，只等时间一到，设备启动，系统就会自动接驳到设定好的卫星接收频道中去，然后，自主地从上亿条数据链中搜索到特定的那一条，锁定、传输、下载、存储，整个过程耗费的时间不超过几分钟。

吕律调打开中控系统，从电脑上将硬件的调控和程序的设定又重新检测了一遍，确定一切准备工作已经就绪。她看了眼窗外，见自己的队员们都专注地坐在每台终端设备前，于是，她抄起电话拨通了室外的主管助理小迈。

"小迈，听我命令。一、通知技术部所属各个小组，坚守自己岗位，从现在起执行 AB 双员轮流就餐和休息的战时值班序列，确保各部主机和终端前面时刻有人员值班。二、通知维修小组的人员集中待命，准备好抢修所需的一切工具、仪表和设备，一经发现故障立即出动，按战时标准处理险情，直至信号接收任务开始。三、预计行动将在午夜前后开始，届时 AB 小组同时上岗，实施双组双员出勤，力保任务完成不得有失。"

小迈答应一声撂下电话，起身逐个节点地去下达主管的命令了。吕律调眼望着窗外陈墨的背影，止不住又抄起了话筒，手指在按键上快速地揿下了几个数字，但中途她犹豫了一下。

时间像水样的溜走，多少次期待都消散在梦中，而今，那个人就坐在自己的门外，透过玻璃窗已能清晰看见他宽阔的肩膀，似能感觉到他有力的臂弯传递出的温暖召唤。但是，吕律调还是放下了手里的话筒，一时觉得心内空空情绪不宁。

吕律调感慨，一恍两年他变了许多，疾风敛了锋芒，山一样稳坐在隘口，由初识时的锐利转为现今的厚重，如画眉雕弓换作了铁胎重弩，箭锋所指不仅快速精准而且力道浑厚，出手必取敌酋，一箭封喉。

忍忍吧！她劝慰自己，等闯过了这个关口，再叙前缘也不迟，他一定也是这么想的。

吕律调强压住感情的冲动，重新收了思绪，稳定心神之后，她起身走到角落里，掀起地毯的一角，露出一个抽屉大小的活动封口，上面有一个指纹

289

识别的密码锁。

吕律调将拇指按在识别器的窗口上，很快绿灯闪烁，她听见轻微的一声嗡响之后封口自动翻起露出底下的一个密码箱。吕律调快速输入一串密码，一个80厘米见方的保险箱出现在了眼前。

箱内空空，只有一份标明六处所有通讯设备总调的指令密码和说明。今晚行动之前，她必须先要启动这套大型接收设备，然后才能跳转到接驳卫星的接收密钥。就在她正准备取出指令盘的时候，她放在桌子上的手机突然嗡嗡地响了起来，震动声很大，甚至惊动了屋外的陈墨回头观望。

电话中的声音很慈祥，像是位年长的妇女，吕律调诧异于对方对自己的熟悉胜过迄今为止所有的战友和同事。

"你就是弦儿，对吗？"

听到对方直呼自己的乳名，吕律调禁不住怦然心动，在她的记忆中这名字只有儿时听幼儿园老师这样叫过。后来随着年龄的增长，上了小学和中学，同学和老师都不再了解她的过去，只知道她是由政府出资供养的烈士遗孤，所以，就再也没人这么叫她了。

"请问您是……您要找谁？"吕律调一时不知如何作答，她只能将问题反问回去，以便给自己留有回旋的空间。

"我受人之托联系你，因为一个你我都知道的原因，所以我不能在电话里讲太多。"

对方没有直接回答，而是用了一种彼此都能明了的口吻作了最简要的解释。但吕律调丝毫也没有放松追问的力度，她坚持问道："我需要您明白告诉我，您怎么得到我的电话号码？"

对方沉吟了一两秒钟之后，声音沉重地说道："她既然能够生下你，当然就能够找到你，孩子。我是在替一位母亲转达她对自己女儿的问候。"

犹如晴空响过一声霹雳，吕律调浑身猛地一震，击中她的不是一道闪电，而是一股暖流，泪水抑制不住地噙满了眼眶。母亲、女儿，再普通不过的血缘关系，对她而言却是一种奢望，母女重逢的向往已在梦中重复了千百次，但她的印象里却还从来不曾有过一个清晰的母亲形象。对那一刻的期待已成难以实现的梦想，不想，如今它来得竟如此之快，如此意外。

"哦，您是说……"吕律调所受到的震撼令她一时语塞，反复撞击着她的是电话里那句温柔的话语。母亲对女儿的问候！吕律调跌坐在椅子上，手举着话筒轻轻颤抖。

"我以下的话只说一遍，请你记好。"话筒里的声音温厚而和缓，像施了魔法一般令吕律调深信不疑。

"请你在今天下午3点之前，务必赶到东湖度假村E座503号，我姓孙，我有你母亲带给你的口信，过时不候。顺便提醒一句，这关系到你母亲的安全，请清理干净再来。"

直到对方挂断电话之后许久，吕律调举着电话的手还依旧停留在耳边迟迟没有放下来。她没想作出回应，但"下午3点，东湖村E座503室"这几个字却已深深地印在了她的脑海里。此刻，如同被施了魔咒一般的吕律调，已将今晚的任务抛到了脑后，一心所想的都是尽快赶去会见那位带来母亲消息的传话人。

13：20　第五大道20号总参六处医务室

荀循眼望着透明药液一点一滴地落下，心里感到出奇的平静，活力正在随着药液流遍肢体，浑身上下又重新感觉有了力气。还在朦胧之中的时候，她依稀记得尹博和舒展一起来看过自己，模糊地听到他们提起了荆轩的名字，于是，意识中便追寻着这个名字直到醒来。

还是四壁雪白，只是不见天光，因为房间里没有窗子。稍稍挪动下身体想坐起身来，一阵眩晕令她险些栽下病床，她连忙抓紧了床沿，却无法忍住翻江倒海般的恶心，于是干呕起来，声音惊动了门外的警卫，他打开房门兴奋道："你醒啦！"

荀循摆摆手，连忙说道："没事了，歇会儿就好。"

警卫关上了房门，不一会儿，医生推门走了进来。

"荀循，感觉怎样？"

"是孔医生啊！我没事了，就是……有点恶心，头晕。"

"那是药物作用产生的正常反应，等这瓶液输完以后，改用口服药物，我会适当减少用药剂量，头晕恶心这些不适症状就会很快消失。"

291

"孔医生，谢谢您救了我。"

"哦，没什么，你不用客气。"

"有人在橙汁里下毒，查出是什么人干的吗？"

"还在查，橙汁要送到专业的化验室去检验，医务室里没有条件，化验结果要等等才会知道。"

"那我？"

"你不会有事的，检验结果显示你只是被重度麻醉了，还没发现任何致命的毒素。所以，放心休息吧。"

医生说着替荀循掖好被子，转身出了医务室的1号病房。

在门外，面对舒展问询的目光，孔医生点了点头。

"她很好，不必担心。"

"多亏您，孔医生。荆轩的状况呢？"

舒展礼貌地谢着医生，并随她一起来到了隔壁的2号病房。

坐落在第五大道20号的这座小楼虽然不大，但布局设计还是相当合理的。除了通讯和分析设备占据了一部分空间外，医务室也占去了不小的地方。除了一个诊室之外，还有并排的四个病房。因为特工们从事的工作危险性极强，难免会有伤病出现，所以，加强医务护理也是必要的后勤保障。特别是有孔医生这样经验丰富的全科医生在，六处的工作人员们受益匪浅。

2号病房里的光线要暗很多，舒展站在医生的身后轻轻关好房门，房间里传来均匀的鼾声，病床旁的仪器台上连着的动态心脏监护仪上显示着荆轩的心电图曲线和血压脉搏以及体温等实时状况。

"情况很稳定，不会有大碍的。"孔医生小声对舒展说。

"主要是疲劳和紧张造成的，他的心脏问题不大，血脂稍高但还不算很严重，休息一下就没事了。"

"晚饭前他能下床吗？"

"没问题，晚饭时他的胃口会很好的，放心吧。"

出了2号病房，舒展寒暄了两句把医生送回了诊室，自己则反身来到了病房门口的警卫特工跟前。

"小伙子，你贵姓？"舒展严肃地问起那个年轻特工姓名。

"我姓袁，袁勇。"

"哦，袁勇啊！你知道这病房里的人有多重要吗？"

"知道，我认识他们。"

"很好，我要你不错眼珠地守在这里，任何人不得进入病房。"

"是。"

"特别是2号病房里的人，他是我们国家的宝贝，不能有半点差错！"

"您是说荆教授，我知道，他是我们航母弹射器项目的专家。放心，我会保护好他的。"

"很好，我相信你能做到。"

舒展来到院中，他在滴着雨水的屋檐下站定，看着廊前细雨纷飞院中水洼积存，树上枝折两行墙下浸透半截，前前后后左左右右到处都是水淋淋的景象，不觉心里也像是浸在水里一样，有一种滴滴落落湿湿冷冷的感觉。

在亲眼目睹了刚刚发生的一切之后，他茫然若失地面对着这个混乱不堪、千疮百孔的新团队，心中一时说不清楚到底是种什么滋味，感觉像是自己来错了地方。新人加入本来懵懂，加上天意似乎有意作梗，连阴雨浇透了整个T市，顺便也将六处一道陷入了泥泞。糟糕的态势令这个刚刚从海外特情一线归来的资深特工倍感失落，竟致有些水土不服了。

舒展揪心地看到，"蓝海之心"的四个重要成员里一死一伤一个受到了惊吓，剩下的一个亦如断了线的风筝，音讯杳渺。六处里的两大部门主管，一个如惊弓之鸟，歇斯底里地失去了常态，另一个竟在众目睽睽之下成了投毒的疑犯。大战将至，尚未正面临敌却使自家的阵脚先乱，未到最后关头已是败象先露。敌情态势不清，应对方略模糊，且到了这种地步仍不见有扭转颓势的迹象显现出来。舒展暗自叹道：唉！六处危矣！

面对如此不利的局面，舒展深知这是和平日久造成的怠慢轻敌所致。他清楚地看到，僵化落伍的思维模式、呆板单调的指挥定式、松懈麻痹的敌情意识、迟缓低能的执行效率、积重难返的惜名重誉、论资排辈的陈规陋习，像条条绳索道道沟壑，束缚着铁血悍将的手脚，羁绊着翘楚精英的头脑。

舒展想，特情战士本该具有雄鹰一般的敏捷，弩箭一般的犀利，音律一

293

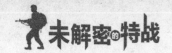

般的准确，美玉一般的细腻。然而，他所见到的却是令人失望的现状。怀疑猜忌模糊了敏锐的目光，优柔寡断钝挫了锋利的刀刃，裹足不前打乱了清晰的节奏，敌我不明忽视了关键的细节。舒展在困惑之中观察，在疑点里面分析，在平静之下准备，在郁闷当中期待。

其实，自凌晨以来，一连串的念头不停地困扰着舒展，他一边抑制住振臂一挥的领袖冲动，一边全力维系着节节退守的脆弱防线。进谏还是禁言？出手还是旁观？深察还是浅判？组队还是单干？进取和保守的矛盾心理反复折磨着他，一时进退两难，难下决断。

第四章　笃信情真

13：30　第五大道 20 号总参六处

　　吕律调隔着窗子看了眼门神一样端坐在门口的陈墨，心中犯愁要不要把刚刚收到喜讯告诉他呢？那可是她一生之中头一次得到母亲的口信啊！对于她来说，除了陈墨还有谁能够和她一起分享这份喜悦之情呢？

　　人们总是这样，当遭遇不幸的时候，他们宁可把痛苦深藏在心里，也不愿让亲人们一起分担，而当幸运降临的时候，他们却迫不及待地想将快乐吐露出来，和喜欢的人一起分享。从出生到现在，母亲在吕律调的记忆里留存的印象为零，在她的手上除了一张母亲年轻时的照片以外，没有任何母亲留下来的有形或无形的信息，哪怕是她用过的一件物品或者穿过的一件衣衫，甚至连只言片语也没有，就像是凭空蒸发了一样。而今，母亲突然派她的信使来访，这让吕律调又怎能按捺得住呢？

　　吕律调抄起了听筒，拨通了屋外助理小迈桌子上的电话。其实，她看得到小迈此事不在自己的座位上，自然也知道她是个责任心极强的年轻人，自从接受了主管下达的任务之后，小迈就一直在各个小组之间忙碌着，但她还是拨通了那部电话。

　　听到电话铃声陈墨回身朝屋里望了望，吕律调示意他拿起听筒。陈墨犹豫了一下，还是起身来到了小迈的办公桌旁，拿起了桌子上的电话。

　　"你还好吗？从你来了也没机会问候一声。"电话里，吕律调的声音有些发颤，虽然她强捺住心头的激动，但是双重喜讯的降临仍然无法让她保持原来的平静。

"我很好，放心！"

倒是陈墨表现得不失常态，但他并不清楚刚刚在吕律调的办公室里由那通神秘电话所激起的心潮波澜，仍旧以为是苟循中毒一事才使得吕律调心绪难平。他想，无论是谁经历过刚才那场突如其来的变故，想要立刻做到坦然处之也非易事，应该给她时间慢慢恢复。于是他提醒自己，吕律调是眼下六处里最为关键的角色，一定要想方设法使她平静下来，接下来的任务全要靠她才能完成，所以马虎不得。

果然，吕律调接下来的话似乎印证了陈墨的推断，困扰着她的首先还是苟循中毒一事。就听电话中吕律调语气沉沉道："你不认为他们说我的那些话有可能是真的吗？"

其实，吕律调是想在吐露心声之前解开心中的疑问，她不确定这个男人是否还如先前那般的信任自己。所以，她急于印证陈墨的态度。

"我不那样认为，根本没有那种可能。"

陈墨毫不犹豫的回答让吕律调的心头一暖，她像个极普通的女人那样，忍不住又追问了一句，"你就……那么信任我？"

陈墨依旧答得干脆，并且理由极其简单，"是，因为你不会伤害我。"

简单的几句话过后，陈墨的心迹表露无遗，吕律调却听得心潮澎湃情绪难宁。今天，她同时得到了来自两个亲人的关爱，这让习惯了孤独的吕律调如同久旱的禾苗突临大雨，一时不知该怎样消受，又如何能不水满霖溢呢？此刻，她真的想打开房门，扑进陈墨的怀里痛哭一场。

于是，再也忍不住，她迫不及待地想要把母亲派来信使的事讲给陈墨听。甚至，她还隐约间有种期待萦绕在心头。或许，他会陪我一同去见那位母亲派来的人吧？想法一生，话便脱口而出了。"我想告诉你，今天真的好幸运，是我一生里最……"

"专心做好今晚的情报接收工作吧！眼下这是最重要的事了。"陈墨出人意料地打断了吕律调充满激情的声音，显然他误解了对方的意思，他觉得此时此刻不是谈论私情的时候。

"我是想告诉你……"

吕律调一时情急没能马上察觉对方话里的意思，所以，还在继续作着努力，但陈墨没等她把话说完，便再次打断了她。

"现在谈论任何事情都不合时宜，记住我们彼此的使命，你只须把精力投在今晚的行动上。关于其他我不想说得更多，但想要告诉你，有我在，你不需要考虑任何别的事情。"

陈墨的冷静让吕律调突然醒悟，她连忙收住了奔涌的情绪，换了一种语气平稳回应道："你说得对，我想说的……也正是这个意思。"

此刻，吕律调才真正体会到陈墨身上的变化，那是一种类似于埋藏在地壳深处的构造变化，极微小却很巨大。由此产生出的能量，让他拥有了山一样的沉稳，岩石一般的厚重，峡谷一般的雄浑，大川一样的伟岸。

于是，吕律调将已到了嘴边的话又咽了回去。虽然，满腹的心事淤塞在胸口，一时难以倾诉，这多少让她觉得遗憾。但是陈墨的最后一句话却让她有了意外的收获，她听出了那话里面所表达的是一个男人的郑重承诺，这也应验了她刚刚说过的那句话，今天她真的好幸运。

放下电话吕律调不由暗自庆幸，她想，幸亏自己没有透露想要去见母亲信使的事，否则必遭陈墨阻拦，果真那样，再想对策恐怕为时已晚。

吕律调敏感地觉察出，经过了两年多历练的陈墨已经是一名颇有城府心思敏锐的特工了。虽然林烈对自己的指控并没有对陈墨的判断造成影响，但那毕竟是发生在大家眼前的事情，疑团一日不解，自己便一日脱不了干系。而眼下，即使尹博没有应林烈的要求对自己采取措施，而只是命令陈墨来负责自己的安全。但吕律调明白，那其中的寓意也是双重的。

吕律调清楚，博士派陈墨形影不离地跟随自己，这里面既有保护自己安全的意思，也暗含了监视自己行动。所以，陈墨不可能不明白尹博的意思。以他的信仰和品格是绝对不会放弃原则的。感情固然可以加深彼此间的信任，但也绝对代替不了铁的纪律，因此，吕律调断定，陈墨绝对不会放自己外出的。

吕律调看了眼腕上的手表，距离约定会面的时间已经很有限了，还有别的方法可想吗？她禁不住急上眉梢。她想，如果连对陈墨都不能讲的事，也就注定了这是属于自己一个人的秘密。所以，只能依靠自己的力量去解决。

行事沉稳的吕律调当然能从那位信使的语气当中听出弦外之音。母亲是身担重任的间谍，为此她才不得不舍弃了照看自己女儿成长的责任，诈死瞒

名孤身独闯海外，这当然是一个天大的秘密，它不仅关系到母亲的安危，也影响到国家赋予她的使命。如此重大的秘密，吕律调不能对任何人讲，哪怕是对尹博也不能讲。

时间在一分一秒地流逝，吕律调按住心急火燎的情绪，定下心来开始冷静思考脱身的办法。

13：40　第五大道 20 号总参六处

陈墨深知自己最不擅长的就是用语言来表达情感，所以，撂下了吕律调的电话之后，心里反倒七上八下地生出一种不安定感。他不确定自己刚才所讲的话究竟是有助于减轻她的思想压力，还是反增了她的心理负担。陈墨想，人在受到冤枉的时候最需要的就是理解和信任，自己有没有在她最困难的时候担当起这一职责呢？

其实，陈墨在听到林烈大声指证吕律调时所受到的刺激并不比吕律调小，他深感震惊的是竟然会有两个人同时怀疑吕律调想要毒害自己！这个团队里究竟出了什么问题？

陈墨自知，如果不是他和吕律调的特殊关系，自己肯定也会持有同样的怀疑态度，毕竟这一切都是在众人眼皮底下发生的事情！

在陈墨脑海当中萦绕不散的是苟循倒在怀里时她伏在自己耳边所讲的话，那口气既肯定又神秘，似乎心有不为人知的秘密却难以启齿。

"饮料里有毒，他们想要杀死你。"

想要杀死我，为什么呢？我有这么重要吗？还是……因为自己向博士提出了怀疑六处藏有内鬼的事呢？那么，出手加害自己的人必定就是那个内鬼了？可内鬼是谁？是林烈所说的吕律调吗？这怎么可能？虽然那杯澄汁的的确确是她送到自己手上的，但她会蠢到在众目睽睽之下出手加害自己吗？陈墨越想越觉得对吕律调的怀疑不能成立，相反，林烈身上的疑点却反而越来越明显了。

在医院的病房门口，他竟让枪手抢得了先手，这已经明显有失水准了，更难以想象的是他还身负枪伤仰面倒地。是力不从心还是刻意掩饰？或许更像是此地无银三百两吧！倒是那个假冒的胖警察出手力挽狂澜，化解了危险。而他的身份直到现在还没有查清，当然也就无法断定他就是杀害那个真正警察的凶手，可他又是哪方神圣呢？无论他负有怎样的嫌疑，但他毕竟出手挽救了荀循，这又是为什么呢？

陈墨越想越觉得疑雾重重，没哪一件事是符合逻辑的。但有一点是一切纷乱复杂的乱象当中最有规律的，那就是每一件事情的焦点都离不开一个人，这个人就是荀循。

在竹林园的入口，她死里逃生，在医院的病房门口再遇枪手，回到六处本部又遭毒手。难道，她身上肩负着别人不知道的重要使命？或许她了解某个重大秘密的真相？所以，为了封口而成了连环追杀的目标。但为何她那样肯定地说敌人想要杀死的人是自己呢？这里面又藏有什么重大的玄机吗？

陈墨的大脑里翻江倒海般的将六处的主要人物翻了个遍，但这一切现象的背后似乎总有一个影子若隐若现。陈墨解不开这个疑窦，心想，他是整个六处的主管，又是谍海之中知名的人物，为何看不到他有任何作为，是力不从心，还是不愿为之呢？

陈墨想，无论在六处里出现怎样的问题，尹博都难辞其咎，因为秦雅领导下的"蓝海之心"已遭重创，其影响之大已难挽回。而今，尹博的命运全看今晚情报的接收效果了，如有意外，恐博士的一世英名不保！然而，一人的荣誉事小，如果这里另有隐情，那将造成的损失可就大了。

想到这里，陈墨禁不住惊出了一身的冷汗，他为自己突然萌生的想法而震惊，同时也发现，似乎自己正在刻意回避着这样的一种可能，那是他不愿意承认也不知该如何面对的一个可能，但它却已经很多次在重重地撞击着陈墨的胸口，让他很难不去设想。也许，六处的重大隐患不是别人，而正是尹博本人呢？

陈墨用力搓了搓双手，用以掩饰自己的紧张，他不知道这一切都被身背后的一双眼睛看得清清楚楚。此刻，她正悄悄拿起电话拨通了一个号码。

"喂，中行第五大道分理处吗？哦，请找一下小韩，我是她的同学，谢谢！"

丁零零……

小迈桌上的电话铃声大作，陈墨猛醒，他回头朝着屋里张望，却见吕律

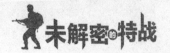

调正埋头伏案，无暇顾及屋外的电话铃声。陈墨无奈只得抄起了听筒，听筒里传来一个女性的声音。

"您好，请找一下陈墨陈先生。"

陈墨诧异，他怀疑自己听错，于是，追问了一声。

"找，找谁？"

"我找陈墨，请帮忙喊陈先生接电话。"

这一次，陈墨确定自己听得清清楚楚，他不明白自己初来乍到，怎会有异性知道自己的名字，于是满腹疑虑地答道："我是陈墨，请问您是？"

"我这里是中行第五大道分理处。"

"哦？找我有什么事吗？"

"今天上午，您是不是在我处办理了一个银联的支付卡？"

"是，是有办过一张银行卡。"

陈墨想起自己报到之后，曾经委托吕律调派人替他在六处斜对面的中行分理处办理了一张银行卡，为的是生活所便。习惯了居无定所的陈墨，每到一地都会办理一张当地的银行卡，以免随身携带过多的现金。

"您提供的个人信息表明，您的银行资信存有污点，请问您曾经办理的银行卡有没有丢失或被盗用过？"

"没有，从来没有。"

"但记录显示，您的一张卡上有恶意透支三万元的污点记录，并且，该笔款项至今未还。"

"怎么可能？"

"非常抱歉，陈先生。我们希望您现在过来一下，我们当面核对一下您的个人信息是否录入有误，不会耽误太长时间。"

"现在？不行，我在工作。"

"我也在工作，陈先生。您知道恶意透支涉及诈骗犯罪行为，所以，尽早澄清为好，不然我们会诉诸法律程序的。"

"什么？法律程序！就凭你们的一面之词？"

"陈先生，银行信誉是第一可靠信誉，这可不是一面之词。我们不想给您添更多的麻烦，但是尽快清账也是我们的责任，如果您没有过恶意透支的行为，为何不能过来一趟，我们尽快澄清此事呢？据我所知，你就在我行对面的 20 号工作，步行也就两分钟的距离。请协助我们工作。"

陈墨为难，对方所讲的理由既合理又充分，令人无法拒绝，如果不是自己身担重任，当然会毫不推辞地立刻赶过去的，但是……他回头看了眼办公室内埋头工作的吕律调，心想，我离开以后她怎么办？

"喂？陈先生？"

电话里的女性仍在等待，陈墨站起身犹豫了一下，对着话筒说道："好吧！我这就过去，请马上为我核对此事，我……很忙的。"

"好的，陈先生，不会超过五分钟。"

陈墨想，上趟洗手间也要五分钟了，看吕律调现在的状态，想必一时还忙不完手头的工作，速去速回，先解决了这桩麻烦事再说吧。

"好，我这就到。"

陈墨放下话筒，再次回头看了眼办公室内的吕律调，然后快步朝大厅出口走去。

陈墨刚一消失在大厅门口，吕律调便又抄起了话筒，按下重拨键。

"小韩，替我拖住他，至少十分钟。多谢了。"

披上一件灰色风衣吕律调出了办公室，她神态自若地穿过大厅目光掠过四周，特工们有条不紊地忙碌着，没人注意到她的离开。门岗的警卫只是在她的脸上扫了一眼，没有多问，吕律调知道她离开的时间将会显示在监控摄像中。如果她能在一个小时之内赶回来，陈墨也没有兴师动众四处找寻她的话，那么这条记录就会湮没在成堆的刻录盘中，六个月后被依照程序销毁掉。

吕律调的车停在第五大道上的无数个小巷口中的一个，因为 20 号的小院里停不下太多的车辆，所以，一些特工的私人用车就在第五大道的各个角落里临时停放着，时间久了，各个临时车位也就变得相对固定，吕律调的车位应该是距离 20 号最近的。

坐进了自己的灰色宝马车里，吕律调轻轻舒了口气，现在，她要尽快赶到那个信使告诉她的神秘地址，东湖度假村 E 座 503 室，去聆听母亲托她带来的口信，或许，还能见到母亲的近期照片呢！

吕律调按捺住兴奋的心情发动了车子，悄悄驶出了巷口，车子刚一进入第五大道便立即提速，灰色宝马驶过中行分理处门口时，她隐约看见了陈墨的背影。

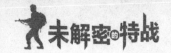

13：50　第五大道中行分理处

"好了，陈先生，问题解决了。"

一位身穿蓝色制服的 30 岁左右的女职员将身份证和一张银行卡还给了陈墨，她胖乎乎的脸上现出歉意的笑容。

"现在重名重姓的人真多，麻烦也就多。不好意思，耽误了您这么久。"

陈墨满腹狐疑地看着女银行职员，收起了自己的证件，起身走出了 VIP 接待室，心想，如此简单的问题用得着这么火上房似的吗？还兴师动众地由分理处的经理在大客户室里接待自己？

出了银行，陈墨大步朝着斜对面的 20 号走去，小雨不知何时已经停了。午后的阳光从滚动的云层缝隙当中挤出来，随着云块的移动，频繁变幻着阴晴和明暗，在这条并不宽敞的街道两侧，一边阳光普照而另一边却阴云笼罩，一切都显得如此的神秘诡异和捉摸不定。

陈墨在落座前朝着吕律调的办公室里望了望，人不在里面。陈墨心里一惊，贴近玻璃窗仔细观察，电脑未关，台灯照亮，一支摘掉笔帽的签字笔丢在桌面上，茶杯敞开盖子，杯沿儿上还升起缕缕热气。

看样子应该离开不久，去了洗手间？陈墨回身朝大厅另一侧张望，没有吕律调的身影。稍等片刻之后，他抬腕看了眼手表，自己离开这里不超过七分钟，她应该不会走远，只要她没出小楼就好。

陈墨想着迈步来到楼外，他对着门口的警卫特工问道："有没见吕律调？"

"是，刚刚出门。"警卫回答得干脆，陈墨听来却像是凭空炸响了一声霹雳。

"出去？"

"是的，开车走的。"

"说去哪里了吗？"

"没有。"

"说去干什么了吗？"

"没有。"

陈墨暗叫道：这下糟了，她不打招呼就独自外出，其中必有隐情，要不要将此事告诉博士呢？也许他知道吕律调的去向，但转念一想，又觉不可。尹博身上的疑点并不比吕律调的少，此事还是悄悄处理较好。

　　打定了主意，陈墨一面向值班警卫询问吕律调的汽车车型、颜色和牌照号码，一边取出手机拨通了吕律调的手机。

　　嘟嘟几声之后，电话被挂断了，再打过去，听筒中已是关机的信号声了。陈墨的心猛地揪了起来，心说不好，原来她是设法通过银行的关系借故支开自己好方便脱身。此刻，恍然大悟的陈墨懊悔不已。他从警卫特工手里接过写有吕律调汽车特征的纸条，反身朝着自己的巡洋舰走去，他希望能够通过卫星提供的信号尽快发现吕律调的踪迹。

　　陆地巡洋舰冲出第五大道20号后沿着吕律调所走的方向疾驰而去，经过中行分理处时，陈墨的脑海中浮现出了那位胖胖的女经理脸上奇怪的表情。

　　车子匀速行驶中，陈墨启动了车载的"北斗"导航定位系统，他在手机中揿入一个号码，那是总参一体化作战体系中的一个很小的分支系统，通过它可以调用卫星以及升空的无人侦察机所获得的所有即时图像信息和数字信息。

　　电话接通，陈墨报上自己的身份代号和登录密码，几秒钟后身份验证通过，电话自动调转到了人工服务台，陈墨报上了吕律调所驾汽车的牌照号码和车型以及颜色之后，又说明了最后出现的时间和位置，然后他挂断了电话。40秒过后，五英寸的LED显示屏上便显现出了那辆宝马车的定位标记，此刻，它正沿着环城公路朝着城市的东南方向驶去，陈墨打轮提速，按照"北斗"提示的最近路径快速追踪而去。

　　迎面驶来的车流当中有一辆帕拉丁擦身而过，专注于"北斗"系统搜寻吕律调的陈墨没有注意到，有一束冷飕飕的目光从巡洋舰的车身扫过，在他的脸上停留了片刻。就在几分钟之前，同样是这双阴冷的鹫目也在同一方向上看见了一辆急急驶来的灰色宝马车，驾车的正是行色匆匆的吕律调。

　　从卫戍区586医院悻悻而回的林烈没有拿到他渴望得到的证据，但那张化验单上的检验结果也部分支持了他的观点。重度麻醉剂量，化验单上用方

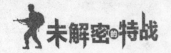

形红戳醒目地打在显要的位置上，并对此作了简要的说明。重度麻醉剂可致人昏迷，但无生命危险，属独立培养组份，非常规药物。

即使是非致命的麻醉药物也是出现在吕律调拿给陈墨的橙汁当中的，虽不能就此证明她有暗害之罪，却也摆脱不了投毒之嫌。林烈恨恨地想，能不能就此将吕律调拿下，还要看苟循醒来之后的证词，不过，如果博士出面袒护的话，最终难免也会不了了之的。

带着沮丧的心情返回六处的林烈在路上意外地与吕、陈二人不期而遇，重又燃起了他的希望之火。他偏执的想法在一次次的挫折面前渐渐变得扭曲，并且开始极端地走向了危险的临界点。

第八卷　险中迷局

第一章　诱杀之险

14：00　东湖度假村

　　吕律调几乎是高速上硬生生地将宝马踩住的，轮胎发出刺耳的尖叫声，车子前冲的惯性险些掀翻了她放在副驾驶座位上的提包，那里有她随身携带的武器和装备。吕律调降下自己一侧的玻璃，探身出来，车子刚好停在了东湖度假村的门岗前。

　　"请问，E座503室怎么走？"吕律调微微扬起头，对着高高坐在门岗里的值班保安问道。由于心情太急的缘故，她没有注意到门岗前立着的告示牌，上面用红色写着四个宋体大字：来宾登记。

　　"一直往前，见弯左拐，第五栋楼就是了。"值班大爷一边从窗口里往外递着登记簿，一边认真地告诉吕律调。他对开着豪华轿车的访客有着特别的好感，遇有漂亮女人更是热情接待。

　　在一旁正低头喝水的一个中年保安闻听抬起头来，他仔细地打量了一眼开车的女人，问道：

　　"E座503？请问您找哪位？"

　　吕律调抬脚松了刹车，正准备起步要走，却见门前的道杆纹丝未动，接着又听见另一位保安发问，不禁有些心烦，于是，反问道："怎么？还要查这么细？"

　　值班大爷见这位驾着宝马的女人气度不凡，话语之中明显带着不满，于是连忙解释道："哪里，哪里，管理公司有明文规定，来宾都需要登记的。"

　　吕律调看了眼值班大爷，心想，都这么大岁数的人了，看个门也不容易，如果自己的父亲还在世的话，应该也有这么大年纪了吧。于是，心中一

307

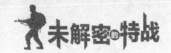

软气也消了一半，重新拉上手刹。心里正犹豫着是否该出示自己的证件，还是胡乱登个假名呢？没想到就在这个当口，那个值班大爷已经走出了岗亭来到了她的车前，把登记簿递到了吕律调的手上。

这举动让她觉得有些过意不去，于是，不再犹豫，她接过登记簿和笔，顺手在上面写下了拜访的门牌号，胡乱登上一个假名字。

为了不使值班大爷为难，也为了转移值班保安的注意力。吕律调边写边顺嘴答出了刚才那个中年保安提出的问题。

"我找一位孙女士，我们约好了在这见面的。"

女士？中年保安皱起了眉头。当听到 E 座 503 这个别墅号码的时候，他的眼前便立时浮现出那个蹬着自行车的健硕男子的身影。

那家伙不是自称姓田的吗？但转念一想又觉得自己好笑，田先生和孙女士就不能成为一家人吗？或许他们还是夫妻哪！于是，中年保安又多嘴问了一句。"她先生姓田吧！我知道这家。"

吕律调原本没多理会那个中年保安的搭讪，正因为她不想过多的搭讪，所以才没有亮出自己的身份，免得又惹得他们大惊小怪地到处议论，毕竟自己是托故偷偷跑来的。

当然，她也不在乎那个自称姓孙的女人是否有个姓田的先生，现在吕律调的心里早已是心急火燎了，恨不得立即就见到母亲派来的那个信使，接上头之后好迅速返回自己的岗位，要知道，六处还有离不开她的任务哪！

或许是那个冒雨骑行的田姓小伙子留给了他难以磨灭的印象，也许他很想借此机会结识这个宝马车里的漂亮女人，等人家开口请他带路吧。所以，那个中年保安一直不停嘴地唠叨着。

"那家的田先生很好运动，年轻的棒小伙儿，这下雨天儿的也不闲着，照样骑着自行车满处跑！"

听了中年保安的这一席话吕律调的心里微微一动。如果按电话里那女人的声音判断，那位孙女士的年龄没有六十也有五十几了，怎么会有个棒小伙儿一样的先生？于是，她试探地问了句："不错，她先生面相嫩，人也帅呀！"

中年保安似乎对此不能苟同，见车上的女人答了话，他便起身凑近警卫室的窗户，对着车里的吕律调反驳道："田先生可不是面嫩，那是二十多岁的棒小伙儿，运动员似的，壮得很。"

吕律调闻听心里升起一个不大不小的问号。虽然，老妻少夫的现象已经司空见惯，特别是对于身价不菲的女人而言，有俊男陪伴早已不是什么大惊小怪的事了，但是，像孙女士这样具有特殊身份的人，如果她也玩起老牛吃嫩草的游戏来，那就显得有些不合时宜了。

吕律调想，从事特情工作的人最忌讳抛头露面引人注目，如果连门卫的保安都能记住孙女士的这位先生，并且还能如数家珍地说出他的长相特点，这样的人物能是特情战线的行家里手吗？自己隐姓瞒名了多年的母亲能如此没有眼光，请这样的人作信使吗？

吕律调心里想着，脸上却没露出半分迹象。她无声地笑了笑没再说话，交还了登记簿给值班大爷，然后升上了车窗，看着道杆抬起，她才缓缓启动了车子。

这一次她的动作却慢了许多。车子沿着园内大道匀速前行，吕律调借助这段时间重新认真思考起这件事来。

车子缓缓地在 E 座楼前停了下来，吕律调坐在车里没有动，她透过车窗朝五楼望去，清一色的沙幔垂吊窗子紧闭不见异常。吕律调心中犯难，一个让她无法拒绝的机遇摆在面前，而这机遇降临的又是如此的突然，该怎么办？她突然后悔自己刚才挂断了陈墨给她的电话，心想，如果此时他能在身边该有多好啊！

一阵微风扫过，刚刚才停了片刻的小雨又开始下了起来，天一下子阴沉了许多。车窗上传来噼噼啪啪的雨点声，仿佛鼓点紧一阵慢一阵地催促着吕律调尽快作出决定。

吕律调从提包内抽出那支小型的 HKP7 型半自动手枪，弹匣内装有 8 发9 毫米帕拉贝鲁姆弹，这支灵巧的玩意儿在 50 米范围内可是个危险的武器，足以应付任何一个近身的威胁。吕律调掂掂手里的枪，不由得胆气壮了许多。父母生前以及身后的种种传说始终是藏在她心底的谜团，为了了却心中的愿望，她决定铤而走险，只身去探个究竟。

熄了引擎，钥匙留在点火插孔里，吕律调下了车，右手插在风衣口袋内，HKP7 就抓在手里，迈步上了楼门前的台阶，抬左手揿下 503 室对讲器的按键。铃声响过，没有询问，楼门便咔嚓一声打开了，显然，主人已经等

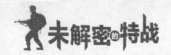

候多时了。

吕律调毫不犹豫地推门就进，声控照明随着身后防撬门的闭合声倏地点亮，面前现出一部复古式样的电梯来。棋格状的栅栏门打开，露出两扇手工雕花的木质电梯厢门，门朝两面退去，吕律调步入轿厢当中，四壁的红胡桃木墙板泛着稠稠的酒红色，一阵一阵地在她的眼中荡漾，推她进入半醉半酣的状态。

出了电梯没走几步，吕律调在标有 E503 房间号的门前站定，右手抓紧了 HKP7 的圆润枪柄，就在她抬起左手正欲揿动门铃的时候，房门突然在她的面前无声地打开了。

14：05 东湖度假村

房间里的光线很暗，凭着楼道顶上的吸顶日光灯，吕律调仅能勉强看见对方的半张脸孔，一时还无法判定对方的长相。只见开门的这个女人体态丰腴，肤色白皙，是个保养得很好的女人。一件水粉色的低领羊绒衫刻意流露着迟暮的性感，修身长裤姣好地勾勒出还说得过去的腰身，腕上金光一闪显现出的那只名表透着不菲的价值，门随后稍稍开大了一些，表达着某种神秘的邀请。

吕律调没有急于进屋，她在心里推测着，面前的这个女人应该就是电话里那位自称姓孙的女士，但她的外表比起电话里留给自己的印象来又略显不同。吕律调想，这女人的装束说来也算合乎身份，但是低领衫和镀金表怎么说也有些招摇。这可不是特情人员该有的装扮！

"哦，你是……弦儿吧！"

没等吕律调开口，那女人便以戏剧性的道白开场了，语调听上去似是旧时邻里的长辈一样，声声都透着亲切。吕律调情不自禁地点了点头，如此亲昵的称谓已经很久没有人叫了，一下子便唤起了她对童年的记忆。

"我说嘛！一看就是你啦！快请进，快请进。"女人热情地说着，退后一步让出了进门的空当，她的人也就在昏暗的屋子里了。吕律调站在原地没有动，她的脑子里忽然闪过一丝疑虑。这女人的谈吐和举止虽然与她的年龄以及外形相仿，但总让人感觉有什么地方和她的身份不匹配。

"快进来呀！别怕，这儿是咱自己的地儿。安全着哪！"

哦，天哪！吕律调差点没笑喷出来，这完全是业余特工的语法，怎么能出自一个海外来的特情人员之口？吕律调一下子便抓住了这女人身上一直困惑着自己的那点偏差。她想，别看这女人的年龄不小阅历也不浅，但她肯定不是特情这一行的老手。

"哦，请问，您……贵姓？"吕律调确定自己面前的这个女人只是一个业余的特工，她不明白母亲怎么会远隔重洋地派了这么一个"二把刀"来寻自己的女儿，但她还是用一种生疏却很礼貌的语气发问了。

"我姓孙，我们通过电话的。"

"您就是那个……"

吕律调说着举起左手放到耳边，作出打电话的样子。

"对，对，对，就是我。"那女人连忙笑着点头确认，她为吕律调能够认出她来而感到兴奋。

"哦，您好，孙阿姨。"吕律调嘴上喊了那女人一声阿姨，脚下却一动没动，她在借机观察那女人的身后。此时，她的眼睛已经适应了屋里的昏暗，所以能够大致看清屋内的情形了。

此时，吕律调的心情很矛盾，虽然这位孙女士身上的种种迹象表明她与她自己所说的身份和使命差距很大，但吕律调并不想断然就下结论，冥冥之中她还对这份从天而降的喜讯抱有希望。她认为或许还有这样一种可能，母亲或许就是考虑到自己身份的特殊和保密的需要才派了这样的一个人来，而这位孙女士或许只是对特情工作情有独钟，或许她对这样的一次冒险经历颇感兴趣，或许她仅仅是受人之托才懵懵懂懂地担起了这次传话的使命，或许……

人一旦陷入了期待的旋涡之中，分析和判断力就失去方向感，客观冷静与主观愿望之间的平衡一旦被打破，人便只会一味地朝着自己想要的方向去想，就好像在重力的作用下人只能够不停地坠落一样。

这是一套有着多个居室的空中别墅，客厅宽大而整洁，通向其他房间的门都关闭着，就像不曾有人住过的一样。一件白色的女式风衣丢在沙发上，显然那是孙女士在刚刚进门时脱下的。吕律调在另一只沙发上坐了下来，回头看时，只见孙女士反手关闭了房门，人却站在门口没有跟过来。

第八卷 险中迷局

"怎么？就您一个人吗？"吕律调试探着问道，耳边响起了门卫保安说过的话，"她先生姓田吧！我知道这家。"随即在脑海里浮现出一个年轻男子的身影。

"啊？是啊！受人之托，又事关重大，一个人旅行方便些。"孙女士先是一怔，跟着便毫不犹豫地撒了个谎，脸上丝毫也不带相。吕律调觉得好笑，但脸上却没显露出来。她想，带着一个年轻男子出门旅行，想必这女人也觉得尴尬，个人隐私嘛！倒也在情理之中，不说也罢，于是，也就不再多问。她抬起腕来看了眼手表，脸上现出急迫的样子，意欲催促对方赶快将来意和盘托出。

而那位孙女士似乎倒是沉得住气，她依旧站在门口不肯走过来。吕律调觉得蹊跷，一种不祥的感觉开始在心里慢慢滋生。

"旅途还顺利吧！几时到的这里？怎么选了这里住下？"吕律调一连问了三个问题，意欲消除自己心中的不安。她太想得到母亲的消息了，一路之上她设想了好几种与这位孙女士见面时的情景，其中既有情意暖暖也有遭遇险恶，对于前一种她倾情以待，而后一种则在潜意识里告慰自己，即使这是一个陷阱，也要试一试，否则，会留下终生遗憾的。

"啊！还好，嘻！就是时间长了点，飞机落地的时候腿脚都有些不听使唤了。"孙女士说话的时候表情很自然，没有什么不妥帖的地方，只是那神情略微显得有些紧张，似乎她也在期待着什么，这一点从她不时发出的笑声里就能感觉到。

吕律调想，她紧张什么呢？难道，她对自己以这样一种方式成为母女间沟通的媒介而紧张吗？那她为何不开门见山地说出母亲所托之事呢，也可以尽早结束这令人心焦的等待，可她……还在磨蹭什么呢？

就在吕律调快速转动大脑，想要搞清孙女士为何拖延的时候，对方却突然言归正传了，像是下了很大的决心似的，孙女士严肃地问道："请问，你是总参六处的吕律调吗？"

这话问得突然，一直沉浸在对母亲音讯期待之中的吕律调猛然从儿时的记忆和母女团聚的遐想之中惊醒过来，她猛地意识到了自己的身份和对方等待的原因。

吕律调轻轻点了点头，她想，这女人迟迟不谈及此次约会的主题，原来是在等待确认自己的身份！难道她在接受这个任务之后，连最起码的准备工作都不做吗？我本人都站在这里了，你还需要问这么幼稚的问题吗？吕律调刚想到这里，更加离谱的事情发生了。

"请出示你的证件给我看一下。"孙女士嘴上说着，人却依旧站在门前没有动，像是很怕接近吕律调似的。吕律调觉得非常恼火，她为自己花费心思竟是为了同一个如此低劣的信使兜圈子而感到不齿。于是，她起身朝门口的孙女士走去，边走边伸出右手探进左胸兜里去取自己的证件。她的警惕性不知不觉松懈了下来，此前她的右手是插在风衣兜里的，手上始终都握着那支娇小的 HKP7 半自动手枪。

吕律调从胸前的衣兜里掏出证件的时候，孙女士的脸上现出一丝慌恐，吕律调猜想，干吗吓成那样？没准儿她还以为自己是在掏枪吧！

果然，孙女士战战兢兢地看过了吕律调的证件之后，脸上就再也没有了刚才的那种自信与从容了。只见她表情僵硬地把证件递还给了吕律调，只说了声："跟我来吧！"然后，就脚步慌乱地带头朝着客厅最里面的一扇房门走去。

就在这时，叮咚！身后的公寓门处传来了一响门铃声。

14：10　东湖度假村

叮咚！

门铃声悦耳轻柔，但在孙女士听来却像是在身后响起了一声炸雷。这一惊可非同小可，她登时停住了脚步，僵硬地站立了片刻，猛地回过头来，愣愣地问道："你不是一个人来的，你还带了谁？"

这句话一出口，吕律调的心里便咯噔一下翻了个个儿。她原以为，这铃声是孙女士的那位田姓男友回来的叩门声，而孙女士的过激反应也被吕律调理解为对年轻男友提前返回的一种尴尬。但是，当孙女士出乎意料地反问吕律调时，她才明白门外的不速之客不是那个姓田的青年。那么，会是谁在连孙女士都不知情的情况下突然造访呢？

"有人跟踪了你？"这一次孙女士说话的口气倒像是个特工的样子，但却怎么也不像是在她自己的国家里。

第八卷　险中迷局

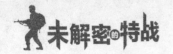

至此，吕律调还是把她认作是在国外待得过久的缘故，乍一回国有些不太适应。于是，她笑了一下，尽量不把蔑视和嘲弄的情绪带出来。"跟踪……我吗？呵！您觉得我看上去像是个敌对势力渗透进来的间谍吗？"

孙女士闻听当即表现得更为尴尬了，她连忙解释道："哦，不……不是，我不是这个意思。"

吕律调侧过身回望了一眼，示意孙女士是否应该去看一下，到底是谁不期而至。但孙女士的脚下却似生了根一样，完全没有去开门的意思。就在这时，门外的人似乎等得有些不耐烦了，铃声连续响了两下。

叮咚！叮咚！

门突然在吕律调的面前打开了，但打开的却不是响着门铃的公寓入户门，而是位于公寓最里面的一扇紧闭着的套间房门，它在大门铃声的不断催促中悄然打开了。一个年轻健硕的身影出现在了门口，他的双手反背在身后，只有锐利的目光在昏暗的光线下闪着寒光。吕律调一点也不诧异地看着这个突然出现在自己面前的年轻人，心下里推测道，莫非，这个人就是保安所说的那个田先生吗？真的好年轻啊！

为了避免尴尬，吕律调不等孙女士反应过来便脱口问道："哦，田先生吗？你好！"

刚刚现身的藤田听见吕律调的问候时，立时愣了一下，显然他对来访者招呼自己的称谓准备不足。田先生？那是应付保安时随口说出来的，怎么这个来访的女人会知道呢？

藤田稍一打愣便立即顺水推舟地点头应道："哦，是啊！我正是田先生。"

藤田的汉语还算说得过去，但怎么听也还是带有那么一股生性子味儿。其实这倒也无妨，海归嘛，肯定是南腔北调的。但藤田的话刚一接上，站在一旁的孙女士已经是面如土色了。

"你就是那个吕律调小姐吗？哦，我们里面谈吧！里面请！"

藤田侧身将吕律调往套间里让，人却没有走出屋来。吕律调突然觉得今日所赴之约的主角不是那个孙女士，而是这位田先生。

吕律调感觉到了客厅里的紧张气氛，这是从田先生出现以后突然产生的。而衡量这一紧张程度的竟然是一直在夸夸其谈的那位孙女士，此时她的脸上已经毫无血色，甚至可以看见她的小腿在瑟瑟颤抖。

留在吕律调面前的只剩下这最后的一层窗户纸了，无论她的心里再怎样的期待，她也不会欺骗自己的眼睛。吕律调亦是特情战线上的精英分子，察言观色当然是内中高手。此刻，她深知自己陷入了一个预先设计好的圈套，对面的这个年轻人便是杀手，而自己则是猎物。现在，她想收手已经来不及了。

想到这里，吕律调不由得抓紧了衣兜内的 HKP7 型半自动手枪，她知道，自己只有出奇制胜，抢得先手一招制敌才有可能脱离困境。

此时，叩门的铃声不再响了，大概是以为主人不在，抑或叫门久了无人应答而觉得气馁，想必来人此刻已经转身下楼去了。

"吕小姐，屋里请，我们没有多少时间了。"

藤田见吕律调迟迟不肯迈步，于是，他加重了语气催促她，这反而迫使吕律调向后退了半步。这是她预备出枪时的动作，已被迫上绝境的吕律调决定拼死一搏了。

人的思维、情绪甚至好恶都是最先呈现在眼睛里的，哪怕是最出色的演员也是一样。即使他出演过上千种角色，但眼神还是属于演员本人的。吕律调和藤田相对而立，近在咫尺，她出枪前的征兆早已从眼神当中流露出来，这当然逃不过藤田的眼睛。

就在杀机初现在吕律调眼中的时候，谁也没有想到，公寓的大门突然发出了一声沉闷的爆炸声，两处铰链一处锁舌三处炸点同时引爆，20 厘米厚的实木贴面门硬生生拍进屋来，将孙女士着着实实地砸在了下面，立时血浆四溅。

趁此机会，吕律调从风衣兜中掣出 HKP7 时顺势将右臂向体侧甩出，风衣张起，在她的臂弯下扯成一幅宽大的翼展，挡住了藤田的视线，他无法看到从洞开的门框里，一条两指粗细的攀登绳闪电般的射来，刚好兜在吕律调的腰部，而后，绳头疾速地绕了一个圈，借着惯性绳索向后一带，扯动了吕律调娇小的身体向侧面一个趔趄。毫无准备的吕律调几乎倒在地上，身体刚好避开了正对着套房门口的方向。

此时，藤田背在身后的双手早已平举在了眼前，只见手上银光一闪，两枚枪弹破门而出从吕律调的腋下滑过，加装了消音器的枪声在爆炸声中听来

模糊不清，只听见噗噗两声。紧接着，吕律调手中的 HKP7 就发出了清脆的响声。

砰砰！HKP7 射出的枪弹迫使藤田退进房内关门躲避，没等他再拉开房门窜出房间，就又听见当当两声，门框上立时爆起两处弹洞，其威力之大显然不是刚才那支 HKP7 所能发出的，从枪声上判断这后两枪来自另一支火力威猛的自动手枪。

藤田暗叫，不好！那人是有备而来，后援就在门外，情势危急先行自保吧！想到这里，手中的银枪隔着房门打出两个点射，然后反手锁上了房门。他三两步便跨到了窗前，侧身向楼下观看，只见楼下空空，未见有大队人马到来，知道对手还没有来得及设下包围圈，趁此时机正好脱身。于是，他立时收了枪纵身跃上窗台，利索地打开窗子，灵巧地移身窗外，反抠窗口悬身窗下，像只壁虎一样紧贴在了外檐上。

藤田早在来时就已经注意到，在两户卧房的窗户之间有一条从楼顶上延伸下来的排水管道，四英寸左右直径的 PVC 管被不锈钢管卡用铁涨顶牢牢固定在墙上，对于身手矫健的藤田来说那就是一条逃生的通道。所以，他毫不犹豫地翻窗而出就是奔着这条管道来的。

他手搭窗沿，两手交叉更替，没几下就来到了窗户靠近排水管的边上。此处距离管道最近的位置只有一米左右了，他腹下提气曲起双腿蹬住外墙，然后，纵身一跃，像只猿猴一样飞身攀住了排水管上的不锈钢管卡，接着，便像只松鼠一样一下滑到了地面。

几乎是在同一时刻，楼上套间的房门被砰的大力撞开，手擎"风暴"的陈墨闯进屋来，他一见窗户大开就明白了杀手的去向，于是，头也不回地说了声，靠后！便抖开手上的攀登绳，绳头上的铁爪立时钩住了窗下的暖气管，刚到门口的吕律调还没来得及答应一声，便只听嗖的一声，陈墨的人影已经射出了窗外。

吕律调隐身在窗的一侧，按下枪探出头朝楼下望去，只见刚才那个大半个身子躲在门后朝自己开枪的杀手已经骑上了一辆自行车，拼命朝园区的大门口冲去，后面，刚刚落地的陈墨来不及发动车子，只能一路狂奔着从后面急追上去。

爆炸声和枪声惊动了四邻，人们纷纷打开窗子朝外面观看，大门口的值班大爷按动了自动门掣，风琴状的自动铁门开始缓缓闭合。中年保安此时也冲出了值班室，只见他站在了道路的当中，张开双臂意欲阻拦骑车逃命的藤田，却见藤田的右手一扬，手上又是银光一闪，中年保安侧歪了一下，便一头栽倒在了地上，鲜血殷殷染红了路面。

陈墨火起，手上的"风暴"骤响，砰砰砰！子弹在铁门上爆出火花，藤田的自行车在风琴门闭合前的一刹那冲了出去。

小雨浸淫的马路上多少有些湿滑，刚刚冲出大门的藤田一个急转弯向右侧拐去，由于重心侧偏过大，自行车在向心力的作用下猛然失控，侧翻的车子平躺着滑出了路面，藤田一头栽下车来。好在有空手道黑带的身手，他连续在地上翻滚着，卸去了落地时的巨大冲击，一路滚出去七八米远，刚一停下，他又是一个鲤鱼打挺从地上弹起，接着拼命朝前跑去。藤田心里明白，一旦自己的踪迹暴露在了明处，捕杀便如撒下了一张天网，自己是绝难逃脱的。所以，尽快设法隐形遁去才可觅得一线生机。此时的藤田真是急急如丧家之犬，忙忙如漏网之鱼了。

连续的阴雨天气令出行的人很少，这条从城区延伸而来的大道放射到了这里已近城郊了，所以行人以及车辆就更是难得一见。趁着马路上空无一人之际，逃跑心切的藤田顾不及察看两侧路口有没有驶出的车辆，便急急冲过了一个十字路口，他没有注意到有一辆地产的两厢小车正缓缓驶出路口并且朝他频闪车灯。

光秃秃的马路两侧除了绿化种植的树木之外就是刚刚冒出绿色的田野，狂奔的藤田就像是秃子头顶上的大个绿豆蝇一样显眼。已经跑出了一千米的藤田此刻感觉信心折半，如此的地形哪里有他期望的匿身之所呢？

就在他心慌意乱之际，从叉路口里拐出的那辆小型车从身后追了上来，车子在他前方两米处戛然而止，然后，车门打开，汽车急速后退到了藤田的跟前。藤田心下一惊，连忙定睛观看，这一看不由得大喜过望。原来，开车的不是别人，正是他朝思暮想的栗原纯美。

这款当地产的两厢小车以低价格、低油耗和低费用著称，已经在全国卖出了上千万辆，在本地就更是比比皆是。当它混入城市的滚滚车流之中时无论是卫星还是道路监控都很难从成千上万辆同样的汽车当中再把它找出来，这是栗原在藤田走投无路之时出手丢下的一棵救命稻草，也算报了他在中东

317

第八卷　险中迷局

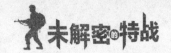

战场上的救命之恩。

从度假村的大门里追出来的陈墨看了看两侧空荡荡的马路，只得停下了脚步，一则已经失去了目标的踪迹，二则他惦记着身后的吕律调，他知道眼下保护她的安全是第一要务。

反身往回走的陈墨拨通了六处的值班电话，通报了杀手逃离的时间和地点，请求动用城市警力实施搜索，但他清楚，此举收效不大，但碍于程序他也不得不如此而已。

23∶15（14∶15） 纽约曼哈顿下城唐人街

看着饭堂里伙计们穿梭般忙碌的身影，再看看周围餐桌上碟碗成山的景象，克恩夫人低头瞧了瞧自己桌上的几样小菜，不禁浅浅地笑了笑。暗想道，虽然吃不下多少，但终归还是要到这唐人街上的中餐馆里来感受一下气氛，毕竟自己的身上继承了华人的血脉。

克里·克恩参议员的妻子是位出生在纽约的华裔女子，名叫诺拉·夏，中文名字叫做夏若兰。在她36年的人生里从没有到过中国，所以只能在纽约的唐人街上感受已经不很纯正的中国文化了。但克恩夫人很幸运，她从小便有一位来自中国的家庭教师，因而得以接受了原汁原味的中华文化的熏陶，在这样的背景下成长起来的诺拉·夏可以说得一口流利的汉语，并且熟读中国古代的著作典籍，深谙华夏文明的历史渊源，已经成为克里参议员对华事务的首席幕僚，在参议员与中国的外交事务中发挥着不可多得的积极作用。

夏若兰穿过觥筹交错的缝隙朝着洗手间的方向望了望，仍不见古韵老师的身影出现，于是，她扭头朝窗外望去。心想，上了年纪的人动作就是迟缓，想当年古韵女士风华正茂的时候，那真是身形矫健体力充沛，加上人又长得漂亮，被老克恩先生戏称为投奔西方的花木兰。虽然，老克恩先生最终也没能追求到古韵老师，但两家人仍旧保持着非常亲密的关系，每逢周末或是节假日，克恩一家都要邀请依旧孑然一身的古韵老师来家里做客，每逢这时夏若兰总是会想，若是古韵老师当初答应了老克恩先生的求婚，那么现在，她就不仅仅是自己的老师了，而且，还是丈夫克里的继母，儿子布莱恩的祖母了。

窗外，午夜的唐人街上灯火辉煌，大街被映照得如同白昼一样，纽约的夜生活才刚刚拉开序幕。熙来攘往的人们穿梭在街道上，亲切的东方面孔、斗大的汉字招牌和鲜艳的大红灯笼随处可见，恍如置身在中国一样。只有远处的夜空中那闪烁着的百老汇的幻彩霓虹，才提醒人们留意，这里不过是纽约曼哈顿的中国城，而那里也正是她们今夜将要出游的下一站。

古韵老师精通音律，而且弹得一手好琴，她中通古筝，西精钢琴，每每举行家庭晚宴，总会献上一曲，那是克恩家举办派对的保留节目。每当看着古韵老师端坐在钢琴前，纤纤玉手指舞琴键，忽而高亢忽而低婉，夏若兰总能生出许多的遐想来。而老克恩先生更是陶醉其中，痴迷得不行。这让他的儿子，克里参议员常常觉得很难为情，但亲近克恩家的人们几乎全都熟知内情，所以早已经见怪不怪了。夏若兰今晚约古韵老师出来，除了照惯例到唐人街上转一转，还有就是要去百老汇，去听一场歌舞剧。

"若兰！让你等急了吧！"一个极富韵律的声音在身旁响起，好听得像当空跌落的音符一样。

夏若兰回过头来莞尔一笑道："不急，若兰出来就是陪老师散心的，可不是来赶庙会的，怎么会急呢？"

古韵老师听她一说也跟着一笑，慢慢地坐下身来，看着自己从小带大的学生，禁不住打趣道："哦！你也会用赶庙会这词儿了？呵呵！嗯，你的汉语真是越来越有味道了。"

夏若兰颇为自豪地点点头，忍住笑接着说道："嗯！慢说是我，就连克里也是每天汉语不离口，动不动就是，你吃了吗？逗死人了。"

古韵老师听了也跟着笑了起来，她由衷赞叹道："而今汉语的重要作用在外交事务中已经变得越来越突出了，你看，你这么多年来的努力真是没白费呀！在家里你是个贤内助，公众场合又是个可靠的助手，若兰，克里是不是越来越离不开你啦！"

夏若兰得到老师的夸奖，很是兴奋，她有些按捺不住道："那还不是多亏了老师的谆谆教诲，您在我身上花了那么多心血，我怎么能让您失望呢？不过，克里也的确能干，由他组织的有关中国事务的国际论坛很快就要举办了，到时候会有很多重量级的人物参加，我很期待那一天的到来。你肯定知

319

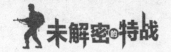

道原因，对吗？老师。"

古韵老师微微点头，笑笑说："知道，当然知道，那时候，你就可以随克里一道去出访中国了，对吗？"

夏若兰像个孩子似的笑了起来，她连声说道："是啊！是啊！到时候，老师和我们一起去，怎样？"

古韵老师若有所思地点点头，未置可否地说道：

"那可是政府的访问团，你以为是你们克恩家的出游派对哪！"

夏若兰抑制不住兴奋，她意犹未尽地还想继续沿着这个话题说下去，却见古韵老师点点腕上手表说道："回头再谈你的出访计划吧！我们该走了，再晚，就要迟到了。"

克里夫人驾驶的是一辆福特牌的 SUV 运动型汽车，这在中产阶层中是很普遍的，夏若兰虽然贵为参议员夫人，但她同时也是一名政府的公务员，所以，崇尚职业女性的她便总是把后一种身份摆在首位，从不以参议员夫人的身份凌驾于公职之上，上下班不用司机，出行也从不配保镖，总是来去自由，很是平民的样子。

古韵没有像往常那样坐到后排去，而是紧挨着自己的学生坐到了副驾驶的座位上，因为路程实在是太近了，要不了几分钟就能到达百老汇大剧院的正门口，这样坐也是为了方便上下车，免得让学生跑前跑后地替自己开车门了。

古韵的一头白发衬着虽经岁月沧桑却不曾留痕的面容，显得是那么的文静雅致超脱无尘，看到这张面孔的人无论是谁都能推断得出，年轻时那该是一张何等俊秀俏丽的容颜，是什么原因竟使这样一位超凡美女流落异国而今仍是孑然一身的呢？夏若兰说不清楚，老克恩先生搞不明白，这其中的内情怕是只有古韵本人才能解释得清吧！然而，几十年孤身飘零的经历岂是一两个原因就能够造成的吗？那是极其复杂的背景下才能形成的，而今，所有的一切都已经浓缩简略成为一个最简单不过的理由，那就是为了国家的利益和安全，她甘愿付出自己的青春和生命作代价。

古韵，代号"唐笛"，总参情报局超级特工，是总参情报总局首长，"汉箫"古谱的孪生姊妹。二人曾经一同并肩战斗在海外的特情战线上，她们配合默契，为国家作出过非凡的贡献，因此被并称为"萧瑟二重奏"。

汽车转过一个弯向南开去，不远处便是举世闻名的世界金融中心华尔街了，隐隐地能够看见著名的高盛集团大厦门前那对硕大的铁狮子，这个在不久之后便会轰然倒塌，并给全世界经济带来沉重灾难的投资银行，此刻看上去还是那么的傲慢与强大。古韵平静的目光从铁狮子的身上滑过，心里也如它一般感觉沉甸甸的。近来的情况变化有些微妙，这不能不让古韵的神经绷得紧紧的。虽然近期没有特殊的行动，但总有一点点蹊跷的变化让她平静不下来。所以，古韵今晚应夏若兰之邀前往百老汇听歌舞剧，其实是有她自己的打算的，她此行的目的是要去会一个人。

李翰邦化名邦尼·李是古韵多年的助手，负责代替古韵与总参总部进行联系。他五十多岁的样子，是百老汇歌剧院餐饮部的一名经理。李翰邦与古韵不定期地碰头，多是在歌剧院的茶餐厅里，平时李翰邦也是通过歌剧院的销售平台在网上用暗语向古韵传递信息的，这其中的暗语只有他们两个人才能明白。

但最近两周以来，这个李翰邦突然中止了与古韵的所有联系，就好像人间蒸发了一样。这个不合理的举动让古韵变得忧心忡忡。要知道，她与老李眼下的主要工作仅仅是对时局的一些表面现象给出实质性的透彻分析，完全不涉及任何的危险行动。她是总参情总在海外的重量级人物，蛰伏是常态，不遇特大情况是不会轻易启动她的。所以，没理由出现上述的特殊情况，她们唯一冒险的举动就是偶尔由李翰邦向总参情总的特殊联系人发送对时局的分析报告，按说这也不是什么高危的举动，发送信息同样是通过网络完成的，形式也是公开的网络邮件，只不过用的是暗语而已。如果在这种情况下还是出了问题，那么，问题怕是出在了国内。

必须尽快搞清楚问题出现的环节，古韵当机立断采取了行动，她借着夏若兰邀请自己今晚出行的机会，提前向歌剧院打电话预订了剧院和酒吧的座位。那是她与李翰邦约定的特殊会面方式，平时很少使用，如有不便，李翰邦会在预订回执时，通过正常的电话回访与她联系，然而，预订如期得到了歌剧院客服部的确认，她却没有接到李瀚邦亲自打来的电话，她的助手依旧如同石沉大海一样杳无音讯。

短短的几分钟路程眨眼间便到了，夏若兰在歌剧院的大门口熟练地停下车，正准备跳下车去替老师打开车门，却不想古韵说了声："我先去酒吧坐

321

一会儿，你泊好了车子就来找我。"

不等夏若兰回答，古韵便已经抢先迈出了车子，径自朝着大门走去。夏若兰刚想重新启动车子，一个门童探身出现在了车窗口上，他客气地询问道："需要帮忙吗？女士。"

"哦，是啊！谢谢。"说着话，夏若兰钻出车子，她将小费连同钥匙一起交给了门童，正要转身离去，不想斜刺里一个矮个子的男人横冲过来，愣愣地撞了她一下。夏若兰连忙止住了脚步。

"哦！对不起，真的……对不起。小姐，有没有伤到您？"

那人连忙伸手扶了夏若兰一把，连声道歉。

夏若兰礼貌地说道："哦，没关系，不必客气，我，没事的。"

那男人歉意地扶了下他的窄檐小礼帽，侧身让到一旁，请女士先行。一副老式的绅士做派。夏若兰矜持地笑了一下，转身朝剧院里走去了。她不知道一颗黄豆粒大小的窃听器已经粘在了她手袋的侧面，不仔细看是发现不了的。

那戴礼帽的男人目送夏若兰进了大门之后，朝着门童使个眼色，门童随即打开车门钻进车里，熟练地将车开走。戴礼帽的男人则随后也跟着走进了歌剧院的大门。

一阵又一阵戏剧性的音乐从不时敞开的门缝里飘出来，未及进门就已经可以感受到强烈的歌舞气氛了。这让三三两两迟到的情侣们不由得加快了脚步。一个高大的身影正站在街对面一家音像店的橱窗前，将歌剧院门前的这一切都看在了眼里。此刻，他转过身来，横穿马路也朝着歌剧院走来。夜风袭袭鼓动着他的风衣，衬出他俊朗的身姿，额前的白发也随风飘动，更显得潇洒而飘逸。

23：15（14：15） 纽约曼哈顿东百老汇大街

古韵像往常一样走进了歌剧院大厅左侧的酒吧，一个身穿白色衬衫红色马夹的酒童赶忙上前招呼，一路引领着来到了靠近酒吧前台的座位上，这里很方便招呼柜台里面的调酒师，是专门留给身份特殊或是 VIP 客人的。古韵虽然身份一般却是这里的熟客，所以，当她刚一出现在酒吧门口的时候，远远站在酒吧深处的值班经理便示意酒童上前，将她迎到了贵宾席上来。

古韵注意到今晚值班的经理虽然熟悉，却不再是李翰邦了，一种不祥之感不由得浮上心头，脑海中迅速推测出各种可能出现的不利局面，并且作好了最坏的打算。帮忙把外套和披肩放好之后，酒童接过古韵递来的小费，道了声谢便转身离去了。古韵在位置上坐好，然后将银包放在了体侧手边的位置上，提带套在手腕上，这样一来她随时都能够打开银包付账，当然这不是最主要的，因为银包底部的四个装饰钉脚非常特殊，其中的一个装有机关，如果扣动暗掣的话，机关启动，一根仅有5毫米长的毒刺将会瞬间射出，药液强悍见血封喉，5秒钟之内人便会死亡。当然，以六旬之躯上阵，这根毒刺不是给旁人预备的，那是她留给自己的。

古韵刚一坐定，便看见夏若兰出现在了酒吧门口，还是刚才的那个酒童主动上前，简单的交谈之后，便引着她向自己的座位走来。古韵微笑着点了点头，目光却停留在了酒吧的门口，她注意到了一个身材不高，头戴礼帽，穿着守旧的男人跟在夏若兰的身后也进了酒吧。那人的眼神犀利，他在转身巡视全场的时候，目光曾经在古韵的身上作了片刻的停留，只那么一刻，古韵便觉出了阴冷无比，就在古韵刚一觉察出寒意逼人的时刻，她接下来所看到一幕更让她体会到了冰冻三尺的彻骨寒气了。

李翰邦出人意料地出现在了酒吧前台的出口上，刚好和迎面走来的夏若兰打了个照面，同样与他熟络的夏若兰很自然地停下了脚步，跟李瀚邦寒暄起来。古韵看见酒童知趣地退身离开了，戴礼帽的男人正脱下大衣和礼帽一起挂在衣帽架上，坐在门口位置上的两个身着风衣的男子见状起身去了门外，"礼帽男"则代替他们坐在了那个位置上。古韵知道这一切几乎就是特情行业的标准程序，自己正深陷在一个诱捕的圈套之中，无疑那个"礼帽男"是这个行动中的捕手，李翰邦则是设置好的诱饵，而自己正是他们张网待捕的大鱼。

事已至此，古韵反而觉得一切都变得简单了。最明显的一点是李翰邦已经被控制了，他现在所做的这一切都是他刻意设计好了的，在有限的回旋余地当中他在尽可能地发挥出自己所剩不多的作用。那么，他到底想要达到一个什么目的呢？

古韵作出如此推断的一个基础是她对自己助手毫不动摇的信任，而事实

也刚好证明了这一点。李翰邦终止了与古韵的一切联系，这本身就是个警告，而古韵至今仍能安然无恙，也刚好说明了她正在受到助手的保护，无疑，如果李翰邦想要出卖她的话，根本就无须设下现在的这个圈套了，古韵足不出户就已经束手就擒了。那么，他煞费苦心地作出这样的安排，一定是想要借此机会向自己传达什么重要的信息吧！

古韵相信助手是在利用今天的这个圈套，又在其中设下了另一个圈套，用以实现自己的目的。可是，能够说服捕手给他这样一个机会，那可不是件容易的事啊！古韵想，莫非……他是想假借诱捕之名好借机接近自己？那样一来，能达到他的目的吗？要知道，此刻在这间酒吧里的任何一个人，都会被记录在案的呀！更不要说与他接触过的人了，老李啊，你今天使出的可是一个险招啊！

古韵心里想着，目光片刻不离地盯着李翰邦，只见他与夏若兰三言两语过后，竟然一起朝着吧台走去。古韵开始觉得助手在酝酿一个重大的"阴谋"，这"阴谋"无疑重点关乎到自己，于是，她始终保持自己的余光牢牢锁定在了李、夏二人的身上，即使当酒童端酒上来的时候，她也没让这二人的身影离开自己的视线。

付了小费，酒童离去。古韵端起杯来轻轻摇晃着，让酒的醇香慢慢挥发出来，丝丝入怀稳住心神。她注意到李翰邦背对自己坐在高脚椅上，却将左手臂直垂下来，只见他一边与对面的夏若兰攀谈着，一边用左手的拇指不停把玩着套在中指上的那枚戒指，随着他不停地摩挲戒指，五指间也不停地作出各种手势来，这看似随意做出的动作，其实却是富有深刻寓意的。古韵仔细看着助手的手势，她读懂了这仅限于他们两人之间的手语，古韵的心里不由得一热，接着又是一紧。

现在，助手的心思她已经很清楚了，这是他为自己创造的唯一可以获悉重要信息的机会了。谢了，老李！古韵抑制住难以表达的情感，心情沉重地看着自己的助手，她还不知道眼前的这一幕究竟如何收场。

李翰邦的每个手语都反复重复了三次，极其清楚地表达了他要传达的信息。正是这条信息，让古韵的心不由得紧揪了起来。虽然，李翰邦的手语传递的只有一句话，但那句话的分量却比千言万语还要沉重。

"联络总部的渠道有问题，我已暴露了。"

忠诚于祖国的特情战士，在自己命悬一线的危险关头，首选想到的还是国家的安危，当他确信自己已经把这一极其重要的警示信息传达给了自己的上级时，接下来，他便要考虑该如何结束这样的危险局面了，他必须保证"唐笛"能够安然无恙地脱离险境，这样才能妥善地将这个警告传回家去。然而，让他没有想到的是，如同蝴蝶效应一样，由他而起的这一警告，将会在总参情报局的内部引起一场轩然大波。

古韵的目光朝四周扫去，她在酒童、侍者、调酒师的脸上看到了近乎相同的神色，她知道这间酒吧已经被特工完全控制了。古韵轻轻抿了一口酒，借着酒的香气轻舒了一口气，握着银包的手不由得攥得更紧了。

一辆黑色的八座福特牌越野车在歌剧院的门前悄然停下，它披着厚重装甲的宽大车身将歌剧院的大门衬得窄小了许多。车门打开，两名高大魁梧的保镖跳下车来，他们挺着厚实的胸肌站在了大门的两厢，第三名保镖手按着胀鼓鼓的腋下也随即钻出车来。他在车门前站定用一只手护住了车顶，另一手则探进怀里紧抓着枪柄，目光警觉地扫向了街道的对面。

终于，一个生着一头栗色头发，高高瘦瘦的男人钻出车来，他来不及整理一下西装领带便大步朝里走去。第三名保镖紧走了几步跑到了栗色头发男人的前面为他打开了大门，跟着，另外两名保镖也随后一道走进了歌剧院。

坐在门边角落里的"礼帽男"颇为吃惊地看着这个栗色头发的瘦高个男人出现在酒吧里，他阴郁的脸上泛起了一丝愁云，他不知道这个重量级的人物为何偏偏赶在这个时候出现在自己布置好的"场子"里。

"参议员？承蒙光临不胜荣幸！"

始终站在吧台边上的当值经理连忙迎上前来，此刻，他是这间酒吧里的唯一一位"正式"管理人员，他当然不能指望那些由特工装扮的"侍者"主动上前去招呼贵宾的。

栗色头发的男子并不打算与那当值的经理纠缠，他迅速地在这间不大的酒吧里搜寻着自己的妻子，很快，他便找到了正坐在吧台边上与一名男子热络交谈的夏若兰。

"克里？你……怎么这会来这里？"

夏若兰吃惊地看着丈夫不请自到地出现在了自己的面前，她一时觉得有些不知所措。不等她向克里介绍自己身边的李翰邦，就听见克里参议员满带

第八卷　险中迷局

醋意地说道：“哦，果然所言不虚！你……真的在这儿，希望……我的出现没有扫了你们的兴致。”

克里的话音很低，他当然不想让外人听见，如果这样的一段话被记者偷偷听去，明天的各大媒体上就会全部刊登出这样的一条消息："妒妻子密会男友，参议员醋意大发。"那样一来，克里丢掉的不仅仅是脸面，还有他的政治声誉。

“克里！你在胡说什么？这位先生他是……”

“他是你的第几任男友？诺拉，别跟我说你是无辜的！”

说着话，克里参议员从怀里掏出手机，揿动按键，手机屏幕上显现出异常清晰的照片来，那上面显示的全都是夏若兰与李翰邦约会时的情景。见此情景，夏若兰已经给愤怒榨干了语言，她喘着粗气，眼里噙满了泪水。

“先生，请您听我说。”始终坐在一旁的李翰邦此刻站起身来，他向克里的跟前凑了几步，意欲解释几句。这时，一直站在酒吧门口的那名保镖明显地提高了警惕，虽然，他听不见自己的老板在对他妻子说些什么，却也明显感觉出了老板对那名亚裔面孔的男人极为不满。

“闭嘴！站到一旁去，不然我给你好看。”克里参议员努力克制着胸中的火气，他只想把自己的妻子带走，而不想在公众场合把事情搞大。

李翰邦的余光瞥见了门口像塔一样站立着的保镖，但他仍旧不打算放弃自己申辩的权利。“您误会了，参议员，诺拉她只是偶尔来这里坐一坐，我们……”

“闭嘴！你这不知羞耻的家伙。我的妻子用不着你来替她解释。”

这一次，克里参议员的声音略大，他的火气已经有些按捺不住了。李翰邦注意到门边的保镖已经把手探进了他双排西装的怀里，深陷的眼窝里有一道寒光闪现出来。李翰邦暗道：借此机会，就让一切尽早些结束吧！

射击时爆响的声音被从歌舞厅里传来的一阵击打乐所掩盖，除了少许的客人面露惊惧之外，酒吧里所有的店员们反应一般，他们虽然也被这突如其来的枪声所震惊，但脸上露出的却是警觉而不是惊慌。

11毫米的弹丸只在李翰邦的额头上留下了一个小洞，却将他的后脑部撕去了一大块头骨，血溅在了吧台上，因为都是红色，所以视觉上并不显得特别血淋淋的，只是他倒地的姿势有些别扭，看上去像是刻意要摆成那样似

326

的。这是因为他在看似拉扯克里参议员的时候，其实是在向后推他，而同时，他的另一只手却在用力将身旁的夏若兰拨到了更远离自己的方向，这样一来，三个人就被他拉到了同一个平面上，从而给了那个保镖一个一枪爆头的最佳良机。

像是事先安排好的一样，酒吧内外的特工们立即行动了起来，他们关门的关门，熄灯的熄灯，刚才还灯红酒绿的酒吧立时被封闭了起来，门口还及时树起了停止营业的牌子。夏若兰一脸惊恐地伏在古韵的怀里，止不住浑身的颤抖，克里局促不安地来回走着，一副很后悔的样子，看得出此刻他很想安抚一下自己的妻子，却又怕再激出事来，只好耐住性子等会儿回到家再说了。

古韵的心里满是悲怆，她似乎从助手自导的壮举中看到了自己的结局。但同时，她也自豪地想，老李，好样的！不枉你做我"唐笛"的助手多年，这出戏演得可圈可点。

没人注意到，当枪声一响的时候，坐在门口的那个身材矮小的男人就已经起身了，他不慌不忙地穿戴好衣帽，不紧不慢地推门走了出去，就仿佛什么事也没发生过一样。中情局的资深特工"职员"从来都是这样，没有什么大事能够改变他的情绪和神态，甚至是他的步伐。只在他步出歌剧院的时候还是不免生出些许的遗憾来，本来，他把注意力锁定在夏若兰的身上，是出于她也生着一副亚裔的面孔，却没想到，她竟然是克里参议员的妻子。

"职员"踏着不变的步伐离去，心里却已经开始筹划下一个计划了。

楼上剧场里，聚光灯齐集舞台，演员们集体踏出的强劲舞步发出整齐的踢踏声，音乐高潮来临，观众席上爆发出节奏鲜明的击掌声，配合着剧情将气氛烘托起来。在后排靠近左边通道的座位上，那个满头白发面容俊伟的老人，悄悄取出手机里的 SIM 卡，无声地折断，丢在了脚下。

代号"大师"的国安部外情局超级特工，"风华三杰"之二的师语，依靠自己的关系获悉了"职员"此次的"钓鱼"行动，于是，他密约李翰邦，巧施连环计，才助得"唐笛"脱险，而他为此所付出的努力和艰辛却并无第二个人知道。

随着散场的人流离去，师语朝着大门紧闭的酒吧门上望了一眼，心里深深悼念着勇于捐躯的战友，然后，他头也不回地朝着午夜的大街上走去。

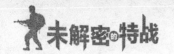

14：15　Ｂ市溪山宾馆总参情报局

推开棋格榫接玻璃磨砂的窗子，一束温暖的阳光直射进来，古谱盯久了屏幕的眼睛一下子被刺痛了，眼泪止不住淌了下来，刚好和了她此刻的心情，干脆连擦也不擦，任凭自己在春光暖阳之下老泪纵横起来。

这是套依山傍溪而建的别墅，这是间少有的能直接接触到阳光的房间，即使是这样，她平时也极少开窗，因为"老帅"怕吵。她习惯了在静寂的空间里思考，喜欢在空灵的状态下解套，这是个耗费心思的差事，是个榨干才华的行当。所以，没有多余的体能再被浪费，也没有更多的精力再被分散，因此，她才显得挑剔、让人觉得苛刻，甚至被认作是怪癖。

然而，这个世界是如此的生动，即使是搬进了山里，还是免不了晨时鸡鸣夜时狗叫，就算关门闭户，也还是有溪水长流潺潺袅袅。而今的这一切，就更是让"老帅"听得心焦。

借着敞窗的机会，她燃起一支烟来，精挑细卷的烟丝拼了命似的想要尽快将自己化成灰烬，它又像是在和时间赛跑，一缕缕的青烟欢快升起，转眼已经燃去了大半。"老帅"不由得感慨，人生如火往事如烟，很快就能望见终点了。

看着已至烟蒂，"老帅"将烟熄灭在烟缸里，回手从书柜中取出一瓶喝至一半的茅台酒来，七钱盅里斟满酒，举起酒来一扬脖，火辣辣的一口闷在心里，止不住长出了一口气来。

"老帅"吸烟，也饮酒，年轻时豪爽，是巾帼中的英雄。长历明谋暗战、久陷谍间巧算，因而少不了觥筹交错杯酒言欢。但自从走上领导岗位开始，统率大军总领全局之后，烟不吸了，酒也不饮了，平日粗茶淡饭，仅以书简为伴。但为何今日却意外破例，情绪大恸呢？原来，是一条来自专属绝密渠道的消息，引起了"老帅"的心情波动，几至想痛哭一场。

"老帅"也是凡人，而且还是个情感丰富的女人！她又何尝没有感情脆弱的时候。

古谱已经有很长时间没有和自己的孪生姊妹联络了，这不仅仅是因为她们的身份特殊，也是因为斗争残酷，更是因为她们之间有一个私下里的约定。在现实生活中像古谱古韵这样的姊妹绝无仅有，但存在于这对孪生姊妹间的感情却不是独一无二的。她们像所有的普通人一样，相互关爱彼此惦念。然而不同的是，她们的思念只能靠心灵传递，她们的问候只能凭感应转达。如果古韵直接接到了古谱的信息，那说明祖国召唤她回家的时候到了，但如果古谱突然接到了古韵的信息，那只在一种情况下才会发生，它说明危险降临了。

砰砰！两下敲门声，跟着吱扭一响，屏风后面的房门随即打开了，一个苍老的身影闪了进来。来人也不言语，经自来到宽条几案跟前，将手上端着的一只猪耳紫砂煲放在了案上的一只白磁盘上，接着从腋下取出紧夹着的一只木雕碗来，跟着从白大褂的左胸兜内取出一支白瓷汤匙，放了木碗里。

"老帅，您……喝口汤吧！这是用莲子、藕配木瓜，合着乌鸡一道煨出来的，开胃祛火，您都连着两顿不吃东西了，时间长了可不行啊！"

来人忙乎完了手上的活儿，这才隔着屏风跟古谱说话，看熟悉程度他显然比"老帅"的任何一个部下都显得亲近，但他却只能到这几案跟前止步，从来没有迈过这道屏风半步，这里的原因很简单，他只是古谱身边一个老资格的服务员。

"老窦啊！先放那儿吧！"

听见"老帅"隔着屏风说着重复了多少遍的话，服务员窦斌心有不安地说道："先喝吧！过会儿，就该凉了。"

古谱站在窗前没动，她稍停了片刻，然后说道："好吧！你先去帮我把童秘书请来，我有话要说。"

窦斌见"老帅"答应了，立时轻松起来，他连忙说道："好的！这汤……我给您……"

窦斌的话被古谱拦在了半截，显然，"老帅"已经有些不耐烦了。"你去吧！我自己来。"

窦斌不好再劝，于是答应一声，转身退出房去。窦斌的外形虽然苍老，但腿脚却遒劲有力，所以，他走起路来身形敏捷步法矫健，轻盈的连一点声响都没有。

房门重新吱扭一声关闭，古谱的情绪已经平静了许多，她收了烟酒关了窗子，慢慢踱出里间屋来到了前厅。她在长条几案的一侧坐下，揭开紫砂锅

用汤匙一下一下盛起汤来，脑子里重新回味起刚刚收到的那条来自"唐笛"的消息。

古韵传递的消息很简单，但她表达的意思却非常明确，简单明确到只用一句话就能概括："她与总部联络的渠道出了问题。"她想表达的是什么确切的意思呢？她指的又是种什么性质的问题呢？不畅，还是……泄密？古谱明白，古韵所指的显然是后者。因为，如果仅仅是由于沟通不畅的话，那是决不至让古韵冒险使用这条她们姊妹之间的秘密渠道的，她相信这一次的信息传递无疑还表达了另外的一层含义，也就是说，古韵正处在一个极其危险的境地之中。

多可怕呀！照这个方向推测下去，只能得出一个结论，那就是，他……出了问题！这可是个足以震惊军委首长的重大事件，严重程度甚至可能……

或许是热汤下肚的缘故，古谱觉得自己的额头上已经渗出汗水来。她放下木碗，用汤匙慢慢搅起汤来。她想，这种怀疑可信吗？依此推测得出的可是一个惨绝人寰的结论啊！该如何解释才能让这种怀疑符合逻辑呢？古谱觉得自己一时也难说服自己。

无论是用犹豫不决还是用举棋不定，都难准确形容古谱此刻的心情，这条信息千里迢迢来自她的孪生姊妹，这让她不得不信，而信息的内容却直指向自己的老战友，总参六处的主管，"风华三杰"之三的"博士"尹博，这又让她难以置信。

原来，代表总参情报局负责与古韵的助手李翰邦进行联络的正是总参六处的主管"博士"尹博。如此机密的联络管道照理说应当不存在有丝毫泄露的可能，因为能够接触到这条渠道的再没有第二个人了，即便是古谱想要为尹博找出一个开脱的理由都很困难，因为她连一个可信的借口都找不到。

古谱是个很重感情的女人，但她决不是个昏聩的领导。虽然一方是自己孪生的姊妹，另一方是相濡以沫的战友，然而，一旦讲起原则来，她依旧是个铁血执法绝不姑息养奸的铁腕人物。但造成古谱百转千回肝肠寸断的，却是为了一个与她并无直接关系的理由。那是因为有这样一个疑团无法解开，她无法相信，在尹博与古韵这对患难夫妻间，怎么会有出卖与背叛的丑恶行径出现呢？古谱从情感上不能接受，从理智上也无法相信，她一直坚信，总有一天能够看见这一家人在自己的面前团聚。但是，事实就是如此的残酷，摆在古谱面前的这条信息无情地粉碎了她的梦想。

　　一旦这层由信任坚守的阵地被突破，接踵而来的疑问便以摧枯拉朽之势将所有的遮掩、保留和借口组成的防御摧垮，所有情感构成的障碍也随之被荡涤得一干二净了。她很快又想到，虽然，这一次警报的可信度还难以完全确定，但有一点却是再明显不过的，它恰恰与刚刚发生的秦雅遇刺一案相契合，难道，这正是那条警示信息的注脚吗？

　　古谱喝到嘴里的汤索然无味，她放下汤匙站起身，踱步来到面对天井一侧的窗子前，对面山洼里冲下的溪流在小楼前挂起一道水帘，哗哗的水声在她的心里掀起了阵阵的潮涌。

　　必须查清此事，制止灾难蔓延。古谱暗自下定了决心，可是，如何揭开这层层迷雾，挖出阻塞动脉的血栓呢？古谱抬头仰望飞瀑而下的溪流，但见交错突起的岩石令溪流不停改变着流动的方向，即使是一个微小的凸起，也足以让溪水改道。

　　嗯！不如，借鉴一句古话吧！"他山之石可以攻玉"啊！

　　古谱忍痛作出了抉择，她想，既然身患有恙，就不能讳疾忌医，既然医不治己，倒不如请个有名的大夫对症下药吧！

　　作出决定的古谱按下目光，朝天井深处望去，耳畔隐隐听见了服务员窦斌和秘书童谦的对话声。于是，她大声催促道："童秘书，准备车，我们去趟'烟霞山庄'，即刻动身。"

　　童谦闻听答应了一声，丢下一旁喋喋不休的窦斌，即刻快步朝着"老帅"所在的书房走来。他想，"老帅"此刻赶赴"烟霞山庄"这情形的确少见，她每次去可都是在晚上的呀！莫不是，有什么紧急的状况出现，才使得"老帅"如此的迫不及待？

　　心里想着，人已经来到了书房的门口，他习惯地站住脚步，轻轻叩门，得到古谱允许这才推门而入，待他回头关门时，却不见了刚才还站天井当中的窦斌，好像是给一阵风刮走了一样。童谦纳闷，怎么没听见丁点儿的脚步声，这老窦就悄然遁形了呢？不等童谦在堂屋里站稳脚跟，就听古谱在屏风后面发话道："那个史吏他……"

　　"哦，老帅，他刚刚离开，应该是返回'烟霞山庄'了吧！"

　　"那……也好，我正好也有事托他办一下。好，出发吧！"

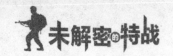

第二章　情何以堪

14：30　第五大道 20 号总参六处

林烈气冲冲地在小院的一角驻好了自己那辆满身污渍的帕拉丁，跳下车来的时候，他重重摔上了车门，小院中发出一声沉闷的声响，像是在借此发泄他心中的怒气一样。他低着头脸色沉沉地朝小楼里走去，进得门后也不理睬前台当值女警卫的招呼，只是冷冷地朝着楼梯上望了一眼，脚下就如同拴了块巨石一样，再也迈不动步子了。而今，在他的面前，那楼梯口就像是立着一面无形的墙，让他可望而不可即。他犹豫了一下，转而直奔自己的座位去了。

他决定暂且不必急着向尹博汇报医院对那杯橙汁给出的化验结果，因为，在他的心里始终都还期待着，他希望苟循能够提供出更有说服力的证据来。一路之上他都在心存侥幸地想，如果苟循因此而长眠不醒的话，那岂不正好可以借此指证吕律调？而这张化验单上所写的内容不就可以作为对自己有利的证据了吗？到那时，可就是自己站出来揭穿尹博卑劣行径的时候。

说也奇怪，只要一出第五大道 20 号的大门，林烈的火气就控制不住，他的牙齿被咬得咯咯响，连鸣笛的时候都忍不住是用拳头砸在方向盘上，由此也可以看出他在六处里所受压抑的程度。林烈惧怕尹博，怕到他不敢向尹博提出自己的质询。每当回想起秦雅遇刺前那一晚上的发现，他都会感到毛骨悚然。他甚至怀疑尹博也在暗中监视自己，他会在哪儿安装监听装置呢，电话机，汽车里，还是在家里？秦雅遇刺的那晚，林烈因此而未敢返家，他断定尹博在秦雅之死上面做了手脚，他恨不得秦雅的在天之灵能够立时报应在尹博身上。

想想看，谁能原谅一个擅自在秦雅的私宅里面暗设监控装置的人呢？哪怕你是个蜚声海内外的老牌特工！秦雅是什么人？她不仅仅是你尹博的部下，她在三总部的所有特情单位里都是挂了号的人物！

想到这里，林烈端起自己办公桌上的水杯，大口大口地喝下里面浓浓的普洱茶，脸上不由自主地现出阴阴的冷笑来。他真希望能够早些看到尹博面露尴尬时的模样。

大厅里一片平静，既有大战将至的紧张气氛，也有万事俱备的稳定秩序。唯独显出一丝不同的是，现场里见不到一个主管特工的身影。

林烈很快便发现了这一不同寻常的现象，他开始有些坐不住了，以他的资历当然不便去向普通的特工询问，那样会留给大家一种自己已经被边缘化的感觉。林烈一生虽然野心不大，官阶不高，但与官打交道的机会不少，他懂得在公众面前保持威信的重要。他在六处里赢得的所谓一人之下万人之上的地位是绝对不能轻易丢掉的。

林烈左右张望了一下，忽然想起了一个人，这人让他产生了某种觅得知音的感觉。苟循始终都在尹博的眼皮底下，她或许会了解得更多，不妨找她探听一下消息，只是不知，她这会儿是否已经恢复了意识。

想到这儿他起身朝着大厅一角的医务室走去，自从他在由医院返回六处的路上向苟循吐露了自己的怨气开始，两个人几乎同时发现，彼此对很多问题的看法竟然出奇的一致。这让林烈感觉像是在压抑的环境里突然找到了一块可以自由呼吸的新天地一样，苟循成了这座小楼之中唯一对他表示过同情的人，因而她也就成了林烈认为可以去打探消息的人。他禁不住在想，也就是这个比自己还要倒霉的女人可以说说话了，只是拿不准，她是否会比自己知道的更多！

穿过大厅进入通向医务室的过道时林烈看见了守卫在门口的特工袁勇，林烈也不招呼，径直来到苟循的 1 号病房前，推门往里一看，却见房内空空的连个人影也没有。林烈暗自心喜，他想，看来苟循病情较重，莫非已经转送医院了？

他转身出了 1 号病房，朝守卫的袁勇问道："苟循何时转走的？"

袁勇没有直接回答，只是朝着 2 号病房里努了努嘴，对于林烈，像袁勇

这一层级的特工除了尊敬之外，有的就是忌惮，却唯独没有亲近。

林烈心想，怎么？又换到2号病房了吗？他既不多问也不敲门便径自打开房门一步迈了进去。然而，病房内的情形却让他进退两难，人也就僵在了门口。

"老枭！有事吗？"

荀循支着受伤的右脚跨坐在病床的边沿儿上，床上躺着"蓝海之心"小组的另外一个主要成员，舰载机弹射项目的专家荆轩。林烈的突然闯入打断了两人间的窃窃私语。荀循松开了紧抓着的荆轩的手，颇为意外地看着林烈。

"哦，我来看看……你没事了吧？"

"多谢！暂时没有大碍。"

荀循说着给林烈使了个眼色，暗示他荆轩在此不宜多言。自从不久前两人在车上有过深度交流以来，彼此间似乎已经形成了某种程度上的默契，而这一切又心照不宣地成为了他们之间的秘密，不愿被第三个人看出来。

林烈领悟，于是寒暄道："哦，那就好，那就好。呃……教授，你也好多了吧？"

荀循按住了意欲起身的荆轩，并代他答道："好多了，再休息休息就可以工作了。"

林烈又客套了一句之后，退身出了病房。心中暗想，早听说荀循与秦雅一家关系非同一般，却没见过她与荆轩也如此亲近，看来，这个教授果然多情啊！

出了病房，没打探到只言片语的林烈一时六神无主，只好悻悻地先回自己的座位去了，但在他的心里却又留下了一个疑问。

病房内，刚刚被林烈打断了的对话，此刻已无法继续下去了。荆轩微合上眼睛，似要沉沉睡去的样子。荀循替他掖了掖被角，目光温柔地打量着他那张丰润光洁却略显苍白的脸，虽然在疲乏和惊吓之下，他的脸色显得很憔悴，却平添了几分苍凉之美，甚至连眼角处的皱纹都变得极有韵味，刚刚经历的这场险情，不仅没有陷他于狼狈的境地，相反却像是一次传奇，在他多彩的人生阅历上又添加了极具张力的一笔。

似是感受到了荀循的温柔，荆轩睁开了眼睛，他无言地抓起荀循的手，轻轻放在自己的胸口，轻轻抚摸着，掌心相贴十指相扣，脉脉温情从他的眼神中流出，温柔体贴之情，关心爱怜之意，都在那一摩一掌，一眸一瞥之间传递，点点沁人心肺，滴滴蚀人骨髓。直惹得荀循面红耳赤，热汗津津，竟然一时忘情起来。

关于荆轩的多情曾经有过许多的传闻，其中却无一件是带有恶意的，这真属奇迹。究其原因大致有以下几点，首先，他本人的品位高雅，绝非贪色轻薄之辈，这一点有目共睹，令人景仰；其次，他的妻子秦雅雍容华美堪称巾帼豪杰，所以爱屋及乌，无人非议；最后，荆轩本人虽然风流却从不滥情，至今未见一例薄情寡义之举，既然没有投诉当然也就没有惩戒。

至今，凡说起荆轩来的都是交口称赞，绝少贬损之词。加上他生性低调不事张扬，纵使绯闻缠身，却仍能独善其身，未见有麻烦出现。所以，集英俊儒雅、博学多识等诸多优点于一身的荆轩，仍旧是身陷在红粉堆里，受困于佳丽阵中，一如既往地挥洒他的无穷魅力，一时不能自拔。如果非说他有招蜂引蝶之嫌，也只能解释为前生所欠情债太多的缘故，罚善可陈尽在得失之间，这也算是一种公允吧。

"你还好吗？自己要多加小心，眼下的形势严峻，危险无处不在。"荆轩沙哑着嗓音低沉地对荀循说道。此时，虽然他的身体已经恢复，但情绪明显还不稳定，一副惊弓之鸟的样子。的确，连续的追杀再加上痛失妻子的打击，无论是谁也难以摆脱深陷低谷的情绪重压，更何况这位一直都是顺风顺水的多情种子呢？

"你不用担心我，从小我就已经习惯了这些追追杀杀的事了，倒是应该担心你自己。"荀循的话语沉着，一点也没有身处险境时的困顿。这一点上她堪比秦雅，无论是胆色还是气度均较其年龄要成熟许多，由此可见她童年时的不幸与磨砺。她替荆轩理了理头发，然后又安慰道："不过，你放心。我绝不会再让他们伤害到你，无论是谁，都不行。"

荆轩感激地一笑，但迅即又被悲伤的心情所侵蚀。他掩饰不住心里的悲痛，表情痛苦地说道："你可千万不能大意啊，秦雅的经验远比你要丰富，可还是遭人暗算，真是令人……难以接受，我……"

荀循抓起荆轩的手放在自己的大腿上，急急地拦住他的话，安慰道："你别这么想，秦雅姐走了，那已是无法挽回的事了，但你要保重身体，为

335

我，也为了我们的……"

苟循话说到了一半突然止住了，她见荆轩的眼中又噙满了泪水，此刻，她不想再陷对方于悲痛之中。于是，俯下身去吻干了他眼角溢出的泪水。荆轩忍不住一把将苟循揽在怀中，强忍悲痛啜泣起来。苟循温顺地趴在荆轩的怀里，体贴地摩挲着他的头发，嘴里喃喃低语着。"乖，哭吧！等哭过了，你就会好的。"

14：40　第五大道 20 号总参六处

尹博重重地叹了口气，把低垂的目光投向了对面的舒展，他不知道该如何把这样一个令人沮丧的消息告诉给对方。从接到通知起，在短短的十几分钟里，他始终沉湎于一种进退两难的尴尬境地，竟致连吕律调偷偷出走东湖度假村密会"信使"，以及陈墨一路追赶临危解困的事情他都一概不知，直至他接到了陈墨的平安电话以后才了解了刚才发生的那惊心一幕。他不由得想到，曾经笑傲谍海的"博士"如今已经力不从心了，是该解甲归田、退隐山林啦！但是，目前的局势却又让他欲罢不能，特别是眼前的这纸命令就更是让他放心不下。

他将陈墨所述的杀手特征和逃逸地点通知给了当地警方，现在，这个杀手和那个从医院里失踪的胖警察一道被列为警局正在全力追踪的重大嫌疑人，市警局已经组成了由公安部下派专职警探牵头的特别小队，专门负责侦破由秦雅遇刺引发的一系列恶性凶杀案件。处理停当之后，尹博稍作准备，便将一直守护着荆轩的舒展召进了自己在二楼的办公室。

从向总参情报局申请增加人手那时起，尹博就在为自己物色接班人。毫无疑问，舒展是他点名想要的人。在"风华三杰"中尹博最羡慕的就是排行在第二的"大师"师语，因为师语有一个可以传承衣钵的得意门生，这个人就是舒展。

那还是十年以前，尹博在一次同师语的秘密会面当中初识舒展，立时就被这个才华横溢的年轻人所吸引。当时他便开玩笑地对师语说，你的门生很有大家风范啊！好好培养，说不定将来回到国内要接我的班哪。师语笑着摆摆手说道，那可不行，你不是有自己的心肝宝贝吗？干吗惦记着别人的学生啊！不然，做个交易也成，就算是互派留学生嘛！一见谈及自己的家事，尹博便不愿再将话题延续，于是打趣道，互派？你跟我做生意哪？说罢二人哈哈大笑起来。不想，当时的一句戏言，十年后几近成真。尹博果然通过总参情报局将舒展调到了六处，但稍有不同的是，总部一同派来的还有另外一个年轻人，陈墨。

关于陈墨的出处人们知之甚少，尹博也不比旁人了解得更多。除了众所周知的飞行员出身以外，尹博还对他的另一个背景略有所闻。他知道，这个陈墨是总参情报局高管古谱钦点的未来六处主管的接班人。

为防日久生变，尹博在舒展报到后的几个小时内便将请辞报告递交了，同时还推荐了自己的继任者舒展。就在十几分钟之前，总参情报局的批复终于下来了，结果出乎尹博所料。他的请辞报告已获批准，但继任者既不是舒展也不是陈墨，而是直接派来的一名高级主管，史吏。

尹博几乎是将任命一字不差地读给舒展听的，在此之前，他还从来没有就有关权力交接事宜对舒展吐露过只言片语，甚至在他初来报到之时也只是含糊其词地介绍给众人的，目的就是想等那一纸任命下来，再正式向大家介绍舒展。但这一切现在看来都已变得多余。因为，新的六处主管就要到任了。

"原本，我想由你来接管六处。如果上级批准，指挥权的交接就定在今晚，虽然这次行动先遭挫折后遇困难，但是它的重要意义不言而喻。对于一个新上任的主管来说，正是你施展才华的好机会。过了这一关，等同于通过了入职考试。把六处这一摊子事交给你之后，我也好腾出手来梳理一下我们的组织内部。这里面的积尘日久，垃圾甚多，也是该打扫一下的时候了。"

舒展点了点头没有作声，他从尹博的表情里读懂了博士此时的心境，所以，心下明了也就不再多说。

"先沉下心来做事吧！等过了今晚，航母的情资到手之后，我们再考虑未来的事也不迟，相信组织不会埋没人才的。"

舒展惊诧尹博竟是性情中人，对晚辈的体恤如此周到，甚至当事与愿违时还心怀歉意，难怪他是"风华三杰"中唯一有家室的人了。俗话说得好，慈不带兵，善不聚财，博士的慈悲有余善心广施，难怪他超脱不过申尘，洒

337

脱难及师语，身处高位手握大权却还是凡心不泯！舒展心想，不该让老人如此内疚，本来自己也没把仕途看得过重，受国家培养为民族出力是理所当然的事情，权力地位何必放在心上？于是说道："博士说得是，由史吏接管六处，这对将来的工作会更加有利，我初来乍到的还是多做些具体工作的好，都是为国家出力，我不会计较自己的岗位的。"

"说得好，不愧是大师的弟子。我敢肯定，没有我的推荐，你的前程也绝不在我们这辈人之下的，好好干吧！"

"博士过奖了，前辈的业绩永远都是激励我前进的动力，我会加倍努力的。"

说着话，尹博的手上不知何时多了一把汽车钥匙，钥匙是铜杆儿银把，看上去平淡无奇，倒是钥匙环上拴着的钥匙坠有些不同寻常。

尹博将钥匙交到舒展手上，压低声音字字清晰地说道："这是辆路虎车的钥匙，车停在第五大道第四巷口里，你的车毁了，这车你先用着吧。"

"是，博士，您考虑得真周到。"舒展接过车钥匙正要放进衣兜内，尹博却伸手拦住了他。

"那枚钥匙坠有些特别，是你我单独联系的渠道，相当于一部微型的北斗通讯终端机，好好保护它，关键时刻你会用得到。"

"是，博士。"

尹博点了点头慢慢站起身来，舒展知道他们之间的谈话告一段落了，于是，也起身准备告退。但尹博却若有所思地站在原地没动。

"舒展啊！陈墨年轻，却是块好材料，你要多多帮助他。我观察这个年轻人资质颇高且忠诚勇敢，除了缺少经验外，他还真是难得的将才。"

"您说得是，早在来时的路上我就开始注意他了，果然是个疾恶如仇果断干练之人。"

"我已经把吕律调交给他来保护了，在今晚的任务中律调是关键，所以大意不得，刚刚她还经历了一次险境，如果不是有陈墨在恐怕凶多吉少。"

"哦，是这样啊！"

见舒展颇感意外的样子，尹博才忽然记起自己还没有将吕律调遇险一事告诉对方，于是，简单扼要地把陈墨在电话里述说的经过告诉了舒展。舒展心里不解但脸上并没有带出来，心想，总参六处是谍战精英组成的团队，怎么会如此轻易被敌人一次次掌握了主动权，特别是在今天这样一个重要时刻，难道他们连一点防范意识和安全管理都没有吗？

似乎是看出了舒展的心事，尹博苦笑了一下，说道："尹博老矣！所以才千方百计地举荐你们年轻人，舒展，虽然这次情总没有批准对你的任命，但我坚信自己的判断，六处的事你还要多费心，今晚或许是场生死之战，我笃定是要以命相搏了，失了秦雅我苟活无味，但我想光荣地死去。所以，舒展，跟你说句自私的话，我尹博谍海一生最后这一跤跌得我心有不甘哪！"

舒展从老人的眼中隐约看见了泪光，此时此刻他确定尹博的确是老了，于是想到，应该让老人带着荣誉，光荣地离开，对于为国家作出过重大贡献的人来说，这才算是公道。

"我懂，博士。您的荣誉，六处的荣誉，我们大家的荣誉，绝不允许践踏！"

尹博点了点头，默默转过身去，禁不住老泪纵横。舒展咬牙咽下胸中一口闷气，转身离开了尹博的办公室。

14：50　T市城区偏僻小巷

栗原将车停在了狭窄的巷口，她侧过脸来看了看狼狈的藤田，心中忽然升起一股悲怆的感觉。相比青春年少时的容颜，不由得生出几分缠绵，忍不住在心里叹道：真是岁月催人老啊！栗原想起两年前一同受训的时候，那时的藤田青春与活力都写在脸上，而今沧桑伴着鱼尾纹悄然爬上了眼角，昔日的"功夫小子"还没熬成"功夫皇帝"就已然苍老了。

藤田莫名地看着栗原痴痴的眼神，不好意思地笑了笑。

"嘿！一直都在追杀当中，也没顾上洗洗脸，失礼啦！"

栗原从恍惚当中清醒过来，突然意识到自己的软弱可能误导了藤田，她下意识地提醒自己，现在可不是儿女情长的时候！于是，她沉下目光，用近乎冷漠的口吻说道："藤田君，目标除掉没有？"

"没……没来及，她的后援抢先……"

藤田说这话的时候有些心虚，所以不免有些支支吾吾，杀人无数的藤田

第八卷　险中迷局

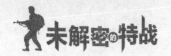

面对栗原时总像是做错了事的小学生一样。

见他吞吞吐吐的一脸窘态，栗原当即语气严厉地打断了他，"事情办得如此糟糕，你如何还能笑得出来？"

藤田听栗原如此一说，不禁心中一凛，他立时收敛了笑容，顺眉搭眼地正襟危坐，耻辱感像春雨打湿的小草一样开始滋长起来，血丝布满了眼眶。

栗原不无懊恼地想，看来自己把事情看简单了。以藤田往昔的身手十之九胜也是平常的事，而今，胜败倒置，可见对手不弱。看时间已近黄昏，诱杀对方技术部主管的计划已然落空，接下来又该如何阻止对手如期获得情报呢？

正在为难之中的栗原陷入了深深的思索当中，这让一旁的藤田自责不已。他深知是由于自己的无能才陷栗原于无助的境地，于是，一腔热血直撞上来，血贯瞳仁。他深深低下头，满含歉意道："栗原小姐，藤田无能招致行动失败，请允许我今夜杀进谍巢，趁乱除去目标，如能回来……藤田甘领切腹之罚！"

藤田说着，猛地从脚踝处抽出那把"落叶"短剑来，还没等栗原作出反应，就只见寒光一闪，剑锋在他的左手小指上划过。等栗原定下心来仔细看时，只见藤田双手平端着短剑，一小截断指已经赫然摆放在了剑刃上。鲜血殷殷滴落在车厢里。

栗原不由得大怒，她低声喝道："藤田！现在是逞强斗狠的时候吗？你舞刀弄剑的不怕招来警察的注意吗？"

听栗原如此一说，藤田心下羞恼不已。既然如此，不如当即自裁算了。于是两手抓紧剑柄，短剑朝着左腹狠命扎去。

"落叶"30厘米长短的剑刃一旦扎入，可以直透腹腔，虽然不致立时毙命，但如此长的创口也会血流不止，如再伤及脏器的话，藤田的性命休矣。

就在这时，一只温软的手贴上了他的脸颊，轻柔地摩挲着他鬓边短硬的胡茬，藤田浑身一震，好似突然短路了一样，浑身的力量顿失，两手仿佛瞬间冻结住了，剑刃定格在了腹前。

栗原也不说话，她轻轻凑近藤田，撅起朱唇在他干涩的嘴上柔柔地吻了一下，接着伸手抓住剑柄，从藤田的手上取下"落叶"，然后从怀里掏出一块雪白的手帕，细细地包扎好藤田的断指。

看着血染白帕，栗原的心里忽然一酸，眼泪禁不住夺眶而出。"藤田君，连续失利罪不在你，又何必自残！此番安排，本身就有不妥之处，都是因为他们太不了解对方。"

栗原情急之下难免发了几句牢骚，其实，对此次跨洋合作她本来是有些微词的，但她不便当着藤田的面说出。了解藤田身世的栗原想，如果他知道了自己不过是在充当中情局的过河卒子的话，恐怕他会干出莽撞出格的事来。于是话说到此，中途便把话停了下来，转而安慰道："计划本身有误，你不必自责，藤田君。"

栗原说着又掏出纸巾将藤田手上的血渍擦净，眼角余光扫了车窗外一眼，小雨淅沥巷口冷清，半天也不见一个路人。于是，又捡起那柄短剑，换了张纸巾仔细擦拭干净，亲手替藤田插回鞘内。

"藤田君，现在你就下车，尽量走小路赶回住处，好好歇上几个小时，等我消息。"

"栗原，我……还是守在你身边吧！"

"不，藤田，你太累了，为了下一个行动，我需要你尽快恢复体力。"

"那，你？"

"放心，我不会有事的，一旦确定了方案，我会立即通知你的。"

藤田还要争取，栗原脸色一沉，抬手拦住了他，说道："无论接下来还有什么急难险重的任务，你都要熬过今晚，我要你活着熬过今晚！懂吗？然后，我……我们一起回去，去看樱花。"

听了栗原的最后一句话，藤田立时安静了下来，这可能是对他最为有效的一剂良药了。为了这句话，他不仅要尽力在下一个行动中获胜，而且还要全力保住性命。现在，和栗原一道回家乡去看樱花已经成为他心里的唯一夙愿了。

藤田认真地点了点头，深情地望了栗原一眼，不再多言。栗原温柔地在他的唇角送上一记轻吻，藤田知足，于是顺从地打开车门，消失在了雨雾之中。

栗原发动车子，考虑到车上留有藤田的血迹或许还有自己的发丝，如果给警方获取恐对自己今后的行动不利，她决定必须尽快将这辆车子处理掉。

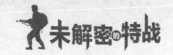

将车丢进河里是最简便的方法，等这场雨一停，这辆被她顺手牵羊偷来的汽车上就再也找不到任何与他们相关的痕迹了。于是，栗原驾车朝着城边上的一条小河开去，那是金河众多分支中的一条，河的两岸宽敞平缓，碎石铺堤，刚好适合湮灭证据。

栗原依照 GPS 指定的路径一边小心开着车，一边思忖着下一步的计划，脑海中跃然而出的是广濑那光秃秃的头顶、白色的胡须和瘦巴巴的脸。

"充分利用 CIA 给我们的资源，栗原，这是我们与中情局合作的唯一理由，否则，不如单干！"

栗原暗想，广濑说得对，中情局的"老爹"是握在手里的一张王牌，离开他远东特课就如同睁眼瞎一样。看来，要想在下一个行动中有点起色，还是要找"老爹"想办法。

打定了主意，栗原重新在 GPS 上确定了一下自己的位置，车子已经驶离了城市的中心，距离那条小河也越来越近，于是她脚下加力，车速逐渐加快，转眼便湮没在了蒙蒙雨雾之中。